戲非戲258

雪中悍刀行

第三部

（三）

血染欽天監

烽火戲諸侯　作

高寶書版集團

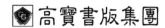

道門真人飛天入地，千里取人首級；佛家菩薩低眉怒目，抬手可撼崑崙。

誰又言書生無意氣，一怒敢叫天子露戚容。

踏江踏湖踏歌，我有一劍仙人跪；提刀提劍提酒，三十萬鐵騎征天。

◆目錄◆

第一章 萬里劍叩關北涼 徐鳳年凌虛禦敵

這話一說出口，殷長庚、韓醒言這一撥，還有李懿白和宋庭鷺、單餌衣三個，都給震驚得無以復加。

對祁嘉節這種有望成為劍道魁首的宗師，放話說要讓他連劍都拔不出劍鞘？大概江湖一千年來，只有那位過天門而不入的呂祖才能說得吧？

這個腋下還夾著書的傢伙，是要以勢壓人？可祁嘉節雖不以充沛氣機稱雄武林，但能夠成為京城第一劍客，武力緊隨武評十四人之後，若說連劍也拔不出，那也太荒謬了。

分明眼前就是一副大戰在即的危殆形勢，可莫名其妙就給捲入風波中心的柴青山並沒有動靜，既沒有要帶著李懿白和兩個徒弟離開的意圖，也沒有如何運轉氣機以防不測。顯而易見，徐鳳年和祁嘉節要是放開手腳廝殺，身在逃暑鎮也好，退出逃暑鎮也罷，差別都不大。

柴青山應該就是押注兩人對峙，是點到即止的君子之爭，雙方形成默契，僅在方寸間爭高下，不至於連累小鎮眾人。這種有「吹毛求疵」之妙趣的巔峰切磋，有一定道行眼力的旁觀者，最能順手拿來砥礪自己武道心境，柴青山怎能錯過這個千載難逢的機會？

祁嘉節斜提那柄鑄於景龍劍爐的名劍長鋏，此劍全長三尺三寸，他五指修長如玉的右手沒有伸手去拔劍，但是長鋏驟然間鏗鏘如龍鳴，出鞘不足一寸，客棧簷下頓時有寒冽風霜撲面之感。

這一次略作「停劍」後，長鋏劍身出鞘長度猛然間暴漲至三寸有餘。

長鋏兩次離鞘，都無比順暢。

但是世間事，可一可二不可三。

接下來長鋏紋絲不動，習武之後聽力更加敏銳的東越劍池三人，已經聽到一陣陣如蚊蠅振翅的細微聲響，不絕於耳。

而殷長庚等人也發現屋簷階外，逃暑鎮的街面上塵土漸漸飛揚，形成一個個陸地龍捲，旋轉緩慢，如一群黃裳女子曼妙起舞。

長鋏終於以高士箐都能肉眼可見的極其緩慢的速度，再度出鞘一寸出頭。

但是祁嘉節那好像不管身處何地都不染塵垢的蜀錦袍子，開始輕輕顫動，如平靜湖面給蜻蜓點水了一下，輕起漣漪。

逃暑鎮烈日當頭，祁嘉節所站客棧屋簷下的位置，恰好明暗交替，原本常人不易察覺的絲絲縷縷筆直光線，不但變得清晰可見，而且在一瞬間就變得扭曲起來。

宋庭鷺和單餌衣不約而同眨了眨眼睛，以為自己眼神出現了錯覺，可是眨眼過後，那些詭譎光線的確是如蛇曲行。

與此同時，街面上那些小龍捲剎那間破碎散去。

長鋏終於又出鞘一寸。

高士箐渾然不覺自己已是滿頭大汗，鬢角青絲濕答答黏在緋紅的臉頰上。趙文蔚也下意識鬆開拳頭，攤開手掌在袍子上蹭了蹭汗水。

白衣背劍少女同樣是局外人，但其實比高士箐他們還要緊張，跟同門少年竊竊私語：「宋庭鷺，你覺得姓祁的那把劍能夠全部出鞘嗎？」

腰間長劍竟是長達四尺的宋庭鷺想了想，鄭重其事道：「妳喊我一聲師兄，我就告訴妳答案。」

少女別了一枚劍形紫檀簪子，那雙柳葉眉更是如同細劍，所以當她皺起雙眉的時候，顯得格外英氣勃發，不過少女很快就燦爛一笑，嬌滴滴喊了一聲「師兄」。

少年好像白天見鬼似的，打了一個哆嗦，然後裝傻嘿嘿笑道：「答案就是……我也不知道。」

以少女的脾氣，要是擱在往常，早就拔劍砍得劍池未來宗主滿山跑了，但是今天她破天荒深呼吸一口氣，就放過了宋庭鷺。後者很快就明白其中緣由，狠狠翻了個白眼，比起當初趙文蔚死死盯著自己師妹的暴躁，挺有精氣神的少年一下子成了霜打的茄子，整個人都是蔫蔫的。

沒法子啊，師妹要在她以及劍池幾乎所有師姐、師妹心目中共同仰慕的某個人面前，很用心地保持淑女形象。師妹這種原本估計一輩子都不會跟額黃胭脂打交道的傢伙，結果到了幽州後，每次在街上瞧見水粉鋪子，就開始挪不開腳步了。當時就算撒潑打滾，也應該說服師父別答應師妹一起來北涼的。

原先那些造就小龍捲的塵土消散之後，隨風而起，徐鳳年隨手一拂，輕輕拍散。

祁嘉節握劍的那隻手五指彎曲，轉為虛握長鋏，長劍急劇旋轉，如掌心有驚雷滾走。長鋏劍身乘勢又硬生生拔鞘三寸。

只見這名北地劍豪腳下的青石板，迸裂出一張蛛網，且那些裂縫不斷向外擴張延伸，嚇得高士廉趕緊拉著趙文蔚匆忙退後。

殷長庚、趙淳媛這對年輕夫婦都看到祁先生那襲白袍的袍腳，開始飄搖掀動，然後動靜越來越大，獵獵作響，如沙場上大風吹拂戰旗一般。

之前還有閒情逸致偷偷打量那白衣少女的趙文蔚，忐忑不安，恨不得為神仙人物祁先生搖旗吶喊，無比希望祁先生一鼓作氣拔出整把長鋏，也好滅一滅那個年輕北涼王的囂張氣焰！

不過說實話，這個在離陽朝野惡名昭彰的西北藩王，自己真正親眼見到後，拋開那句極富挑釁的言語不提，他就跟趙文蔚在皇宮勤勉房和趙家甕國子監求學時，自己見到的那些出類拔萃的讀書人沒什麼差別，身世好，相貌好，脾氣還不錯，屬於那種即便不喜卻也討厭不起來的風流人物。

當祁嘉節終於抬起右手，雙指併攏，懸停在長鋏劍身一寸之上的空中時，氣勢驀然一變，如果說先前如五嶽高聳於中原大地，此時就是廣陵大江滔滔東去入海。

柴青山對兩個孩子輕聲說道：「看清楚了，仔細看看別人是如何觀潮悟劍的！祁嘉節在十八歲、二十七歲、三十六歲時，分別三次觀賞廣陵大潮，最終悟出了這靈犀一動心血來潮的氣機運轉之法。遍觀當今江湖高手，若論氣機之綿長，祁嘉節遠遠不如武評十四人，大雪坪十人中，也不在前列，但若說剎那間氣機的洶湧程度，別說師父，就是軒轅青鋒也未必能夠媲美。」

柴青山說到這裡，忍不住冷哼一聲：「你們兩個，已經去了廣陵江兩次，熱鬧倒是看得不少，兩張嘴巴也都沒停過，結果悟出什麼了？」

宋庭鷺轉頭背對師父做了個鬼臉。

少女沉聲道：「師父，下一次觀潮，我一定會用心的！」

柴青山愣了愣，然後泛起苦笑。

宋庭鷺嘀咕道：「裝，繼續裝！」

單餌衣瞬間滿臉通紅，伸手繞到背後，就要忍不住抽出那柄自己鑄造的新劍「扶乩」。

每一位劍池弟子，想要離開宗門行走江湖，都要自己鑄就一柄新劍。所以東越劍池除了天才劍客層出不窮，也有無數才華橫溢青史留名的鑄劍名師。而單餌衣這個被柴青山一眼相中的弟子，不論是學劍還是鑄劍，都擁有令人嘆為觀止的天賦。武人的體魄想要渾厚，講究一個循序漸進，單餌衣不過是四品高手的武道修為，但她對劍道劍術的獨到領悟，在柴青山看來已經具備二品小宗師的境界。

宋庭鷺趕忙討饒道：「師妹，別在這裡動手行不行？這兒這麼多外人，以後我還怎麼闖蕩江湖獲得那不敗戰績？」

單餌衣懶得理睬這個口口聲聲要以不敗戰績走江湖的傢伙，學誰不好，偏偏學那個在京城曇花一現的溫不勝，說這輩子不求勝過多少高手，只求不敗！這就是離開宗門必須帶著自己鑄就的新劍，要不然宋庭鷺這小子在劍池那都是斜挎一柄木劍的，吊兒郎當！

在體內氣機如江面漲潮猛然炸開後，祁嘉節長鋏一劍幾乎全部出鞘，僅餘下那劍尖不曾拔出而已。

趙文蔚輕輕喊道：「好！」

然後發現自己給單餌衣怒目相向了，一頭霧水的少年氣勢也迅速落到谷底。

徐鳳年在這個緊要關頭，竟然走到街道上，抬頭望向武當山那邊。

◆

山上，就在洗象池附近的那棟茅屋前，站著一個身穿龍虎山普通道袍的年輕道士，還有一個人蹲在地上，使勁瞇著眼翻閱一本古籍。

後者輕聲說道：「凝神，此次行事，非君子所為啊。」

年輕道士平淡道：「先生，雖然有違本心，但是我畢竟姓趙，是天師府道人。叔叔在太安城傳道多年，如今在京城仍是岌岌可危，叔叔在信中自嘲連那『青詞宰相』也做不得了。況且先生也知道，如果任由那吳靈素得勢，不光是佛家的不幸，我們天下道門正統的香火也要飄搖不定。」

視力似乎不好的儒雅男子眼睛幾乎貼到了書頁上，感慨道：「兩害相權取其輕嗎？」

他欲言又止，搖搖頭無奈一笑：「我白煜那些大道理就不嘮叨了，都說有一說一，我們讀書人啊，知道得多了，就喜歡有一說個二三四，你不攔著，五六七八九也都來了。有些時候捫心自問，確實挺惹人煩的。行了，你做事吧，別管我，這本書不錯，我找了好些年也沒找著，借這個機會，先睹為快。」

趙凝神猶豫了一下：「雖然說此次合力，最多讓他失去在西域凝聚出的那股即將成運的氣數，但是先生你還是不該來武當山的。他一旦震怒，我死也就罷了，先生你不該在這北涼夭折，先生應當比當年荀平走得更遠！」

白煜蘸了蘸口水，輕輕翻過一頁，道：「心太大，胃口難免跟著大，傷身。」

趙凝神嘆息一聲，向前走出幾步，閉上眼睛，手指掐訣。

龍虎山天師府，蓮池那株紫金蓮最高處的一朵花苞，驟然綻放，又驟然凋零。

◆

青州水師一樓大型樓船上，有個讀書人盤膝而坐，身前擺有一只水碗，他雙指捏著一顆潔白的石子，微笑道：「事已至此，大勢使然，就怪不得我謝觀應落井下石了。」

那顆石子砸入碗中水面。

同一時間，一抹白虹由東南往西北，一閃而逝。

◆

看完了正北方的徐鳳年收回視線，開始側過身望向正東方。

卸去那股氣機的支撐，祁嘉節那柄長鋏滑落歸鞘。

祁嘉節摘下那柄長鋏，隨意拋棄在街道上。

殷長庚等人都不明就裡，單餌衣和宋庭鷺也都滿臉茫然，一直像是來看戲的柴青山也向前踏出一步。

徐鳳年望向遠方，笑道：「東越劍池傾力鑄就的一柄新劍，祁嘉節作為劍主，所剩不多的離陽鍊氣士紮堆，加上龍虎山趙凝神的聯手牽引、柴青山的助陣，你們這從千萬裡之遙請來的一劍，比起當年我殺韓生宣那一劍，手筆大多了。」

祁嘉節輕聲道：「慚愧。」

柴青山默然無言。

腋下還夾著那本《綠水亭甲子習劍錄》的徐鳳年，也不見任何惱羞成怒的神情，說道：「武當山不遠，燒香許願挺靈的，你們還是趕緊祈禱別被我接下這一劍吧。」

東越劍池少女怯生生說道：「徐鳳年，江湖上不都說你是真武大帝轉世嗎，咱們許願也管用？」

徐鳳年忍俊不禁道：「也對。」

徐鳳年看了一眼她和那個長得確實挺像宋念卿的少年，後者趕緊雙手握緊劍柄，他可知道這個北涼王很擅長不經答應就跟人借劍！而且往往一借就是幾百上千的。

倒是那個還沒長成大姑娘就胳膊肘往外拐的少女，朝徐鳳年眨了眨眼睛，示意自己背著的那柄劍還不錯，要就拿去，不用借。

徐鳳年呼出一口氣，面朝東方，自言自語道：「不用借了，劍，如今我自己有的是。」

徐鳳年拔地而起，踏空而去。

只見天空中，那人四周，劍群如蝗。

我有劍，兩千四！

氣長六千里！

◆

享譽天下的白蓮先生依然在捧書流覽，如果有旁人在場，就會發現這個讀書人幾乎把腦袋都埋入了書籍，場面有些滑稽。

趙凝神當年在春神湖一戰，請下龍虎山祖師卻仍然被打破金身，但趙凝神跌境之後，竟是毅然決然閉生死關，修行那與武當大黃庭齊名的玉皇樓道法，終於破而後立，重新凝聚命格，在龍池的那株紫金蓮結出一朵本命花苞，假以時日，只要趙凝神悉心孕養，未必不能像爺爺趙希夷和父親趙丹霞那樣證道飛升，甚至有望品第更高，完成乘龍而升的壯舉。所以說這次自毀本命紫金蓮，牽引那萬里一劍來破去徐鳳年的氣數，趙凝神就是在玉石俱焚。若非如此，以祁嘉節的劍道實力，不足以御劍從東越劍池一氣至西北武當山。

趙凝神身影搖晃，虛弱不堪，以致跌坐在地上，喃喃道：「一路行來，不斷告訴自己這般行事是為中原道統氣脈，是為離陽一國蒼生，最少也是為我龍虎山天師府一家一姓的千年傳承，但歸根結底，不過是一己之私，想要了結那春神湖戰敗的心魔。」

白煜不知何時握著書籍走到年輕道士身邊，輕聲道：「凡夫俗子欺人，真人欺天地，難也不難，唯獨這自欺一事，從來都是說易則輕而易舉，說難則難如登天。」

他彎腰伸手搭在年輕道士的肩膀上，柔聲道：「凝神，莫要自責了，這關既然被你跨了過去，就更應該珍惜。至於我白煜，這輩子都過不去嘍，我不想學那軒轅敬城畫地為牢，一輩子都走不出那座徽山。以後你我師兄弟二人，你在山上修清淨，我在山下做了位極人臣的張巨鹿也好，做了那出師未捷身先死的荀平也罷，都無所謂了。」

這個被離陽先帝親口御賜「白蓮先生」的天師府外姓人，使勁瞇起眼望向遠方：「我眼睛不好，可惜看不到那一劍是怎樣恢弘了。」

趙凝神舉目遠眺，苦澀道：「那就當我替先生看一回。」

白蘆湖西端的青騾渡，在樓船林立的青州水師嚴密護送下，十萬南疆精軍開始有條不紊地渡江。這無疑是一項浩大的工程，但是名義上暫時由靖安王趙珣統轄的青州水師，兢兢業業，贏得了包括南疆大將吳重軒在內一班武將的認可，對給說成繡花枕頭的青州水師那種糟糕印象大為改觀。

◆

只不過協助南疆大軍渡江的年輕藩王與那吳大將軍並無太多交集，僅是在為南疆將領接風洗塵的晚宴上有過碰面，不過那一夜，襄樊城乃至整個青州，只要是喊得出花名的勾欄女子幾乎全都給邀請到青州水師樓船上了，靖安王趙珣在青州文壇也因此有了「胭脂王爺」的雅致說法。

在那艘悄然撤去所有青州水師士卒的樓船上，一男一女站在船艙門口，看著那個盤膝而坐多時的中年書生，先前還看著他莫名其妙擺下一口白碗，再投下一顆石子。

年輕男子錦袍玉帶，風流倜儻，而那體態婀娜的動人女子也在登船後摘去了帷帽，露出一張能讓舊青黨權貴瞠目結舌的容顏，女子與那陪著老藩王共赴黃泉的王妃裴南葦，足有八分形似、七分神似！

女子皺眉道：「王爺，剛才那抹光亮是……劍氣不成？」

靖安王趙珣無奈道：「問我？唉，就我那點三腳貓功夫。」

她沒有故作成熟女人的嬌媚或是小女子的嬌羞作態，甚至連個笑臉都欠奉，只是嘴角微微翹起。

趙珣不論看過了多少次這般冷冷清清的神色，仍會怦然心動。這位在離陽王朝冉冉升起的年輕藩王，握住她的手，兩兩無言。

一名白袍男子從船艙中走出，跟兩人擦肩而過，走到兩鬢斑白的儒生附近，低頭瞥了一眼。只見白碗之中，有一條細微白線疾速劃破水面。

中年儒士隨手一揮，水碗消失不見，然後他緩緩起身，跟白袍男子走到欄杆附近，環顧四周，感慨道：「八百里春神湖，除去廣陵江，更有四條河水同注其中，好一個『日月若出沒其中』，是何等壯闊無垠，便是一輩子住在湖畔的村野鄉民也想不到這春神湖其實在日漸枯萎，如同遲暮老人，倒是我們腳下這白蘆湖像那少年漸變壯年的光景，會越來越煙波浩渺，最終取而代之成為天下第一大湖。黃龍士曾經有言，世間氣數有其定數，卻運轉不停，田是主人水是客，不留就不得。」

身穿素雅白袍的英偉男子不置可否。

儒士笑道：「為了這離陽、北涼雙方此消彼長的氣數，祁嘉節不得不放棄畢生志向，捨棄長鋏，去東越劍池求劍，在刀甲齊練華大鬧太安城欽天監後，離陽不得不將碩果僅存的北方扶龍派鍊氣士，全部聚集在劍池，以性命作為代價，向那座劍爐灌注精血神韻。這麼大的動靜，不過是奢望打碎那人新到手的氣數而已。

想一想，離陽趙室也確實憋屈，數千士子赴涼，江湖草莽不斷擁入，繼而舉辦蓮花峰辯論，連淮南、江南兩道名士也都蜂擁而去了，這可是天下歸心的架勢！眼瞅著北涼如此不按規矩行事了，太安城坐龍椅的那位，確實是拿不出太好的辦法了。說實話，如果不是我謝觀應火上澆油一把，祁嘉節等人不可能得逞的。」

二人正是那位列陸地朝仙圖榜首的謝觀應，以及比那奉召平叛的一萬蜀兵更早離開轄境的異姓王陳芝豹！

謝觀應沒有轉身去看那個跟徐鳳年一樣成功世襲爵位的靖安王，輕聲笑道：「沒了陸詡輔佐，反而混得風生水起了。」

謝觀應打趣道：「王爺，也稍稍給人家一點好臉色，他可是對你仰慕得很，再說了，以後我們還要倚重這位『一旬帝王』。沒有他的話，事情會棘手很多。」

陳芝豹望向西北，只見那抹璀璨白虹氣勢越來越雄壯，以至於連這位超凡入聖的蜀王都下意識眯起眼眸。

◆

在謝觀應察覺端倪投石入碗之前，白蘆湖東端的一大片蘆葦蕩中，一葉扁舟停留原地隨波起伏，舟頭船板上有一襲鮮豔猩紅的袍子飛快旋轉，如牡丹絢爛綻放。

這襲紅袍猛然停止，那張歡喜相的面孔朝天空望去。

就在她要掠向高空的瞬間，躺在舟上閉目養神的女子淡然道：「爺們兒的事，娘們兒別去管。」

◆

西楚京城中，從白蘆湖上趕回朝堂主持軍政大事的曹長卿，來到大殿外視野開闊的白玉廣場上。大官子的視線隨著那抹劍光從東緩緩往西，嘆息道：「衍聖公，這一劍，原本應該是在太安城外等我的吧？」

曹長卿朗聲道：「徐鳳年！就請你替李淳罡、王仙芝、劍九黃，替所有已死在江湖的江湖人，教那些廟堂中人知道，何謂江湖！」

◆

三個道士沿著廣陵江一路東行，在已經可以依稀看到襄樊城輪廓的時候，身穿武當道袍的年輕道人停下腳步。

渾身靈氣流淌的小道士好奇地問道：「師父，怎麼不走了？」

那個身穿龍虎山道袍卻跟武當道士混在一起的負劍男子皺眉道：「這一劍，是由東越劍池那邊往你們武當山去的。」

陪著那尾鯉魚「走江化蛟，入海為龍」的當代武當掌教李玉斧，輕輕點了點頭，默不作聲，但是眉宇間隱約有一股罕見的怒意。

自己尋上門來找到武當師徒二人的龍虎山道士齊仙俠，讚嘆道：「這一劍無鞘，天地即是劍衣！貧道若是此生能夠正面迎戰這一劍，雖死無憾！」

小道士余福輕聲道：「生生死死，是多大的事啊，咱們別輕易說死就死。」

齊仙俠啞然失笑，轉頭凝視這個小道士，會心笑道：「你很像一個人。膽子小的時候，連女子都不如。膽子大的時候……」

齊仙俠沒有說出口那半句話。

膽子大的時候，連天上仙人都害怕。

◆

一名已過劍閣進入西蜀道境內的騎驢中年人，突然惱火道：「離陽啊離陽，這劍，哪能這麼耍！這不是逼我鄧太阿去北涼邊關走一遭嗎！」

牽驢背箱的少年哭喪著臉道：「師父，咱們能別意氣用事嗎？好不容易剛從那邊來到這西蜀道，我小腿肚子都瘦了一圈，結果啥風景也沒瞧見，就要去那北涼塞外？」

從來都不摻和離陽廟堂的桃花劍神揉了揉下巴：「這事兒離陽做得太過，已經不是背後捅刀子那麼簡單了，是跑人家的家裡當著面挖房子的牆根。用前兩天咱們跟人聽來的那句話說，就是叔叔可忍，嬸嬸……」

少年趕緊截下話頭：「嬸嬸也可以忍！」

鄧太阿彎腰摸著老夥伴驢子的背脊，想了半天，說道：「不急，師父先帶你看看這西蜀風光，我有一種直覺，以後這天下哪裡都不安生，就這兒會太平些，你小子要是能夠在這裡找到媳婦，那是最好不過，到時候師父無牽無掛，就能一個人離開西蜀道了。」

少年憨憨笑道：「這多不像話。」

鄧太阿白了他一眼，道：「你就偷著樂吧！」

少年突然憤憤然說道：「雖然不知道發生了啥，但我要是北涼王，堂堂大宗師，早就殺到太安城揍那個離陽皇帝了。」

鄧太阿感慨道：「所以徐鳳年是北涼王，你只能是我鄧太阿沒出息的徒弟啊。」

少年惱羞成怒道：「我可真在西蜀道找媳婦，到時候就不管你了。」

鄧太阿轉頭看了一眼北方：「那你趕緊的。」

◆

北涼流州和北莽姑塞州的交界邊境處，正在與包括柳珪在內一班武將議事的拓跋菩薩，突然大步走出軍帳。

這位北院大王臉上神情複雜。

早知如此，你徐鳳年當時會不會留在虎頭城與我再戰一場？

如此死了，以後史書終歸是說你是一位堂堂正正戰死於邊關的西北藩王，而不是如今的無故身亡，導致中原門戶大開。

◆

太安城欽天監內，沒有了那些鍊氣士，如今實在太冷清了。

一位身穿正黃龍袍的年輕人和一個身穿監正官服的少年並肩而行。

皇帝盡量語氣平靜地問道：「小書櫃，有幾成把握？」

陽光下，少年伸出手掌遮在額頭間，望向天空，微笑道：「別的不知道，反正某人是天理難容。」

年輕皇帝也笑了：「老子明明是個梟雄，兒子卻要當英雄，真是好笑。」

少年突然憂心忡忡：「皇帝哥哥，你就不怕他澈底倒向北莽？」

皇帝反問道：「他爹徐驍一輩子只做了兩件事，用二十年打下中原，再用二十年抵擋北莽鐵蹄。你覺得他敢投靠北莽嗎？敢讓他爹整整半輩子的心血付諸東流嗎？」

少年「哦」了一聲。

皇帝開懷至極，笑咪咪道：「是吧，不做忠臣只當孝子的徐鳳年？」

◆

逃暑小鎮，那位眾人印象中不動如山的祁先生，在殷長庚等人的錯愕之中，盯著柴青山怒容道：「你為何不出手阻攔徐鳳年離去？你難道不知道徐鳳年越晚迎劍，我們就越有希望成功？」

祁嘉節向前踏出一步，伸出一手，街面上的長鋏便懸空升起，他瞥了一眼柴青山身邊那個將祕笈捧在懷中視若珍寶的單姓少女，憤怒道：「不過是隨手丟出一本粗劣不堪的《綠水亭甲子習劍錄》，你柴青山還想不想讓東越劍池壓過吳家劍塚了？難道忘了你師弟宋念卿是為何而死？」

柴青山揉了揉徒弟單餌衣的腦袋，笑道：「你以為徐鳳年想走，我就攔得住了？」

柴青山自顧自搖頭道：「如果我跟你這位北地第一劍豪聯手，各自豁出性命，是能拖住徐鳳年不短的時間，最終讓那劍來到幽州境內，甚至是這武當山山腳，但我不覺得這點能夠影響大局勝負。

我東越劍池跟吳家劍塚爭奪那『一家之學即天下劍學』的名頭，已經爭了好幾百年，從大奉王朝爭到現在的離陽王朝，我劍池弟子劍術有高低，劍道有遠近，何曾聽說過有幾人對不起自己親手鑄就的劍？」

他繼而冷笑道：「先是師弟宋念卿為朝廷戰死，如今劍池又為你祁嘉節鑄劍，已經對離陽趙室仁至義盡，所以我這次出行，連劍都不曾帶。

某人需要在天子腳下討口飯吃，我柴青山可不用！怎樣，不服氣？來打我呀！反正老子看你和柳蒿師不順眼也不是一天、兩天了。」

別說祁嘉節氣惱得氣度盡失，那柄長鋏都在空中顫動起來。連宋庭鷺、單餌衣兩個劍池弟子都大開眼界，師父平時是挺嚴肅的一個老頭子啊，今兒轉性了？

哈哈，不過少年和少女都很喜歡，這才是他們心目中的好師父。

白衣背劍少女更是覺得大快人心，徐鳳年破空遠去前丟給她那本《綠水亭甲子習劍錄》，在她看來，師父就該跟這樣的人物相見恨晚，再一起痛飲三百杯，於是她做著鬼臉，火上澆油地搖頭晃腦道：「怎樣，不服氣？來打我呀、來打我呀！」

宋庭鷺轉過頭齜牙咧嘴，瞧瞧，只要那人不在，自己師妹就會露出狐狸尾巴。

不過他打心眼裡喜歡呀。

只是宋庭鷺很快就氣不打一處來，因為他又看到那個同齡人開始魂不守舍，使勁盯著他師妹！

宋庭鷺猛然按住那把被他命名為「廣陵江」的長劍的劍柄，反正師父都跟那個姓祁的偽君子撕破臉皮了，也不差他這一點，劍池少年怒斥道：「小子，看什麼看啊！」

結果少年被他師妹一巴掌拍在腦袋上，還聽她怒氣衝衝道：「宋庭鷺，你才是他娘！」

遇上少女後臉皮子就變薄的趙文蔚只敢在心中默念：『姑娘，我叫趙文蔚，是立志以後要做千古第一名相的讀書人。』

祁嘉節眼神凶狠。

柴青山大概是真正放開了，也不刻意在徒弟面前保持長輩架子，歪頭掏了掏耳朵，嘖嘖出聲道：「祁嘉節，如果我沒有記錯，你這個放風箏之人，還得分神牽掛住那柄千里之外的飛劍，可千萬別功虧一簣了。真要搏命，那就等此間事了，到時候你在這趟御劍後無論劍術還是心境都已經大受裨益，有望觸及鄧太阿出海訪仙的境界，到時候你我定生死便是。」

祁嘉節突然閉上眼睛，細細感受那如絲如縷的劍意神念，睜眼後就重新恢復太安城祁大先生的出塵風範，微笑道：「柴青山你也別提什麼劍士風骨和江湖道義，無非是不看好那一劍能夠建功而已。告訴你一個消息，有人在那柄劍上，悄然增添了一股足以牽動天地異象的浩然之氣。」

柴青山瞇起眼：「哦？那就拭目以待了。」

祁嘉節灑然而笑，隨手一揮，長鋏長劍釘入客棧廊柱中。

◆

韓生宣曾經在神武城等他，楊太歲在鐵門關外等他，劍氣近黃青和銅人師祖聯手在流州等他。

第五貉下提兵山找他，王仙芝到北涼找他，拓跋菩薩在西域找他。

這一次，無非是換成了一劍找他徐鳳年。

徐鳳年當場破空而去，起一氣劍意兩千四，主動迎向那一劍，腳踩一柄心頭起念意自足的氣劍，飄然御風。

劍在腳下，清風同行。

祁嘉節只是一方離陽朝廷精心配製的藥引子，徐鳳年要殺他不難，不管有沒有東越劍池柴青山阻攔都一樣。祁嘉節為何會恰好跟王遠燃一行人幾乎同時來到逃暑鎮？以京城祁大先生的偌大名聲和殷長庚他們的廟堂背景，武當山上就擠不出幾間屋子供他們下榻休息？祁嘉節正是要以那道外泄逃暑鎮的充沛劍氣，迫使徐鳳年不得不下山現身，繼而裝模作樣用長鋏出鞘這場醉翁之意不在酒的比拚，以此咬死徐鳳年的獨到氣機，為那萬里之外，東來一劍找准目標。

這個氣魄大到足以讓人忘卻其間隱藏陰險的手筆，徐鳳年當然不陌生，準確說來，他才是這種伎倆的老祖宗。當初實力懸殊，他仍是執意要殺人貓韓生宣，為此精心布局，先是借劍給武帝城的隋斜谷，然後還劍至神武城外，這才僥倖殺掉了那隻號稱陸地神仙之下第一人的人貓。

徐鳳年笑道：「一報還一報，不是不報，只是時候未到嗎？」

只見他腳尖微微一踏，劍尖微微翹起，隨後整座劍林，一同扶搖直上，衝向更高處的厚重雲霄。

徐鳳年攜帶劍群一起破開雲濤，恰如群魚躍出水面。

雲海之上，霞光萬丈，陽光潑灑得如此肆無忌憚，像是為雲層披上了一件雍容瑰麗的金黃外衣。

天地寂寥，氣象祥和，唯獨那撥劍群靈動肆意，悠然游弋。

春江水暖鴨先知，金風未起蟬先覺。

指玄境就有類似未卜先知的本事，故而與人對敵，處處占據先機。而一品第三重境界的天象境，因為達到天人共鳴而得名，躋身此境，已經跟擅長窺探世間氣象的鍊氣士無異，甚至猶有過之，對於大勢走向，尤其是涉及自身的情況，有一種敏銳的直覺。那麼一品四境中最高的陸地神仙，號稱朝遊東海暮至大漠，其恣意逍遙，當得「妙不可言」四字評價。

當今天下，誰敢說當年那個金玉在外、敗絮其中的草包世子，不是真神仙？

徐鳳年身後，武當群峰漸漸遠去，他清晰感知到那遙遙一劍剛剛由江南道飛入淮南道，一場註定要發生在九天之上的生死大戰即將到來，但畢竟還相隔一個淮南道，徐鳳年仍是不急不緩。除去御劍兩千四，如同仙人踩高蹺的徐鳳年負手站在飛劍之上，凝望著遼闊雲海，不由有些感嘆，自己原來也能有這麼一天啊！

做那種踏雪無痕、飛簷走壁的大俠，一直是徐鳳年在年少時念念不忘的一個夢想。反正他徐家本就有讓天下英雄豪傑盡低頭的徐家刀，那他就提刀走江湖，鏟奸除惡，扶危濟困，殺匪寇救婦孺老幼，殺淫賊救那漂亮姑娘，一邊行俠仗義快意恩仇，一邊結識那些名動天下的江湖好漢，闖蕩出一個類似「徐神刀」的響噹噹綽號。

而那會兒中原江湖又頗為流行以「公子」作為名號，年少的世子殿下就和自己的大姐商量了很久，很用心地羅列出了一大堆的「公子」之名。要是穿白袍出行就用「玉樹公子」，穿青衫就叫「青龍公子」……而且早早向弟弟黃蠻兒許諾，要在江湖上幫他搶個天下第一的美女做媳婦。

可惜只喜歡讀史翻兵書的二姐總是對此嗤之以鼻，但是當少年信誓旦旦說自己也要找到個好媳婦，就像徐驍在江湖中找到娘親一樣時，二姐終於笑了，破天荒沒有挖苦嘲諷。

在北涼一畝三分地上無法無天的世子殿下，是在後來才聽說，世上可能真有那如鳥飛掠穿梭雲間的神仙中人。一次百無聊賴了就又去欺負某個睡覺也要握著神符匕首的少女，他大放厥詞故意嚇唬她，跟她說其實自己根骨清奇得連自己都怕，是那百年難遇的練武奇才，只要他願意習武練劍，一炷香工夫就能御劍去那太安城上空拉屎撒尿。

念起則劍動，徐鳳年身邊那密密麻麻的八方飛劍都略微散開，但是腳下那柄飛劍之前每隔十丈，就有一柄飛劍在前，劍劍相接。

徐鳳年笑著一步踏出，踩在了十丈外那柄劍身上，如此反復，一劍換一劍，開始狂奔。

很久很久以前的當年，剛剛在清涼山安家，大姐還未遠嫁江南，二姐還未與輪椅做伴，弟弟也未開竅，四個天真快樂的孩子，隨便找塊空地，劃出格子，能蹦蹦跳跳一個下午也不知疲倦。

到了吃飯的時候，那個不披甲所以只像個富家翁的男人，總會在他媳婦的命令下過來喊孩子們。他的腿微瘸，男人在自己子女前又是死要面子的性子，所以只會開心笑著，看著他們玩耍，如果不是媳婦親自趕到抓人，男人好像就能那麼一直看下去，嘴上卻說著慢一點，別摔著。

永遠沒有人知道，為什麼一個自從他離開遼東錦州後，看過了包括北漢、後隋、西楚、西蜀在內那麼多天下壯麗風景的男人，最終會一次次不厭其煩地看著四個孩子跳著千篇一律的格子，卻會在媳婦催促喊人後，感到不捨。好像希望他的四個孩子，一直就這樣無憂無慮，不要長大，女子不要嫁離家門，兒子不要挑起擔子。

大概也永遠不會有人知道，有個不是陸地劍仙的年輕人，大戰在即，卻在雲海之上踩著飛劍跳著格子，只因為想起了兒時的歡樂時光。

徐鳳年終於停下腳步，後仰躺下，身下自有百柄飛劍剎那間銜接集聚。

徐鳳年躺在飛劍鋪就的大床之上，眯眼望著天空，漫天燦爛陽光落在他身上。金身璀璨。

◆

不久前，在鄰近逃暑鎮的一條幽州官道上，趕路的少女精疲力竭，實在扛不住那毒辣的日頭，就跟身邊同伴說了句她要歇息會兒，然後就在路邊一棵枝繁葉茂的柳樹邊，靠著樹幹坐在樹蔭中打盹兒。

身披破敗袈裟的光頭小和尚蹲在少女旁邊，在她睡著之後，輕輕揮動袖子，搧動徐徐清風。但是小和尚有些憂心，他發現她似乎又做噩夢了，因為小姑娘眉頭緊皺。不光是今天這個午覺，其實這一路行來，自從兩人進入北涼境內，她就經常這樣，時不時半夜驚醒，不管多麼疲憊，然後她就是死活不願合上眼睛睡覺了。

小和尚幫少女搧著風，看到睡夢中的少女竟然流淚了，小和尚頓時也跟著眼睛一紅，嘴唇微動，哽咽道：「師父、師娘，對不起，我沒有照顧好東西……東西吃了很多苦，都半年多沒買過一樣胭脂了，連鋪子也不看，東西還故意說她已經不喜歡胭脂了……師父，趁著東西其實心底還是喜歡胭脂的時候，你教我頓悟吧，這次我用心學，早些成佛好了……」

小和尚耳邊突然響起一個再熟悉不過的嗓音：「你這個笨徒弟呀！」

小和尚先是趕緊抬頭，滿臉驚喜，然後伸出手指「噓」了一聲，示意來者別吵到了她，小和尚都顧不得擦掉自己臉上的淚水。

從武當山趕來的白衣僧人心中感嘆，閨女真是沒說錯，是個笨南北呀！

李當心緩緩席地而坐。

方丈方丈，方圓一丈內，立即得清涼。

白衣僧人閉上眼睛，輕輕伸出手，點在自己閨女的眉心。

◆

祥符三年。秋末。

北莽大軍再度集結，四十萬精銳陸續壓境懷陽關。

一位年輕僧人破開雲層，如仙人落於城外，盤腿而坐。

年輕僧人猛然抬頭，沉聲道：「天地之大，容小僧只在這北涼城前方寸地，為李子豎起一道慈碑！」

他閉上眼睛，雙手合十。

其實他沒有說出口，天下再大，也不過是東西南北而已。

騎軍並未展開衝鋒，而是緩緩壓陣，然後萬箭齊發。

箭矢密密麻麻如蝗群壓頂。

整個天空就像一塊脆弱的絲帛，瞬間被銳器撕碎。

年輕僧人低頭誦經，塑就金身。

隨著一撥撥箭雨潑灑而下，僧人的金光開始搖晃和衰減。

箭雨無止境。

猩紅鮮血開始逐漸浸透袈裟。

渾身鮮血的年輕僧人嘴唇顫抖，低頭呢喃：「師父，你說情至深處，知悔不願悔。你說的這些道理，我總是不懂，但是沒關係。往西去便去，成佛便成佛。」

不知為何，剎那之間，僧人滿身猩紅變作金黃色。

視線模糊的僧人艱難轉過頭，繼而望向城頭，滿臉淚水卻咧嘴一笑，抬手拍了拍自己的耳朵，似乎在告訴誰一些什麼。

他轉回頭後微微彎下腰，伸手撥了撥身前腳邊的沙地，似乎又是在為擱置某樣物件而騰空什麼。

然後雙指彎曲，輕輕一叩！

天地之間，驟然響起一聲清脆悠揚的木魚聲……

……

柳蔭下，少女猛然哭出聲，睜開眼後，茫然四顧。

當她看到笨南北還在，還多了那襲白衣，也不知道自己是不是還在做夢，一下子哭得更凶了。

不知所措的小和尚扯了扯師父的袖子，嗓音沙啞道：「師父，東西到底怎麼了？」

白衣僧人把他閨女摟在懷中，柔聲安慰道：「好了、好了，傻閨女，別怕啊，爹和笨南北都在這兒呢。」

白衣僧人伸出手掌在女兒額頭一抹，李東西沉沉睡去。

這一次，她無夢，睡得格外香甜。

李當心讓女兒繼續靠著柳樹，幫忙擦掉她臉頰上的淚痕後，這才摸了摸自己的大光頭，轉身對旁邊的小光頭說道：「南北啊，等東西醒了，就帶她去武當山上的紫陽宮，你師娘正在那裡等你們。她埋怨山上道觀的齋菜沒油水，不好吃，很是想念你燒飯做菜呀。記得在山腳小鎮多買些雞鴨魚肉，等我回來，晚上咱們一家人好好撮一頓……」

南北小和尚為難道：「我和東西都沒錢啊，師父你有？」

白衣僧人瞪眼低聲道：「到了北涼，姓徐的能不管飯？大不了你們去那個叫逃暑鎮的地方扯開嗓子自報名號，就說是我李當心的閨女和徒弟！」

小和尚追問道：「如果不管用，咋辦？」

白衣僧人沒好氣道：「那你上山後就去姓徐的茅屋菜圃，偷摘幾根黃瓜，涼拌。」

小和尚摸了摸自己的光頭，唉聲嘆氣。

白衣僧人緩緩起身道：「自己看著辦就是，師父要趕去給那小子送行一程，離陽、北莽兩朝皆滅佛，唯獨北涼敬佛，若這就是天理難容，那貧僧無禪，倒是要好好念一次禪了。」

小和尚緊張萬分道：「師父，跟徐鳳年見著了面，一定要和氣啊，他人很好。對了，師父你這次下山沒有帶那把磨好的菜刀吧？要是帶了，晚上做飯切菜，我要用的，師父你就別帶了。」

白衣僧人揮了揮袖子，一掠而起，到了數十丈高度後，向天空步步走去。

一步一蓮花。

李當心自言自語道：「徒弟啊，成佛這種事情，你就算了。師父在行。」

這一日，北涼高空，宛如一座懸天蓮池。

之後更有蓮上坐佛。

◆

在距離河州邊境還有將近百里的天空，白衣僧人追上了御劍東去的年輕藩王。

徐鳳年停下疾速飛掠的壯觀劍陣，問道：「禪師有事？」

兩人所在位置已在雲海之上，白衣僧人仍是伸手指了指更高的地方：「你該知道吧？」

徐鳳年笑道：「這個是當然，除了祁嘉節那柄劍和謝觀應的橫插一腳，還會有些……有些存在，會對我看不過眼，不過禪師放心，都在我的預料之中。蝨子多了不怕咬，債多了也不愁，也就那麼回事。」

徐鳳年抬頭望向那浩渺冥冥之中，冷笑道：「如果是在跟黃青那一戰以前，我還會畏懼幾分，如今嘛，也就那麼回事了。」

白衣僧人看著這位大開北涼門戶接納天下僧人的西北藩王，沉聲道：「貧僧不是幫你徐鳳年，當然也幫不了你什麼，但是北涼這一方淨土，是貧僧師父和師伯，還有那個爛陀山的無用和尚都希望見到的。」

徐鳳年猶豫了一下，最終還是直言不諱道：「禪師應該清楚，我鎮守西北，力拒北莽百萬大軍，都是出於私心。如果我不是徐驍的兒子，不是我北涼鐵騎在這裡紮根了二十年，他們的心血都在這裡，那麼我徐鳳年也許最多就是單槍匹馬去殺幾十個北莽武將，嘗試著殺掉拓跋菩薩而已，絕對不會死守邊關、戰死涼州。至於收納天下僧人，何嘗不是像在跟離陽賭氣。」

白衣僧人不耐煩地擺擺手：「貧僧不管你怎麼想，只看你怎麼做，又做了什麼。」

徐鳳年一笑置之。

白衣僧人冷哼道：「這一劍不簡單，別死了。我閨女和徒弟跟逃暑鎮賒了些帳，還等著你徐鳳年回去還。」

徐鳳年微笑道：「沒問題！」

徐鳳年轉身繼續御劍直奔北涼、淮南兩道的接壤處。

白衣僧人轉身面朝西方，但是轉頭看了一眼那個略顯孤單寂寥的修長身影，頗有幾分自己當年從兩禪寺下山獨自西行萬里的風采嘛。

白衣僧人笑了笑，前不久在武當山上媳婦還說他們如果有兩個閨女就好了，當時還覺得荒唐，現在想來似乎也沒那麼離譜。

白衣僧人雙手合十，輕念一聲佛號。只見白衣僧人四周，綻放出一座座巨大如山峰的巍峨蓮座。

沐浴在絢爛陽光中的蓮座，不斷升起於雲海之上。

整個北涼，不知升起幾千幾萬朵蓮花。

雙手合十的白衣僧人低頭輕聲道：「我心淨時，何時不見如來。我心淨處，何處不是西天。」

白衣僧人緩緩抬頭，朗聲道：「蓮花落佛國！」

一朵朵蓮花之上，坐了一尊尊大佛。佛光千萬丈，向大地灑落，籠罩住整個北涼大地。

武當群峰獨高北涼，離陽西北一帶，唯有河州一脈而生的包括丹砂峰、甲子峰、神女峰等在內毗鄰六峰，堪稱能夠不讓武當專美於前。

當徐鳳年駕馭劍群來到幽州邊境時，眼前景象不同於涼幽交界處的安靜雲海，而是驚濤洶湧，如風摧撼大海潮，而那河州群山沉入雲海底不見蹤跡，唯獨山勢最為險峻的六峰，連袂高出雲海，但也僅是小荷露出尖尖角的模樣，山頭小露如那河中壘石，任浪濤拍打，巋然不動。

徐鳳年看著遠處那六座「島嶼」，想著就是在這裡了。

如果沒有謝觀應雪上加霜，徐鳳年就算任由飛劍入境幽州，他停留在逃暑小鎮也有幾分勝算。但現在不一樣了，謝觀應的用心深遠，不光是要那劍破去雞湯和尚的佛缽氣數，還要順勢連徐鳳年和北涼氣數都一併打碎。若是戰於武當山腳，就算徐鳳年成功接下了那一劍，支離破碎的劍氣一旦四散逃逸，仍會禍及北涼，那他依舊是輸了，而且輸不起。

要迎戰，他就只能戰於這北涼邊境之外了。

徐鳳年輕輕呼出一口氣，雙指併攏朝天，笑道：「第一劍，劍起邊關。」

除去腳下那柄飛劍，兩千四百餘劍瞬間散去，無一不是劍尖朝上，劍與劍之間相距十丈到百丈不等，依次懸停在這幽州邊境上空。

然後徐鳳年收回手指，彎曲雙臂，猛然間向外一揮：「第二劍，鐵騎在列。」

分散後本來已經略顯劍陣單薄的兩千四百餘劍，竟是在剎那間一劍生百劍，劍劍如此。

幽州東部邊境的高空，如同拉起一張劍網，如同築起一道大堤。

更如同近三十萬北涼鐵騎，列陣在此！

擺下這座幾乎耗盡他心胸中全部意氣的恢弘劍陣後，徐鳳年卻沒有就此站在劍陣之中，他安靜等待那個「不速之客」，緊緊抿起嘴唇，眼神毅然。

如果外人初看徐鳳年，第一眼，一定是他的那雙丹鳳眸子，再仔細打量，除了覺得他有一副出彩皮囊外，也會注意到那雙略顯單薄的嘴唇，難免在心中猜測這樣的人，一定是性情涼薄之人。

北涼三十萬邊關將士，北涼寒苦參差百萬戶！

今天就讓我這個對你們心懷愧疚的北涼王，讓自己不那麼愧疚！

徐鳳年抬起手狠狠揉了揉臉，輕聲道：「老黃、溫華、羊皮裘老頭，我很高興這輩子能遇到你們。跟你們三個，我都不用說對不起，因為我知道你們根本就不樂意聽這個。」

徐鳳年低頭笑了笑：「那就走一個？」

那就走著！

徐鳳年吸足一口氣，卻始終不曾吐氣，一步掠出，向那雲海翻滾、若隱若現的丹砂峰撲去。

徐鳳年身影急墜，一腳踩在丹砂峰頂，然後彈射而起，落在了下一座峰頂後，身影再度躍起，不斷向這大好山川借勢一用！

伴隨著山石滾走、聲勢驚人的轟隆隆聲響，已經無山可落的徐鳳年張開五指，整個人撞向一抹割破長空的刺眼白虹。

幽州離境百里。

高空之中。

當徐鳳年手掌跟劍尖撞擊、抵在一起之時，原本壯闊的煙雲在這一瞬間就給炸裂得徹底煙消雲散。

萬里無雲了。

徐鳳年掌心所擋這把劍，通體紫金光芒流淌，竟然長達一丈，卻細如柳葉，所以這把無鞘劍，全劍皆是劍尖！

鑄造於東越劍池的最大的大奉劍爐，封爐將近兩百年，據傳大奉王朝末代皇帝曾經將一方傳國玉璽丟擲爐中，故而劍爐有大奉氣運留存至今。

劍爐於離陽祥符元年末悄然開爐，日夜不熄，爐火之盛，十里外依稀可見，東越劍池不得不為此在劍爐四方建造四棟高聳入雲的鎮運高樓，讓扶龍派鍊氣士在樓外守候，以此隱藏劍氣火光。

徐鳳年被此劍一撞，瞬間撞向幽州那邊一千多丈，即便是拓跋菩薩全力一擊，或是鄧太阿傾力一劍，甚至是王仙芝巔峰之時，也絕對不會有此威勢。

徐鳳年心無雜念，全身氣機都瘋狂彙聚向那掌心劍尖相撞的一點之上。

雖然鋒銳無匹的纖細劍尖尚未刺破徐鳳年的手心罡氣，但是徐鳳年心知肚明，只要開一個口子，哪怕這口子再微不足道，也極有可能兵敗如山倒。

一鼓作氣從東越劍池來到這河州上空的無名長劍，在劍勢出現忽略不計的那絲凝滯後，如有人性靈氣，震怒之後，氣勢不減反增，劍氣紛亂縈繞，照映得徐鳳年滿身紫金氣，那些森寒劍光已凝實質，鞭打在徐鳳年身上，也有罡氣流瀉的長袍出現一陣陣波紋。

此劍掠過東越道、廣陵道、江南道、淮南道。

一劍光寒十九州。

此時此地，已是幾近攀至顛峰，勢不可當。

徐鳳年手心死死抵住劍尖，為了減弱這一劍的恐怖衝勁，不得不雙膝微屈，身體前傾。

一人一劍，在天空中拖曳出一條濃郁的煙雲霧氣，過波澤峰、過紫秀峰、過老翁峰，徐鳳年的倒退身影，連過三峰。

距離幽州邊境的那座劍陣不過五十里了，徐鳳年衣袍上渾身一片片生硬冰霜，自然流露體外的氣機顯然已經不足以震散那股狂亂劍意。

當徐鳳年眼角餘光瞥見神女峰時，他終於吐出那一口氣。

劍尖瞬間刺入手心！鮮血綻放。

徐鳳年乾脆以劍尖作為支點，身體澈底前傾，姿勢像是在用一手推山，力撼崑崙。

過神女峰、甲子峰、丹砂峰，又過三山。

劍尖已經完全刺破徐鳳年的手心，微微透出手背！

徐鳳年面無表情，伸出左手疊放在右手手背上，體內氣機流轉一瞬八百里，洶湧如廣陵江一線大潮。

兩隻手掌，一橫一豎。

疊雷！

短短三里路程，劍尖仍是一點一點從徐鳳年左手背上露出，寸餘劍尖，卻有著崢嶸氣象。

徐鳳年一跺腳，腳下的河州大地之上，可聞雷鳴。

他任由劍尖再破背一寸，劍勢終於為之一頓。

猩紅鮮血順著徐鳳年的手背流入袖管，然後很快凝結成一攤血霜。

一丈長劍的前衝勢頭被硬生生阻滯，但並不意味著此劍的氣勢就已經開始由盛轉衰。

幾乎徐鳳年每退一里，劍尖就要從徐鳳年第二隻手的手背多透出半寸。

距離幽州邊境不過二十里。

長劍開始在此劃出一個弧度軌跡，劍尖微微朝下，向幽州大地墜去。

徐鳳年前傾身影則漸漸站直。近鄉情怯，遊子正衣襟，而那把丈劍的劍尖因此觸及徐鳳年的右邊胸口，只差絲毫，就要刺入。

徐鳳年身後那兩千多柄飛劍，同時嗡嗡作響，彙聚後如沙場大鼓擂動，響徹雲霄。

七竅流血？徐鳳年此時根本已經是渾身浴血。尤其是沒有長袍遮掩的那張臉龐，不斷有絲絲鮮血滲出，不等無處不在的細密劍氣蕩淨，就會有新鮮血液淌出。

十里。

那把長劍已經貫胸而過，徐鳳年從頭到尾都保持雙掌抵劍的姿勢。

他低頭看了一眼那劍，鮮血阻礙眼簾，所以視線有些模糊。

徐鳳年扯了扯嘴角，輕輕吐出一口血水，吐在這把劍上。老子不好受，你不一樣也一鼓作氣，再而衰了？長劍顫鳴，絞爛徐鳳年傷口的血肉。

五里。

一丈長劍，有半丈在徐鳳年身前，另外半丈已經在徐鳳年身後。這幅慘絕人寰的場景，無人能夠想像。

三里。

那座劍陣寂靜無聲，就像北涼鐵騎真正展開死戰衝鋒之時，從無其他軍伍的高聲呼喊。

劍過人身已七尺，徐鳳年嘴唇微動，言語含糊不清。

小時候，娘親笑著說過，「小年，你要記住，我們徐家家門所在，就是中原國門所在。這跟離陽皇帝是誰沒關係，跟中原百姓罵不罵徐家，也沒有關係。」

一向不敢跟王妃頂嘴的男人卻破天荒大膽說道：「小年，別當真，千萬別當真！打仗不是什麼好玩的事情，你能別逞英雄就別逞英雄。我徐驍的兒子怎麼就一定要為國捐軀？沒這樣的道理！」

徐鳳年剛才跟自己說了一句：「娘親，我聽妳的，不聽我爹的。」

兩里。

背後就是那幽州貧瘠山河了，長劍已經透體八尺！它要在那氣勢衰和竭之間，做出最具威勢的掙扎。

徐鳳年雙掌轉換成雙拳，手心血肉模糊，可見白骨，他緊緊握住那柄身前僅留三尺鋒芒的長劍，向外拔去！

一里。

徐鳳年後退的腳步踉蹌，但是雙手緊緊貼住胸口，死死攥住那柄丈劍的尾部，不願鬆手！

半里。

徐鳳年一手繼續握住劍尾，一手繞到背後，握住貫穿胸膛的劍鋒。

北莽百萬大軍壓境，但我涼州虎頭城依舊還在，幽州霞光城依舊在，只要城內還有一人未死，城就在。

徐鳳年閉上眼睛。

北涼死戰不願退，是因為我們不可退！

徐鳳年不是雙手折斷長劍，而是硬生生拔斷了那把一丈劍！

當那一聲長劍崩裂聲響過後，好像過了一段漫長的歲月。

最終徐鳳年低頭彎腰站在劍陣之東，距離那座肅穆劍陣不過幾尺距離，而他兩隻手分別握著一截斷劍。

這萬里一劍，可過離陽四道十九州，卻不曾入北涼一步。

長劍被拔斷之後，百萬絲劍氣果真四處流散，都被劍陣一一擋在幽州門外。

◆

今年夏天，烈日當空的太安城下了好大一場劍雨。

當白衣僧人化虹來到邊境雲海，看到那個盤膝坐劍、面朝東方的猩紅身影時，驟然而停，行雲流水一般，他靜立天空中，就像一幅山水畫。

白衣僧人望著遠方劍陣破空而造成的風雲激盪，道：「這僅剩的十二萬把意氣飛劍，註定半數都到不了太安城。北涼尚且有貧僧替你擋下天上仙人的趁火打劫，太安城更是如此，多此一舉，還不如省下你那點意氣，用來固本培元。」

徐鳳年手中還握著那銳氣盡失但鋒芒猶在的兩截斷劍，輕聲道：「一下子沒忍住。」

「還是年輕啊。」白衣僧人搖了搖頭笑道，「將心比心，若你是家天下的離陽皇帝，眼睜睜看著江湖人和讀書人攜帶各自氣數湧入北涼，你能忍？太安城的初衷，不過是要以這一劍削去你的氣數，只是謝觀應添了把柴火，才變成不死不休的局面。

按照京城齊陽龍、桓溫、殷茂春這些中樞重臣的想法，就算要你死，那也該等到北莽大軍跟北涼鐵騎打成兩敗俱傷，死早了，不利於從張巨鹿手上就謀劃完畢的離陽既定大局。」

徐鳳年抬起手肘胡亂擦了擦臉龐血跡：「謝觀應是打定主意要這天下大亂了，不只想要從廣陵道戰場撈取名聲，似乎還想讓陳芝豹接替我成為這西北藩王。也對，只要我暴斃，北涼三條戰線都會隨之動盪，距離北涼最近的淮南道節度使蔡楠，別說拿著聖旨接任北涼邊軍兵符，恐怕燕文鸞都不會讓他順利進入幽州，而在北涼口碑一向不錯的蜀王陳芝豹無疑是最佳人選。

離陽朝廷就算內心百般不情願，也只能捏著鼻子答應，畢竟有陳芝豹坐鎮西北，大權獨攬，總好過北涼一盤散沙各自作戰，最終被北莽踏破邊關，過早染指中原。當然，如此一來，陳芝豹坐擁北涼鐵騎之外，又有西蜀、南詔作為戰略縱深，等於完成了我師父李義山當初設想的最好形勢。對離陽趙室而言，無異於飲鴆止渴，但也實在沒法子，沒這口毒酒來解渴降火，死得更快。」

白衣僧人伸手摸了摸光頭，無奈道：「聽著就讓人頭疼，你們這些廟堂人啊，也不嫌累得慌。」

徐鳳年對此一笑置之，轉頭咧嘴問道：「禪師接到東西和南北了？」

白衣僧人「嗯」了一聲，然後就沒有下文。

徐鳳年等了半天，也沒能等到半點動靜。

終於，白衣僧人轉頭看著這個坐劍懸空的年輕人，緩緩道：「你屁股底下那柄劍都在打戰了，還要裝高手裝到什麼時候？真把自己當作餐霞飲露喝天風的神仙了？」

徐鳳年神情尷尬至極。

白衣僧人抬起袖子輕輕拂動，徐鳳年連人帶劍一起掉頭，往武當山那邊掠去，白衣僧人在旁邊御風而行，淡然道：「貧僧只把你送回逃暑鎮幫東西還錢，別得寸進尺要貧僧幫你嚇唬那祁嘉節和柴青山。」

哪怕沒有罡氣護體，仍是清風習習，拂面而不覺有半點寒意，饒是徐鳳年也心中驚嘆不已，這可是自成八方一丈小千世界的佛門神通啊，這一丈範圍的金剛不敗，當今天下誰能打破？是鄧太阿的劍，還是轉入霸道的儒聖曹長卿？徐鳳年仔細思量一番，竟然發現，好像都機會不大。

大概是猜到徐鳳年的心思，白衣僧人笑了笑，略帶自嘲道：「貧僧也就這點挨打的能耐還算拿得出手，不比你徐鳳年，連那一劍也給完完全全接下，換成貧僧，雖說那一劍傷不了貧僧分毫，可貧僧也絕對擋不住它闖入北涼。怎麼，想偷學這份佛家本領？勸你還是放下這個念頭，除非你哪天不當北涼王，剃成了光頭……」

徐鳳年趕緊輕輕搖頭，低頭看去。橫放在腿上的這個罪魁禍首一丈劍，重創自己體魄，自己傷勢看上去很嚇人，但是胸口那個窟窿其實已經開始在赤紅絲線的游弋縫補下，止住流血如泉湧的跡象。

徐鳳年預測大概要休養小半年才能澈底恢復，在此期間別說對陣拓跋菩薩，恐怕就連祁嘉節這一線的宗師都談不上必勝，只是相比自身那份易散難聚的氣數受損，形勢已經要好上太多，畢竟身體可以緩緩痊癒，氣機神意也可以如池塘緩慢蓄水，終歸有蓄滿的一天。

一座池塘的水量多寡，其池塘寬度取決於武人體魄的渾厚程度，而更加隱晦的深度，與虛無縹緲的氣數運道有關。在黃三甲將王朝氣運散入江湖後，王仙芝兩者兼具，故而在武帝城稱霸一甲子；拓跋菩薩、呼延大觀都屬於前者，謝觀應是後者集大成者。

總能精準抓住徐鳳年心意念頭的白衣僧人，望向遠方的武當群峰，感慨道：「以鍊氣士來看，氣數一物，人人皆有，但是多寡懸殊，帝王將相自然遠超販夫走卒，但為何依然有水能載舟、亦能覆舟一說？簡簡單單的『民心所向』四字早已透露天機。

天地為父母，恰如一雙嚴父慈母。舉頭三尺有神明，天網恢恢、疏而不漏，而地生五穀以養人，君子以厚德載物承恩。

貧僧當初西行遠遊，出遊時，黃龍士送行，返回時又是黃龍士相迎，此人向來神神道道的，一次無意間說過經他翻書看來，你徐鳳年只是應運而走的人物，陳芝豹卻是龍蟒並斬的應運而生之人，所以你應該早早戰死邊關，留下青史罵名千百年。」

應該是知道徐鳳年沒辦法痛痛快快開口說話，白衣僧人自問自答道：「貧僧這麼多年待在兩禪寺，經常問自己，為何有人此生成了佛，有人來世也成不了佛？是不是成了佛的，讓人不成佛？

佛法東傳，入鄉隨俗，大乘小乘之分越發明顯，貧僧斗膽提出頓悟一說，但放下屠刀、立地成佛一說，越演越烈。貧僧有時候也擔心這一步的步子，稍稍大了些。其實小乘捨離世間，樂獨善寂自求涅槃，多好的事啊。大乘利益天人，度己度人慈航普度，更加是好事啊。」

徐鳳年艱難道：「不一樣頭疼？」

白衣僧人點點頭：「可不是？」

鄰近武當山，滔滔雲海中那朵荷尖變島嶼，白衣僧人突然說道：「以後你可能會去兩趟太安城，但也只是可能罷了。你就當貧僧在叨叨，裝神弄鬼，不用太上心。」

徐鳳年笑道：「我以為只有一次。」

這一刻，白衣僧人的僧袍肩頭袖口等處都出現古怪動靜，像是有鉤子在撕扯僧袍。

李當心只是隨意地揮揮袖口，拍拍肩頭。

徐鳳年臉色凝重，下意識就要伸手去握住膝上一截斷劍。

仙人高坐九天之上，持竿垂釣，那些恐怕連鍊氣士大家也看不見的一根根魚線墜落入人間，而此時就有許多魚鉤恰好鉤住了白衣僧人。

白衣僧人搖頭笑道：「不用在意，身為三教中人，就是比較麻煩。」

徐鳳年難免腹誹，能不在意嗎？被天上垂釣氣運的仙人如此赤裸地拉扯衣服，擱誰也要沉不住氣啊。不過看禪師你那這裡一拍、那裡一彈的架勢，就跟打蒼蠅差不多，我也就只能跟著你一起不在意了。

徐鳳年沒來由地笑了笑：「禪師，你在吵架前弄出這麼大的動靜，青山觀的韓桂壓力很大啊。」

白衣僧人樂呵呵道：「這是閨女教的，說山下的江湖人打架，在拳頭打到對手身上前，都要先在原地打一套威風八面的拳架子，既能給自己壯膽，也能賺到旁人的喝彩聲。」

徐鳳年笑臉牽強，打哈哈道：「不愧是經驗豐富的江湖兒女。」

鄰近武當山腳的逃暑鎮，白衣僧人輕輕一推，徐鳳年坐劍斜落下去，身後傳來聲音：「見到東西之前，換身衣衫，否則要是被她知道你是在貧僧眼皮子底下這般淒慘狼狽，貧僧得被她叨叨叨好久，就別想耳根子清淨了。要曉得貧僧閨女的佛門獅子吼，有她娘親八分真傳啊。」

徐鳳年聞聲後會心一笑，轉瞬間就落在了逃暑鎮上空，站起身，那柄意氣飛劍自行消散，徐鳳年將兩截斷劍都握在左手中。

祁嘉節在被自己拔斷丈劍後，受傷之重還在自己之上，體魄還算好，但幾乎算是劍心盡毀，此生就不要想在劍道境界上有所突破了，所以徐鳳年真正要提防的是不知為何選擇袖手旁觀的柴青山。

第二章　鳳年擊殺祁嘉節　白煜留歸北涼道

當徐鳳年雙腳落在街上時，沒了白衣僧人一丈淨土的佛法護持，頓時一口鮮血湧上喉嚨，給他硬生生強行咽回去。

其實從徐鳳年御劍離去到此時御劍返回，不過小半個時辰。小鎮事態也已經穩定下來，在角鷹校尉羅洪才的五百騎和隋鐵山的拂水房死士鎮壓之下，差不多人人帶傷的王遠燃一行人已經被拘禁起來，而祁嘉節也讓殷長庚這些勳貴子弟返回客棧，他則跟李懿白以及柴青山師徒三人一同站在街道上。

小鎮內外不斷有甲士趕到，連武當山輩分最高的俞興瑞都來到小鎮的邊緣，站在一堵泥牆上，雖未進入小鎮跟祁、柴兩位劍道宗師正面對峙，但這個師兄弟六人中「唯獨修力」的武當道人，明擺著是來堵他們退路的。

當宋庭鷺、單餌衣這兩個孩子看到滿身鮮血的徐鳳年時，呆若木雞。在從師父嘴中以及跟祁嘉節的對話中得知大致內幕後，少年是震驚於這個姓徐的竟能真接下那一劍，而白衣少女則是截然不同的心境，她差不多覺得自己的心都要碎了，那雙靈氣四溢的漂亮眼眸中隱約有淚光，雙手十指關節泛白，死死抓住那本《綠水亭甲子習劍錄》。

徐鳳年對羅洪才和隋鐵山揮了揮手，示意他們大可以退出逃暑鎮，五百角鷹輕騎和七十餘錦騎都如潮水瞬間退去，屋頂上那些死士和弓手也是紛紛撤掉，一氣呵成，無聲無息。

這股恰恰因為沉默反而越發顯得有力的氣勢，尤其讓曾經在春雪樓當過十多年首席客卿的柴青山感到驚心。廣陵道也可謂兵馬強盛，但是那麼多支精銳之師中，除了藩王親衛，大概也只有當時的橫江將軍宋笠調教出來的人馬，勉強能拎出來跟這撥北涼境內駐軍比一比。

徐鳳年沒有看到東西姑娘和南北小和尚，心想應該是買完東西開始登山了。

徐鳳年對祁嘉節和柴青山說道：「咱們進客棧聊一聊？」

柴青山笑道：「有何不可？」

腰間又掛上了那把長鋏的祁嘉節默不作聲。進了客棧一樓大堂，只見空蕩蕩的，住客顯然早就躲在屋子裡不敢出來了，徐鳳年挑了張椅子坐下，柴青山和祁嘉節先後落座，宋庭鷺剛想要大大咧咧坐下，就被李懿白拎著後領扯回去，少年只好老老實實站在師父身後。

此時殷長庚一行人都站在了二樓樓梯口，但只有離陽天官之子殷長庚獨自下樓，走到桌子附近，不卑不亢地問道：「王爺，有我的位置嗎？」

徐鳳年把兩截斷劍輕輕放在桌上，一截長度已經遠遠超出桌面，一截短如匕首，他微笑道：「殷公子坐下便是，死牢犯人還能有口斷頭飯吃呢。」

殷長庚臉色僵硬，當他看到徐鳳年胸口那處鮮血最重的傷口，只是瞥了一眼，便很快落座，眼簾低垂。

祁嘉節正襟危坐，閉目養神，柴青山則饒有興致地仔細打量那兩截斷劍。

雖然此劍出自東越劍池的大奉劍爐，但除了宗門內那群年邁的鑄劍師，哪怕是他這個宗主，也從頭到尾沒能瞧上半眼。

成劍之前，此劍如待字閨中的女子，但已經遠近聞名，其劍氣沖天，柴青山身在劍池，感受最深。但可惜這麼一柄前無古人、後無來者的絕代名劍，才「出嫁」便夭折了。

此時斷劍，就只剩下鋒銳而已。

徐鳳年沒有著急開口，客棧內氣氛凝重。就在此時，那個沒有跟隨師父一起進入客棧的背劍少女，捧著一大堆剛買的衣衫鞋襪跑進來。其實不能說是買，鋪子早就關門，是她硬生生踹開大門，揀選了衣物再丟下一袋銀子。

單餌衣怯生生道：「北涼王，你贈送我一本祕笈，我還你一套衣服，行嗎？」

徐鳳年笑了笑：「做買賣的話我虧大了，但如果是人情往來，那就無所謂了。單姑娘，妳把衣服放在桌上好了，回頭我登山前會換上的。」

滿臉焦急的宋庭鷺踮起腳尖，在身材修長的師兄李懿白耳邊小聲說道：「師兄、師兄，咋辦啊？師妹這個樣子，該不會就留在北涼不回咱們劍池了吧？」

徐鳳年不理睬這個少年的憂愁，對祁嘉節開門見山說道：「這一劍若是成功，你能助長劍道，朝廷也能安心。其實挺佩服你們的，都說天高皇帝遠，結果你們處心積慮弄來這麼一手，也真看得起我這個都不在江湖廝混的傢伙了。

是有人在劍上動了手腳，你祁嘉節已經知道，我也不跟你們繞圈子，你祁嘉節今天就滾回太安城，十年之內不許出一劍，再幫我捎句話給你主子，我會找機會跟他聊一聊，就像我們現在這樣。」

祁嘉節猛然睜眼。

「怎麼，沒的談的意思？」

原先一直用袖袍攏住雙手的徐鳳年，緩緩提起手臂，雙指彎曲，在那截極長斷劍上接連敲擊，讓人目不暇接。與此同時，徐鳳年輕輕出聲笑道：「折柳送離人，不只是你們中原的習俗，我們北涼也有。只不過北涼跟你們不太一樣，這邊離人一去，很多人就回不來了。不知道你祁嘉節到了北涼，會不會入鄉隨俗？」

長一丈餘的斷劍，折斷成了數十截。

一截截斷劍懸空升起，在桌面上輕盈轉動，如柳葉離枝，隨風而動。

祁嘉節冷哼一聲，看似發洩怒意，其實在座諸人都清楚這是京城祁大先生示弱了。

「柳葉」緩緩落回桌面。

一顆心吊到嗓子眼的殷長庚如釋重負，年輕貴公子的額頭已經有汗水滲出。

但是下一刻，殷長庚只感受到一股清風撲面，緊接著就給撞擊得向後靠去，連人帶椅子都轟然倒在地上。

整張桌子都被一人撞成兩半，柴青山轉頭望去，只見祁嘉節被徐鳳年一隻手掐住脖子，這位祁先生整個人後背抵住客棧牆壁，雙腳離地。

祁嘉節腰間那柄長鋏僅是出鞘一半。

徐鳳年一手掐住祁嘉節的脖子，一手負後，抬頭看著這個體內氣機瞬間炸裂的京城第一劍客，笑道：「受到同等程度重創的前提下，要殺你祁嘉節，真沒你想的那麼難。來而不往非禮也，回頭我就讓心中肯定對你頗多怨恨的殷公子，帶著你的腦袋返回太安城。」

隨著劍主的氣機迅速衰竭，長鋏緩緩滑落回劍鞘。

心思急轉的柴青山最終還是紋絲不動，心中喟嘆不已，這個年輕人，真是對敵人狠，對自己更狠啊。

這個年輕藩王為了殺祁嘉節，別看這般輕鬆寫意，身上剛剛有乾涸跡象的鮮血恐怕又要多出個七、八兩了。

徐鳳年鬆開手，已經死絕的祁嘉節癱軟坐靠著牆壁。

二樓樓梯口的男女，趙淳媛和高士箐都摀住嘴巴，不敢讓自己驚呼出聲。高士廉、韓醒言兩個都倒抽了一口冷氣。

少年趙文蔚第一次重視這個既不聽調也不聽宣的離陽藩王，而不是像先前那樣更多留心白衣少女單餌衣。不同於哥哥姐姐們的震驚畏懼，這位只在書籍上讀過邊塞詩的少年，非但沒有驚慌失措，反而居高臨下第一時間打量起在座幾人的反應。

看似面無表情，但是左手使勁握住椅子把手的劍道宗師柴青山；雙手微微顫抖重新扶正座椅，猶豫了一下才坐下的殷長庚，以及那個嘴角帶著笑意緩緩坐回位置的年輕藩王。

那一刻，自幼便對姐夫殷長庚佩服得五體投地的趙文蔚，心思開始急劇轉變，以前不管爹怎麼說都聽不進去的隱祕話語，一下子都開竅一般，尤其是那句「文蔚啊，那殷長庚只是個太平宰相，做不成亂世首輔，我趙家有這樣的女婿，未必是福」。

徐鳳年對柴青山笑道：「柴先生剛才能忍住不出手，讓我很意外。」

柴青山回應道：「王爺沒忍住出了手，草民更加意外。」

一身血腥氣越來越濃重的徐鳳年瞥了一眼柴青山的兩個徒弟，說道：「柴先生收了兩個好弟子，東越劍池有望中興。」

雖然把這個風度翩翩卻行事狠辣的藩王視為大敵，但是宋庭鷺聽到這句話，還是不由自主挺直了腰杆。

廢話，被武評四大宗師之中的一個親口誇獎，這要傳到江湖上去，他宋庭鷺就一夜成名了！以後再離開宗門行走江湖，還不是輕輕鬆鬆就知己遍天下？

柴青山爽朗笑道：「那就借王爺吉言了。」

徐鳳年對少年宋庭鷺笑道：「聽說你要做第二個在京城揚名的溫不勝？桌上有這幾十截柳葉飛劍，我送給你，你敢不敢收？」

少年揚起下巴道：「有何不敢！」

柴青山無奈嘆息，這個惹禍精。這些東西，何其燙手啊。

徐鳳年果真收回桌面上的那些斷劍，起身道：「殷公子，勞煩你領我去一趟祁嘉節的屋子，換身衣服好上山。」

白衣少女看著徐鳳年那雙血肉模糊、可見白骨的手，匆忙捧起衣服道：「我幫王爺拿上樓。」

柴青山更無奈了，死丫頭，這是恨不得全天下人都猜測劍池跟北涼不清不楚嗎？

殷長庚帶著徐鳳年登樓，少女緊隨其後，樓梯口那些同伴在這之前就退回屋子。

宋庭鷺腦袋擱在桌上傻樂和。

李懿白打趣道：「有了新劍，就不擔心你師妹了？」

少年始終盯著那些柳葉殘劍，越看越喜歡，撇嘴道：「反正也爭不過徐鳳年，就聽天由命唄。」

柴青山一巴掌拍在這個徒弟的後腦勺上：「瞧你這點出息！」

殷長庚在二樓走廊盡頭停下腳步，輕聲道：「這就是祁先生的房間了。」

不等徐鳳年動手，白衣少女就已經伶俐丫鬟似的率先推開房門。

徐鳳年站在門口，對殷長庚說道：「如果你有膽量，回到太安城就跟殷茂春說一聲，蜀王陳芝豹如今有謝觀應竭力輔弼，如虎添翼，一旦給他在廣陵道樹立起威望，此人對朝廷的威脅，不在我徐鳳年之下。當然，說不說都是你殷長庚的事，況且我也強求不來。」

殷長庚似乎好不容易下定決心，突然低聲道：「王爺，我能否進屋一敘？」

徐鳳年愣了一下，笑道：「無妨。」

俏臉微紅的背劍少女正在歡快忙碌，不但那些衣物放下了，甚至連背著的那柄劍也一併擱在桌上，一點都不把自己當外人的意思，此時更是端著個木盆出去。

她看到那殷長庚也跟著走進來，驚訝之後，也心眼玲瓏地不問什麼，只對徐鳳年略帶羞赧道：「王爺，我去幫你燒一盆熱水，可能要王爺等一會兒。」

徐鳳年玩笑道：「去吧、去吧，不過這次幫忙，我可沒東西送妳了。」

少女低頭小步走出屋子，到了走廊中，就開始蹦蹦跳跳了。

給少女這麼一打岔，殷長庚心境也平穩了幾分。他親自關上門，在徐鳳年坐下後，殷長庚沒有順水推舟跟著坐下，就那麼站著，正要說話的時候，發現徐鳳年伸手摀住嘴巴，觸目驚心的鮮血從指縫間流淌出來，尤其是胸口那一大攤血跡，讓殷長庚忍不住懷疑就算你是武道大宗師，流了這麼多血真沒事？

徐鳳年喉嚨微動，放下手掌後，輕輕呼吸一口氣，笑道：「你們那位祁大先生死前雖然沒有出劍，但他饋贈給我的十八縷劍氣正在肺腑中翻江倒海呢，只好請你長話短說了。」

殷長庚盡量不去聞那股刺鼻的血腥味，快速醞釀措辭，說道：「王爺可曾聽說坦坦翁有意要讓出門下省主官的位置？」

眼角餘光中，殷長庚看到徐鳳年伸出一隻手按在腹部，五指彎曲各有玄妙，似乎是以此鎮壓那些劍氣。

徐鳳年眼神玩味，點頭道：「聽說了，你爹和你老丈人都有可能接替這個位置，算不算是肥水不流外人田？」

殷長庚搖頭沉聲道：「趙右齡對我一向看輕，這中間也有趙右齡對幼子趙文蔚期望極重的原因。事實上王爺應該心知肚明，我爹當年第一個離開張廬，比趙右齡、元虢、韓林等人都要早，正是因為他在對待北涼一事上，跟老首輔起了分歧……」

徐鳳年笑著打斷道：「分歧是有，不過你也別急著往張巨鹿身上潑髒水。殷茂春當年率先離開張廬，有關北涼的政見不合只是一小部分，更多還是先帝的意思。先帝需要培植一個能夠繼顧廬之後，能夠以文臣身分與張廬抗衡的人物。只可惜青黨不爭氣，江南道的士子集團更是不堪，殷茂春兩次暗中拉攏都沒能成事，這才不得不待在翰林院這一隅之地，不但先帝大失所望，更失望的還是元本溪才對。」

於是，殷長庚說不下去了。

言語間，徐鳳年時不時咳嗽一下。他繼續道：「讀書人果然天生就不適合面對面來談生意，幕後謀劃倒是一套一套的。行了，你說不出口，我替你把話說了。你爹跟趙右齡雖然是親家，但一直相互看不對眼，如果我沒有猜錯，你爹真正的至交好友，願意視為同道中人的官場同僚就只有馬上接任淮南道經略使的韓林吧？怎麼，要我北涼照顧一下志向遠大的韓大人？那麼你們的回報呢？」

殷長庚突然有些底氣不足，輕聲道：「韓大人在淮南道赴任後，會立即向朝廷提議將經略使府邸搬到薊州和河州交界處……」

徐鳳年點頭道：「明白了。」

殷長庚鬆了口氣，因為再說下去，有些只能天知地知、你知我知的言語，實在是太難以啟齒了。

徐鳳年揮手道：「行了，你放心返回太安城，淮南道和薊州那邊，你在回去的路上，也讓那位經略使大人放寬心。」

殷長庚欲言又止。

徐鳳年冷笑道：「該怎麼做，北涼這邊自然會權衡，總之不會讓你爹和韓林難堪。這筆買賣，肯定是你們那邊更划算。」

殷長庚作揖道：「那長庚就靜候佳音了。」

殷長庚悄悄離開房間，發現不遠處站著那個端了一盆熱水的劍池少女。

徐鳳年當然沒那臉皮讓一個無親無故的少女服侍自己，關上屋子獨自脫去身上袍子的時候也有些納悶，年紀越大反而臉皮越薄是怎麼個情況？

◆

一炷香工夫後，潦草包紮完畢、全身清清爽爽的徐鳳年，重新打開房門，少女眨巴著大眼睛，不說話。

徐鳳年揉了揉她的腦袋，柔聲道：「小姑娘，謝了啊，以後如果能等到北涼不打仗了，再來這兒遊歷江湖。關外風光雖然比不得中原江南的樹木叢生，百草豐茂，但也很美。」

少女眼神有些幽怨，他揉她頭髮這個動作，太像慈祥的長輩了。

徐鳳年突然一抱拳，笑眯著眼，學那江湖兒女大聲道：「青山不改，綠水長流，我們後會有期！」

白衣少女給嚇了一跳，然後笑得不行不行的，怎麼也遮掩不住，怎麼也矜持不起來。

徐鳳年大踏步離去，到了酒樓外，羅洪才已經在門口牽馬等候，身邊站著束手束腳的錦騎都尉范向達，還有那個負傷後、從涼州遊弩手之職退回境內任職的錦騎伍長陶牛車。

徐鳳年接過馬韁繩，上馬前望向那個身負內傷而臉色蒼白的陶伍長，伸出大拇指。

年輕藩王一騎絕塵而去。

羅洪才輕輕踹了一腳范向達，在翻身上馬前，又重重拍了一下陶牛車的肩膀，大笑道：「好樣的，這回給我長臉大發了！」

差點給一巴掌拍地上去的陶牛車，憨憨笑著。

錦騎都尉范向達悶悶不樂。

陶牛車轉頭說道：「范都尉，掐我一下，怕自己在做夢。」

范向達給逗樂，笑罵道：「大白天做個鬼夢！」

陶牛車豪氣干雲道：「范都尉，今兒我請你和兄弟們一起吃酒去，管夠！」

范向達訝異道：「就你那點銀錢，還都給家裡人寄去了，能管夠？」

陶牛車嘿嘿笑道：「這不有范都尉你幫忙墊著嘛。」

范向達愣了愣，然後鬼鬼祟祟摟過麾下伍長的肩膀：「陶老哥，商量個事兒，反正今天就咱倆加上他羅校尉三個人，校尉大人這不跟著王爺去武當山了嘛，晚上喝酒，要不你就跟兄弟們說一聲，說王爺是朝咱們倆豎起大拇指的？」

陶牛車一本正經道：「范都尉，借錢歸借錢，又不是不還，我陶牛車可是實誠人！」

范向達嘆了口氣。

陶牛車放低聲音道：「借錢不收利息，這事兒就成，咋樣？」

范向達哈哈笑道：「沒問題！明天我再請一頓酒！」

為了照顧受傷的陶牛車，兩人都沒有騎馬，都尉和伍長並肩走在這逃暑鎮上，陶牛車突然眼神恍惚，輕聲說道：「我是胡刺史帶出來的最後一撥遊弩手，有些晚了，咱們標長都尉就都喜歡吹噓他們親眼見過大將軍，在關外那些年，把我羨慕得要死。范都尉，等王爺帶著咱們打贏了北莽蠻子，以後是不是也可以跟更年輕的小夥子說一句，想當年咱們也親眼見過王爺的？就隔著這麼兩、三步的距離？」

范向達點了點頭，沉聲道：「會有那麼一天的！」

◆

徐鳳年和羅洪才上山的時候，俞興瑞也在。徐鳳年跟老真人討要了一顆丹藥，讓羅洪才回頭送給那個錦騎伍長，還叮囑說別說是他的意思。

當徐鳳年來到茅屋前時，趙凝神就坐在小板凳上，身邊還有條空著的板凳，而那位白蓮先生正幫著徐鳳年搬書、翻書、曬書。

徐鳳年坐下後，跟叔叔趙丹坪同為龍虎山當代天師的趙凝神平淡道：「王爺如果要興師問罪，貧道絕不還手。」

徐鳳年冷笑道：「不還手？你還手又能怎樣？」

趙凝神眺望遠方，說道：「貧道願意在武當山上結茅修行十年。」

徐鳳年瞥了一眼那個忙碌的白蓮先生，笑道：「怎麼，為了能夠讓白蓮先生安然下山，竟然捨得連天師府的清譽都不要了。」

白煜緩緩起身，擦了擦額頭汗水，走向徐鳳年，蹲在兩人身邊，習慣性瞇眼吃力地看著這個北涼王，笑道：「王爺，讓趙凝神走，我留下，如何？」

徐鳳年笑了。

這個白蓮先生，明顯比祁嘉節甚至是殷長庚都要識趣多了。

白煜伸出一根手指：「但是我只能留在北涼一年，在這一年間，我也會盡心盡力。」

徐鳳年伸出一隻手掌：「五年！」

白蓮先生搖頭道：「這就不講理了。一年半，最多一年半！」

徐鳳年嗤笑道：「四年。就四年，給你白蓮先生一個面子，再別說少一年，少一天都沒的談了。」

白蓮先生還是搖頭：「四年的話，中原那邊黃花菜也涼了，而且北涼根本就不需要我白煜待四年，王爺是明白人，一年半，足矣！天下大勢，定矣！」

徐鳳年縮回兩根手指：「三年。再討價還價，我真要揍你……哦、不對，是要揍趙凝神了啊。」

白煜突然一屁股坐在地上：「那王爺就揍他吧，我反正幫不上忙，看戲就行。」

徐鳳年猶豫片刻，終於說道：「看在趙鑄那傢伙的分兒上，兩年。你再廢話，我連你一起揍！」

也不知道這個讀書人哪來的氣力，以迅雷不及掩耳之勢就站起了身，身形矯健得很。這位白蓮先生作揖道：「兩年就兩年。」

徐鳳年連忙起身扶起白蓮先生，滿臉笑意道：「先生還習不習慣咱們北涼的水土啊？還有先生啥時候去清涼山啊？」

◆

天下沒有不散的筵席，趙凝神最終還是被白煜勸說下山。白煜眼睛不好，也沒有多送。離別之際，白煜跟趙凝神說接下來修行，不妨去那惡龍被斬的地肺山結茅隱居，並且叮囑趙凝神暫時不要讓龍虎山捲入波瀾，太安城有個青詞宰相趙丹坪為天師府撐場子，離陽也不會太為難天師府。

趙凝神憂心忡忡，顯然對於白蓮先生在北涼成為人質放心不下。白煜倒是無所謂，安慰了幾句，說那徐鳳年和北涼能否過河都兩說，拆橋還早。

在趙凝神單獨下山後，不得不又換上一身潔淨衣衫的徐鳳年出現在白煜身邊。趙凝神前往道教第一福地地肺山修行一事，是他和白煜的一樁私下交易。

龍虎山先後三次算計徐家，第一次是在京城下馬嵬驛館那老槐樹下動手腳，竊取氣運；第二次是那位返璞歸真、形同稚童的老天師親自出馬，要殺他徐鳳年；這一次又是趙凝神不惜損耗本命金蓮牽引飛劍，徐鳳年豈會因為白煜留在北涼參讚政務就能一笑而過？如果不是看在黃鸞兒師父趙希摶老真人的分兒上，徐鳳年就算讓趙凝神離開北涼，也一定要這個與國同姓的黃紫貴人吃不了兜著走。

白煜低頭望向那條山路，輕聲道：「按照王爺的說法，地肺山不但是道門福地，更是起於北方的離陽趙室鎮壓南方江山的竅穴所在。隱居龍虎山的趙黃巢功虧一簣，先是黑龍被武當掌教李玉斧所傷，繼而連趙黃巢本人也被王爺殺掉，那麼凝神悄然進入至今仍是被朝廷封禁的地肺山，就無異於挖離陽皇室的牆根了。

這件事，換成別人還真做不來，唯獨趙凝神最合適。一來姓趙，有近水樓臺的優勢；二來趙凝神是身具一教氣運之人；再者如今離陽北派鍊氣士損失殆盡，最後那點元氣又耗在了東越劍池鑄劍一事中，難以察覺此事。」

徐鳳年笑道：「就只許趙家天子動手腳，不許我徐鳳年噁心噁心他？白煜先生頭一回下山，不是覲見當今天子，而是私晤南疆世子趙鑄，見蛟而不見龍，不正是希冀著創下扶龍之功，一舉成為從龍之臣？」

白蓮先生微笑道：「但是如今我不得不受困於北涼整整兩年，即便僥倖成功，這扶蛟成龍的功勞，難免就要大打折扣了。王爺就沒點表示？」

徐鳳年轉頭玩味道：「先生這話就不厚道了，現在趙鑄處處受那南疆第一大將吳重軒的掣肘，手下勉強可以調動的兵馬，也就那最早北上平叛的兩、三千騎，大半還是跟吳重軒借來的，先生這會兒留在趙鑄身邊，巧婦難為無米之炊，除了跟這位燕刺王世子殿下大眼瞪小眼外，還能做什麼？去得早不如去得巧，我這是為先生考慮啊，等先生在北涼積攢出足夠的聲望，趙鑄到時候讓先生獨當一面，也就水到渠成了。」

白煜苦笑道：「這麼說來，我還得感謝王爺的良苦用心。」

徐鳳年笑咪咪道：「接下來兩年時間咱們都在一個屋簷下，說謝不謝的，多俗氣！」

兩人返回那棟茅屋的時候，白煜主動開口道：「王爺跟我說一說北涼局勢吧，我好心裡有底，省得到了清涼山副宋經略使大人那兒，兩眼一抹黑，給人笑話。我這雙不爭氣的眼睛，也跟瞎子差不遠了。」

徐鳳年有片刻的失神，沒來由記起當年青州永子巷，那個賭棋謀生的目盲棋士陸詡。此人在成功輔佐趙珣坐穩靖安王位置，以及謀劃了廣陵道那場千里救援，幫趙珣贏得離陽朝野一片讚譽和朝廷的初步信任後，終於引起了當今天子的注意。當今天子釜底抽薪，乾脆就將他召去太安城。對於自己的挽留，陸詡沒有答應來到北涼，這不奇怪，但是陸詡坦然赴京就讓人想不通了。

徐鳳年收斂了散亂的思緒，緩緩道：「虎頭城有劉寄奴主持軍務，是我北涼天大幸事，再死守半年不成問題，不過前提是懷陽關及柳芽、茯苓三鎮不做分兵之舉。如果流州青蒼城或是幽州霞光城告急，任意一條戰線陷入險境，就極有可能導致三線都岌岌可危。到時候就不得不讓幽州角鷹校尉羅洪才，或是陵州珍珠校尉黃小快這樣的境內駐軍，火速奔赴戰場。

但在北涼那座規模還在虎頭城之上的新城建成前，如此大規模且大範圍的長途運兵，糧草調度的壓力實在太大了，怕就怕疲於應付不說，到頭來還是遠水救不了近火的下場。所以眼下看來，雖然在戰場上我北涼穩穩占優，但是在看不見的戰場上，頂多是一個涼莽持平的局面。葫蘆口那邊，霞光作為最後一座邊關大城，燕文鸞已經給清涼山和都護府都立下了軍令狀，說要是霞光城在虎頭城之前被北莽攻破，那他燕文鸞就讓副帥陳雲垂提著他的腦袋送往懷陽關。」

徐鳳年輕輕吐出一口氣，臉色凝重道：「北莽大概也沒料到涼州、幽州會打成這個僵局，也在苦苦尋求破局，因此南院大王董卓前段時間讓數萬董家私軍從虎頭城北奔赴流州。所幸給褚祿山料中，以八千騎死死拖住了董家騎軍，否則流州戰局後果不堪設想。

這場敵我雙方都沒有大肆宣揚的戰役，其實是涼莽開戰以來，最為驚心動魄的一場。雖然各自戰損相對不多，但是只要褚祿山八千騎沒能成功，既保存己方兵力，又不給董家騎軍快速突入流州的機會，哪怕褚祿山用八千人全軍戰死的巨大代價，拚掉董家兩萬騎軍，只要給其餘一萬人滲透到流州，一旦跟柳珪大軍和拓跋菩薩的親軍會合，流州就等於沒了，涼州西邊大門外只能眼睜睜任由北莽後續騎軍肆意馳騁。

別說我們北涼那座新城建不起來，有了足夠運兵屯兵用兵的北莽，可以一鼓作氣對懷陽關展開攻勢。當然了，現在局勢不一樣了，我跟先生也就不藏著掖著了，那個在廣陵道聲名鵲起的寇江淮，已經是我們的新任流州將軍，順利領軍支援青蒼城。」

白煜輕聲道：「這麼看來，褚都護真是北莽那個董卓的命中剋星。當年離陽、北莽第一場大戰，如果不是褚都護壞了董卓的好事，說不定那時候他就已經當上北莽歷史上最年輕的大將軍。如今又是褚都護親自率領八千騎，好似天降神兵，讓董卓再一次功敗垂成。」

徐鳳年點了點頭，玩笑道：「南褚北董兩個胖子，大概是因為咱們都護大人更胖點，所以打起架來，比較占便宜。」

白煜突然由衷感慨了一句：「這輩子都沒有想過會有這麼一天，能與那在北莽敵人心目中也極有威望的劉寄奴、春秋大魔頭褚祿山、北涼步軍主帥燕文鸞、舊南唐第一人顧大祖等這麼多名動天下的人並肩作戰。」

徐鳳年笑道：「習慣就好，可能是很早就在這裡長大的緣故，不太有先生的這種感觸。」

白煜呢喃道：「如果有一天在這裡待慣了，捨不得離開，那該怎麼辦？」

徐鳳年搖頭道：「很難。」

白煜很快就領會其中意思——北涼勝算太小了，不管他白煜想不想留在北涼，仍是身不由己，也許到時候他會跟很多士子書生一起逃難中原，背後就是北涼那座流血千里、生靈塗炭的慘澹戰場。何況他白煜志在文臣鼎立的廟堂占據一席之地，而不是武人邊功的大小，方才這番言語，不過是一時意氣而已，所以他「嗯」了一聲：「倒也是。」

鄰近茅屋，白煜問道：「屋內有北涼形勢地理圖嗎？曾經天師府倒是有幾幅，不過都太過老舊粗糙，流州也不在其中。」

徐鳳年帶著這個彷彿莫名其妙就成了北涼幕僚的白蓮先生一同走入，翻出一幅地圖攤開在桌上。

已是黃昏時分，徐鳳年特地點燃了一盞油燈。白煜乾脆就提著那盞銅燈趴在桌子上，開始跟徐鳳年詳細詢問北涼邊關和境內駐軍的分布，甚至還要了筆墨，一問一答、一說一記。

書生不出門便知天下事，這句話對也不對。在大局上指點江山勉強可行，但不足以支撐起一時一地的具體謀略，尤其是在臥虎藏龍的北涼。若是白煜想要在邊關軍務上有所建樹，就不得不心中有數，做到胸有成竹，否則在宋洞明這種儲相之才或是李功德這種官場老狐狸面前瞎顯擺，只能是貽笑大方，自取其辱。

徐鳳年趴在桌對面，輕聲道：「在形勢論鼻祖顧大祖進入北涼之後，徐北枳與其相談甚歡，兩人最終敲定，將北涼劃分出十四塊防禦重地。境內如角鷹校尉羅洪才由於是負責十四版圖之一的駐軍，所以同為境內校尉之一，官階品秩就要比陵州黃小快等人要高出一級。如今境內駐軍除去皇甫枰這樣的一州將軍，經過上一輪出自陳亮錫手筆的替換後，這撥新崛起、握有實權的校尉大多正值壯年，甚至有幾人還不到三十歲，從父輩起便對北涼忠心耿耿，而且對邊功抱有極大熱忱，對父輩打下的江山相對比較珍惜。

所以如今各地書院出現一些議論，有的說我表面上倚重赴涼士子，給他們騰出從州到郡再到縣三級衙門的所有座椅，但其實仍有偏見，任人唯親，打心底裡注重將種血統。對於這類詰問，我認了，畢竟這也是無可奈何的事情，北莽都打到家門口了，我只能，也只敢提拔這些人。」

白煜擱筆後，瞇眼盯著地圖，蘸有些許墨汁的手指在地圖上緩緩抹過，隨口問道：「新建流州的糧草，都是由陵州刺史徐北枳負責？」

徐鳳年快速思索這句問話背後的潛在含義，但是沒能想出個所以然來，就點頭道：「先生肯定已經聽說過徐北枳的綽號，現在北涼早就開始跟鄰近的幾個州大舉購糧。實不相瞞，許多明面上是怯戰逃出北涼境內的大戶人家，其實有著拂水房諜子的隱蔽身分，在買糧一事上立功頗多。涼幽兩州足以自給，故而流州糧草一事，還遠沒有到燃眉之急的地步。」

徐鳳年笑了笑：「我想好了，離陽朝廷真要掐死漕糧，不願鬆口，大不了我們北涼就明著搶糧，嗯，應該是借糧，別說有蔡楠十萬大軍駐紮的淮南道，就是陳芝豹的西蜀道我也敢去搶！」

在殷長庚牽線搭橋後，跟北涼悄悄形成默契的韓林出任淮南道經略使，是個不大不小的好消息。跟北涼一個唱白臉、一個唱紅臉，韓林要士林清譽，要在廟堂上樹立起威武不屈、骨鯁忠臣的高大形象，北涼送給他便是，要多少給多少！至於朝野上下的罵名，徐鳳年會在意？而陳芝豹你不是要去中原火中取栗嗎？謝觀應不是喜歡要么蛾子嗎？徐偃兵如今就在陵州南境，跟出任陵州將軍的師弟韓嶗山在一起，沒有陳芝豹親自坐鎮，西蜀道的北門很難攔下北涼的借糧步伐，至於這中間的火候，徐鳳年相信韓嶗山。

白煜盯著相比其他三州顯得格外廣袤的流州疆域，問道：「楊元贊負責攻打北涼有天險依靠的葫蘆口，好歹給他連下了臥弓、鸞鶴兩城，北莽女帝心目中更值得託付重任的柳珪，在西線打流州，主力大軍卻一直按兵不動，甚至無所事事到了需要讓北莽請動拓跋菩薩進入流州境地，如今更是讓董卓不得不調遣私軍趕赴流州打破僵局，這個號稱『北莽半個徐驍』的柳珪，如此不堪？」

徐鳳年緩緩解釋道：「流州無險可依，要戰就只能光明正大地戰，雙方都是如此。就兵力而言，柳珪大軍肯定是占絕對優勢。三萬私軍不說，瓦築、君子館四座姑塞州偏南的軍鎮也都傾巢出動，南朝那幾家老牌隴關貴族也割肉掏出了三萬步卒，姑塞州持節令與柳珪交好，也掏出了那八千羌族輕騎，足有十萬兵馬。但是羌騎被龍象軍一口吃掉，如此一來，讓騎軍戰力本就遜色我們流州的柳珪大軍比較難受。

在流州地面上，流州州城青蒼城守不守得住不重要，主力騎戰的輸贏，才是決定最終勝負的關鍵。以來自各方勢力的四萬多雜亂騎軍，對陣必要時刻可以捨棄青蒼城的三萬龍象軍非是我北涼自負，的確柳珪是不敢輕舉妄動。」

白煜視線在流州地圖上緩緩遊移：「不敢輕舉妄動是對的，不動則已，一擊致命也是題中之義。」

徐鳳年皺眉道：「有關揣測柳珪如何出奇制勝，懷陽關都護府內已經有過多場討論。」為了看清地圖，白煜手中那盞油燈不知不覺靠得太近，驀地，他右側臉頰一片火燙，他不動聲色地輕輕偏移幾分，然後點頭道：「這是當然。褚都護八千騎完成目標，寇江淮進入流州擔任將軍，龍象軍本就有王爺弟弟和李陌藩、王靈寶這樣的實力大將，加上流州刺史楊光斗和幕僚陳亮錫都是一等一的人才，後方糧草無憂，怎麼看局面都要比涼州虎頭城和幽州葫蘆口要好許多。但是我覺得越是如此，柳珪就越會有所動作，說不定北莽南征三線兵力最少的柳珪能如此耐得住性子，就是在等董卓的中線和楊元贊的東線陷入不利……」

白煜又搖了搖頭，自顧自說道：「不對，不是說不定，而是肯定！」

徐鳳年默不作聲。

白煜抬起頭，眼神熠熠，沉聲問道：「如果柳珪能用六萬步卒皆死做誘餌，不惜代價攻打青蒼城，故意讓自己背水一戰，甚至連雜亂騎軍也都一併捨棄，僅以柳家騎軍和拓跋菩薩帶去的精銳作為一錘定音的真正主力，三萬龍象軍能否忍著不上鉤？就算龍象軍肯忍，新入流州的寇江淮能不能忍？一旦其中一方參戰落入圈套，那麼其餘一方有沒有敢於見死不救的大局觀？」

白煜看著徐鳳年問道：「我想知道，北涼有沒有得到類似北莽女帝對西線、對柳珪震怒的諜報？有沒有類似南朝重臣極度不滿西線龜縮，在朝堂上對柳珪群起攻之的消息？」

徐鳳年心頭一震。

白煜放下油燈，平淡道：「那麼王爺可以盡一切力量，馳援流州了。」

白煜不再說話，徐鳳年也沒有說話。

屋內寂靜無聲，除了偶爾燈花炸裂的幾下細微聲響。

◆

蓮花峰盛況空前，大概是沾了武當山仙氣的緣故，三教九流都能在山上其樂融融。在這種背景之下，山腳逃暑鎮王遠燃一行人的返程就顯得格外淒涼，幾乎個個帶傷，尤其是他們的離境，去時比來時更有陣仗，待客熱情的角鷹校尉羅洪才派遣了一百騎貼身護送。

在此期間，也有一件事情讓山上客人感到丈二和尚摸不著頭腦。據說中書省副官趙右齡、吏部尚書殷茂春、新任淮南道經略使韓林和燕國公的子女，在到達山腳後，甚至驚動了北涼王親自下山迎接，雙方十分「相見恨晚」。

兩撥世家子截然不同的待遇，差點讓人誤以為離陽要變天了。直到等到一個駭人聽聞的小道消息流傳開來，說那大雪坪江湖十人中的京城第一劍客祁嘉節，憑空消失了，沒有出現在離境隊伍中，換成了東越劍池柴青山。

一番細細咀嚼後，眾人好不容易都回過味來，敢情這北涼王也夠陰損的，不但暗中下了狠手，而且存心要讓那幫大人物寢食難安啊！這話要是傳到中原，趙右齡等幾位中樞大佬還算好，畢竟都是皇帝陛下的近臣，找個機會把話講開了，以當今天子不遜色先帝的英明和肚量肯定不會中了北涼的離間計，可是剛從刑部侍郎位置離開京城的韓林可就要遭殃了。淮南道那幫驕橫慣了的兵痞子能不揪著把柄惹是生非？

有了這份計較後，眾人對殷長庚這幫前程似錦的年輕俊彥都越發同情了。尤其是那幫江南道文人，一個個揚言絕對不會讓北涼這種粗淺伎倆得逞，只要他們反身回到江南，一定會在文壇士林中不遺餘力為殷長庚、韓醒言等人證明清白，證明這些離陽王朝的未來棟梁在武當山下受到天大冤枉。

好些清雅名士都約好了，在返程時要連袂拜訪那位新上任的淮南道經略使大人，為其助威。韓侍郎在京城官場就向來以敢於諫言和清談玄妙著稱於世，萬萬不可讓此等忠臣好官在地方上受挫！大家既然同為讀書種子，哪怕與那位韓大人素未謀面，卻是義不容辭！

白蓮先生在武當山上新近交了兩個朋友，就是角鷹校尉羅洪才和幽州諜子二把手隋鐵山。在跟兩人知無不言、言無不盡的暢快言談中，獲知了山上、山下的動靜，尤其是那些江南名士的義憤填膺。白煜對此一笑置之，同時感慨更深。

不僅僅是風流雅士肚子裡打的那些小算盤，也不僅僅是徐鳳年已經親自動身前往流州，臨時接手了原本由北涼都護褚祿山兼任的涼州將軍一職。更多是兩者對比之下，北涼的那種習以為常的沉默，哪怕是隋鐵山說起中原文人的動向，不過是當笑話來講的，便是從邊境上死人堆滾過好幾回的校尉羅洪才，也沒在白煜面前流露出半點憤懣、積鬱。

兩人給白煜的印象就是北涼對於離陽朝廷根深蒂固的誤解，根本就不當一回事，離陽你罵我？你罵好了，我懶得理你。朝你動刀子？想倒是想，做卻也是不會做的，因為好像從大將軍徐驍起到新涼王徐鳳年，都習慣了把氣撒到北莽蠻子頭上，不樂意跟那幫讀書人一般見識。當然，如果像王遠燃這些人急著投胎跑來北涼，一臉「來打我啊」的欠揍模樣，那就簡單了，不打白不打嘛，而且會毫不猶豫下重手，保管打得你爹娘都不認識。

白煜住在山頂紫陽宮內一處僻靜小屋。不同於其他互為鄰居的外鄉貴客，白煜住處四周都是武當道人，是位靜字輩的道人臨時有事下山才給騰出來的地方，不少道士慕名而來拜訪白蓮先生，跟白煜請教學問，最後還是掌律真人陳繇一通教訓，才讓白煜清淨空閒下來。

其實白煜不討厭這種往來，春蛙秋蟬，在不同處聽，可能就有著聒噪和禪味天壤之別。白煜其實知道趙凝神當時說要在武當山上「請罪」修行十年，未嘗不是好奇此山明明世俗氣息如此濃厚，同為道教祖庭，山上各個輩分的道士竟然每旬都要為人解籤、幫寫書信，為何偏偏能繼呂祖之後，尤其是最近百年，接連出現黃滿山、王重樓、洪洗象和李玉斧這樣的古怪道士，沒有一人願意飛升，香火反而壓過了龍虎山。

不成仙人，修什麼道？

常遂、許煌幾人聽到白蓮先生就在紫陽宮內後，也登門拜訪過白煜，大概是忌諱交淺言深，雙方都是默契地只談風土人情不說軍國大事。倒是有過一面之緣的李東西和南北小和尚登門，給了白煜一個大驚喜。

小姑娘是直接提著活雞活鴨進門的，也許是一路撲騰得實在累了，雞鴨在小姑娘進門的時候已經蔫蔫的，認命了。小姑娘說好像龍虎山外姓道士也能吃葷，這些雞鴨都是她在山腳逃暑鎮買的，就挑了兩隻最大的拿給白蓮先生補補身子。小姑娘還感謝了白蓮先生當年在天師府請他們喝茶，讓白煜委實哭笑不得，心想這小姑娘還真是念舊。

晚飯的時候，小姑娘親自去紫陽宮灶房給白煜燉了一大鍋雞，南北小和尚根本沒敢上桌吃飯，蹲坐在門口那邊一聲聲念著阿彌陀佛。結果白煜還沒動幾筷子，有位婦人就在一個小道童的領路下氣勢洶洶興師問罪來了，身後跟著個白衣僧人。

白煜連忙放下筷子，起身相迎，婦人見到白蓮先生後，臉色好了幾分，不過仍是犯著嘀咕。這丫頭，送禮是送禮，可哪有偷拿家裡最大只的雞鴨送禮的傻閨女，果然是隨她爹，不曉得持家！

白衣僧人坐下後，示意白煜繼續吃飯便是，笑道：「聽說手捧聖旨的吳家大小真人已經在山腳了，暫時沒有登山的意圖，不過加上青山觀韓桂和白蓮先生你，這是欺負貧僧孤軍奮戰啊。」

白煜突然問了一個不合時宜的問題：「先生可知道趙勾頭目到底是何人？」

李當心卻答非所問：「給先帝欽賜的白蓮先生喊先生，貧僧受寵若驚啊。」

待人接物一向溫和有禮的白煜破天荒咄咄逼人：「有人說是已經死在關外的楊太歲，有人說是暴斃的人貓韓生宣，也有人說是當年太安城的看門人柳蒿師。」

李當心直截了當道：「曹長卿當年去兩禪寺找過貧僧，連他這個趙勾最大的死敵，也不太清楚，曹長卿只能猜測是那位銷聲匿跡的帝師——元本溪。不過趙勾真正做事情的五個，曹長卿碰到過三個。殺了一個安插在廣陵道的，其餘四人，一個早年掌握所有北地鍊氣士，如今成光杆了，一個掌控一切掛名在刑部的銅魚繡袋的江湖人，還有一個，頂替死了的那個看著廣陵道的動靜，最後一個嘛，就雲遮霧罩了，只聽說可能是負責針對北涼的重要棋子，至於是誰，恐怕在元本溪『銷聲匿跡』後，誰都不知道了，連皇帝陛下也不例外。」

李當心好奇地問道：「白蓮先生問這個作甚？」

白煜微笑道：「我要去清涼山待兩年，怕死在那裡。」

李當心皺眉道：「你猜那人就在北涼王府內？這不可能吧，有徐驍和李義山……」

白煜搖頭打斷道：「不一定是潛伏已久的人物，可能是後去之人，比如……北涼道副經略使宋洞明。」

李當心摸著光頭，沉吟不語。

白衣僧人笑了：「且不論宋洞明是不是趙勾中人，白蓮先生這一手借刀殺人可不太好。」

沒有吃幾口飯的白煜放下筷子笑道：「害人之心不可有，防人之心不可無。有關宋洞明的身分，僅是無端猜測而已，但我既然打定主意在北涼活過兩年，就不得不用些不入流的手段。說實話，就算先生今日不來，我明天也會去找先生，懇請先生與我一起前往清涼山。所以東西姑娘這頓飯，白煜吃得問心有愧，若不是實在嘴饞，是連一筷子也下不去手的。」

白衣僧人自言自語道：「如果趙勾大頭目真是元本溪，那麼先被青眼相加又給拋棄的儲相宋洞明，就真有可能是趙勾中人，但與此同時，假設兩人都是趙勾人物，宋洞明也有可能就澈底死心塌地為北涼做事了。」

白煜點頭道：「離陽皇帝殺半寸舌元本溪，不是卸磨殺驢那麼簡單，自然是忌憚元本溪手中握有的趙勾力量。先帝死後，元本溪對當今天子來說太過於難以預測了，比起北涼鐵騎好似遠在家門外的鼾聲如雷，元本溪更是那臥榻之側的呼吸聲，即便很輕，卻更讓人難以安睡。楊太歲死了，柳蒿師死了，韓生宣死了，謝觀應走了，太安城內還有誰能夠制衡與先帝相處都能平起平坐的元大先生？如果殷茂春或者某人才是元本溪最後選擇那檯面上的儲相，宋洞明只能淪為影相，哪怕宋洞明因為元本溪的死而心灰意懶，可我就怕萬一……」

李東西聽得腦袋都大了，乾脆就下筷如飛，不去聽這些麻煩事。

婦人給小和尚盛了一碗白米飯，夾了一些素菜堆在飯尖上，小和尚就在門口蹲著吃飯。

白衣僧人看著這個白蓮先生，笑道：「百聞不如一見。」

白煜自嘲道：「應該是讓先生失望了。」

李當心嘆了口氣，低頭看著滿桌飯菜：「北涼這就有廟堂的氣息了。瞧著色香味俱全，吃起來卻未必，看來當皇帝的確是沒啥滋味，難怪姓徐的那小子……」

李東西猛然一拍筷子：「爹，你跟人叨叨叨就叨叨叨你的，可這些飯菜都是我做的！」

白衣僧人立馬讓媳婦去多拿一副碗筷，這還沒吃就伸出大拇指：「好吃！」

◆

夕陽西下，薊州最北部橫水城正要關閉城門，城樓開始著手準備掛起大紅燈籠。

正在此時，一名渾身浴血的斥候騎卒疾馳而至，負責瞭望的城頭士卒看清楚面孔後，扯開嗓子讓落下大半的城門重新升起，那名背後插有兩根箭矢的斥候一衝而入，竭力嘶吼道：「緊急敵情，北莽大軍來襲！」

沒過多久，橫水城內就點燃狼煙，為相鄰的銀鷂城示警，狼煙滾滾，竟是五萬北莽騎軍邱臨。很快，橫水、銀鷂兩城以南的烽燧臺就陸續點燃狼煙，不到半個時辰，整座薊州北部都知曉了北莽五萬敵騎南侵的驚人消息！

橫水城新任守將是個身材臃腫的中年胖子，姓高名熒，此人自舊北漢起就是薊南望族的顯赫出身——大將軍楊慎杏的薊南步卒，相當大一部分兵源都來自薊南高氏。

高熒根本來不及披甲，就在親衛扈從的簇擁下匆忙來到橫水城頭，臉色蒼白。不是高熒不想跑，而是根據斥候傳遞來的軍情，北莽先鋒騎軍已經近在咫尺，而且有大股馬欄子繞城南下率先堵截去路。

高熒牙齒打戰，真是悔青腸子了！本以為衛敬塘戰死後，有李家雁堡七、八千私人騎軍作為嫡系戰力的薊州將軍袁庭山，在這裡接連打了幾場勝仗，遼東邊境那邊大柱國顧劍棠也是捷報頻傳，高熒估摸著北莽蠻子既然如今打北涼都吃力，是不會分兵來薊州打秋風的，所以才先後花了三十萬兩銀子在袁將軍和京城那邊打通關節，靠著跟老將軍楊慎杏的那點香火情跟一個京城世家子搶來這個橫水守將的肥差。

如今城內名義上有五千守城步卒，可是在薊州不吃空餉的將軍比三條腿的蛤蟆還難找。只不過如今有袁庭山盯著，吃相好了不少，大多只敢吃一、兩成空餉，至多三成。可高熒不是家族長房嫡子，花了他所在二房三十萬兩私房錢才當上這個官的，因此橫水城真正的兵力實則不足三千！而且清一色都是從薊南抽調來的油子兵。

可這能怪他高熒嗎？薊北邊境盛產的弓手雖說更加弓馬嫻熟，可價錢也更貴啊。一個薊北弓手，都能頂兩個在幾年前還號稱「天下獨步」的薊南步卒了。薊州的老底子都給楊慎杏一股腦兒帶走，結果在廣陵道吃了大敗仗，如今戰力次一等的精銳薊南步卒也都給袁庭山死死把牢，高熒要在三年內撈回本錢，除了在橫水城做做樣子，還能有啥辦法？

高熒轉頭望向銀鷂城，那邊的守將韋寬孝也跟自己差不多的德行，他的官帽子剛買到手還沒焐熱。兩人年少時就是一起花天酒地的狐朋狗友，當年還湊出個「薊州四公子」來著。

姓韋的比自己還不如，自己好歹還不敢拿城內庫房器械動手腳，韋寬孝的銀鷂城據說都快搬空了，都低價私售給了薊北幾支強勢兵馬。前兩天請自己去銀鷂城喝花酒，韋寬孝這豬油蒙心、掉錢眼裡的王八蛋，竟然一擲千金，從州城請了兩位當紅花魁來陪酒。

兩人在一張大床、兩匹胭脂馬身上馳騁「廝殺」的時候，韋寬孝還跟他提議這事，說來錢太快了，五十輛裝滿弓弩甲槍的馬車一趟往返，就能有小十萬兩銀子入帳，而且保證暢通無阻。高熒當時納悶，薊州將軍袁庭山對於邊境事務一向管得挺嚴的，韋寬孝就笑罵他是豬腦子，用粗壯手指在那花魁白嫩的後背上寫了兩個主顧的姓氏——李、韓。

高熒瞬間就懂了，跟袁庭山同氣連枝的雁堡李家，以及曾經被滿門抄斬、如今東山再起的忠烈韓家！一個有總領兩遼軍政的大柱國作為最大靠山，一個是皇帝陛下大肆追封和破格提拔的薊州副將韓芳！

高熒和韋寬孝，治軍帶兵一竅不通，但是在家族耳濡目染，為官之道再差，也差不到哪裡去。袁庭山不管如何戰功不斷，但在邊境上做到薊州將軍差不多就是頂點了，否則老丈人已經統轄整個兩遼，若是女婿管著一個薊州還不夠，再來整個河州，這還得了？所以這就需要薊州韓家的那棵獨苗來制衡了，皇帝封賞再多，給予兵權再多，到底根基尚淺，副將韓芳在五年內都是一位值得朝廷信賴倚重的邊關武將。

未見其人，先聞其聲。

高熒好像感到整座城頭都在震動。

藉著最後的餘暉，在高熒視野盡頭，一條黑線從地平線上猛然出現。

高熒心如死灰，薊北防線瀨底完了。

這位本意不過是來橫水城吃空餉的胖子好像都還沒來得及從邊境走私中賺到什麼銀子。

高熒茫然四顧，除了從高家帶來的貼身扈從，那些城頭守卒都是一些青澀稚嫩的臉龐，聽說在薊州北部，只需要在城內披甲持矛就能拿到一份不錯的軍餉，然後就都來到這橫水城了。他們甚至都不知道上任守將衛敬塘——老首輔張巨鹿的學生——曾經在此被迫出城與北莽騎軍作戰，八百橫水騎和四千精悍步卒，一戰皆死。更不知道更早之前，悄然過境千里奔襲的一萬幽州騎軍就在這裡大破北莽。這座橫水城，其實一點都不太平。

許多橫水城士卒到現在仍抱有僥倖，天真地以為那浩浩蕩蕩的北莽騎軍只是來耀武揚威，或者薊州將軍袁庭山很快就可以率軍破敵，要麼就是大柱國顧劍棠正從遼東帶兵趕來。

王遂一口氣集結了北莽最東線邊軍的五萬精騎，秋捺缽大如者室韋和冬捺缽王京崇的各自一萬騎，還有三位硬著頭皮不顧兩位北莽大將軍「婉言相勸」的青壯萬夫長。五萬人馬相比漸漸從北庭草原增兵到將近三十萬的北莽東線總兵力，看上去似乎並不傷筋動骨，但是決定一場大型戰爭的走勢，人頭多少很重要，但不是絕對的。北莽新任東線主帥王遂拐走這五萬精兵，幾乎等於抽掉了東線一半的精氣神。

東線國境上那兩位跟柳珪、楊元贊資歷相當的大將軍，一來職權要低於王遂，二來兩人根本就管不著那三名草原悉剔出身的萬夫長，更別提大如者室韋和王京崇這樣的豪閥子弟，只能眼睜睜看著這五萬人跑去薊州，這在離陽王朝自然是無法想像的事情。

大如者室韋騎著一匹通體如墨的草原神駿，抬頭看著橫水城的城池輪廓，笑容猙獰，道：「咱們入城，還能吃上晚飯！」

距離展開衝鋒還有一段路程，王京崇沒有驅馬前往自己的那支萬人親軍，而是跟秋捺缽一左一右位於王遂身側，皺眉道：「諜報上說兩城守將高熒、韋寬孝都是酒囊飯袋，可要是對方拚了命死守，我方夜戰本就不利，加上五萬人馬都是騎軍，雖說下馬作戰也沒問題，可完全沒有攜帶攻城器械，當真能輕鬆拿下這兩座薊北重鎮？」

王遂嗤笑道：「帶兵打仗這種事情，除了注意戰場上的瞬息萬變，你們還得注意戰場以外的形勢，以後等你們有機會到了中原，更應該如此。王京崇，你覺得袁庭山為何會讓兩個笨蛋駐守橫水、銀鷂，真是他手中沒有閒餘兵力？退一萬步說，跟他一根線上螞蚱的李家雁堡私騎就有八千，騎戰尚且不弱，守城能有什麼問題？這不明擺著是給咱們讓路嘛，否則一路勝仗打下去，你以為他這個薊州將軍能當幾天？廣陵道戰事那麼不堪，一道聖旨送到薊州將軍府邸，朝廷要他去給南征主帥盧升象手下打雜，他袁庭山敢說一個不字？就算他敢，那小子的老丈人第一個就要收拾他！」

大如者室韋不耐煩道：「老子就不信高熒、韋寬孝這兩個孫子真有衛敬塘的膽識，更沒衛敬塘的能耐，拿下兩城，咱們無論是南下薊州、西去河州，還是最後退回東邊，都大有可為！主帥，你就直接下令攻城吧，橫水城這個頭功，王京崇就別跟我搶了！」

王遂冷笑道：「攻城？攻個屁城！你們要戰死，就給我戰死在幽州去。」

大如者室韋愕然：「那咋辦？」

王遂看著那座暮色籠罩中的邊城，說道：「告訴他們，投降不殺，不降屠城。只給他們半個時辰考慮，再加上一句，咱們只要城中的糧食和兵甲，至於人，只要肯脫下甲冑，空手從橫水城滾蛋，咱們放行。」

大如者室韋嘀咕道：「沒意思。」

王遂轉頭對王京崇道：「你去跟那三個大老粗說一聲，橫水城歸你和大如者室韋，銀鷂城歸他們三個。」

王京崇點了點頭，正要策馬離去，只聽到王遂淡然道：「等到兩城士卒出城南退，接下來怎麼撈取戰功，就都是你們五人的事情了。嗯，記住了，稍微留點活口傳話給那袁庭山，好讓薊州知道咱們是要一路南下的。在這之後，按照既定安排，橫水、銀鷂兩城各自留下三千兵馬守城，其餘所有人跟我奔赴河州。」

在王京崇遠去後，王遂笑咪咪問道：「秋捺缽大人，聽說你想著進城吃晚飯？」眼神炙熱的大如者室韋嘿嘿道：「橫水城這兩、三千人，勉強夠我和兒郎們吃上一頓，吃不飽，但好歹能頂會兒餓。」

王遂面無表情，抬頭默默看著自建成起已經不知抵禦多少次草原鐵騎的橫水城。

祥符元年夏末，薊州橫水、銀鷂兩城失守，落入北莽之手。據傳北莽東線主力大軍要繞過兩遼防線，以薊州作為突破口大舉南下。

離陽朝野震動。

新任淮南道經略使韓林在赴任沒多久，就被朝廷緊急追封為館閣大學士。

淮南道節度使蔡楠被封為正二品的鎮西大將軍。

薊州將軍袁庭山被敕封為正三品的平西大將軍。

薊州副將韓芳被授予准許臨時擴充一萬兵馬的軍權。

與這道聖旨一同進入薊州的，還有一道由司禮監掌印太監宋堂祿親自送去的口諭密旨。

薊州戰事務必局限於薊北！

第三章　劉寄奴主動擊敵　燕家卒拒陣莽騎

號角聲響徹青蒼城一帶的廣袤大地。

流州終於迎來第一場席捲西線雙方幾乎全部兵力的恢弘戰事。

隴關貴族的三萬步卒作為攻城主力，緩緩鋪開陣形戰線，對青蒼城展開攻勢。

包括瓦築、君子館在內四鎮騎軍嚴密護在步軍南部，跟龍象軍遙遙對峙。

西線主帥大將軍柳珪坐在馬背上，親自督陣攻城，身後是按兵不動的三萬柳家軍和北院大王拓跋菩薩帶來的一萬親衛騎軍。

一名來自甲字姓氏的隴關貴族武將，根本就沒有關心攻城是否順利，時不時轉頭望向那列陣於三里外的一大片北涼黑甲。

姑塞州四鎮騎軍，當真能夠抵擋得住龍象軍的衝陣？且不說被龍象軍輕易鑿開己方騎軍陣形，連攻城步軍都給一併衝破，也只需要兩個來回，這場仗就不用打了啊！難道要自己給北涼雙手奉上一個涼莽大戰以來的最大戰果？難道柳將軍就不明白流州這場仗，全然就不是一座小小青蒼城的得失嗎？為了打下青蒼城，值得整條西線如此冒險？

他終於按捺不住，策馬來到柳珪身側，正要開口說話，柳珪就冷聲道：「我意已決，不用多說！」

這名北莽出身不俗的萬夫長也給惹惱了，但仍是竭力壓抑怒火，盡量心平氣和跟這位深受陛下器重的老人諫言：「大將軍，這般直接割裂開來的騎步列陣，風險實在是太大了啊！小小青蒼城拿下不難，咱們就算在三萬步軍中暗藏兩萬……不，就算是一萬重甲步卒伺機等待龍象軍的衝陣也行啊。如此孤注一擲，輕視北涼鐵騎的衝陣實力，大將軍，不妥啊！」

柳珪沒有說話。

這名武將終於憤怒道：「大將軍，你這是為了自己的官身，在拿三萬隴關兒郎的性命當兒戲！」

如今南朝西京廟堂上暗流湧動，本就來自南朝的西線武將當然都有聽說，說柳珪名不副實那都算客氣的了，不客氣的就是直接要求陛下換帥了，連人選都很明確：除了已經身在流州邊境的拓跋菩薩，連在葫蘆口東線大放異彩的種檀都被拎了出來。

如果說推出軍神拓跋菩薩還說得過去，那麼拿種檀說事簡直就是打柳珪的老臉了。種檀才入伍帶兵多久？大將軍柳珪戎馬生涯又是多久？而舊南院大王黃宋濮在卸任後重新復出，取代毫無作為的柳珪擔當西線主帥，在南朝無疑呼聲最高。因此駐紮流州境內很久的東線軍中，各種說法都在流傳，有聲有色。

就在此時，這個武將臉色劇變。

一騎緩緩而至，馬背上那個披掛輕甲的男人沉聲道：「滾回戰陣。」

武將咽了咽口水，二話不說就撥轉馬頭，返回步軍大陣。

柳珪看了一眼來者，笑問道：「北院大王，你說那龍象軍敢不敢吞下魚餌？三萬任人宰割的步軍，戰力不濟的四鎮騎軍，魚餌夠大了。」

來人正是拓跋菩薩，他看了一眼青蒼城：「大將軍的意圖，王靈寶也許看不穿，但是同為龍象軍副將的李陌藩多半看得出來。只不過那座城裡有楊光斗和陳亮錫，李陌藩如果足夠聰明，也會順勢而動，否則以後就別想在北涼邊軍中高升了。就算李陌藩足夠冷靜，但是只要龍象軍一部發起衝鋒陷入僵局，他李陌藩總不能見死不救，相信他也沒那份鐵石心腸。」

柳珪呵呵笑道：「表面上，我這個帥位岌岌可危的老傢伙需要病急亂投醫，他們北涼虎頭城和霞光城兩線大戰正酣，流州也需要一場大勝來鼓舞人心，所以雙方火候都到了。」

柳珪收斂笑意：「話說回來，如果不是北院大王的另外兩萬親軍正在疾速趕來的路上，我柳珪就算丟了帥位，這場仗也仍是不會打。在這流州，不能一口氣吃掉所有龍象軍，小打小鬧，毫無意義。涼莽大戰，原本就是要以流州作為勝負手的，現在不過是繞了一大圈，終於繞回來。」

拓跋菩薩猶豫了一下，沉聲道：「這場仗打完，將軍你多半還是會被召回南朝。」

柳珪笑了：「無妨，就當給中線上的董胖子挪出位置好了。」

拓跋菩薩輕聲笑道：「柳將軍放心，以後你我攜手進入中原。」

柳珪點了點頭。

這個老人感慨道：「就是對不住這些奮勇廝殺的南朝兒郎。從大漠黃沙來，到頭來也只是死在大漠黃沙裡，都沒能看見中原的繁華，哪怕一眼也好啊。」

◆

距離葫蘆口不到兩百里的一座幽州軍營內，一名身材瘦弱的獨眼老將緩緩走上閱兵臺。

在老人正式露面之前，已經有北涼步軍副統領陳雲垂、幽州將軍皇甫枰及刺史胡魁等人站在臺上。貌不驚人的老人走到臺上中央，奇怪的是，哪怕不熟悉幽州軍伍的門外漢，如果看到眼前一幕，都會將老人的居中為首視為天經地義的事情。

鐵甲錚錚的老將雙手拄刀而立，看著臺下那些烈日曝曬下紋絲不動的校尉士卒，許久都沒有說話。老人不說話，似乎是想要把這場內近萬即將出征的步卒都看過一遍，把一杆杆幽州步軍老字營的旗幟都認清楚。

老將臉色不太好看，終於緩緩開口：「大將軍過世了，王爺也沒在咱們幽州，我燕文鸞呢，就算不死在戰場上，估摸著也沒幾年好活了，所以趁著今天這個機會，說點積攢了將近二十年的心裡話。」

老將單手拎起那柄北涼刀，指了指身邊的北涼步軍二把手陳雲垂：「老陳，咱們的陳副統領，你們肯定都認得。記得十六年前，這傢伙陪我一起去清涼山王府喝酒，當時陳雲垂還只是個正三品的將軍，大將軍就開玩笑說，你陳雲垂在幽州帶四、五萬步軍，浪費人才了，不如去涼州關外，給你三萬騎軍，幹不幹？」

燕文鸞沒有拿正眼去瞧這個認識了大半輩子的至交老友，僅是拿那柄涼刀點了點一臉尷尬的陳雲垂：「這老王八蛋，酒量不行，酒品更差，當時正裝醉呢，結果大將軍這句話一拋出來，立馬就站起身，那對眼招子啊，賊亮賊亮！你們猜咱們北涼如今的步軍副統領說了句話啥？他說啊，『幹，咋個就不幹？』

當然，最後大將軍也沒挖牆腳挖成功，為啥？是陳雲垂反悔了？不是，是我燕文鸞急眼了，差點就要跟大將軍幹架！我當時說了什麼，我至今記得一清二楚，我一砸酒杯就起身跟大將軍說，『北涼步軍就這麼點老底子，這兩年都給涼州騎軍坑蒙拐騙偷，變著法子弄走那麼多，老的挑得差不多了，連好些年輕的好苗子也沒放過，那我燕文鸞還當個屁的北涼步軍統帥！陳雲垂要去涼州騎軍，不是不行，但大將軍得把袁左宗、褚祿山、齊當國這三個義子都給我北涼步軍，都給丟到我們幽州來！』」

老將陳雲垂眼觀鼻、鼻觀心，好像置若罔聞，但是給燕文鸞這麼不留情面地揭老底，想必很想挖個地洞鑽下去。

燕文鸞又拿涼刀指了指幽州刺史胡魁：「這位刺史大人，是咱們北涼遊弩手前身列矩的締造者，是最正兒八經的騎軍大將。當時胡大人頂替王培芳成為幽州刺史，來找我燕文鸞套關係，按照官場規矩跟我這個老頭子說說客氣話之類的，然後我就問了他一個問題：『你胡魁來這個前些年境內戰馬還不如陵州多的幽州當官，感覺如何啊？』胡刺史是實誠人，就老老實實跟我說，挺憋屈的，說他本以為自己有機會去虎頭城給劉寄奴當副手，要不然去流州龍象軍跟老部下李陌藩、王靈寶一起混，那也不錯。」

燕文鸞重新雙手拄刀，看著那萬餘步軍：「我們北涼有三十萬邊軍，所以離陽那邊，這麼多年從來都是聽說『北涼三十萬鐵騎雄甲天下』，我就奇了怪了！北涼騎軍在邊軍中從來就沒有超過半數，怎麼就成了三十萬鐵騎？離陽當我們北涼步軍不存在嗎？好像北涼自己也不把我們步軍當回事嘛。」

獨眼老將下巴撇了撇東邊，冷笑道：「薊州有個叫楊慎杏的傢伙，就是後來在廣陵道那邊給幾個年輕人玩弄於股掌的蠢貨，想當年那是給老子提鞋都不配的玩意兒，嘿，手底下有那麼幾萬舊北漢留下的步卒，弄出了個什麼『薊南步卒』的名頭，然後這十多年來，在離陽上下都給稱為『獨步天下』的第一等精銳步卒。除此之外，還有南疆燕剌王麾下第一猛將王銅山率領的無鋒軍，以及吳重軒的大甲，名氣都不小，說來說去，就是沒有咱們這幽州步軍的份兒。」

老人微微停頓了一下：「如果僅僅是這樣，我燕文鸞也能忍，反正咱們也不可能跑去薊州或是南疆跟他們打一場，而且動嘴皮子一向不是咱們北涼人的長項。不去說北涼以外，就說咱們北涼，不說涼州、陵州，甚至不說流州，就說我們幽州自己！鸞鶴城我步軍老字營給摘掉營號，是誰在過河州入薊州，最終在葫蘆口將一萬人打到只剩下三千多人？千里奔襲輾轉，接連大戰死戰，殺敵將近三萬！把北莽蠻子的東線補給打得幾乎澈底癱瘓！」

燕文鸞自嘲道：「怎麼，覺得咱們幽州軍也是有英雄好漢的？」

燕文鸞笑道：「這個是當然，不過可惜啊，三千四百人的『不退營』，是幽州第一個騎軍營！跟幽州這一萬騎並肩作戰的王爺，他本人在不退營掛名成為一個普通士卒！哈哈，跟你們這幫沒有戰馬只有兩條腿的可憐蟲，沒有半顆銅錢的關係！」

老人臉色有些猙獰：「咱們不去說幽州騎軍副將郁鸞刀，不說立下顯赫戰功，得以分別晉升為檄騎將軍、驃騎將軍的石玉盧和範文遙。就說那個田衡，新任三萬幽州騎軍的主將，這老傢伙當時嫌棄王爺不敢死戰，還說王爺的膽子都在抗拒聖旨入涼後用光了，所以早早解甲歸田去了，這才讓郁鸞刀當了一萬幽騎的主將，就田衡這麼個沒去薊北更沒去葫蘆口外的渾蛋，如今見著我，都敢拍胸脯說，『老燕啊，你放心，我田衡保證再給你弄出一支有營號的騎軍來。』」

老人重新在腰間懸好那柄涼刀，伸手狠狠揉了揉臉頰，向前走出幾步，沉聲問道：「什麼時候，我幽州步卒已經淪落到這個地步了？」

滿場寂靜，但是人人眼神通紅。

燕文鸞伸手指了指自己：「我燕文鸞自從進入徐家軍，跟隨大將軍南征北戰已經三十六年，從第一天起就是個步卒，到今天是正二品的武將，歸根結底，也就是一個上了年紀的步卒。不敢說整個北涼步軍，但是你們幽州步軍，都是我燕文鸞一手帶出來的！」

獨眼老人隨手點了點背後的霞光城：「在那邊，然後一直往北，都是北莽蠻子，號稱整整二十萬大軍，臥弓城沒了，鸞鶴城也沒了，北莽蠻子放話說霞光城一樣是指日可下。」

老人轉身撂下一句話：「但是我燕文鸞，不答應！」

◆

在幽州、河州接壤的北部邊境，一杆巨大、猩紅的旗幟在大風中獵獵作響。

幽騎主將田衡、副將郁鸞刀、儆騎將軍石玉盧、驃騎將軍範文遙，十餘名騎將的戰馬並排一線。

身後是傾巢而出的三萬幽州輕騎。

老將田衡容貌粗樸，不像是個手握大權的將軍，如果不是披甲，倒像是常年田間耕作的老農。這個老人，當時憤懣於年輕藩王的「不作為」，一氣之下辭官還鄉，藉口是年紀大了身子骨經不起折騰，可以回家含飴弄孫去了，這才讓後來的郁鸞刀有了獨領一軍出征薊北的機會，但事實上整個幽州都知道老將的子嗣早就都戰死關外了。

後來徐鳳年和郁鸞刀聯手出現在葫蘆口外，一萬騎最終回來三千多人。軍中資歷並不比燕文鸞、陳雲垂等人差多少的老人得知消息後，連夜趕往燕文鸞軍營大帳，後者不見。田衡就堵在外邊，等到懷陽關都護府一紙令下，恢復田衡的將軍身分，燕文鸞仍是不買帳，是最後徐鳳年不得不親自寫信給燕文鸞，幽州才勉強承認了田衡作為幽州騎軍一把手的官身。

老人一手按住刀柄，轉頭對郁鸞刀哈哈笑道：「老燕頭這次肯定要被我氣壞了，不過這可怪不得我，誰讓這傢伙連半輩子交情都不顧，見我一面都不肯。」

郁鸞刀等人會心一笑。田衡跟大將燕文鸞那是換命交情的老兄弟了。早年，一人是步軍校尉，一人是騎軍校尉，田衡為了救深陷敵軍大陣的燕文鸞，違抗軍令，主動出擊救下了燕文鸞，大將軍一怒之下，田衡從校尉給直接貶成了普通騎卒。在競爭激烈的徐家軍中，田衡這一步慢，那就是步步慢，那些後輩如騎軍後起之秀徐璞、王妃親弟弟吳起和袁左宗、胡魁這撥人，都是在那個時候超過田衡成為獨當一面的騎軍主將。

等到徐家入涼，田衡也只是當到了從四品的將軍，是燕文鸞親自跟大將軍要人，田衡才官升一級，從涼州來到幽州。但是十多年時間，比起早已從高位辭任、榮歸故里的尉鐵山之流，或是現任騎軍副帥錦鷓鴣周康這些軍中大佬來說，田衡可以算是十分抑鬱不得志的北涼軍老人了。

田衡收起笑意，對郁鸞刀說道：「郁將軍，北莽東線那五萬精騎說是去打薊州，其實咱們都知道，這幫蠻子就是直接奔著幽州來的，要配合葫蘆口的楊元贊，一口氣拿下霞光城攻入幽州境內。咱們原本的謀劃是你我分兵兩路，一路在幽河邊境阻截那五萬人，一路沿著葫蘆口周邊邊緣繼續北上，當時開拔前是說你和石玉盧領一萬五千騎在此等候北莽大軍，我則和範文遙帶一萬五千騎北上，以郁將軍你麾下的不退營為先鋒。但是我想啊……」

郁鸞刀笑著打斷道：「將軍就別『但是』了，既然事先說好了是這般用兵，就沒有臨時更改的道理。」

田衡瞪眼道：「幽州三萬騎軍，是我田衡是主將，還是你郁鸞刀是主將？」

相較有儒將風範的範文遙，新北涼第一撥獲得將軍稱號的石玉廬性子就要糙些，忍不住笑出聲，這「是是是」的還挺拗口。

郁鸞刀有些無奈。

田衡放眼望著遠方的風沙：「雖然上頭沒有明說，但是這次流州那麼大的一個危局，連王爺都親自趕去，北涼境內各支駐軍的騎軍力量都緊隨其後奔赴流州，那麼咱們幽州騎軍在這節骨眼上反其道而行，必然不簡單，用範文遙這小子講的話就是……所謀甚大？北莽五萬精騎，不說那東越駙馬爺王遂，就是東線上的秋冬兩個捺缽也不簡單。」

田衡突然笑了：「你郁鸞刀別以為在薊州和葫蘆口打了兩場大勝仗，就敢不把我田衡放在眼裡，我拿起第一代徐家刀的時候，你小子還在吃奶呢。」

石玉廬是老將田衡「一把屎、一把尿」從小伍長帶到槲騎將軍的，言談也沒什麼忌諱，玩笑道：「老將軍，話可不能這麼說，郁將軍年輕歸年輕，打仗可真是一點都不含糊，不比老將軍你……」

田衡猛然提高嗓音：「嗯？」

石玉廬趕忙咽下那個「差」字，嘿嘿道：「不比老將軍你好。」

田衡重重冷哼一聲，眼中卻有笑意：「就這麼說定了。郁鸞刀、石玉廬，還有範文遙，你們三人帶兩萬人馬一起前往葫蘆口外。我帶一萬人守在這裡，也不奢望什麼大破敵騎，終歸是要拖住他們進入幽州的腳步。」

範文遙眉頭緊皺，欲言又止，給了石玉盧一個眼神。後者心領神會，小聲道：「老將軍，沒你這麼胡亂更改既定行軍方略的嘛……」

田衡擺手道：「葫蘆口最要緊，到底能不能甕中捉鱉，就看你們這兩萬騎能否抓緊口袋的口子了！」

雖然懷陽關都護府只有一封祕密軍令傳遞到幽州騎軍，但是在場幾人都能猜測出幾分真相，雖然都感到震驚，但誰不是為此熱血沸騰？

你北莽董卓要拿流州作為突破口，那我們北涼鐵騎就把你東線葫蘆口大軍給一鍋端了！

田衡看著這些遠比自己年輕的臉龐，輕聲道：「都是自己人，也不說什麼虛的。三萬幽州騎軍，當時說好北上趕赴葫蘆口的那一萬五千人，年輕人居多，為啥？因為死磕王遂大軍，活下來後，即便有軍功，但不大，肯定跟去葫蘆口沒法比。

我田衡這輩子能夠做到正三品武將，足夠了。當年入伍從軍，不比你郁鸞刀是書生意氣，我啊，當年就是全家要餓死，實在活不下去了，才把腦袋拴在褲腰帶上投的軍，哪裡能想到自己有一天能當上個將軍？想不到的。」

田衡說著開心地笑了，接著道：「也甭跟我廢話，我田衡什麼脾氣你們不曉得？認准的事情，別說老燕頭擰不回來，當年就是在大將軍面前，該咋樣還是咋樣。」

這個時候，一隊斥候疾馳而來，是以都尉範奮領銜的一標人馬。跟範奮並駕齊驅的一騎竟然是個孩子，腰間懸著兩把略顯不成比例的北涼刀，就那麼站在馬背上，雙手攏在袖子裡，很有高手風範。

范奮跟幾位將軍回稟軍情，說前方五十里內俱無北莽馬欄子的身影。

田衡喊住就要轉身北上的這標斥候，對那個孩子笑問道：「你就是咱們幽州騎軍的小將軍余地龍？聽說你一個人就在葫蘆口外殺了好幾百的北莽蠻子？」

孩子板著臉，點點頭。

範奮忍不住拆臺道：「田將軍，這孩子其實就是在外人面前臉皮薄，這不剛才還問我，說是等他還完了債，再立了功，是不是也可以當個正式斥候了。這孩子那兩把涼刀，一把是別人送他的，另一把還是咱們標暫借給他的，這不就想著能名正言順擁有第二把涼刀。」

田衡爽朗笑道：「從現在起，你就是我幽州騎軍第八標斥候的伍長了！」

余地龍問道：「你說的話管用？我師父說得按規矩來，否則他就不讓我待在幽州不退營了。」

田衡頓時無言以對，有些下不了臺。他敢跟生死相交的燕文鸞耍賴，還真不敢跟那位年輕王爺打馬虎眼。

郁鸞刀笑著解圍道：「幽州騎軍一切軍務，田將軍說了都管用。而且別忘了，你師父還是我們不退營的普通士卒，所以不用田將軍發話，我郁鸞刀作為不退營主將校尉，讓你余地龍擔任第八標斥候的伍長，照樣管用！」

站在馬背上的孩子握緊腰間那柄涼刀，認真道：「將軍們請放心，我這次殺敵絕對比上次多！」

田衡笑著揮揮手，孩子和斥候都尉范奮一行人策馬離去。

然後田衡對郁鸞刀三人正色道：「我田衡是從那場春秋戰事中闖出來的老傢伙，如今氣力畢竟不比當年，所以往後北涼就靠你們了。」

田衡低頭看了一眼腰間的第六代徐家刀，抬頭，突然說道：「郁將軍，我這輩子沒留下什麼東西，就一棟值不了幾個錢的破宅子，但是家中還有五柄戰刀，如果……那麼就交由你郁鸞刀替我保管了。以後有機會跟後輩說起，順嘴提幾句有關那個幽州老將的故事，如何？」

郁鸞刀、石玉廬、範文遙三人，都默然無聲。

田衡雙手抱拳大笑道：「告辭！」

◆

虎頭城攻守大戰正酣。

一支人數僅在萬人左右的騎軍，以獅子搏兔之勢，悄然離開駐地往東而去，為首騎將正是北涼騎軍統帥袁左宗！

氣勢如虹。

幾乎與此同時，有兩支從未在戰場上完整現世的騎軍，分別前往涼幽北方交界處的兩座險要關隘。兩地關隘皆有重兵把守，清一色的精銳幽州步卒。

關隘附近方圓百里，戒備森嚴，一直有著無關人等一旦出現皆是殺無赦的鐵律。

在幾個月前，隨著兩座關隘內增添了一大批密封物品，這兩處更是開始有大量北涼頭等遊弩手隱祕游弋。

兩支騎軍，人數加在一起也不過九千多人。一人雙馬也許並不奇怪，但是足以讓人瞠目結舌的是，這些戰馬，竟然每一匹都是北涼甲等戰馬！要知道在整個北涼，流州只有三千龍象騎軍可以配備甲等戰馬，幽州境內只有三四百匹！陵州則是連一匹都沒有！這些分明不佩涼刀也不負弓弩的古怪騎卒，卻無一不是身材健碩、膂力出眾之邊軍精銳。哪怕他們連輕甲都不曾披掛，其雄健體魄和那股剽悍氣焰，仍是讓人望而生畏。

一支是胭脂軍。

一支是渭熊軍。

當他們在戰場上人馬皆披甲冑，那就是胭脂重騎軍、渭熊重騎軍！

在虎頭城大戰之際，在流州告急之際，在燕文鸞不得不調動一萬死士步卒增援霞光城之際，兩萬幽州輕騎、一萬大雪龍騎軍，北涼鐵騎中的鐵騎，九千真正意義上的重騎軍，將一起出現在葫蘆口外！

涼州虎頭城，儼然成了第二座中原釣魚臺。只是那一次是在中原大地上勢如破竹的徐家鐵騎受阻，這一次是北莽馬蹄密密麻麻簇擁在城外的龍眼兒平原。

南院大王董卓親自帶著一標烏鴉欄子，巡視在後方蓄勢待發的一支攻城步軍。

在這個胖子身邊還有一對身分尊貴的年輕男女，其中那個像病秧子的年輕男子身分有很多重，個個都不簡單。北莽四大捺缽裡的春捺缽、南朝幕前軍機郎的領頭羊、棋劍樂府的卜算子慢，當然最根本的身分，是拓跋菩薩的長子——拓跋氣韻；那個剛剛正式被葫蘆口先鋒主將種檀奪走夏捺缽頭銜的女子，叫耶律玉笏。

這對男女，差一點就在葫蘆口外，成功算計了深入兩國邊境腹地的徐鳳年，可惜袁左宗領著一萬大雪龍騎軍趕赴戰場，讓他們和那位太平令功虧一簣。

董卓拿馬鞭指了指虎頭城，說道：「對外號稱兵甲器械能夠支撐十年戰事的虎頭城，不到半年，絞車木檑就已經耗盡，磚檑、泥檑也用掉大半，被我方砍斷的鐵鴞子、拐槍、拍竿不計其數。城頭床弩只剩下三張還算完整，已經損毀弓弩更是已經堆積成山。當然，城內中小型的踏弩輕弩肯定還有不少，庫存箭矢也仍有數十萬之多。但是相比當年甲士不超十萬而擁有三十萬百姓的襄樊城，虎頭城有個致命缺陷：人太少了。

弓弩是死的，壞了，可以去庫存搬運嶄新的，虎頭城的北涼邊軍不是神仙，膂力已經遠遜初期。如果你們兩位有機會就近觀戰，應該可以看到絕大多數城頭弓手用以挽弓的那隻手臂，都綁上了結實繃帶。說句難聽的，只要再給我三個月時間，我董卓大搖大擺站在城外一百步，估計都沒幾個神箭手能夠透甲殺我了。」

身上散發出一股淡淡藥味的拓跋氣韻神情凝重，不置可否。

給陛下親口剝奪了夏捺缽，所以耶律玉笏賭氣跑來虎頭城「散心」。她神情玩味地瞥了一眼這個自己遠在王庭，聽到他名字也覺得如雷貫耳的胖子——三十五歲的南院大王，他手握百萬兵權，等於跟老涼王徐驍和兩遼顧劍棠加起來的兵力差不多了。

正是這個傢伙執意要先打北涼，弄出了這麼大動靜，害得陛下和太平令都承擔了莫大壓力，結果除了東線上楊元贊勉強屬於功過相抵，其餘兩條戰線都黯然失色。尤其是這董胖子本人，硬生生被一座虎頭城擋在涼州關外。連不過損失了幾千人馬的柳珪，都已經在西京廟堂上給人罵成老狗了，仍是暫時沒有人有膽子彈劾主帥董卓。耶律玉笏很好奇這個私底下稱呼陛下為皇帝姐姐的胖子，還能扛多久。

董卓看似隨口提到了三個月，對廟堂規矩門兒清的耶律玉笏心中冷笑，已經淪落到要她和拓跋氣韻幫忙傳話給某些人的地步了嗎？或者說對董卓寄予巨大期望的皇帝陛下和太平令也開始按捺不住了？

拓跋氣韻終於開口說道：「董將軍，我去過龍眼兒平原的西北大營了。」

董卓「嗯」了一聲。

一想到那個所謂的西北大營，耶律玉笏頓時覺得有些噁心。什麼大營，就是堆放病患和屍體的地方，就是堆放！南朝二十年積攢實力，都一股腦兒傾斜在進攻尤其是攻城物資上，否則也不能一口氣掏出近千架大大小小的投石車。但是對待戰陣傷患，北莽從來就不擅長，也不講究。

烈日當頭，身披一具華麗金甲的耶律玉笏已經汗水淋漓，她對戰爭天生就有一種嚮往，嚮往那種在馬背上互換生命的快感，嚮往那種一箭釘入敵人頭顱後背的穿透感。耶律玉笏見慣了死人，可心志堅定如她，到了西北大營，仍是差點忍不住嘔吐——一車車從戰場上拖曳下來的屍體，一律丟入挖好的大坑，可能傷兵就躺在坑外不遠處痛苦哀號，許多被守城器械弄得血肉模糊的傷兵，苦苦哀求給自己一個痛快的死法。

當時拓跋氣韻站在一座已經疊有七、八百具屍體的新坑邊緣，跟負責撒石灰的士卒要了一盆。以一塊厚重棉布蒙住嘴鼻的耶律玉笏，看著這個春捺缽面無表情地撒出一把把石灰。她突然發現自小就比草原男兒還要鐵石心腸的自己，在看到那一幕後，竟然破天荒有些傷感。

拓跋氣韻思維跳躍得很厲害，轉移話題，緩緩說道：「董將軍打北涼，急了，但是打虎頭城，緩了。」

遊牧民族本身的韌性和作戰習慣，讓北莽對糧草的低需要，遠遠超出中原騎軍的想像，起碼北莽現在仍是不缺糧草。如果能夠在秋高馬肥的季節舉兵南下，陷入僵局的形勢下，北莽可以更加遊刃有餘。

拓跋氣韻不想說太多的馬後炮，何況董卓和太平令為何要開春就南下，自有其道理。拓跋氣韻真正想要說的是後半句話，如果董卓的東線一開始就不計後果地攻城，先一鼓作氣拿下虎頭城，如今情況就不至於這麼騎虎難下。這不是拓跋氣韻指責董卓打虎頭城不出力，事實上董卓的部署沒有任何問題，但董卓既然是南院大王，是百萬大軍的主帥，就應該拿出更多天經地義的戰果。

董卓點頭道：「一開始，我是懷疑虎頭城內除了諜報上的那幾千精騎外，還隱蔽有一支鐵騎，比如舊屬典雄畜後來劃分給齊當國的六千鐵浮屠。我甚至還懷疑過，北涼那兩支人數總計在九千上下的真正重騎軍，最少會有一支藏在虎頭城內。因為我覺得褚祿山既然敢把都護府放在虎頭城背後的懷陽關，肯定是要跟我來一場硬碰硬的大仗。要在虎頭城以南、柳芽茯苓以北，跟我打一場輕重騎軍都將出現的大戰。」

董卓沉聲道：「直到那場各懷心機的設伏戰，我先是用四千騎軍在牙齒坡作為誘餌，茯苓軍鎮主將衛良果然貪功冒進，被八千騎伏軍衝亂陣形。如果不是那個北涼小都尉乞伏龍關壞事，太過英勇，愣是幫茯苓騎軍打開了突破口子，那麼接下來北涼的伏兵也該準時進入戰場。而我的董家騎軍也會隨之而動，最終在那處戰場上，我能夠一口氣把茯苓、柳芽兩鎮兵馬加上懷陽關有生力量，甚至連虎頭城騎軍都一併勾引出來。如此一來，就會變成雙方騎軍互換的局面，就算我董卓更虧，但只要打掉了虎頭城以南那條北涼騎軍防線的機動性，虎頭城打不打，就都不是問題了。」

董卓自嘲道：「也許，北涼都護府很多人會在心中罵那個乞伏龍關的小都尉，力氣用錯了地方，但其實是讓涼州僥倖逃過了一劫。一座虎頭城不可怕，可怕的是它身後那幾支不求殺敵、只求牽制的靈活騎軍。我董卓現在也不確定是我想太多了，還是褚祿山運氣好，或者其實就是比我想得更多。」

耶律玉笏皺眉道：「就不能全線壓上，連茯苓、柳芽兩鎮一起攻打？反正我們兵力占據絕對優勢，不打白不打！」

董卓一笑置之，沒有解釋什麼。

拓跋氣韻搖頭道：「不是不能孤注一擲，但是意義不大……」

就在拓跋氣韻要給耶律玉笏解釋其中玄機的時候，董卓沿著步軍方陣後方的邊緣地帶，策馬奔向一支灰頭土臉的車隊。那名負責監督手下搬運戰場屍體的千夫長看到南院大王後，快速翻身下馬，跟董卓稟報了戰況。原來這些屍體都是從入城地道中拖出來的。

北莽攻城投石車攻勢有間歇，但這項「上不得檯面」的攻城舉措就沒有停止過。始終沒有顯著效果，除了初期有一支五百人的兵馬進入過虎頭城，但是很快就給巡城甲士截殺，其餘都是死在地道內的狹路相逢，或者是給守株待兔輕鬆堵殺在洞口。

據悉，守城主將劉寄奴早有準備，在城內各處要地事先挖出了十餘個深達三丈的深洞，讓耳力敏銳的士卒待在其中，只要北莽穴師和甲士在四周數百甚至千步以內有所動靜，都可以第一時間捕捉到戰機，之後是橫向鑿洞設伏還是以風車搧動濃煙石灰，都輕而易舉。

那名千夫長因為在衝陣蟻附中失去一條胳膊，才退居二線擔任此職。

獨臂漢子在稟報完大致戰況和死亡人數後，眼睛微紅，低下頭後輕聲道：「大將軍，先後十六條地道，加上這一撥，咱們死在地下的兄弟已經快有五千人了，值嗎？能戰死在那虎頭城的城頭上也好啊。」

董卓淡然道：「你們去西北大營吧。」

獨臂千夫長抬起僅剩的胳膊擦了擦眼睛，上馬後帶著堆滿屍體的車隊漸漸遠去。

耶律玉笏心中沒來由冒出一股怒火，深呼吸一口氣，對這個南院大王問道：「北涼當年打青州襄樊城那會兒，就是挖掘地道的行家裡手，既然會攻，防禦起來自然也不是雛兒。何況城內那幾千養精蓄銳的北涼騎軍，明擺著都還上過城頭，就算有幾百個人活著進入城內地面，又能如何？」

董卓笑了笑，似乎刻意不想去提及那沒能建立寸功的五千死人，說道：「前兩天城內有一支騎軍部隊，已經不得不登城參與防守了。他們下馬作戰的實力比起疲憊的步卒，確實要超出一大截，我本來有兩名千夫長已經帶人攻上城頭，兩者兵力相隔不過四百步，差一點就能在城頭站穩腳跟。」

董卓的拇指和食指抵在一起：「就差這麼一點點。」

拓跋氣韻無奈道：「這一點點機會，是董將軍下令我方每一名千夫長麾下傷亡幾乎達到四百人才能撤退這種巨大的代價換來的。」

董卓笑道：「這不是還沒有過半嘛。」

耶律玉笏用近乎質問的語氣不客氣地問道：「敢問大將軍，死在自己人刀下的草原兒郎有多少了？」

董卓認真想了想，回答道：「千夫長有三名，百夫長就多了，連同普通士卒加在一起，如果我沒有記錯，到昨天為止，有兩千七百人。」

耶律玉笏怒道：「你就不怕引發兵變？」

董卓反問道：「殺了這麼點臨陣退縮的廢物，就要嘩變？」

耶律玉笏冷笑道：「確實，將軍握有十萬幾乎沒有什麼損傷的董家私軍，本身又是用兵如神、細緻入微的名將，一定可以扼殺苗頭。」

拓跋氣韻開口道：「別說了。」

耶律玉笏欲言又止，看到春捺缽的不悅表情後，終於不再繼續挑釁那個在自己看來名不副實的南院大王。

兩騎跟董卓告辭離開。

耶律玉笏轉頭看著那個原地停馬的壯碩身影，低聲道：「這個胖子，帶兵就這麼回事了，當官倒是真有能耐，仗都打到這個份兒上了，還不忘記順著某人的意願，在虎頭城下把那些草原悉剔勢力一點一點打盡。一名千夫長消耗了從部族帶來的嫡系兵力，可在快速輪換之下，後續兵馬從哪裡來？要麼是從南朝軍鎮中補充抽掉，給摻了沙子，要麼就是乾脆兩支殘部混淆在一起。按照這麼個法子打下去，大悉剔能不變成小悉剔？」

耶律玉笏臉色陰鬱，咬牙切齒道：「都是南朝那些中原遺民帶來的風氣，離陽趙室是拿廣陵道從地方藩王武將手中收回兵權，咱們也不差嘛，草原悉剔個個在此地傷筋動骨，就算以後踏破北涼進入中原，手頭還能剩下幾個自己人！」

拓跋氣韻笑了：「你啊，牢騷太盛防腸斷。」

耶律玉笏怒目相向：「你還笑得出來！你以為你們拓跋姓氏就能置身事外？」

拓跋氣韻搖搖頭，笑著不說話。

◆

獨自在烏鴉欄子護衛中望向虎頭城的那個胖子，視野中，攻城步軍如一波波源源不斷的潮水湧去，然後潮水順著城牆激盪出浪花後，向上漫延。

他招手喊來一名隨行的年輕幕前軍機郎，說道：「傳令下去。一、從今天起停止挖掘地道。二、步軍加大攻城力度，白天傷亡過半才能撤出，夜間攻城則不以戰損作為後退前提，每名千夫長只需要在虎頭城下堅持進攻一個時辰即可。三、傳消息給西京，整個南朝，無論姓氏是甲乙丙丁，只要在品譜之上的家族，都要拿出所有窖藏酒水，用以東線大軍傷患的治療傷口。記住，是南朝所有家族所有酒水，若有人私藏一罈，一經揭發確實，家族品第由甲字降為乙字，以此類推。四、今晚我要召見東線所有不在戰場上的萬夫長和千夫長。」

那名軍機郎迅速離去，傳達軍令。

董卓沉聲道：「耶律楚材！」

一名虎背熊腰、臨時充當烏鴉欄子頭目的校尉趕忙策馬靠近，這一次，這個既是北莽皇帳成員又是南院大王小舅子的武將，沒敢嬉皮笑臉，只要姐夫喊他真名，那就意味著是有大事要發生了。

他耶律楚材的姐姐便是董卓的大媳婦，同是耶律姓氏，比起耶律玉笏卻要金枝玉葉很多，但是兄妹二人比起那個聽說跑去離陽中原遊手好閒的耶律東床，距離那張椅子就要更遠一些。耶律楚材也從沒有那個奢望，從小就想做個馳騁沙場的純粹武將，有了董卓這個很對胃口的姐夫後，這幾年在董家軍中可謂如魚得水。不過這次南征北涼，一向很好說話的姐夫死活都不肯答應他做先鋒，這讓耶律楚材很是受傷。甚至前不久董家親軍奔赴流州也沒有他的事情，耶律楚材這段時間幽怨得像個守活寡的娘們兒。

董卓瞥了一眼這個小舅子，笑咪咪道：「給你一個活，就是路途有點遠，接不接？」

耶律楚材小心翼翼問道：「有軍功拿不？」

董卓說道：「不一定。」

耶律楚材果斷道：「那不去！」

董卓笑道：「不去也行，反正明天你一樣有機會攻城，我換人就是了。」

耶律楚材滿頭霧水：「攻城？」

董卓點了點頭：「我董家一萬兩千步卒，都交給你，明天開始攻打虎頭城。」

耶律楚材驚訝得張大嘴巴，以他的身材來說，那真是一張血盆大口了，跟他姐姐的花容月貌實在差了十萬八千里，真不像是同父同母生出來的。

耶律楚材突然眼神炙熱了起來，也不稱呼董卓為姐夫了，而是畢恭畢敬喊了一聲「大將軍」：「末將是騎軍出身，讓我去下馬攻打城池還是算了，末將決定了，就接第一個活！」

董卓凝視這個傢伙，心平氣和道：「八萬董家騎軍都交給你，以最快的速度趕去葫蘆口外，雖然那邊我早有安排人馬盯著，但是我仍然不放心那裡。還有，在你走之前，先寫好一封遺書，如果你死了，我對你姐姐也好有個交代。」

以玩世不恭名動北莽的耶律楚材咧嘴笑了笑，握緊拳頭在自己胸口上重重一捶：「大將軍，如果……末將是說如果沒能回來，沒有機會看到大將軍和我姐姐的孩子了，以後告訴他們，他們的舅舅，唯一的遺憾是沒能讓他們騎在脖子上玩耍。」

董卓猶豫了一下：「要是葫蘆口那邊有你沒你都一樣的話，你別逞強。既然喜歡孩子，就自己娶個媳婦生去。」

耶律楚材點了點頭，策馬離去。

董卓依舊紋絲不動，沒有誰能夠聽到這個胖子的自言自語，他在反覆念叨著一個數字：「三十八，三十八……」

◆

虎頭城，靠北位置最為巍峨的幾棟瞭望高樓箭樓，成了北莽投石車主要針對的目標，而主將劉寄奴所在的那棟樓位置要更加靠後，投石車造成的威脅不足以致命，倒是參與攻城得以鄰近城頭的那些北莽神箭手，都因自己一箭射中此樓引以為傲，雖然不會計入戰功，但是撤出戰場後，都會被當作英雄對待。

劉寄奴站在那張擱有虎頭城地圖的桌子旁邊，地圖上已經標示出各種戰場細節，例如城牆破壞程度、失去床弩的地帶、已經經過數次匆忙填砌的危險城垛等等。劉寄奴盯著城防圖的東北一帶，在此地，床弩率先盡毀後，最近半旬以來，北莽就在不放棄正北方向攻城力度的同時，著重加大了此處的進攻頻率與力度，大量攻城器械開始從西北轉移傾斜到東北。

一名巡城校尉大步走入樓層，大聲笑道：「將軍，這幫北莽蠻子真是不長記性，今日又死了七百多隻『老鼠』，悶死一小半，等末將帶人下去後，都沒怎麼花力氣就宰光了。老規矩，那條地道也給咱們填嚴實了，而且附近地帶，也會有兩名穴師和一標騎軍日夜盯著。」

劉寄奴點點頭，抬頭問道：「懸掛在城樓望樓牆外的答雷，已經都用光了？」

答雷是一種中原應付攻城的特殊軟簾子，由粗麻緊密編織而成，塗有泥漿防火，對付投石和火箭都有很大功效。虎頭城的城牆雖然堅固異常，但是如果沒有大量答雷減緩飛石的巨大衝擊力，虎頭城如今就不是縫縫補補這麼輕鬆了。

一名副將無奈道：「是的，沒想到這幫蠻子能弄來那麼多投石車，幸好將軍早有預備，否則還真懸。而且咱們的水袋也告急了，不光是城門，各段城牆也頭疼。水源沒有問題，就是牛馬牲畜皮毛和內臟胞衣製成的水袋囊子，有些跟不上。那幫蠻子拚了命往城頭上潑油，輔以火雨一般的箭矢，真是瘋了，好在咱們應付火攻的沾泥掃帚能夠重複使用。」

已經兩天兩夜沒怎麼合眼的劉寄奴拿起桌上一根箭矢，遞給身邊一名校尉：「你們都仔細瞧瞧。」

這根從城頭取回的箭矢傳了一圈。劉寄奴說道：「以前北莽攻城就有這種箭矢，但是不成規模，是這兩天才開始大量出現。先前箭矢半數跟北莽精銳騎軍的現今配置吻合，以加長箭頭追求穿透我北涼甲冑，但其餘半數夾雜有樣式陳舊的銅鑄箭以及脫胎於大奉王朝的鐵鑄箭，清一色的扁平四稜形。現在不一樣，更加精緻細分，所以連錐箭和鐵脊箭都出現了。」

劉寄奴放下那根箭矢：「之所以說這個，是因為連結最近北莽攻城的銜接性，我敢斷言北莽是在換氣。有點像是江湖高手對決，在北莽展開下一波攻勢之前，這會是我們的一個機會，當然，也可能是個陷阱。但不管如何，我們都應該嘗試一次。所以這幾天我故意讓騎軍上城頭補救，給守城步卒喘息的同時，就是要讓我們的騎軍出其不意，主動出城。」

一名負責城門守衛，前兩天腦袋上給北莽蠻子開了瓢的校尉問道：「需不需要咱們城頭步卒配合一下，打得再凶一點？」

劉寄奴搖頭道：「不用，以防畫蛇添足。」

劉寄奴緩緩閉上眼睛，不知道是困極了不得不休息片刻，還是在腦海中尋覓戰機。

他猛然睜開眼睛，雙拳按在桌面上，盯著兩名躍躍欲試的城內騎軍校尉：「北莽負責保護呼應步軍兩翼的騎軍，長時間看戲，如今已經懈怠。今夜！就在今夜，正北大門後放置兩千騎軍，出城後隨意衝殺。東、西兩門各一千騎軍，衝擊側翼。

切記！只有半個時辰，我只給三支騎軍最多半個時辰，不管殺傷多少北莽步卒，都要立即返回，絕不可戀戰不退，半個時辰後我虎頭城再度打開大門。」

劉寄奴突然喊住那兩名領命告退的校尉：「事先告訴兄弟們，也許北莽連讓我們虎頭城重新開門的機會都不會給！」

一名已是白髮蒼蒼的高大校尉點頭道：「明白！」

隔著一個輩分的兩個騎軍校尉走出屋外，年輕些的校尉鬼頭鬼腦看了一眼身後，這才跟老校尉說道：「老標長，咋講？真要把話挑明瞭？」

老人停下腳步，雙手扶住欄杆，默不作聲。

中年校尉心領神會，就不再開口說話，他自己其實也是這個意思。

老人轉頭笑道：「小宋，雖說咱倆品秩相同，但你小子在我手底下做了三年的伍長，別說今天是校尉，就是將軍，也是我的兵。所以這趟出城殺敵，我來，你留在城內繼續主持騎軍事務。」

中年校尉轉身就走：「那我跟劉將軍說理去。」

老人一腳踹在這傢伙的屁股上，輕聲笑罵道：「滾回來！聽我把話說完。」

等到宋校尉重新轉身，老人指著北方，輕聲道：「我只有一兒一女，兒子在永徽元年就死在北莽腹地了，那個當年跟你同樣是我手下伍長的女婿，後來也死在了八年前的涼州關外。好在我孫子、孫女都有了，賀家香火終究沒斷。不過白髮人送黑髮人的滋味，真是不好受啊。」

老人笑了：「我知道你當年跟我女婿爭過，也埋怨我最後選了他當女婿，沒選你。所以這些年在虎頭城，你小子沒少跟我別苗頭，就我這脾氣，要是換成三十年前，早就打得你滿地找牙了。」

中年校尉翻白眼嘀咕道：「打得過我嘛。」

老人也懶得跟這個小子計較什麼，由衷感慨道：「不算在中原那麼多年的南征北戰，在北涼紮根也快二十年了，有了個家，過得還都是太平日子，即便家裡死了親人，孩子們終歸還能披麻戴孝，不像我年輕時候的那個春秋亂世，活著的比死了的還要艱難。我這個老頭子偶爾還鄉，看著孩子們每天練字，那架勢，有模有樣的，握毛筆比我這個爺爺拿槍矛還要嫻熟，在書齋外聽著他們的讀書聲，如今這北涼的世道啊，真是好。」

老人拍了拍宋校尉的肩膀：「這樣的好世道，能多幾天是幾天。我呢，不管今夜城門還能不能第二次開啟，都不打算回了。你讓我以後下馬去城頭跟北莽蠻子打，殺不了幾個人，不如在馬背上多殺些。小宋，這麼說了，你還跟老標長搶著出城嗎？」

中年校尉緩緩抱拳，但是很多話，始終沒能說出口。

老人哈哈大笑，大步走開，結果屁股上給那姓宋的傢伙踹了一腳。

後者一陣風似的跑下樓，只撂下一句：「老標長，當年沒搶走你女兒，我就發誓這輩子一定要踹你一腳，別生氣啊！」

老人隨手拍了拍身後甲胄，笑道：「小王八蛋玩意兒！幸好當年沒選你當女婿。」

◆

北莽日夜攻城，城外戰場上燃燒著一堆堆擺放有序的巨大篝火，虎頭城內外涼莽雙方，都早已經習以為常。

正子時，在道教煉丹典籍中被視為「陽生之初，起火之時」。虎頭城直通三門的三座廣場上，各有一支騎軍開始披掛上陣，馬鞍懸掛長槍，腰佩涼刀，不負弓弩。

正北方位的為首老將，伸手握起那杆當年從西壘壁一員西楚將軍手上奪來的長槍，笑道：「老傢伙，跟我姓賀了以後，沒委屈了你吧？」

當那聲大門緩緩開啟的「吱呀」聲傳來，老人猛然一夾馬腹，開始衝鋒。

為了配合三支騎軍尤其是正北騎軍的出城，又不至於過早洩露跡象，在子時前一刻，北門城頭箭雨特別針對了城門口附近的北莽蠻子。

所以當措手不及的北莽步軍發現城門竟然主動上升後，一時間都有些發懵，甚至連那些負責督戰游弋在城頭數百步後的遊騎斥候，也沒有馬上回過神。等到親眼看到一股騎軍從正北大門呼嘯而出，遊騎都有點傻眼，不過很快就有人撥轉馬頭瘋狂鞭馬，從三座步軍大陣特意留出的一條縫隙中疾馳而去。

等到他們轉身傳遞這份緊急軍情的同時，城門口附近的北莽士卒就被這支騎軍一槍撞爛頭顱，或者被直接一槍撞擊得倒飛出去。

騎軍面對沒有布陣的步軍，殺起人來，其實就跟刀割麥子一般。

若是披甲齊整的騎軍之間正面對衝，雙方都可以借助戰馬衝鋒的巨大慣性，對長槍本身和騎卒的手臂會造成巨大的損傷，但是現在？

再熟悉戰陣廝殺不過的老校尉一開始就注意自己的呼吸，不急不緩，絕對不會像愣頭青那樣恨不得一口氣就殺敵幾十，老校尉也沒有太過追求戰馬衝鋒的速度。

作為一支錐形騎軍的那幾個領頭人，都應當如此，否則會帶壞整支騎軍的進攻步伐，甚至會導致騎軍陣形割裂開來。雖說以騎戰步這種情況可以忽略不計，但是老人作為涼州邊騎實打實的校尉，在馬背上打了大半輩子的仗，自然而然就會如此行事。

城門右首一支千人隊北莽蠻子蟻附攀城正酣，後方千人隊還沒有上前輪換攻城，左首恰好有兩名千夫長的兵馬正在交接。

老校尉對騎軍副手沉聲道：「各領一千騎突陣，你繞城橫走！」

兩千人騎軍迅速左右分開，如一股溪水遇石而滑開，老人則率領一千騎直奔那兵力完整的北莽千人隊。六、七名身披皮甲的北莽士卒眼見自己逃無可逃，一起咬牙揮刀前衝。

老校尉直接一衝而過，長槍槍尖微微傾斜向下，對準了一名北莽士卒的脖子。巨大的貫穿力將這名高高舉刀的士卒，直接撞擊得雙腳脫離地面。而老人在長槍就要釘入敵人脖子的前一刻，雙手不易察覺地鬆開長槍，下一刻，再度飛快握住槍身，握住的位置僅是偏移了不到一寸，但就是鬆開長槍造就的這短短一寸距離，卻能夠讓老人卸掉長槍衝刺殺人帶來的

五、六成阻力。

老人向後輕輕一扯長槍，從屍體的脖子中拔出槍頭，繼續向前衝鋒。

這還是老人年輕時候作為徐家鐵騎一員，在中原大地馳騁作戰以騎破步積累出來的寶貴經驗。年輕一輩的北涼騎軍知道是都知道這個訣竅，但一般來說用不上，畢竟北莽也是騎軍，用不上這種「華而不實」的伎倆，不過當下就很有意義了。這種少數騎軍面對大量步卒的陷陣，長槍越晚脫手，殺敵自然越多。

那六、七名北莽士卒被一衝而過，瞬間就死。兩側更遠處一些的士卒，在這支千人騎迅速鋪開衝鋒陣線後，也難逃一劫。最慘的一個，是僥倖躲過一騎的長槍後，給之後的虎頭城第二騎用戰馬當場撞死。

在不遠處那支千人隊步卒眼中，就看到這支錐形出城的騎軍幾乎是幾個眨眼工夫後，就已經繞弧而來，並且瞬間將鋒線伸展到一排百餘騎。

北莽千夫長怒吼道：「前排豎盾！弓箭手準備！」

老校尉嗤笑一聲，沒有長矛拒馬陣，沒有重甲在身，就憑兩、三排零零散散的盾卒，就想擋住我北涼騎軍的衝鋒？我賀連山可是連西楚大戟士都衝過的北涼老卒！

你們這大半年來攻城不是很賣力嗎？今天老子的虎頭城騎軍就教你們做人！

當他這一騎驟然加速，先是這一排的精銳北涼騎軍都憑藉眼角餘光，陸續提速衝鋒，很快就繼續保持住那條幾乎完全筆直的完美鋒線。

而這一排之後的騎軍也同樣如此，一千騎，皆是如此——這就是北涼鐵騎！

老校尉隨意撥開一根迎面而來的箭矢，至於射向肩頭鎧甲的一根，甚至都不去管。

在騎步觸及的剎那間，天地好像都靜止。

只見一匹匹北涼大馬高高躍起，在那一線之上，在北莽第一排屈膝舉盾的北莽士卒頭頂之上，堪稱壯觀！

當馬蹄終於整齊轟然落地，便是死人之時。

一名膂力驚人的虎頭城都尉，長槍凶狠捅入一名北莽後排弓手的胸口，拖曳著鮮血噴湧的屍體向後一路倒滑，透過胸膛的槍頭又撞在同一列後的第二名北莽士卒腹部。

騎軍都尉猛然一推長槍，然後鬆開手。在戰馬衝到兩具屍體之間的瞬間，這名都尉彎腰攥緊長槍槍頭，一口氣從屍體中拔出，如同心有靈犀的北涼戰馬猛然爆發出驚人的二度衝鋒，將第三名試圖砍向主人手臂的北莽蠻子狠狠撞開。

只有少數盾卒、一定數量弓箭手和大多數攀城刀手，沒有任何厚度可言的千人步軍方陣，就被那一千人一千馬，一衝而過。

虎頭城九百多騎沒有任何停留，根本就不管那滿地死傷的北莽千人隊，繼續奔向第二座間隔有一千步距離的步軍方陣。不同於手忙腳亂的第一座，下一座方陣的弓手有更加充裕的拋射機會，甚至那名千夫長從後方緊急借調了近百名盾卒，稀稀疏疏夾雜有用處不大的十幾杆長矛，也真是難為這個不得不臨時抱佛腳的千夫長了。但是在更遠處，已經有一支鄰近的側翼騎軍開始沿著步軍間隙火速增援。

肩頭給釘入那根箭矢的老校尉開始有意無意放緩馬速，隨著馬背的起伏輕輕呼吸。

老人的視線越過第二座步陣，看向更遠處，眼角餘光則注意著左右兩側的動靜。北莽右翼那支遠水救火的騎軍人數大概是兩千人。

老校尉大聲喊道：「破開前方步陣左首半陣，然後只管往左衝鋒，讓那支北莽增援騎軍在咱們屁股後頭吃灰！」

相距不足五百步，這支騎軍開始加速衝鋒，鋒線開始向左側偏移。數撥密集箭雨過後，七百虎頭城騎軍薄其步陣一半，成功向左衝去，這一次是毫無保留地狠狠撞入第三座大陣。

一撞之後，除去五、六十騎依舊握有長槍，這支如入無人之境的騎軍都開始換上北涼刀。但是這一次棄槍換刀，給這座北莽步陣帶來的重創，竟然比北涼騎軍撞開之前第二座步陣還要誇張——那些長槍絕大多數都刺入了北莽步卒的胸口。

涼州騎軍有一條鐵律，換刀之前的脫手槍矛，不能殺敵者，戰後一律以無寸功算！

◆

深夜火光之中，這一大片熠熠生輝的雪亮刀鋒，格外醒目！哪怕遠在虎頭城內那棟高樓上的主將劉寄奴，都看得一清二楚。這支包括校尉賀連山在內的騎軍，根本就沒打算活著返回虎頭城，劉寄奴更是一清二楚。

劉寄奴和那些樓內議事的校尉此時此刻都站在欄杆前，他的臉上沒有任何悲慟神色，只是心中默念道：『走好，回頭兄弟們一起，在地底下找大將軍喝酒。』

劉寄奴一瘸一拐轉身走回樓內。

記得那次滿身血跡的年輕藩王帶著二十幾騎吳家劍士返回虎頭城後，年輕人隨口問了個問題，問他劉寄奴是不是沒了北涼，中原就守不住了。劉寄奴告訴這個年輕人的答案是不會，短短二十年，中原大地血性猶在。真到了退無可退的那一天，很多人都會發現自己原來也能夠義無反顧，能夠坦然赴死，就像我們的北涼。

最後劉寄奴笑著加了一句，只不過北涼以外的中原，可以不怕死是一回事，但想跟咱們北涼這樣殺他個幾十萬甚至一百萬蠻子，就別想了。當時，劉寄奴看到了那個年輕人想笑又忍著不笑的樣子。

劉寄奴突然轉身跑向樓外。一名身材高大卻心細如髮的校尉二話不說，一把抱住這個虎頭城守將，怒道：「將軍，咱們跟王爺下了軍令狀，虎頭城最少還要守住三個月！是最少！咋的，將軍你這就要撂挑子？想死還不容易？別說像賀校尉這樣出城殺敵，將軍你只要隨便往城頭上一站，不用一個時辰，保管橫著回來！」

劉寄奴沒好氣道：「老子要睡覺去！」

高大校尉疑惑道：「真的？」

幾個顯然不放心劉寄奴的校尉異口同聲道：「我送將軍！」

劉寄奴想了想，掙脫開那高大校尉的雙手：「算了，睡意又沒了。來，咱們趕緊商量一下，怎麼把其他幾支出城騎軍接回來。看城外動靜，北莽騎軍開始試圖起網了，比我們預先想像的速度要快，咱們必須在一刻鐘內想出個辦法。實在不行，應該讓他們馬上回城，不能等到最先定下的半個時辰……」

那名高大校尉忍不住低聲說了句「他娘的」。

劉寄奴轉頭，卻沒有停下腳步：「再說一遍！」

高大校尉馬上閉嘴。

劉寄奴瞪眼道：「熊樣！」

高大校尉轉頭撇嘴道：「是不是將熊熊一窩，不管，反正我是將軍你帶出來的，熊不熊……」

劉寄奴突然停下腳步，沉聲道：「不對！把整個涼莽邊境圖拿過來！」

當地圖攤開在桌上後，劉寄奴陷入沉思，樓內旁人大氣都不敢喘。

劉寄奴的視線在三州邊境快速遊走，最終眯眼重新盯著自己所在的虎頭城，緩緩道：「如今北莽真正的目標，不是在流州吃掉龍象軍，不是在幽州攻破霞光城，也不是我們的虎頭城。」

所有人都感到莫名其妙。難不成是陵州？可這也太荒唐了吧。

劉寄奴伸出手指抵在一座軍鎮：「是虎頭城之後的懷陽關！準確說來，是都護褚祿山身後的整個涼州！」

有人問道：「可是只要虎頭城還在，懷陽關原本就是可攻可守的險隘，明面上又有那幾支我北涼最精銳的騎軍隨時可以支援。雖說我們剛剛得到密報，這些騎軍如今都已經……但是北莽蠻子肯定還不清楚兩萬人的去向，在這種前提下，北莽拿什麼打懷陽關？」

有人說道：「流州丟不丟都無所謂，只要龍象軍能夠保存半數實力，加上幽州葫蘆口必定可以形成的包圍，然後咱們虎頭城能夠守住三個月，我們北涼就算是反攻北莽姑塞、龍腰兩州，都有可能。」

劉寄奴默不作聲。

◆

當那一劍從萬里之外掠向逃暑鎮之時，當白蓮先生還不曾道破天機之前，流州就已是大戰一觸即發。

兩文一武三名流州官員走在城頭上，位置靠近相比外牆稍矮的女兒牆一側，因為城外不斷有北莽小股遊騎呼嘯而過，少則三十，多則兩百，時不時騎射一撥，也不至於對守城士卒造成殺傷，其實就跟來這座城下觀光賞景差不多，充滿了濃重的挑釁意味。

三人中唯一的老者，身穿正三品紫袍文官公服，繡孔雀官補子。剛才就有幾根凌厲箭矢從老人頭頂掠過，老人笑道：「惡客臨門啊，這麼喜歡在別人家門口往裡丟鞋子，回頭要是逮著機會……」

說到這裡，老人停頓了一下，轉頭笑咪咪地望向那個在武官袍子外披掛甲冑的年輕人：「寇將軍，本官能有這麼個機會嗎？」

自封「西域龍王」的蔡浚臣被北涼王丟到陵州黃楠郡擔任郡守，跟媳婦虞柔柔過上了神仙眷侶的日子，青蒼城龍王府就順勢改為了流州刺史府邸。

這個老人便是流州官階最高的文官——刺史楊光斗，而老人身邊的文衫幕僚就是在流州紮根不願離開的江南道寒士陳亮錫。

當青蒼城察覺到柳珪大軍的攻城意圖後，刺史府邸有過一場通宵達旦的激烈爭執，對於是守是撤，演變出兩個尖銳對立的陣營。年紀大一些的流州官員，都主張留得青山在，不怕沒柴燒，不妨直接放棄青蒼城，在龍象軍的護送下前往臨謠軍鎮，只要人還活著，流州軍政運轉就不會出問題。而年輕一輩的官員，無論是將種門庭出身，還是外地赴涼的中原士子，都強烈要求死守青蒼城，為龍象軍爭取一戰定流州的絕好戰機。

原本這場吵架只要兩個人達成一致，也就不至於越演越烈，但問題就在於老成持重的刺史楊光斗，竟然出人意料支持守城到底，而在流州流民中威望幾乎比年輕藩王還要高出一大截的陳亮錫，則截然相反，建議把刺史府邸轉移到臨謠。如此一來，雙方僵持不下。

然後新任流州將軍就在這種時刻進入了青蒼城。

寇江淮伸手輕輕按在粗糙的女兒牆上，沒有大放闕詞，更沒有拍胸脯跟老刺史保證些什麼。

腳下這座大奉王朝用以控扼廣袤西域的古軍鎮，作為如今最靠近涼州的流州第一大軍鎮，這點城牆就是個擺設，雖然被納入北涼道版圖後緊急加固，但仍是讓見慣了中原雄城的寇江淮感到可笑。

這位帶著幾百騎趕赴此地的年輕流州將軍，暫時在刺史府鄰近一座宅子履行職責，但偌大一座疆域堪比整個舊北涼道的流州，真正可供寇江淮調兵遣將的，屈指可數。比如當今流州最具威懾力的戰力三萬龍象軍，就直轄於都護府，主將徐龍象和兩位副將李陌藩和王靈寶沒有哪個是他能使喚得動的，寇江淮如果敢插手龍象軍的具體調度，恐怕流州將軍也就做到頭了。

臨謠、鳳翔兩鎮兵馬的將校士卒，寇江淮從頭到尾就沒一個認識的，現在他手頭就只有青蒼城內的四千青蒼軍和陳亮錫籠絡起來的萬餘流民青壯可供驅使。雖說單兵作戰還不錯，守城也勉強湊合，但放到大型戰場上廝殺，寇江淮不知道除了給柳珪送軍功還能幹什麼。

所以他這個立志要在西域一展宏圖的流州將軍，比巧婦難為無米之炊還不如，他當下是連個像樣的灶臺都沒有。

寇江淮走到外牆附近，望著一股北莽遊騎疾馳而去的飛揚塵土，輕聲道：「刺史大人要死守，是覺得這一退，流州就從均勢變成了全無主動權可言的劣勢，牽一髮而動全身，導致流州跟涼州的連接被撕裂出一個大口子，北莽南朝軍鎮和董卓中線就可以源源不斷運兵至此，從而會連累整個涼州布局。陳先生要撤退，是擔心龍象軍落入陷阱，在青蒼城外跟柳珪大軍拚得元氣大傷，一旦龍象軍失去牽制北莽西線大軍的作用……」

陳亮錫很不客氣地打斷寇江淮的言語：「我雖然稱不上熟諳兵事，但是也知道柳珪能夠隱忍至今，肯定是要打場一錘定音的大戰，青蒼城就是誘餌，我甚至可以肯定柳珪大軍攻打青蒼，起先不會太過迅猛，只會一點一點誘使且迫使龍象軍增加兵力，直到三萬龍象軍全部陷入泥潭。而且我不是主張青蒼城不守，而是刺史府邸官員全部退到臨謠軍鎮，青蒼城仍然有我和那一萬四千人死守到底。如此一來，龍象軍可攻可退，不至於深陷泥潭出不來。」

今時今日的陳亮錫皮膚黝黑，再無當年報國寺那個文弱書生的半點清逸之風。簡單來說，就是原本好好一個有可能在荒山古廟給狐狸精看上眼的俊雅書生，如今就算世上真有狐狸精，也不樂意理睬這個整天勞作、雙手布滿老繭的讀書人了。

這兩天滿肚子火氣的楊光斗冷哼道：「別說我北涼，差不多整個離陽都曉得，在北涼王心中，你陳亮錫一個人就抵得上整座刺史府邸！」

陳亮錫皺眉道：「那就跟負責護送的龍象軍說，我陳亮錫也會撤往臨謠軍鎮。」

楊光斗氣笑道：「你當李陌藩、王靈寶那些能夠當上將軍的傢伙是傻子啊，個個都精明著呢！我楊光斗死了還好說，你陳亮錫要是死在青蒼城，死在李陌藩、王靈寶兩個堂堂龍象軍副將的眼皮子底下，他們還想不想在北涼邊軍中攀爬了？」

寇江淮笑著打斷兩人的爭執：「善用兵者，不慮勝，先慮敗，這的確是兵書上的金玉良言。」

說實話，楊光斗很好奇這個差點躋身將評的年輕西楚遺民，按照寇江淮在廣陵道一連串戰事中展露出來的脾性，不是一個會計較一時一地得失的將軍。恰恰相反，總體兵力占劣勢的寇江淮最擅長大範圍長途奔襲，始終讓自己在局部戰場上占據優勢兵力，讓廣陵軍整條打成篩子的東線焦頭爛額，打得趙毅幾支精軍都風聲鶴唳了，最後連出城救援的勇氣都沒有，就怕又是自己主動撞入圈套，然後被寇江淮在殲滅所有趙毅東線的主力野戰軍後，一座座城池關隘都徹底失去聯繫，形同虛設。

楊光斗原本以為寇江淮來到青蒼城後，會支持陳亮錫和那幫一心求穩的刺史府邸文官幕僚，私下思量，楊光斗也擔心這是年紀輕輕的寇江淮急於在流州樹立威望，要拿青蒼城攻守戰來給自己積攢軍功。

楊光斗猶豫了一下，決定還是不再藏藏掖掖，直截了當問道：「寇將軍有幾分把握，能不能給本官透個底？」

寇江淮望向遠處的北莽大營：「如果青蒼城只是青蒼城，一切變數只在青蒼城內外，不受外界干涉，雙方兵馬就是明面上這些人，那我只有一成把握，讓流州局勢變得更好。」

陳亮錫苦笑著不言語。

寇江淮繼續道：「流州的情形跟我當初所在的廣陵道東線不同。在那裡，看似城池眾多、關隘重重，但都是死的，如同棋盤上落子生根就不動了，離陽朝廷的廣陵軍武將都走了條死胡同，好像沒有城池就沒有了魂魄一般。

在流州，很不一樣，這裡是註定只能由騎軍決定勝負走勢的戰場，臨謠、鳳翔兩鎮兵馬會是個小變數，被柳珪隱藏起來的後手是個大變數，同樣是遠水救近火，關鍵就看到時候誰進入戰場增援己方的時機更為恰當。」

寇江淮手指東面，比柳珪大軍的軍營還要更東面：「真正的變數，其實是握在我們北涼手裡，涼州只要有一萬騎軍奔赴流州，都不用是大雪龍騎，也不用是齊當國的六千鐵浮屠，只要是最普通的涼州邊關騎軍，就足夠。」

楊光斗搖頭道：「雖然本官主張死守青蒼城，可是也清楚青蒼城的存亡，是等不到涼州騎軍聞訊趕來的，咱們只能靠青蒼城一萬四千人和城外三萬龍象軍，最多加上臨謠、鳳翔兩鎮臨時抽調出來的七、八千騎軍。」

寇江淮哈哈笑道：「反正已經是死守青蒼城的境地了，咱們多點念想也不是壞事。」

寇江淮轉頭對憂心忡忡的陳亮錫微笑道：「為了安撫人心，不至於一戰即潰，本將要勞煩先生與那些流民青壯來一次『謊報軍情』，就說北涼邊關鐵騎正在趕來的路上，只要青蒼城堅守五天不被破城，這流州就要連一個北莽蠻子都沒有立足之地了。」

陳亮錫的臉上有些怒容。

寇江淮故意視而不見，笑問道：「怎麼，先生於心不忍，覺得有違本心？其實換個角度去想，就簡單了。既然不管有無涼州援軍都要死守城池，士氣高漲，總比士氣低落要少死很多人。先生總不希望青蒼城一、兩天就被攻入，四處潰散的一萬四千人，經得起殺紅眼的北莽大軍幾次手起刀落？先生是正兒八經的讀書人，可能對兵事不太瞭解，死人最多、最快的戰場，往往不是攻城期間，不是騎軍對撞或者是騎軍破步陣，而是破城後的屠城，是在野外的追殺潰兵。」

陳亮錫問了兩個問題：「寇將軍願意與青蒼城一起死戰到底？當真願意死在這西域軍鎮中？」

寇江淮好像有避重就輕的嫌疑，語氣平淡道：「我寇江淮來流州，是以流州將軍的身分來打勝仗的。我不怕死，但我同時也很惜命。」

陳亮錫告辭離去。

寇江淮笑了笑，不以為意。

楊光斗沒有跟隨陳亮錫一起走下城頭，嘆氣道：「寇將軍應該看得出來，陳亮錫已經把流州、把青蒼城當作他的家了，為何還要在他傷口上撒鹽。而且以陳亮錫的性情，一旦對誰生出不好的印象，恐怕一輩子都很難改觀。寇將軍在流州也不是做一錘子買賣，是要在這裡建功立業的，既然如此，為何還要跟陳亮錫交惡？」

寇江淮反問道：「陳亮錫僅僅是一個寧在直中取的君子嗎？」

楊光斗搖頭道：「那也太看輕他了，陳亮錫未必不能是下一個李義山。相比在陵州官運亨通的徐北枳，我更看好陳亮錫。」

寇江淮伸手在牆體微淺的箭垛上滑過，輕聲道：「流州給涼州傳去的諜報，不過是盡人事、聽天命，我是在賭涼州有這麼一個洞察先機的人物……總之，這次流州要麼輸得一乾二淨，要麼賺個盆滿缽盈。」

楊光斗感慨道：「只要再給我半年時間，在流州南線打造出一條粗糙的烽燧體系，就不至於這麼被動了，可惜時不我待啊！」

寇江淮眼神複雜，沒有人知道這個一上任就接手燙手山芋的流州將軍，到底在盤算些什麼。

◆

駐地在青蒼城以南的龍象軍大營，跟怨氣橫生、暗流湧動的柳珪大軍不同，跟青蒼城的猶豫不決也不同。

從上到下，整支龍象軍就沒有什麼雜念。去年長驅直入北莽，幾乎橫掃大半座姑塞州，打得瓦築、君子館和離谷、茂隆四座軍鎮欲仙欲死，最後連董卓都不得不親自上陣，仍是損失了五千左右的精銳私軍。在今年開春更是一口氣吃掉了那八千多號稱「大漠幽魂」的羌族騎軍，龍象軍的軍心，就是這麼一場一場硬仗勝仗積累起來的。

在徐龍象入主龍象騎軍之前，副將李陌藩和疤臉兒王靈寶就已經是獨當一面的邊軍大將，這十多年來，哪年不跟北莽蠻子打上幾仗？

黑衣少年坐在一處小土坡上，身邊趴著那頭體形驚人的黑虎，牠懶洋洋打著瞌睡，偶爾抖動身軀，就是一陣好大的塵土黃沙。

李陌藩和王靈寶各自牽馬站在不遠處，相貌凶神惡煞的疤臉兒輕聲問道：「看情形，北莽蠻子明天就要動手了。這仗，咱們打肯定是要打，但是怎麼個打法，老李，你有沒有章法了？」

李陌藩那匹戰馬如同一座移動武庫，懸掛一杆鐵槍不說，還有一張騎弓和兩副輕弩，更有那只插滿短戟的戟囊，而李陌藩本身又懸佩刀劍。

聽到王靈寶的詢問後，這個在人品方面一直毀譽參半的龍象軍副將沒好氣道：「章法？三萬龍象軍全是騎軍，不就是騎對騎和騎對步兩樣，還能打出啥花樣？柳珪那老頭子擺明瞭是拿青蒼城當魚餌，釣咱們龍象軍這條大魚，那咱們咬鉤就是了，不過要把這個漁翁給扯下水，告訴他們火中取栗沒那麼輕鬆，很容易變成玩火自焚的。」

王靈寶嘿嘿笑道：「我們李副將也有緊張的時候啊，擱在以前，你說起如何用兵那都是頭頭是道，恨不得連每一標騎軍都給用到刀刃上，我要不打斷的話，你能一口氣不帶喘地說上個把時辰。」

李陌藩臉色陰沉，沒有反駁。

王靈寶湊過去悄悄問道：「是擔心擋不住拓跋菩薩？」

李陌藩搖頭：「雙方加在一起差不多十五萬兵力，如此巨大的戰場，一個武評大宗師沒那麼重要。對這支北莽西線大軍沒有發言權的拓跋菩薩，即便參戰，他雖然能夠一定程度影響戰局，但不能真正決定戰局。」

王靈寶白眼道：「那你擔心什麼？姑塞州四鎮騎軍什麼鳥樣，你又不是不知道，除非是柳珪老兒以重甲步卒作為中軍，往死裡布置拒馬陣，然後把所有騎軍放置在兩翼，用這種最死板的縮頭烏龜戰術對付龍象軍，咱們才會沒什麼下嘴的機會。」

李陌藩仍是搖頭：「如果這老小子使出這麼個北莽隨便拎出個平庸將領都會生搬硬套的打法，那就不是他柳珪了。」

王靈寶也有些煩躁，突然想起一件事，好奇地問道：「那姓寇的流州將軍說要咱們給他留五千精軍，不管什麼局面都不許動用，有啥門道？真答應他？」

李陌藩無奈道：「反正將軍已經答應，你照辦就得了。」

長久的沉默。

王靈寶突然笑道：「老李，沒想到青蒼城那一大幫文官老爺到頭來一個都沒去臨謠，你說這天底下，是不是只有咱們北涼才有這等光景？不過真不是我王靈寶沒良心啊，只要一想到這幫舞文弄墨的官老爺，有可能出現在城頭學咱們彎弓射箭啥的，就挺想笑的。」

李陌藩臉上也有了幾分笑意。

王靈寶下意識摸著自己臉上的傷疤，又問道：「老李，咱們一起並肩作戰多少年了？」

李陌藩愣了一下，只是回答道：「忘了。」

王靈寶哈哈一笑：「我也忘了。」

總之，是很多年了。

◆

北莽鐵蹄連過臥弓、鸞鶴兩城，被最後這座控扼險關的霞光城死死阻擋在幽州關外。不破開此關，成功闖入幽州境內，北莽東線的所有騎軍就毫無用武之地。

城外，兩名北莽東線將領在不下一千騎精銳扈從的嚴密護衛下，就近巡視城頭戰況，主帥楊元贊感慨道：「行百里者半九十，古人誠不欺我。除了此城，葫蘆口都已經在我手，但是只要霞光城一日不破，就始終無法跟那支三萬人的幽騎決一死戰。」

剛剛被皇帝陛下敕封為王帳夏捺缽的先鋒大將種檀笑道：「也真是難為大將軍了，像是帶著一大窩嗷嗷待哺的幼鳥，每天都給吵得不行。」

老將笑道：「等過了霞光城，整個幽州都在咱們馬蹄之下，到時候想打仗還不簡單，遍地都是戰機和軍功，不過能往自己兜裡裝多少，就看各自本事了。」

昨天才親身登城廝殺的种檀渾身布滿血腥氣息，輕聲道：「現在就等燕文鸞拿他的幽州步卒來填補霞光城的口子了。要不然最多三天，霞光城就守不住。」

楊元贊冷笑道：「霞光城不是虎頭城，城池就這麼大，城頭能站多少人？燕文鸞最多往霞光城一次丟六千人參與守城，再多，別說去城頭，在城內都只能擁擠一堆看熱鬧了。」

楊元贊看著遠方那座防禦工事早已捉襟見肘的霞光城。

城內大弩盡毀，尤其是在己方步軍幾乎拆掉臥弓城、鸞鶴城後，這段時日數百架投石車瘋狂拋擲巨石，所以這個夏天，霞光城的頭頂「雨水」很足，下著一場場「石雨」。除去霞光城和鸞鶴城之間的兩側邊緣堡寨，其餘大小據點，都已經給想撈取戰功想瘋了的北莽大族私人騎軍清剿乾淨。那些守卒不多的葫蘆口烽燧無疑首當其衝，早早成了最佳狩獵目標。一些兵力稍顯充裕的較大戍堡，也在數股乃至十數股家族私騎匯流後一衝而破，此舉倒是省去了楊元贊很多煩心事。

現在的葫蘆口，在臥弓、鸞鶴兩城被毀掉後，其實很適合騎軍長途馳騁，可以說楊元贊的東線大軍只要拿下霞光城，不但幽州門戶大開，在幽騎兵力處於絕對劣勢的前提下，北莽東線進可攻，退則可以一口氣退到霞光城以北的葫蘆口內，甚至直接退出葫蘆口，又有何難？你燕文鸞的步軍不管戰力如何出眾，但是兩條腿的步卒能跑得贏四條腿的騎軍？

所以种檀的步軍雖然戰損驚人，幾乎每天都有兩、三支千人隊打到崩潰的淒慘境地，但表面眉頭緊皺的老將軍事實上並沒有太大憂慮，內心深處還對主持西線的老朋友柳珪，有著一絲不為人知的幸災樂禍。

當時西京要柳珪去那北涼邊軍並無險隘可以依託的流州，卻要他楊元贊攻打幽州，要他帶兵穿過葫蘆口這條號稱可以埋葬十五萬北莽大軍的恐怖地帶，楊元贊何嘗沒有怨言，只不過現在回頭再看，真是福禍相依、天意難測啊。

種檀眼角餘光瞥見老將軍那種勝券在握的神態，這名戰功顯赫的先鋒大將欲言又止，最終還是把話咽回肚子，沒有說出口自己的猜測。能夠以不到一年軍齡就擠掉耶律玉笏躋身新任夏捺鉢，就在於西京廟堂上一位甲字豪閥大佬的那句「種檀一人，讓我東線大軍在葫蘆口少死了五萬人，無異於我方憑空多出擅長攻城拔寨的五萬勇悍步卒，如何做不得捺鉢」。照理說，一躍成為與中原謝西陲、寇江淮、宋笠等人同一線名將的種家子弟，此時應該最是志得意滿，但是種檀總覺得幽州戰況沒這麼簡單。

楊元贊突然伸手指向那形勢急轉直下的城頭，不驚反喜，哈哈笑道：「種檀，你瞧瞧，燕文鸞總算坐不住了，我還以為這老兒在幽州境內給咱們挖了什麼了不得的大坑，不料也就是這麼點定力了。失望，真是失望啊！」

當種檀看到霞光城頭的慘烈戰況，終於如釋重負。

霞光城的地理位置可謂得天獨厚，占據有葫蘆口唯一可供大規模騎軍入關的雄關險隘，因此此地戰事只有硬碰硬，雙方想要展開任何奇襲都是癡人說夢。種檀麾下的東線步軍近期已經可以不斷擁入城頭，昨天種檀就親自率領八百死士登城作戰，酣戰小半個時辰後才被趕下城頭。當一場攻城戰的主戰場從蟻附城牆變成城頭肉搏，往往就意味著距離破城不遠了。

大概是也知道霞光城岌岌可危，這是燕文鸞的老字營步卒第一次出現在葫蘆口戰場上。

種檀策馬前衝，在沒有城頭床弩的威脅之下，以種檀的武道修為，加上身披鐵甲，並不畏懼城頭那零散幾名神箭手的步弓遠射。

種檀抬頭望去，果然是一大撥幽州老營步卒支援城頭了，披掛典型的「燕翎甲」配製，這種燕翎甲一律由北涼官方匠人精心打造，由一千五百枚精鐵甲葉組成，再以堅韌皮條和甲釘細密連綴而成，重達六十餘斤，比起曾經的西楚第一等重甲步卒大戟士毫不遜色。

況且北涼男子體格先天就要優於西楚士卒，燕家步卒身披重甲、手持長矛列陣拒騎，曾經在春秋戰事中發揮出令西楚騎軍瞠目結舌的效果。重甲步卒在大奉王朝的誕生和春秋九國的成形，本就是在大規模騎軍逐漸成為戰場主角，尤其是草原騎軍越發勢不可當後，一種應運而生的畸形兵種，宗旨是既然步軍已經比不過騎軍的靈活，那麼就乾脆全部捨棄機動性，以靜制動。

重甲步卒原本不是用作守城的珍貴兵種，倒不是單純因為以步對步屬於大材小用，而是重甲步卒披掛太過沉重，在寸土寸金的城頭地帶進行近身廝殺，並不明智。但是，已經攻上霞光城城頭的四百北莽敢死卒，幾乎一個照面就被燕翎甲步卒斬殺殆盡。

種檀轉頭對一名傳令卒沉聲道：「讓鄭麟領兩千騎軍去接應攻城步軍的撤退。」

◆

城頭之上，生死立判。

北莽步卒本就差不多精疲力竭，其中一人仍是劈出勢大力沉的凶悍一刀，結果被對面鎧甲精良的燕家重步卒抬起左臂一揮就隨意揮開刀鋒。那名老字營燕家銳士繼續前衝，右手涼刀瞬間刺入這名皮甲北莽蠻子的胸口，憑藉巨大衝勁直接將這個北莽士卒撞靠在外牆之上。

迅猛拔刀後，這名燕家重步卒雙手握刀重重撩起，把一名伺機想要砍在他臉上的北莽蠻子從腰部到肩頭，扯出一條皮肉掀開深可見骨的血槽，猩紅的鮮血濺滿了這名重步卒的整張臉龐，格外猙獰。

一名北莽士卒，被從一處殘敗城頭的破裂處當場撞出城外。

霞光城頭，鐵甲錚錚。

一顆顆北莽士卒鮮血淋漓的頭顱，被那些魁梧甲士同時拋下城頭。

除去登城士卒無一倖免外，聽到撤退鼓聲的北莽攻城士卒連忙撤下雲梯，在他們頭頂，不斷有頭顱和屍體砸下，以及重新返回城頭的弓箭手潑出的箭雨。

這場血雨和箭雨，是霞光城對先前北莽投石車造就的「雨幕」最有力的回答。

城門緊閉至今的霞光城第一次主動升起大門，一大股重甲步卒衝出。

城頭之上，幽州重甲步卒就順著雲梯滑下，對那些後撤不及的北莽士卒展開一邊倒的屠戮。

如同洪水傾瀉出城，不斷有北莽步卒「淹死」在血水之中。

最靠近城頭的北莽兩千騎軍得到種檀軍令後，開始加速衝鋒，展開一輪輪騎射，試圖在救援己方士卒撤退的同時，盡量壓制住霞光城步軍的出城列陣。

與此同時，城頭上射程比騎弓要更遠的步弓，也果斷放棄對北莽步卒的射殺，轉向正在對出城重步進行騷擾的北莽騎軍。

那名騎軍將領鄭麟抬起手臂往後一頓，騎軍不再向前，開始緩緩後撤出五十步，絕大多數城頭箭矢就落在這五十步之間的大地之上。重新掉頭的鄭麟環視四周，有些鬱悶，除了從騎軍兩側緊急後撤的攻城步卒，真正阻滯他們更多騎軍趕赴戰場的罪魁禍首，恰好就是附近那些本該負責後續攻城的步軍方陣，否則只要給他們兩千騎去堵住城門，以如今霞光城的弓弩數量，已經不足以造成太大威脅，那麼四千騎不說澈底阻止那支步軍出城，最不濟也能夠讓其無法舒舒服服鋪展陣形。

鄭麟的這支騎軍可謂束線精銳，除了因為沒有預想到會衝陣而暫時沒有攜帶的長矛外，騎弓、步弓皆有，套索和投斧等雜七雜八的武器更是層出不窮，身上清一色的鎖子甲，相較普通草原騎軍的皮甲更是堪稱遮奢的大手筆。

鄭麟這支巋然不動的騎軍在洶湧後撤的北莽步軍中，顯得鶴立雞群。

很快就有幾股增援騎軍艱難穿插於步軍中奔赴而至，加在一起差不多也有三千五百騎，但是戰場上的戰機從來都是稍縱即逝，那支幽州步軍在近千負責輜重運輸輔兵嫻熟幫助下，已經在霞光城門外從容列陣，密集如刺蝟。但是不知為何，這支步軍並沒有在陣前擺放那些阻滯騎軍衝鋒的三板斧——鹿角木、鐵蒺藜和拒馬。

鄭麟不由得感到有些奇怪，霞光城好歹是葫蘆口防線最後一座重鎮，就算從來沒有想過要出城以步制騎，可是城中怎麼也應該象徵性儲備這些兵家常物。

鄭麟笑了笑，沒有更好，那些設置四根斜木、鑿孔插放鐵槍的大型拒馬和那種幕前軍機郎翻來覆去講解了無數遍的另一種簡易拒馬，實在是讓鄭麟這種騎軍將領光是聽到就一陣陣頭皮發麻。

鄭麟仔細觀察那支幽州步軍的兵種分配，果真如那幫文縐縐的軍機郎所說不差，膂力最強的健壯盾卒立起幾乎等人高的大盾在前，後排鋒銳長矛從盾間傾斜刺出，藤牌鐵牆之上，形成多排盛夏時分也能讓他們騎軍感到寒意的「槍林」。在此之後，是放棄涼刀手持大斧的斧兵陣，隨後是能夠比騎軍更早挽弓殺敵的弓手，以及射程比步弓更遠的腰開弩和蹶張弩。

鄭麟下意識屁股抬高離開馬背，試圖看得更清楚一些，但是很難發現這支燕家老字營步卒的更多內裡玄機了。

一名從北庭草原來到葫蘆口的騎軍千夫長笑問道：「鄭將軍，怎麼講，要不然讓我先帶兵衝一衝？試試深淺也好嘛。」

鄭麟看著這個年紀輕輕的千夫長。他是某個占據北方大片水草、肥美草原的大悉剔嫡長子，年輕氣盛，先前在鸞鶴城周邊烽燧堡寨的掃蕩中立下不少戰功，現在就等著攻破霞光城去幽州境內大開殺戒了。

據說這小子都跟一幫出身相仿的北庭貴族子弟商量妥當了，到時候入了幽州，別的地方都不去管，就合起夥來盯著那個叫胭脂郡的地方使勁下嘴，那裡的水靈娘們兒可是連離陽中原男人都要流口水的，到時候先挑出幾百姿色最好的獨自享用，胭脂郡其他女子都賣給草原大小悉剔，既有銀子，也賺人情。

鄭麟作為南朝乙字高門子弟，對於這些北庭悉剔子孫沒有什麼好感，這二十年來，北庭小貴族都敢在南朝西京城內作威作福的事例數不勝數，但鄭麟仍是搖頭道：「那支四千人步軍是幽州燕文鸞的老字營，是嫡系中的嫡系，我們不要輕易衝陣，種將軍只是讓我掩護步軍撤退，不可貪功冒進。」

那名千夫長嘿嘿笑道：「是不是貪功冒進，那得我打輸了再下定論。我手下這一千草原兒郎，哪個不是鑽馬肚跟玩一樣的精銳騎軍，鄭將軍你既然不敢衝陣，那就一旁待著看我掠陣便是。」

鄭麟面無表情道：「哦，那本將就靜等捷報了。」

年輕千夫長放聲大笑，一馬當先，衝向那座防守森嚴的步軍方陣。

一千騎以兩百騎為一排，五排之間又拉出一大段間距，前兩排以矮個子裡拔高個的「重騎」為主，人人手持原有的長矛或是從北涼戍堡繳獲而來的鐵槍，所披甲冑也優於後三排，迅速向前推進。

這種草原民族使用熟稔的騎軍衝陣，陣形樸素而運轉靈活，曾經在大奉王朝末年面對中原步軍取得無往不利的卓然戰果，令中原大地處處狼煙。每當與中原步軍即將撞陣之時，後三排輕騎就會突然加快衝鋒，從鐵騎縫隙中疾速衝出，或騎射灑出密集箭雨，或丟擲短矛。若是敵方步軍方陣能夠保持穩固陣形，那麼重騎不急於衝陣，繞出弧線從方陣兩翼滑出，輕騎依次尾隨。如果在步軍方陣兩側尋找不到戰機，就返回原地。依此反覆，直到步軍方陣動搖，出現一絲漏洞，鐵騎就會展開一輪真正致命的強悍衝鋒，為後方輕騎切割出突破口。

昔年在大奉王朝版圖上肆意馳騁的草原騎軍，隨著那場洪嘉北奔帶來的種種裨益，不論是甲冑還是兵器都獲得極大提升。

只可惜這支千人騎軍所面對的敵人，是燕文鸞的重甲步卒，是北涼邊軍，而不是那個被某些豪閥文人吹噓成「歷代王朝皆以弱亡國，唯獨大奉以強亡」的繡花枕頭王朝。

當發現只有一千騎獨自衝鋒的時候，這支步軍方陣做出了驚世駭俗的舉動，違反兵法常理地自行放倒了作為拒馬陣精髓所在的盾牆和槍林。

僅僅在三百步到一百步之間，在鋒芒畢露的大量弓弩勁射之下，那大聲呼喝的一千騎，人仰馬翻，躺下了整整六百多騎。

而接下來一幕同樣跟兵書上的說法截然不同——步軍大陣沒有繼續大規模步弓拋射，僅是精準射殺那些見機不妙、試圖脫離正面戰場的幾十遊騎，而前排則重新起盾持矛。

就像是在說，騎軍衝陣？那就請你來！

在發現自己的千夫長被一根箭矢貫穿胸膛後，剩餘北莽三百餘騎瘋了一般不顧生死地衝撞過去，撞向那些尖銳的拒馬槍。

一撞之後，整座步軍方陣依舊穩若磐石！盾牌之前，長槍之中，三百餘匹北莽戰馬，無一例外，都被長達兩丈半的長槍當場刺透！

霞光城城頭上，一位身材矮小的獨眼老人，身邊有幽州將軍皇甫枰和刺史胡魁這兩位北涼封疆大吏的親自陪同。

從頭到尾，老人根本就沒有看一眼北莽千騎的自尋死路，而是望向更北的葫蘆口外，自言自語道：「三天後，四支騎軍就都可以進入葫蘆口了吧？」

◆

葫蘆口外，兩萬幽州騎軍一分為二，槲騎將軍石玉廬和驃騎將軍範文遙各領兩千騎繼續北上，負責搗爛龍腰州糧草運輸和截殺那些遊散騎軍隊伍。

幽騎副將郁鸞刀親率一萬六千騎，在原地迎接兩支騎軍的到來，到時候幽州騎軍要為後者充當護衛。雖然後者兩支騎軍人數加在一起，才剛剛超過半數而已的幽騎，但郁鸞刀沒有絲毫憤懣。

◆

兩天後，一支萬人騎軍率先脫離大軍，衝入葫蘆口。

一座座頹敗堡寨，一座座無人烽燧……滿目瘡痍。

大風掠過城已不城的臥弓城，如泣如訴。

這一萬騎沒有在臥弓城停留，只是繞城而過的時候，所有騎卒都自發抽出了北涼刀，高高舉起。

大雪龍騎，就這麼無聲南下。

第四章　北涼道四線皆戰　龍象軍苦戰流州

夜幕中，一支車隊悄然進入涼州城，暢通無阻地穿過夜禁森嚴的城門，清涼山隨即大開儀門，北涼王府以這種原本只該對待君王卿相的超高規格開門迎客。

三輛馬車，白衣僧人一家三口，加上那個南北小和尚，四人乘坐最前頭一輛馬車，龍虎山白蓮先生白煜與武當山青山觀韓桂、清心師徒二人同乘隨後一輛，最後一輛坐著上陰學宮常遂、許煌等人。

清涼山方面由徐渭熊領著一大幫人出門迎接這撥貴客，北涼道副經略使宋洞明身後站著一幫滿懷好奇的幕僚佐官。如今的宋洞明建在半山的那座官邸被譽為北涼「龍門」，而徐鳳年居住的梧桐院則被稱為「鳳閣」，足可見宋洞明如今在北涼官場的超然地位。

算得上舊地重遊的只有李東西和南北小和尚。李東西眼尖，一下就看到了王府大管家宋漁，一溜煙小跑過去，噓寒問暖起來。

在徐家做了大半輩子管事的宋漁看到這個小姑娘，也是打心眼裡高興，這位給涼州官員私下說成「冷面閻羅」的刻板老人，竟破天荒擠出了笑臉。

大概是實在不習慣與人笑臉相迎，略微顯得有些僵硬，不過老人仍是笑著說，明兒就親自陪著李姑娘逛脂粉鋪子去，把小姑娘給高興壞了。陸丞燕和王初冬都沒有拋頭露面，畢竟以兩女准王妃的身分，出門迎客不合禮節。

徐渭熊先與白衣僧人和白蓮先生問好後，走到常遂等人眼前。

常遂舉起空蕩蕩的酒葫蘆搖了搖，笑道：「綠蟻酒，不多不少，一天一壺，師妹妳家大業大的，這總沒問題吧？」

徐渭熊點頭道：「喝酒沒問題，就是師兄記得別大半夜跑去聽潮湖邊喝酒，到時候落了水就等著餵魚吧。」

晉寶室紅著眼睛喊了一聲師姐，有些哽咽。

徐渭熊柔聲笑道：「才幾年沒見，就成了大姑娘了，要不要師姐幫妳做回媒人？咱們北涼這兒的男子，雖然都是喝慣了西北風、吃多了大漠黃沙的粗糙漢子，比不得中原士子飽讀詩書，但是打交道久了，就會知道比起下筆如有神的讀書人，更能挑起擔子。尤其是那邊關男子，騎最好的馬、佩最好的刀、喝最烈的酒、殺北莽的蠻子，想必會對師妹的口味。」

晉寶室抓住徐渭熊的手，抱在懷中，好似撒嬌一般笑道：「師姐妳都沒嫁人，我急什麼啊！」

徐渭熊轉頭對許煌、司馬燦和劉端懋三人各自打過招呼，也沒有絲毫多餘話語，就是喊一聲師兄、師弟。

白衣僧人站在自己媳婦旁邊，看著白煜和宋洞明一見如故。一個是深受先帝器重的道教真人，一個是原本有望在廟堂位極人臣的文士，這兩位放眼整座離陽王朝也屬屈指可數的讀書人，相談甚歡。但是李當心回想到先前武當山那場有關趙勾頭目的密談，真是感到有些心累啊，不由得輕輕嘆了口氣，不再理會白煜和宋洞明的攀談，走入王府後自顧自打量起四周風景。

早年離陽朝野上下有個「苦了百萬戶，富了一家人」的說法，就是說占山為王、坐擁聽潮湖的徐家，在北涼道大肆搜刮民脂民膏，真真正正是富可敵國的家財。

很快就有在「龍門」任職的幕僚排隊一般湊到李當心身邊。大概是事先副經略使大人有過叮囑，這些對白衣僧人仰慕已久的北涼官員，沒敢打開話匣子拉家常，都是畢恭畢敬地自報名諱家門，最多加上一、兩句恭維言語，白衣僧人一一微笑點頭就當還禮了，眾人也毫不覺得這位兩禪寺方丈是在擺譜。

誰不曉得當年白衣僧人西行萬里返回太安城後，便是見到親自為其牽馬的皇帝也僅是雙手合十行禮，甚至沒有翻身下馬！這群跳過北涼龍門的官員，已是在公門修行出一定道行的官場中人，不至於冷落了那位聲名鵲起的武當山大真人韓桂，很是誠心地討教了些道門養生之術，別的不說，極有希望成為下任武當掌教的韓桂，可算不得冷灶了，未來那就是與六部尚書同階的羽衣卿相，誰敢怠慢？

除了白衣僧人和他媳婦給大管家宋漁領去一棟宅子下榻外，東西姑娘和南北小和尚早早脫離大隊伍，熟門熟路地逛蕩起來。一路上見著了丫鬟，她都能憑藉記憶準確喊出名字再加上個姐姐，而清涼山的伶俐丫鬟對這個小姑娘當然也是記憶猶新，能讓當年世子殿下當親妹妹一般寵溺的人物，小姑娘性子又好，想要不喜歡都難。

白煜和常遂一行人，都跟著徐渭熊、宋洞明來到那座位於半山腰的獨特官邸。說是副經略使官邸，其實就是一片連綿銜接的矮小院落，一位副經略使加上三十餘名輔佐官員，處理政務和衣食住行都在這裡。那些如同離陽朝廷大小黃門郎的龍門文官識趣散去，各回各家，繼續忙碌處理那些從北涼三州刺史府匯總過來的事務。

最後一屋子，除了坐在輪椅上的徐渭熊，讓離陽朝廷不得不捏鼻子承認的從二品邊疆重臣宋洞明，暫時皆以王府頭等客卿身分進入清涼山的白煜和常遂，即將前往懷陽關都護府任職的兵法大家許煌，其實已經有陵州鐵佑郡太守官身的縱橫家司馬燦，馬上要進入陵州刺史府擔任徐北枳幕僚的劉端懋，還有想要進入梧桐院的晉寶室，分別落座。

徐渭熊開門見山道：「果然如白蓮先生所料，西線戰局極其不利於我北涼，王爺已經親自前往流州。以白天傳來的最新諜報來看，涼州境內駐軍的所有騎軍都已得到軍令，開始緊急出動。

但是除了原本就在涼州西部的兩支兵馬六千騎只要在原地等待、無須長途跋涉之外，目前已經跟在王爺和八百白馬義從身後的兵馬，除了當時鄰近武當山的羅洪才所率一千角鷹騎軍，還有之後途經的兩名校尉總計兩千三百騎，其餘涼州騎軍，最快一支，也要遲於王爺一天才能到達涼流兩州邊境，最慢的更是需要四天。

這還是在全然不顧戰馬體力的前提之下，因為北涼道規模僅次於纖離馬場的天井馬場，恰好距離王爺所在的聚集地不遠，能夠抽調出甲等戰馬六百匹、乙等戰馬四千匹，這大概是我們唯一的好消息了。」

徐渭熊頓了頓，臉色凝重道：「實不相瞞，王遂已經帶著五萬騎軍輕鬆攻下薊北、橫水兩城，這股跟離陽兩遼對峙的最精銳騎軍，正是奔著幽州東大門去的，目的就是配合葫蘆口內的楊元贊大軍，試圖一鼓作氣打爛半個幽州。」

許煌緩緩開口問道：「大將軍燕文鸞的幽州步軍哪怕分兵一部北上支援霞光城，在幽州本身就有三萬騎軍的前提下，同時守住葫蘆口最後一道防線和東線邊境，不難吧？」

徐渭熊苦笑道：「原本是這樣的，但是咱們攤上了兩個異想天開的主事人，在他們兩人的執意要求下，不但讓三萬幽州騎軍由河州北上去往了葫蘆口外，而且連一萬大雪龍騎軍、兩支重騎軍也都離開各自駐地趕去葫蘆口外了。

所以現在不光是涼州虎頭城形勢危急，其實懷陽關和柳芽、茯苓兩大軍鎮的後方，等於是空的。再加上現在涼州境內騎軍都趕赴流州救火，一旦虎頭城失守，我涼州就會處於一個不堪設想的可怕境地。身在涼州邊關的兩位騎軍副統領何仲忽和周康以及步軍副統領顧大祖，三人目前手中握有的兵力，顯然都不足以支撐虎頭城失守造就的局面，因此另外一名步軍副統領陳雲垂已經帶領三萬精銳步卒前往涼州。」

許煌神情微動，開始在心中快速盤算其中得失。常遂的酒葫蘆已經裝滿了綠蟻酒，獨自喝得忘乎所以。宋洞明正襟危坐，白煜眯著眼睛，不知道在想什麼。

徐渭熊沉聲道：「現在就只能指望流州不輸，同時懷陽關還不能丟掉，這樣我北涼才能順利在葫蘆口內打一場規模空前的圍殲戰，否則就算葫蘆口大捷，別說懷陽關淪陷，哪怕是以北涼流州和北莽葫蘆口雙方各自兵力，來場一換一，我們也承受不起。北涼終究只是以一地之力戰一國之力，北莽耗得起，我們耗不起。」

許煌輕聲道：「如此說來，王爺的涼州援軍能否改變流州戰局，至關重要；褚都護能否保住虎頭城與懷陽關柳芽、茯苓兩鎮構成的北涼邊關第一線，至關重要；袁統領能否和幽州騎軍堵死並且吃光葫蘆口內的二十多萬大軍，至關重要。」

許煌重複了三個至關重要。

這意味著北涼這場驚世駭俗的豪賭想要贏，一環接一環，每個環節都不能出大的紕漏，否則就是全盤皆輸的下場。

常遂抹了抹嘴角的酒水，笑問道：「那我只問一個北涼最有信心的戰場，那葫蘆口，袁左宗的大雪龍騎，加上那兩支神龍見首不見尾了二十年的重騎軍，再加上田衡、郁鸞刀的幽州騎軍，到底有幾成把握，甕中捉住楊元贊那隻老鱉？」

徐渭熊笑了，伸出一隻手。

常遂揉了揉下巴，遺憾道：「才五成啊，那就懸了。我得尋思著給自己找後路了，要不然在清涼山屁股底下這張椅子還沒焐熱，就可能能聽見北莽蠻子的馬蹄聲了。」

徐渭熊又慢悠悠翻了一下手掌。

白煜嘴角翹起。

常遂瞪眼道：「徐師妹，妳逗我玩呢！」

徐渭熊微笑道：「堵截葫蘆口的兵馬雖然人數不多，但好歹幾乎是我爹積攢了大半輩子的半數家底，這要是還打不贏，北涼哪來的信心跟北莽百萬大軍對峙？」

常遂突然笑道：「要不然我這就去幽州霞光城，師妹妳讓我統領一支重騎軍得了？」

徐渭熊冷笑道：「師兄你能戒酒，我就答應。」

常遂悻悻然道：「那就算了。」

許煌突然皺眉道：「聽說北莽那邊，也不遺餘力打造了以耶律、慕容兩個姓氏命名的兩支王帳重騎。」

徐渭熊輕聲道：「跟葫蘆口無關，剛剛得到邊關諜報，其中一支已經趕赴流州邊境了，這才是柳珪要讓三萬龍象騎全軍覆沒的真正底氣所在。」

整間屋子都陷入沉默。

一直沒有插話的白煜苦笑著輕輕搖頭。

晉寶室錯愕片刻，忍不住問道：「那涼州境內騎軍的增援，就算能夠及時趕到戰場，可是還有用嗎？」

徐渭熊無奈道：「要我說的話，就是盡人事、聽天命而已。」

屋內眾人再度沉寂。

徐渭熊不知為何開心地笑了笑，沒有半點意志消沉的神色：「不過要是換成某個傢伙，肯定不這麼認為，他只會說一句，『打輸了總比認輸要好，行不行，打了再說』。」

◆

涼州虎頭城、葫蘆口內、流州青蒼城外、幽東邊境。

北涼四線皆戰。

◆

南朝西京，一座門檻高到需要稚童翻身而過的豪門府邸，門庭若市，車馬如龍。

客人都是來慶賀這棟宅子的老家主成為百歲人瑞，整座西京城，活到這把歲數的，本就寥寥無幾，而有那位老家主那般清望的，就真找不出來了。哪怕是也熬到古稀之年的西京官場大佬，大多也不清楚這位人瑞的真實姓名，都是喊一聲「王翁」，更年輕些的就只能喊

「王老太爺」了。

王家作為南朝乙字大族之一，雖然比王老太爺低兩輩的王家子弟都不成氣候，只出了一個南朝禮部侍郎和兩個軍鎮校尉，而且如今還死了兩個。但是所幸老太爺的曾孫很爭氣，一路從北莽軍伍底層攀爬而起，愣是憑藉實打實的軍功當上了王帳四大捺缽之一的冬捺缽，如今跟一個高居甲字品譜的隴關貴族聯姻後，整個家族的走勢，可謂蒸蒸日上。

今日慶生，也不是從頭到尾的融融洽洽。作為北莽南朝地頭蛇的隴關貴族，內部盤根交錯，有聯姻也有世仇，有人就跟王家這個外來戶結為親家的甲字大族不對付。今天王老太爺百歲誕辰，也被殃及池魚，就有人堂而皇之送來一幅字，只有「長命百歲」四個字。

這種肆無忌憚的打臉，就連登門拜訪的客人都看不過去，可是王老太爺竟然笑呵呵親手接過那幅字，還不忘囑咐管家送了那位跑腿送字的僕役一份喜銀。

老太爺畢竟是百歲高齡的人了，不可能待客太久，跟一些西京重臣或是世交晚輩打過照面後，就交由那個當了十六年禮部侍郎的侄子招待訪客，老人則回到那棟雅靜別院休息。

小院不小，種植有數十棵極為罕見的梅樹，王老太爺也因此自號「梅林野老」。

在這個外頭人聲鼎沸的黃昏中，老人讓院子下人搬了條籐椅在梅樹下，在一位眉目清秀的丫鬟小心攙扶下，顫悠悠躺在了墊有一塊舒軟蜀錦的椅子上。

小丫鬟不敢離去，按照老規矩坐在一條小板凳上。她很敬重這位脾氣好到無法想像的老人，從她進入這棟院子當丫鬟以來，就沒有見過老太爺生過一次氣。她清清楚楚記得當初自己剛到院子當差，有天坐在內室看著老人午睡，屋外有人不小心打碎了茶杯，睡眠很淺的老人立即就醒了，她都嚇死了，不承想老人醒來後只是朝她笑著搖了搖手，示意她就當什麼都不知道。

後來她才聽說院中早年有人失職，那座梅林在某個冬天凍死了好幾棵梅樹，王家上下火冒三丈，就要使用家法。一百鞭子下去，人的命自然而然也就沒了。仍是老太爺開口發話，說天底下有很多值錢的東西，但就沒有一樣東西能比人命值錢，樹沒了就沒了，不打緊，反正這輩子看不到新梅變老梅了，看看枯梅也好。

老人安靜躺在椅子上，看著頭頂並不茂盛的梅枝，緩緩道：「柴米小丫頭啊，這會兒夏天都要過去嘍，在我家鄉那邊，有段時候叫梅雨時節，因為下雨的時候，正值江南梅子黃熟之時，所以叫梅雨，很好聽的說法，對不對？不是讀書人，就想不出這樣的名字。我年少時就經常念叨一些從長輩那裡聽來的諺語，道理不懂，就是順口，『發盡桃花水，必是旱黃梅』，『雨打黃梅頭，四十五日無日頭』，現在念起來，也覺得朗朗上口。」

丫鬟滿臉好奇地柔聲問道：「老太爺為什麼就這麼喜歡梅樹呢？」

懶得如此與人健談的老人緩了緩呼吸，笑道：「在我家鄉那裡有著各種各樣的講究，有些有趣，有些無趣，不但人分三六九等，連花也不例外，比如癲狂柳絮，輕薄桃花……還有這梅花風骨。」

自幼貧寒所以讀書識字不多的丫鬟小聲道：「風骨？」

王家老太爺笑了笑：「讀書人做詩文，以言辭端正、意氣高爽為最佳，就會被稱為有風骨。那麼讀書人做人的風骨，大概就是儒家張聖人所謂『窮則獨善其身，達則兼濟天下』了。這個很難的，我就是很想做好，但是做不到。只不過我有一點比很多人要做得好，就是有些人自己無脊梁，便看不得別人有風骨，不但不自慚形穢，還要吐口水甚至是使絆子，我呢，最不濟，見賢思齊的心思還是有的。」

小丫鬟悄悄撓了撓頭，迷迷糊糊，聽不太懂啊。

大概是說得累了，老人開始閉目養神。

這時候院門那邊傳來一陣細細碎碎的腳步聲，丫鬟趕忙轉頭望去，愣了愣，是那位擔任禮部侍郎卻始終無緣王氏家主位置的王老爺來了，而且他進院子的時候始終堆著笑，微彎著腰落後兩個陌生男人半個身位。

丫鬟舉目望去，結果眼睛一下子就挪不開了，因為三人中年紀最輕的那個女子實在是太好看了。南朝廟堂的「老字號」禮部侍郎王玄陵在鄰近籐椅後，稍稍加快步伐，對好似睡著的老太爺輕聲道：「太子來了。」

老太爺睜開眼睛，剛要在王玄陵和丫鬟柴米的攙扶下起身，那名正值壯年的高大男子就趕忙笑道：「王老太爺不用多禮，躺著就是，耶律洪才這趟空手而來，本就理虧也無禮，老太爺不怪罪就是萬幸了。」

雖然戰戰兢兢的禮部侍郎已經得到北莽皇太子的眼神示意，但是依舊拗不過自家老太爺的堅持，後者站起身後，十分吃力但畢恭畢敬地作了一揖，微服私訪王家府邸的皇太子無奈道：「老太爺這是要耶律洪才無地自容啊，坐，趕緊坐。」

老人竭力挺直腰杆坐在籐椅上，王玄陵和小院丫鬟各自端了一張黃花梨椅子過來，當侍郎大人看到那個絕美女子竟然與太子殿下幾乎同時落座後，頓時眼皮子一抖。

這位從虎頭城戰場趕回西京的北莽皇太子，和顏悅色道：「老太爺以文章家享譽四海，是陛下也讚不絕口的純臣君子，這次我是臨時聽說老太爺百歲壽辰，匆匆忙忙就趕來了，一時間又拿不出合適的壽禮，就只好兩手空空登門造訪，回頭一定補上，還望老太爺海涵。」

老人開懷笑道：「太子殿下折殺老夫了，折殺老夫了。」

看到這些年來言語漸少的老太爺談興頗高，應對更是得體，更沒有犯老糊塗，就怕弄出什麼么蛾子的王玄陵重重鬆了口氣，心想家有一老、如有一寶還真是沒說錯，看情形，當下只能站著的自己，這是有望坐一坐那把尚書座椅了？

耶律洪才雖說在北莽王庭不受那些草原大悉剔的待見，也沒有幾個北莽最有權柄的大將軍和持節令明確表示站在他身後，但是此人終究是名正言順的王帳第一順位繼承人，在最重視正統的南朝遺民中，還是有相當一部分貴族比較看好耶律洪才。

以前的兩位前任南北兩院大王黃宋濮和徐淮南，其實就都對這個性格溫和的皇太子十分親近，但是隨著徐淮南的暴斃和黃宋濮的引咎辭任，以及董卓、洪敬岩、種檀這一大撥青壯將領的崛起，耶律洪才就越發低調了。

在一旁束手靜立、屏氣凝神的王玄陵當然不蠢，太子殿下這一次悄然登門，一半是衝著王京崇那孩子的冬捺鉢身分來的，一半則是因為自家老太爺在南朝遺民中有著不容小覷的威望。尤其是王家與甲字大族聯姻後，等於觸及了南朝的真正中樞，而不是像那些尋常的乙字世族，表面看似風光，家族也有人當侍郎做將軍的，但其實就是一群依附隴關豪閥的應聲蟲而已。

王玄陵一時間沒來由百感交集。他腳下這塊土地，梅林別院，王氏宅邸，整座西京城，乃至整個南朝，正是那位氣魄雄渾的慕容氏老婦人，特意為洪嘉北奔的春秋遺民開闢出來的一方世外桃源。除了當年那場莫名其妙就發生的血腥瓜蔓抄，砍去了好些從中原各國挪至南朝境內的「桃樹」，讓人心驚膽戰，慕容女帝對他們這些南朝遺民大抵能算是頗為呵護。一些北庭大族的南下尋釁，事後都會受到耶律王帳不小的責罰，也許不算太重，但絕對不能說是不痛不癢。就像他王玄陵所在的王家，雖然稱不上是昔年中原鐘鳴鼎食的大族，但好歹也頂著一個「十世翰林」的身分，仍舊是數千里流亡，背井離鄉，簡直比泥濘裡打滾刨食的喪家犬還不如，哪裡能想到在南朝重新成為身著黃紫朝服的廟堂公卿？

耶律洪才臉色突然陰沉起來，低聲道：「老太爺，我方才也聽說了那幅字，那隴關第二氏真是無理取鬧！等我回到草原王帳，一定會跟陛下親自說這事，萬萬沒有理由讓老太爺受這等天大委屈！」

老人笑著輕輕擺手道：「無妨無妨，這幅字且不說其中含義，就字而言，在咱們南朝說是一字千金也不為過，雖無落款，但顯然是當今天下書法四大家之一余良所寫，老臣這點眼力見兒還是有的，不愧是『筆劃如龍爪出沒雲間，布滿骨鯁金石氣』，不是那位能讓離陽文壇也佩服的兵鎧參事，如何都寫不出這份意境。

再說了，老臣好不容易活到這把年紀，也該倚老賣老了嘛，很多事情自然就可以當是童言無忌，一笑置之、一笑置之即可。千古詩書多言『人生不過百年』一語，這個『不過』委實說得熨貼，老臣就算過不去，又有什麼關係？所以啊，殿下就別掛念這件事了，當茶餘飯後的談資都比大動肝火要強。」

聽到老人這一席話，那名神情倨傲冷清的女子好像也有些意外，她第一次正視這個王家老太爺。

耶律洪才爽朗笑道：「壽星最大，我就聽老太爺的。」

老人微笑的同時，不動聲色地瞥了一眼王玄陵，後者好歹也是花甲之年的老頭子了，在老太爺面前仍是像個犯錯的孩子，立即慌張道：「不是侄兒多嘴……」

耶律洪才幫忙解釋道：「老太爺，跟王侍郎沒關係，是我自己聽說的。」

老人笑道：「在這院子裡，殿下最大，老臣就聽殿下的。」

耶律洪才會心一笑，看似簡簡單單一句玩笑閒談，就讓皇太子將許多原本已經打好的腹稿都咽回去。既然火候夠了，再添柴火，反而過猶不及。

和老人又聊了聊詩詞字畫，軍國大事隻字不提，耶律洪才看到王家老太爺難以掩飾的疲態就起身告辭，當然不會讓老人起身相送，由眼巴巴盯著尚書很多年頭的那位王侍郎陪同離開院子。

名叫柴米的丫鬟偷偷拍了拍自己胸脯，原來是太子殿下親臨，真是瞧不出來，半點架子也沒有。

重新躺回籐椅的王家老太爺閉著眼睛，一隻手悠悠然拍打籐椅扶手。

柴米躡手躡腳取來一柄團扇，為老太爺輕輕搧動清風。

微風拂面，本就不重的夏末暑氣越發清減。

老人臉上浮現笑意，喃喃自語道：「從容坐於山海中，掐指世間已千年。」

丫鬟不敢說話，只是由衷希望這個百歲老人，能夠再活一百年。

老人沉默下去，不知道過了多久，開口說道：「柴米啊，手累了就別搧了。」

丫鬟笑道：「老太爺，放心好了，奴婢還能再搧會兒。」

王家老太爺輕聲道：「趁著今天精神好，跟閨女妳多說些話。」

丫鬟小心翼翼道：「老太爺不累嗎？」

老人笑道：「還不覺著累。」

丫鬟悄悄瞥了一眼院門口：「那老太爺儘管說，奴婢聽著。」

老人緩緩道：「小丫頭，告訴妳啊，以後啊，最好不要嫁給讀書人，尤其是有才氣的讀書人，才氣太盛，就容易用在許多女人身上，心思最是流轉不定，在一個女子身上停不住的。今年花前月下卿卿我我，也許明年就是陪著別的女子了。要嫁給老實人，不是沒有老實的讀書人，有是有，就是太少。像我這個糟老頭子，年輕時候就是這種負心的讀書人，等到真正靜下心的時候，來不及嘍。」

少女停下搖扇子，掩嘴偷著笑。

老人笑道：「不信？不聽老人言，是要吃苦頭的。」

少女趕緊說道：「信的信的！」

老人打趣道：「回答這麼快，明擺著就是沒有過心，小丫頭妳啊，還是不信的。」

少女皺著小臉蛋。

老人晃了晃手腕：「去吧，回屋子休息去，讓老頭子獨自待會兒，兩炷香後妳再來。」

少女「嗯」了一聲，端著小板凳去屋簷下坐著，不遠不近，聽不到老人說話，但是清楚看得到那棵梅樹、那張籐椅。

老人其實沒有自言自語，只是神色有些感傷。

轉眼春秋故國沒了，轉眼恩師摯友都已逝世，轉眼異國他鄉二十載，再轉眼，我一百歲了。然後少女震驚地看到一幕，風燭殘年的老人試圖站起身，好像知道她要過去幫忙，老人沒有轉頭，對她擺了擺手。

老人好不容易才站起身，仰頭癡癡望著那梅樹枝葉。老人笑了。

李先生、納蘭先生，咱們中原讀書人的風骨，我王篤，沒丟。

◆

隔岸觀火變成了玩火自焚，就是離陽北關防線的最好寫照。作為薊北門戶的銀鷂、橫水兩城同時失陷，北莽五萬鐵騎的兵鋒直指南方，讓整個薊州人人自危。

一時間京城朝堂上熱鬧非凡。有人諫言讓近水樓臺的兵部左侍郎許拱就地接手唐鐵霜入京為官後留下的空缺，「輔佐」大柱國顧劍棠處理北地軍政；有人建議坐鎮遼西的膠東王趙睢增援遼東，攻其必救，讓那支五萬騎軍不得不返回東線，以防薊州局面澈底糜爛；也有人彈劾薊州將軍袁庭山調度不當，致使薊北戰火蔓延，難當重任，應該由將門之後的副將韓芳全權主持薊州一州軍務。

廣陵道西線在謝西陲的排兵布陣下，不但成功阻滯了已經渡江的南疆十萬大軍，甚至派遣一支奇兵奔襲了廣陵江南岸的一處險隘，使得南疆兵馬進退失據，在西楚水師大舉進逼之下，南疆步軍和青州水師幾乎是縮成一團，全線收縮。

在這種迫在眉睫的形勢下，太安城的文武百官越發愁眉不展，對於兩遼邊軍的按兵不動終於無法忍受。北莽蠻子往死裡打西北，你顧劍棠紋絲不動是對的，但是連你盯著的北莽最東線都跑去薊州打秋風了，顯然是要繞開傾半國賦稅打造的兩遼防線，要將沒了薊南老卒導致兵力空虛的薊州，作為南下中原的突破口，你顧大將軍還能無動於衷？就不怕北莽五萬鐵騎一口氣殺到咱們京畿西？雖說你顧劍棠是如今王朝碩果僅存的大柱國，但你老人家的心也真是太大了吧。

遼東靠近薊州邊境有個太平鎮，小鎮上居民大多是邊軍兵籍出身，也有些被朝廷貶謫流徙此地的官員，偶爾會有商旅途經小鎮，順路捎帶著做些小買賣，前四、五年那種價廉物美的綠蟻酒就在這裡很緊俏，可惜顧劍棠卸任兵部尚書後，領大柱國銜兼任兩遼總督，邊軍都清楚顧大將軍跟北涼不對付，於是產自北涼的綠蟻酒這些年就不怎麼有商賈兜售了。

太平鎮麻雀雖小，五臟俱全，有三、四家酒樓，連正兒八經的青樓也有一座，小窯裡的私妓暗娼就更多了，邊軍將領對此也睜一隻眼、閉一隻眼。堵不如疏，遼東邊軍被譽為離陽王朝的定海神針，皆是青壯漢子，但是跟北莽蠻子對峙多年，一向相安無事，少有交戰，邊軍將士如何發洩？難道還男人找男人不成？於是太平鎮這樣的小鎮子，就如雨後春筍一般迅速冒出，一些手眼通天、門路寬泛的邊軍大佬，還有本事從京畿周邊甚至是中原江南一帶販賣年輕女子，一次就能往兩遼帶來數百人。

太平鎮以長壽酒樓生意最為火爆，其是一位實權校尉的私產，除了綠蟻酒，基本上喊得出名號的離陽好酒，如劍南春燒之類，只要有銀子就能在這裡買到。酒樓裡常年有拉曲彈唱的各色女子，相貌無非是中人之姿，但在鳥不拉屎的邊境上，也算是挺稀罕的光景了。

這兩天長壽酒樓來了對兄妹，年輕女子懷抱琵琶給人說書，兄長負責賣力吆喝和收取賞錢。這本不是什麼奇怪的事情，但那女子要死不死的，只說那北涼王徐鳳年的故事，說那姓徐的如何走過離陽江湖，如何孤身入北莽，又是如何在北涼贏得軍心民心，這可就惹了太平鎮居民的眾怒。

只不過一夥人藉機去欺侮那清秀女子，不承想給那貌不驚人的年輕漢子打得抱頭鼠竄。長壽酒樓樂見其成，乾脆就提出准許女子在樓內說書的條件，是要她兄長每天打次擂臺，一旬過後，太平鎮附近的軍伍好手竟然都輸了，那個外鄉青年連贏了十場，生財有道的長壽酒樓又開始坐莊了，估計最少賺了近千兩銀子，害得鎮上青樓的皮肉生意都銳減了好幾成。

傍晚時分，長壽酒樓擂臺已經打完，酒樓走進一撥氣度不凡的酒客，四人在二樓靠欄杆位置要了一張桌子，樓下那名女子正在準備今天的第二場說書，她的兄長新換了一身清洗到泛白的潔淨衣衫，縫補得厲害。

兄妹兩人從涼州到陵州，再從陵州入河州，過薊州，一路風塵僕僕來到這座小鎮子。不同於離陽常見目盲說書人的手段迭出，女子只有一把琵琶，說書時從不搖頭晃腦、嬉笑怒罵，說至人物悲苦或是壯懷激烈時，也僅是略微升降嗓音，絕大多數時候都是語氣平淡，娓娓道來，就像只是個說故事的，至於聽眾愛不愛聽、樂意不樂意給賞銀，她一概不去管。

坐在二樓靠欄位置的四個酒客，要了一罈號稱「一斤破喉嚨，兩斤燒斷腸」的劍南春燒，一壺極易入口、後勁也小的古井仙人釀。

四人中只有兩人落座，年輕些的腰間佩了一柄古樸長刀，神色間顧盼自雄，意氣風發；好似年輕人長輩的男子臉色淡漠，啟封了那壺仙人釀後，自飲自酌。其餘站著的兩人腰間懸佩有兩柄兩遼邊軍制式戰刀，雖然沒有跟在座兩位平起平坐的地位身分，但是旁人一看就猜得出他們是常年帶兵領軍的不俗人物，否則身上那股沙場氣息不會如此濃重。

年輕人伸長脖子瞥了一眼樓下眾人，有些不耐煩，皺眉道：「那姓嵇的怎麼還沒到，看架勢，還真把自己當成大雪坪十大高手之一了。」

雙鬢青白相間的年長男子不動聲色。

一名站著的魁梧壯漢好像看不太順眼這倨傲氣盛的年輕人，皮笑肉不笑道：「袁將軍，嵇六安本就是徽山大雪坪十人之一，什麼當不當成的。」

給稱呼為袁將軍的年輕人喝了口燒酒，嗤笑道：「一個小娘們兒瞎折騰出的武評，也就鄉野村夫會當回事，說到底，其實也就吳家劍塚的老家主勉強能稱為高手，其他人，東越劍池柴青山那點能耐，在廣陵道那邊關起門來稱王稱霸也就罷了，至於這個鬼鬼祟祟跑來遼東的南疆龍宮宮主，算個什麼東西？」

年輕人雙指緩緩旋轉酒杯，斜瞥了一眼那個拆臺的傢伙，笑咪咪道：「還有那南詔第一高手韋淼等人，到了中原江湖，指不定就要被打得找不到北了。哈哈，還有那個太安城第一劍客祁嘉節，最是滑稽可笑，萬里飛劍，好大的陣仗，結果呢？劍倒是到了河州境內，可祁嘉節這人，就再也沒有消息了。這樣的十大高手，後邊五個加在一起，恐怕也不配武評四人中的任意一個出全力吧？」

魁梧漢子正要反駁一二，卻給身邊同僚扯了扯袖子，最終還是把話吞回肚子，只是重重冷哼一聲。

年輕人沒有繼續指點江山，而是轉頭看了一眼隔著兩張桌子的一名中年人。

男子身穿對襟短衫，頭纏青色包頭，小腿上裹有綁腿，只會被認為是個常走山路的山野漢子。但是身邊依偎坐著個妖冶至極的豐腴婦人，衣衫華美，卻不是離陽有錢人家的那種錦衣綢緞，顯出紮染的絢爛五彩，想不惹眼都難，分明是那西南十萬大山有「五色衣裳共雲天」美譽的苗人裝束。

體態豐滿的婦人雙手、雙腳都繫掛有一串銀質鈴鐺，舉手投足，都會發出悅耳聲響，她手邊桌面上擱放一柄刀鞘雪白的弧月彎刀，喝酒時一條腿大大咧咧放在長凳上，若是側面望去，大腿修長，臀部滾圓，可謂曲線婀娜，誘人至極。

婦人也察覺到了年輕人的視線，嫵媚一笑，一口喝光整杯酒，跟年輕人挑了一下眉頭，充滿挑釁意味。

年輕人放下酒杯，伸手在胸口做了一個手托重物的手勢。

胸脯豐滿的美婦人給人調戲了，非但沒有惱火，反而笑得花枝顫動，當著身邊男人的面就用手掌推了一下桌上酒罈。酒罈去勢如滾雷，剎那間就撞到年輕人後背，也不見後者如何動作，酒罈就偏離軌跡擦身而過，恰好在桌上滴溜溜旋動，然後漸漸停下。

婦人用發音蹩腳的中原官腔笑道：「你這龜兒長得乖，只要喝了這酒，姐姐就跟你耍朋友。」

那個跟年輕人不對付的魁梧漢子輕聲提醒道：「這對苗族夫婦不是普通的江湖高手，女子已經在酒罈上動了手腳，苗人下蠱千奇百怪，防不勝防，最好別碰。」

就在此時，兩人登樓走來。一個青衫老儒士模樣，一個兩腰掛有長短兩劍，僅看兩把劍鞘就知道都是千金難求的劍中重器。

一直沒有插話、正要舉杯飲酒的男人輕輕放下酒杯，站著的兩人略微分開讓出道路，兩個如約而至的客人坐在了同一條長凳上。

那名老儒士神情恭敬，輕聲道：「南疆鄉野草民程白霜，見過大柱國。」

另外那名神情冷漠如同面癱的劍客也開口說道：「龍宮嵇六安有幸見到大柱國。」

在老涼王徐驍死後，整個天下就只有一位大柱國了——手握趙室王朝一半虎符兵權的顧劍棠。

顧劍棠微笑點頭道：「兩位從南疆來到這北地遼東，辛苦了。」

就在兩位南疆道屈指可數的頂尖高手落座後，那對夫婦也起身走來，坐在那條唯一空閒的長凳上。在這之前好似門神站在大柱國身後的魁梧漢子想要阻攔，但是顧劍棠已經去拿起那只被下了苗蠱的酒罈子，那個繼唐鐵霜之後成為遼東朵顏鐵騎統帥的將領，也就迅速把五指從刀柄上鬆開。

婦人先給姓袁的年輕將軍拋了個媚眼，然後對顧劍棠微笑道：「我家男人不曉得說你們中原話，就由我這麼個婦道人家來商量大事，大將軍見諒則個。」

程白霜皺了皺眉頭，然後瞬間舒展開來，笑問道：「大柱國，這是？」

顧劍棠沒有說話，除了身邊年輕人，給程白霜、嵇六安和夫婦二人各自倒了一碗酒。

與此同時，被冷落的年輕人插話道：「程白霜、嵇六安，咋的，我老丈人親自給你們接風洗塵，倒在碗裡的敬酒不吃，偏偏要討罰酒喝？」

很不太平地千里迢迢趕到這座太平鎮，心情本就不怎麼好的嵇六安眯起眼。

神色自若的程白霜端起酒碗，搖頭笑道：「自是不敢的，就是好奇一問。」

大概是近在咫尺坐在了顧劍棠身邊，壓力不小，婦人收斂了煙視媚行的姿態，開門見山道：「我男人呢，叫韋淼，在南詔還算有點名氣，當然比不得嵇宮主和程先生，本來他這輩子都不會踏足中原，但是沒辦法，蜀王和謝先生發話了，咱們不得不走一趟。」

顧劍棠就只有一個女兒，那麼這位大柱國的女婿，當然只能是薊州將軍袁庭山了。

袁庭山本來是要調侃婦人幾句，不湊巧，聽到樓下那懷抱琵琶說書的女子說到當年姓徐的年輕藩王遊歷至徽山，跟姓徐的可謂有不共戴天之仇的袁庭山冷笑一聲，猛然站起身，一手撐在欄杆上，如一道激雷凶狠撞向那個說書女子的兄長。

在太平鎮打了十一場擂臺大獲全勝的年輕漢子，雙臂交錯護在胸前，仍是被袁庭山一腳踹得倒滑出去，微微顫抖的雙手以手肘抵在一張酒桌上，結果整張桌子都掀翻而起，酒水飯菜潑灑了漢子滿身，剛換過的衣衫，又遭了殃。

袁庭山站在原地沒有乘勝追擊，只是「喲」了一聲，嬉笑道：「不錯啊，隱藏得還挺深的，竟然快有二品小宗師的身手了，難怪能夠在這小鎮上威風八面。老子就納悶了，一個北涼說書女子的兄長？我看是北涼拂水房的高手才對吧！是跑來兩遼刺探軍情的？」

那名只是個說書人的普通女子愣了愣，年輕沉默寡言的漢子轉頭望去，朝她歉然一笑，然後點了點頭，又搖了搖頭。

袁庭山臉上笑意更濃，但是眼神中的暴戾以及渾身上下的殺意，讓酒樓眾人都感到膽戰心驚。

那名真實身分是北涼諜子的年輕漢子沉聲道：「與二玉無關，她只是一個說書人，我可以死，她，不能死。」

袁庭山好似聽到天大的笑話：「你死不死，得看我心情好不好，但是她不能死，是怎麼個不能？憑你那點三腳貓身手？還是說你小子覺得拂水房死士的身分，就能夠嚇唬到我袁庭山了？」

出自拂水房的年輕人伸出拇指擦去嘴角滲出的血絲，說道：「憑我當然不行。」

抱著必死決心的年輕北涼死士咧嘴笑了笑：「在你們遼東的地盤上，你袁瘋狗是能殺人，我拚了命也攔不住，但你敢殺嗎？你就不奇怪一個普普通通的說書人，為何能讓我一路隨行？」

袁庭山手心抵在那柄天下第一符刀的刀柄上：「哦？給你這麼一說，都快嚇死爹了。」

年輕人淡然道：「她叫二玉，是我們褚都護的客人。」

年輕人不輕不重補充了一句：「她更是我們王爺的朋友，我雖然不知道她死在遼東會有什麼後果，但是我敢肯定一件事，那就是王爺一定會親自為此跟整個兩遼討個說法。」

袁庭山五指驟然握緊南華刀，就要拔刀殺人。

一個遠在西北的徐鳳年，哪怕他是手握三十萬鐵騎的北涼王，是世間四大宗師之一，仍然無法讓袁庭山不敢殺一個小小的拂水房死士，以及一個只能靠說書掙錢的螻蟻女子。

你徐鳳年自顧不暇，還有那閒情逸致計較一個女子的生死？

但是就在這一刻，面對兩撥客人都沒有起身相迎的大柱國顧劍棠，不知何時已經站在了欄杆附近，對樓下的袁庭山沉聲道：「夠了。」

袁庭山沒有轉身，那柄鋒芒無匹的南華刀就要出鞘見血。

顧劍棠面無表情地轉身坐回位置，但是手上多了那柄當初贈送給袁庭山的名刀。

袁庭山大踏步離開酒樓，就這麼直接離開太平鎮和遼東，返回薊州。

婦人輕輕嘆息。那個神仙一般的讀書人謝觀應親口交代的事情，多半是黃了。顧劍棠如此作態，其實就是婉拒了他們夫婦二人。因為南疆和西蜀兩地，對待北涼，或者準確說是對待徐鳳年的態度，截然不同。

程白霜微微一笑，低頭喝了口酒。

酒不錯，可惜不是咱們世子殿下天天念叨的那種綠蟻酒，否則就更好了。

◆

千年以降，如果要評點出十幅戰爭史上最蕩氣迴腸的畫面，也許除去大奉王朝末年的數千架投石車攻城和離陽、大楚對峙的那場西壘壁戰役，其餘八幅，都應該是那些風馳電掣、巨幕鐵流的騎兵千里奔襲或者對撞廝殺，金戈鐵馬，氣吞萬里如虎。

作為當今世上擁有騎兵數量最多的北莽王朝，以及擁有邊關鐵騎戰力冠絕天下的北涼，就在流州，分別以龍腰州四鎮騎軍和龍象軍雙方總計接近十萬騎兵的誇張兵力，在青蒼城外的廣袤戰場上，撞出了一朵猩紅鮮花。

在徐龍象毫不拖泥帶水的發號施令之下，在北涼各支擁有獨立番號的軍伍中兵力最盛的龍象軍，分成三個梯隊後毅然決然投入戰場。

瓦築、離谷、茂隆、君子館，北莽四座戰後重建的邊境軍鎮騎軍列陣在隴關步軍的左翼，正面迎戰王靈寶所率第一支萬人龍象軍的迅猛衝鋒。四鎮騎軍將領雖然不清楚主帥柳珪為何如此托大，完全割裂騎步兩軍使之各自為戰不說，而且在四鎮騎軍和攻城步軍之間都沒有設置各種拒馬陣。

要知道，哪怕是那些不曾熟讀兵書的平庸將領，也曉得要對付騎軍衝陣，應當在步軍方陣前按葫蘆畫瓢折騰出一些阻滯騎軍戰馬的措施，以此減少傷亡。但是在北莽軍神拓跋菩薩沒有開口質疑的前提下，沒有人膽敢違抗老帥的排兵布陣。

在祥符元年就吃過大苦頭的四鎮騎軍，面對那支龍象騎軍聲勢驚人的衝鋒，不得不硬著頭皮迎難而上。孤懸於舊北涼道關外的青蒼城附近，有著便於大規模騎軍馳騁的平坦地帶，不存在螺螄殼裡做道場的尷尬情況。

但是四鎮騎軍仍是做足了準備，以最擅長騎槍的君子館騎兵作為前軍，以鎧甲最為精良的瓦築騎軍作為真正抗壓的中軍。原本有將領提議離谷、茂隆兩鎮騎軍作為兩翼策應，但是一想到柳珪的調兵遣將，很快就被多數人否決，一旦騎陣厚度不夠，被龍象軍一衝而散，那麼毫無防備可言的隴關步軍就真是任人宰割了。因此戰力最弱的茂隆騎軍成為後軍，熟稔遊掠程度僅次於羌族騎軍的離谷騎軍一分為二，放在三鎮軍馬兩側。

哪怕不把按兵不動的柳家親衛騎軍計算在內，面對龍象軍仍是明明人數占優、接近四萬人馬的四鎮騎軍，還不得不如此小心翼翼，的確很憋屈。

當嘹亮中透著悲壯的巨大號角聲響徹戰場，當王靈寶領一萬龍象軍率先出陣緩緩前行，不急於展開衝鋒的君子館騎軍，都發現自己胯下的坐騎出現一陣陣不安的躁動，久經戰陣的熟馬大抵都富有一些靈性，對於危機有一種超乎想像的敏銳直覺。

王靈寶麾下一萬龍象軍，清一色是正面破陣的槍騎，沒有一名幫助撕扯陣形的弓騎。這意味著王靈寶和那一萬騎已經下定決心，要麼一鼓作氣破開北莽騎軍和步軍兩座陣形，要麼就死在不斷被阻滯的敵軍陣形之中。

喪失了速度的騎軍，一旦深陷密集步軍方陣之中，那就是泥菩薩過江。

這就像一錘子買賣，不是你死就是我亡。

王靈寶轉頭回望一眼，部下所有騎軍，都放棄了無比嫻熟的弓弩，只有手中一杆鐵槍和腰間那柄涼刀。

他欲言又止，本想最後再次提醒一句，在衝入北莽隴關步軍之前，死也不能放棄騎槍，但是最終這位威名赫赫的北涼邊關悍將，還是沒有說話，大概是因為覺得沒有這個必要。

一萬龍象軍，一萬匹最差也是乙等的北涼大馬，緩緩前行。

王靈寶突然提起長槍，槍尖傾斜，指向天空。

整支騎軍心有靈犀地齊齊舉起長槍。

對面的君子館騎軍也開始出陣。

王靈寶輕輕呼出一口氣，就讓我戰死在馬背上吧。

這位龍象軍副將，平放長槍，開始加速衝刺。

在衝鋒途中，一萬龍象騎軍出現微妙變化，中部騎軍加快戰馬奔跑速度，使得兩翼微微落下，以尖錐陣突入。

而這一萬騎身後的副將李陌藩，瞇眼望去，伸手撫摸著坐騎的馬鬃，他率領五千騎，同樣持槍，蓄勢待發，只是相比一往無前的王靈寶所部，多了輕弩和一張騎弓，馬鞍側掛有北涼邊關騎軍不太常見的胡祿一個，胡祿裝載有四十支箭矢。

胡祿一向是號稱北涼弓騎第一的白弩羽林專用物，比起尋常騎軍箭囊要多出十支。當年陳芝豹心腹嫡系韋甫誠和典雄畜同時叛出北涼進入西蜀後，白羽衛騎和介於輕騎與重騎之間的鐵浮屠，都更換了主將。蓮子營老卒出身的袁南亭手握全部白羽衛，而齊當國和北涼四牙之一的寧峨眉，分別擔任六千精銳鐵浮屠的主將副將。

李陌藩看著兩支騎軍的第一排騎兵已經錯身而過，當然也有許多沒能錯身而過的，在巨大的長槍貫穿下，人仰馬翻，當場死絕。

李陌藩神情冷峻，心中默念，老夥計，咱倆可是說好了的，你要是敢窩窩囊囊地死在隴關步軍之前，老子哪怕不死，也不會幫你收屍。

那座戰場之上，在戰前被柳珪下令戰敗則撤銷軍鎮的君子館騎卒，也經歷過臨敵初期的忐忑不安後，在衝鋒途中就被澈底激發出血性，非但沒有一觸即潰，反而在犬牙交錯的騎軍鋒線中展現出超過往常水準的戰力。

身經百戰的李陌藩對此沒有半點驚訝。天底下當然少有真正不怕死的人，但是戰場上，尤其是涼莽對峙的戰場之上，你越怕死，就死得越快，這幾乎是每一名新卒在進入北涼邊軍之後，都會被老卒鄭重其事告知的第一件事——北莽蠻子不會因為你的怯弱而手下留情。

也許很多北涼新卒起先都感觸不深，可當他們親歷戰場搏殺後，就會很快發現死人真的是一件很簡單的事情，被箭矢貫穿，被戰刀劈殺，被槍矛捅落。久而久之，能夠活下來的新卒就自然而然變成了老卒，也許內心深處依舊畏懼死亡，但是起碼已經知道怎麼讓自己不因畏懼而減弱戰力。

偌大一座戰場，也容不得誰傷春悲秋，只要你渾身浴血，眼睜睜看著袍澤一個個倒下，甚至有些時候是替你去死，你如何能夠畏死！如何對得起那些並肩作戰，不惜讓自己戰死換你活下去的兄弟！

李陌藩掂量一下手中那根沉甸甸的鐵槍，低頭望去，然後轉頭看了一眼涼州方向。

大將軍，我李陌藩脾氣古怪，說好聽點是恃才傲物，說難聽點就是目中無人。這些年在邊境上也做了不少見不得光的腌臢事情，若是在離陽軍伍，這輩子都出不了頭。結果能夠在雄甲天下的北涼鐵騎中，擔任手握實權的正三品武將，拿最好的刀、騎最快的馬，在這天高地闊的西北大漠之上，帶著萬騎在黃沙千里之中，馬蹄之下更是戰死邊關袍澤的累累白骨，這輩子經歷過的精彩跌宕，是別人幾輩子累加也比不得的。

在這個波瀾壯闊的時代，就讓那些英雄，在各自戰場上轟轟烈烈去死；讓那些梟雄，在廟堂上勾心鬥角，機關算盡。求名求利求仁求義，各有所求各有所得，各有所求不得，所有風流人物，無論敵我，都盡顯風流。

這句話是李義山說的。

李陌藩覺得自己這種在中原惡名昭彰的傢伙，竟然都能當一回義無反顧的英雄，值了。

他提了提長槍，輕輕說道：「那就坦然赴死吧。」

◆

一行人走在天井牧場的草地上，地面柔軟，偶爾還會有積水從靴子周圍緩緩溢出，足可見隴西此處牧場的水肥草豐。作為僅次於纖離牧場的北涼道養馬地，冬春無界，夏秋相連，氣候條件得天獨厚的隴西，自古以來便是每個盛世王朝的馬源重地。

大奉王朝在隴東隴西一帶養馬三十萬匹，設置隴右牧馬監一職，被譽為不輸大奉開國皇帝的中興之君劉澤兩次北伐，就曾經在此地徵集戰馬十六萬匹。北莽隴關貴族其實最早就是八百年前大秦王朝在戰亂中往北遷徙流落的遺民，追根溯源，曾經都是隴西至潼關之間的大秦子民。

在一行人中，天井牧場的主事人趙綠園顯得尤為戰戰兢兢。沒辦法，身後暫時給他當綠葉陪襯的那五、六號人物，有官職的，就像角鷹校尉羅洪才，無一例外都是北涼十四位實權校尉。至於那個唯一沒有官身的，早先也是做過幾年涼州將軍的北涼軍大將石符，只可惜拖累於上任北涼都護心腹的標籤，不等新涼王世襲罔替，石符自己就識趣地請辭卸甲了，不知為何這次又給拎了出來。趙綠園也不知石符是要被秋後算帳還是東山再起。

趙綠園忐忑不安，除了因為身邊那個年輕人便是徐鳳年外，更多還是因為天井牧場這次臨危受命，卻只能抽調出不到五千戰馬，甲等戰馬更是只有六百餘匹，距離北涼王的要求還差了不少的數額。但是趙綠園有苦自知，如果王爺早個半年來，這次要馬，別說是不分等級的八千匹戰馬，就是八千匹甲等北涼大馬，他也能給出。

先前北涼都護府從此地緊急抽調出一萬匹戰馬，這六百匹甲字馬還是他好不容易才留下的最後家底，跟前來牧場要馬的懷陽關「欽差大臣」急紅了眼，大罵那人是做竭澤而漁的勾當，還說你們都護府有啥了不起的，趙綠園拍著桌子揚言要跟王爺的清涼山梧桐院「告御狀」。

不過如今涼王徐鳳年來到身邊了，趙綠園還真不敢當面說懷陽關那座北涼都護府半個字的壞話，只能絮絮叨叨說些卑職無能有負所托的廢話。趙綠園又不傻，別說北涼，全天下人都曉得褚都護跟新涼王的關係，只是姓氏不同的真正一家人啊。

徐鳳年和趙綠園並肩走在牧場草地上，身後是正值壯年卻常年沉默寡言的石符，還有角鷹校尉羅洪才等人，其中就有負責涼州西大門安危的隴西校尉趙容光。

天井牧場地勢廣闊，風景旖旎，隴西冬長無夏，有六月寒凝霜的獨到氣候，所以時下比起別地，要清涼許多。只是除了面無表情的徐鳳年，羅洪才等人的神色都顯得火急火燎，便是退出軍伍已經將近兩年的石符也眉頭緊皺。

徐鳳年望著眼前的肥美草地，感慨頗多。自版圖延伸到西域的大奉起，天下軍馬半出此地的兩隴，就有很多皇親國戚和王侯將相在這裡私養馬匹，喜好以養馬多寡攀比權勢高低。生財有道的北涼道經略使李功德早年就提議是否可以打開馬禁，向太安城和中原達官顯貴販賣乙等戰馬以下的馬匹，這必將是一筆巨大的收入，以此為北涼賦稅減少壓力，但是被徐驍直接拒絕了。

士子赴涼後，不乏讀書人提出同樣策略，在涼馬一事上大做文章，在不削減甲、乙、丙戰馬的儲備前提下，依然能夠增賦稅、添兵餉，結交京城顯貴，示好離陽趙室，可謂有百利而無一害。宋洞明的龍門和徐渭熊的梧桐院對此都不敢擅自定奪，交由徐鳳年決策後，他也有過一番深思，最終還是擱置了此事。

徐鳳年在一處坡度舒緩的山坡頂停下腳步，舉目望去，只見綠意盎然。

他突然轉頭對年近五十、老態畢現的趙綠園笑道：「趙大人，這其實是咱們第二次見面了。當年本王年紀還小，陪著徐驍來這裡避暑，記得那時候趙大人剛剛從涼州邊軍退出，在天井牧場上任不久，那會兒馬場百廢待興，趙大人拍著胸脯跟徐驍保證，不出十年，就能讓隴西變成離陽第一大的馬場。不知道趙大人還記不記得，答應過徐驍總有一天要拿出一匹天下第一的神駿，慶賀我這個世子殿下的及冠禮？」

跟戰馬打了一輩子交道的老人頓時就激動了，顫聲道：「王爺還記得，還記得啊……卑職如何敢忘，不說天井牧場兢兢業業培育良馬，這麼多年還一直託付邊軍將校和遊弩手，只要在大漠草原上瞧見那俊逸非凡的野馬之王，捕獲以後一定要送到天井牧場。

事實上四年前還真有一匹神駿送到牧場，只是王爺及冠禮的時候，老兒誤以為王爺把這事給忘了，又怕被人說成是不務正業、只知道溜鬚拍馬的混帳官員，猶豫了好些天，到底還是沒有送往清涼山王府。最後實在拗不過咱們騎軍周副帥的百般請求，只好送了出去，早知如此……唉，老兒真是悔死了！」

徐鳳年笑道：「沒關係，我們北涼鐵騎能有今天，包括天井牧場和纖離牧場在內所有的大小馬場，功不可沒。時至今日，本王才上過幾次戰場？要說有兩匹乙等馬以供騎乘，倒也勉強配得上，再有匹甲等大馬就是暴殄天物了。」

大概是知道趙綠園要為自己打抱不平，徐鳳年擺擺手說道：「你們先回去，我和石將軍說些事情。」

眾人離去，留下北涼公認宦途坎坷的石符。此人和幽州刺史胡魁昔年號稱「涼州雙璧」，都是年紀輕輕卻戰功顯著的邊軍「老人」。

「雙璧」這個說法，最早是說春秋戰事中最早冒頭的兩位騎軍將領吳起和徐璞。那時候徐驍還在轉戰春秋，沒有封王就藩，故而兩人被譽為「徐家雙璧」，如今一人在北莽敦煌城隱姓埋名，一人去了西蜀輔佐陳芝豹。

陳芝豹離涼入蜀，徐鳳年世襲罔替北涼王，成為石符和胡魁在官場上的一道分水嶺。後者重新崛起，擔任一方封疆大吏，官階更高的石符卻黯然失色，解甲歸田。不過奇怪的是，對於石符的辭任，無論是清涼山還是之後設置的懷陽關都護府，都以置之不理的態度對待，甚至哪怕後來褚祿山兼任涼州將軍，也沒有明確告知涼州軍界石符已經退出軍伍，軍情邸報依舊會按例每半旬一次送往在家休養的「涼州將軍」石符。

徐鳳年輕聲問道：「石將軍，西蜀道這次一萬精兵奔赴廣陵道，韋甫誠和典雄畜兩人僅任副將，交由一個外人呼延猱猱擔任主將。而北涼、西蜀兩地交界的邊境，陳芝豹讓一個叫車野的年輕人鎮守西蜀北門，對於這兩件事，石將軍有什麼看法？」

石符眉頭皺起得越發厲害，閉口不言。

徐鳳年安靜等待下文，似乎鐵了心要等這位昔日的蜀王心腹開口，以此交納投名狀。但是石符咬著牙就是不說話，神情越發黯然。若是年輕藩王問計流州，或是涼州虎頭城、幽州葫蘆口，石符自認都會知無不言，言無不盡，但是陳芝豹對他石符有栽培之恩，不管陳芝豹是否與北涼背道而馳，但只要陳芝豹一天沒有明確把矛頭對準北涼，他石符就一天不會對陳芝豹反目為仇。哪怕因此在今天惹惱了徐鳳年，石符依舊在所不惜。

對於身邊這個年輕的徐家人，石符其實極其佩服，只是有些觸及底線的事情，石符過不去心裡那個坎，所以當年身為騎軍大統領的懷化大將軍鍾洪武，才會對石符這個年輕人破例「刮目相看」，視為眼中釘。

徐鳳年沒有等到答案，又問道：「如果本王說石將軍能夠舉族三百人，全部安然遷徙到西蜀，那麼你會不會去西蜀？」

石符猶豫了一下，苦笑道：「不同於韋甫誠、典雄畜，也不同於來自北莽孑然一身的車野，我石符的家族在涼州是大族，就算我本人願意去西蜀，加上王爺也不阻攔，可是習慣了北涼風土的家族內不少老人，也不會答應背井離鄉，這跟我石符能不能在西蜀重新當上大官沒有太大關係。

不瞞王爺，說來無奈，退一萬步說，事實上石家真要帶著那些祖宗牌位搬去了西蜀，別的不說，家族與我同輩的三人，還有那四個在涼州邊軍中任職的侄子輩年輕人，應該都會留在北涼。如此一來，還沒有離開北涼道，石家就已經四分五裂。」

徐鳳年皮笑肉不笑道：「石將軍倒算是坦誠相見。」

石符笑了笑，說道：「藏藏掖掖也沒用啊，我知道石家內就有安插多年的拂水房諜子，不是我有這份火眼金睛的能耐，而是褚祿山在就任北涼都護以前，專程到了石家跟我『坦誠相見』。所以這兩年，我就沒有哪天能睡得安穩。說來好笑，早年在邊軍中，哪怕很多次深入北莽腹地，靠著戰馬隨地休息，睡得都要比如今在自家床榻上來得好。」

徐鳳年對於褚祿山在石家內安插眼線一事不置可否，轉移話題，笑問道：「天井牧場目前有八百白馬義從，羅洪才和兩名校尉的三千四百騎，加上牧場本身的隴西駐軍和趙容光留在原地的兩千騎，加在一起，仍是不足八千。接下來本王最多只能等三天，涼州東門潼關的兩大校尉之一的辛飲馬也會領三千精騎趕來，人數堪堪過萬。石將軍覺得這一萬騎匆匆忙忙投入流州戰場，是能夠雪中送炭，還是遠水解不了近渴？」

石符反問道：「如果石符直言不諱，王爺當真會聽？」

徐鳳年淡然道：「先說來聽聽看。你石符畢竟不是燕文鸞、陳雲垂這樣的春秋名將，也不是褚祿山、袁左宗這樣戰功顯赫的徐家自己人，還沒有資格說什麼就讓本王聽什麼。」

石符嘆息一聲，仍是緩緩開口道：「在我看來，王爺這一萬騎不說杯水車薪，但是可能對流州這一州之地局勢有所裨益，卻斷然無益於北涼大局，如果我是王爺，那就更加澈底些，讓陵州兩位副將汪植和黃小快領銜，以煙霞校尉焦武夷等校尉兵馬作為主力，要涼州境內騎軍擁入流州解燃眉之急，還應該果斷讓這些陵州拿得出手的騎軍也北上進入流州，在戰勝北莽西線的柳珪大軍後，迅速填補涼州關外和懷陽關以南的那片空白……」

石符驟然感受到年輕藩王的殺機，坦然道：「原本不知道情況，但既然來了天井牧場，聽說了這座牧場的戰馬數目，見微知著，石符多少也猜得出王爺和都護府的謀劃，王爺對此不用多想。」

徐鳳年點了點頭，蹲下身，拔了一根甘草咀嚼起來。

石符繼續說道：「歸根結底，涼莽之爭，涼州關外和流州還有幽州，三座戰場都會各有勝負，但是真正決定我們北涼存亡的地方，其實只有涼州關外，這個地方輸了，北涼也就輸了大將軍和王爺兩代人好不容易積攢起來的北涼大勢。

王爺兵行險著，讓袁統領的一萬大雪龍騎和兩支重騎軍奔赴幽州葫蘆口，要一口氣吃掉楊元贊的東線大軍，自然沒有錯，相反出奇制勝。但是用兵一事，從來都應當奇正相和，不能贏在一時一地卻失去大勢。

在春秋之中，有過許多這樣的明明將領贏了大仗卻害得君王亡國的可笑戰役。西壘壁戰役最終分出勝負之前，外界誰都看好打了一連串細碎勝仗的西楚，但是大將軍就是拚著兵力急劇消耗也要完成對西壘壁的圍困，甚至不惜拿幾支兵馬在重要卻不算關鍵的戰場，主動引誘西楚大部精銳去吃掉，就只為了造就西壘壁周邊防禦的那點點縫隙，袁統領大放光彩的妃子墳戰役，就是一個明證。」

徐鳳年猛然站起身：「石將軍，這一萬騎就交給你了，最遲三天，你就要帶著他們去流州馳援青蒼城和龍象軍。」

石符愣在當場，既費解自己為何能夠擔當大任，也疑惑為何不是徐鳳年親自領軍。

徐鳳年吐出嚼爛的草根，沉聲道：「今早得到的消息，虎頭城已經失守，北莽大軍壓境懷陽、柳芽、茯苓三鎮。」

石符臉色大變，震驚道：「虎頭城怎麼可能這麼快失守！」

徐鳳年轉身望向北方：「董卓這個瘋子，先前每隔幾天就派人挖一條地道去送死，十六條地道，結果死了整整五千人，但是誰都沒有想到這個傢伙根本不是挖了十六條地道，而是喪心病狂的整整三十八條！其中十二條都只挖到城外就停下，然後在不計代價的地面攻城配合下……」

說到這裡，徐鳳年不再說話。

石符喃喃道：「這個瘋子，這個狗娘養的王八蛋……」

徐鳳年轉頭對石符說道：「我馬上要去懷陽關，石符，你從現在起恢復涼州將軍身分。不但是那一萬騎，之後所有進入涼州境內的陵州騎軍，都交由你統領。」

石符重重吐出一口濁氣，抱拳道：「末將領命！」

◆

蘇酥從來沒想過，自己這輩子能過上既有錢又有閒的神仙日子。還記得以前在北莽那座小鎮長大，就只有遊手好閒的閒，但是到了這南詔後，尤其是趙老夫子跟某個白衣男達成盟約後，這日子就真正開始滋潤起來了。

住著據說是屬於昔年南詔皇室的避暑別院，吃著無不求精的山珍海味，連茅廁都比以前住的地方要豪奢。偶爾有客人在夜色中登門拜訪，身分也都一個比一個嚇人，光是舊南詔的動貴遺老，蘇酥就見了六、七個，老夫子身邊也出現越來越多的陌生面孔，尤其是那些個跟老夫子差不多歲數、又喜歡在名字前頭加上什麼尚書什麼侍郎的老頭子，幾乎每個見著他蘇酥，都會老淚縱橫，泣不成聲。

蘇酥知道，這些人應該就是聞訊而來的西蜀前朝老臣。按照老夫子的說法，要他蘇酥多聽少說，只管陪著那些老人一起默默流淚，若真哭不出來，事先在手心抹一把南詔特產的小雀椒粉末，作勢垂首，伸手抹淚，那麼一擦，想不哭都難。

蘇酥嘗試過一次，就再也不想有第二次，眼睛紅腫得兩三天都沒恢復，不過當時倒是效果顯著，反正把那幫西蜀老臣感動得稀里嘩啦，有個年紀最長的，更是當場哭暈過去。

今日蘇酥被趙老夫子丟到一座名喚「目耕樓」的書樓，也不要他果真讀書怡情，只需要在藏書樓內做做修身養性的樣子就可以。

蘇酥趁著沒人盯梢，坐到高樓欄杆上，身邊站著目盲女琴師薛宋官。

在那次兩人差點死在陳芝豹的手上後，蘇酥就不再纏著目盲琴師玩那少俠和魔頭的把戲，大概一朝被蛇咬，十年怕井繩，是對所謂的江湖有些畏懼了。這些日子，薛宋官都幫老夫子做著牽線南詔十八部的事情，很忙，幾乎跑遍了大半個南詔版圖。蘇酥很想她，但是等到真正重逢，又不知道該說些什麼，一男一女就這麼沉默著。

蘇酥抬起頭，終於緩緩開口道：「以前吧，最喜歡白天做夢，想著自己也許是某個大人物的遺腹子，要不然是個大門大戶見不得光的私生子，說不定某一天認祖歸宗就澈底發達了，現在才發現自己竟然真的是一國太子，可惜美夢成真，才知道就算穿上了龍袍，明明真是太子，也不像個太子。

虧得老夫子這一年來給我惡補了好些富貴人家的門道，什麼奉帖唐碑、青田黃凍、蕉葉青花啊，一大堆物件，不知道為什麼，我從小就喜歡值錢的東西。可這些東西夠值錢了吧？瞧著它們，一開始也挺興奮，恨不得睡覺都抱著它們一起睡，越到後來，就越提不起勁了。

怎麼說呢，就像一個爛泥裡打滾的窮小子，有天稀里糊塗娶了個貌美如花的媳婦，不是不喜歡，而是明白自己終歸是守不住她的，她有一天終歸是要離開的。」

陪著蘇酥、趙定秀一起從北莽來到南詔的年輕琴師，目盲卻心有靈犀，柔聲微笑道：「蘇家做過西蜀足足兩百年的國主，雖然在你爹手上丟了二十年，但如今有老夫子輔佐，又有那位蜀王的承諾，那麼這份家業，其實是有機會守得住的。就像陳芝豹所說，以後你雖然做不成蜀帝，但起碼可以當一個封疆裂土的離陽蜀王，如此一來，也算對得起你們蘇家的列祖列宗了。」

蘇酥嘆息道：「如果不是徐鳳年在北莽找到我們，我怎麼可能會有今天，書本上所說的良禽擇木而棲，道理是挺有道理，可對我這種人來說，道理從來就不在書上，要麼靠拳頭，要麼……」

這位在襁褓中就逃離西蜀皇宮的前朝太子，苦笑了一下，伸手指了指自己的心口：「要麼就在這裡。我蘇酥，雖然嘴上一直跟姓徐的不對付，也總在妳面前說他的壞話，但妳應該清楚，其實我這輩子也就徐鳳年這麼一個朋友。

當然，他徐鳳年什麼人啊，天底下兵馬最盛的異姓藩王，堂堂四大宗師之一，還長得那般玉樹臨風，跟人並稱『北徐南宋』的，還有淵博學問，這麼一號屈指可數的風流人物，未必把我蘇酥當朋友。

我是真把他當朋友，結果呢，到了南詔，得了天大便宜，好不容易在這兒站穩腳跟，就只差報答人家的時候，那個面癱的白衣男橫插一腳，老夫子就把徐鳳年的北涼撂在一邊了，我也知道這是沒法子的事情，可我心裡頭，真的是過意不去啊。」

薛宋官輕聲道：「你自己也說了，這是沒有辦法的事情。」

蘇酥狠狠揉了揉臉頰，然後雙手捧著臉，含糊不清道：「是啊，沒有辦法的事情。我一個胸無大志也無真才實學的傢伙，除了每天在這裡吃好喝好睡好用好演好，能做什麼？」

她猶豫了一下，感嘆道：「其實老夫子心裡也不好受，經常去跟你的鐵匠叔叔喝酒解悶，有次喝醉了，很失態。」

蘇酥放下手，雙手撐在欄杆上，苦笑道：「我從沒有怪過老夫子，如果不是老夫子又當爹又當娘把我拉扯大，就沒有我蘇酥了，何況老頭子什麼樣的脾氣我還不清楚嗎？就跟茅坑裡的石頭一樣又臭又硬，如果不是為了我，為了那個其實早就沒了的西蜀王朝，老夫子才不會違背心意如此行事。」

薛宋官點了點頭。

蘇酥突然感慨道：「我這麼成天無所事事了，有時候都覺得累，那麼妳說擔負著三十萬北涼鐵騎生死存亡的徐鳳年也好，那個野心勃勃志在天下的蜀王陳芝豹也罷，這些人是真的樂在其中，還是也會覺得累？」

目盲琴師搖頭笑道：「不知道啊。」

蘇酥轉過頭，笑臉燦爛：「如果，我是說如果有一天，我能夠真正放下一切陪妳去行走江湖，我要是跟新認識的大俠宗師說一句，當年還是天下第一人的徐鳳年還跟我蹭吃蹭喝過，會不會很有面子？」

女子想到自己當年在北莽，還差一點就在雨巷中殺了那位年輕藩王，會心一笑：「不能再有面子了。」

蘇酥笑意醉人：「雖然還是很嫉妒徐鳳年，但世上有種人，不管如何，只要認識了，妳都討厭不起來，是吧？」

目盲女琴師笑著沒有說話。

蘇酥小心翼翼問道：「妳真的……不喜歡他？說實話，如果我是女子的話，恐怕也會對他念念不忘的。」

她無奈道：「喜歡他做什麼？因為徐鳳年長得玉樹臨風？可我是個瞎子啊。」

蘇酥撓了撓頭，總覺得這個理由有哪裡不對。

她趴在欄杆上：「以後我們去中原江湖的話，還是我扮演殺人如麻的女魔頭，你假扮行俠仗義的少俠？」

蘇酥望著遠方，眼神堅毅：「不了！我們做神仙眷侶！」

目盲女子破天荒紅了臉，扭過頭，輕聲道：「酥酥，我是個瞎子。」

蘇酥低下頭，看著她留給自己的後腦勺，溫柔道：「我知道。」

這位指玄境界的女子高手柔柔怯怯道：「我歲數也比你大。」

蘇酥笑道：「我也知道。」

她轉過頭，抬頭「望著」蘇酥，似笑非笑道：「如果以後到了佳麗無數的中原江湖，給我發現你多瞅了幾眼女俠仙子，我薛宋官就把她們直接打殺了。」

蘇酥悻悻然道：「這個嘛……以前真不知道，不過現在也知道了。」

她嫣然一笑：「騙你的。」

蘇酥伸出手掌輕輕放在她的額頭：「我雖然不是瞎子，但我眼裡，只有妳。」

◆

北涼後山，兩位刻碑老人米邛、彭鶴坐在一棟簡陋茅屋前，一張小凳子上擱了一些下酒菜，然後又有一位老人如約而至，手裡拎了兩罈在清涼山王府地窖裡珍藏多年的綠蟻酒。這位老人面白無鬚，無論是走路姿態還是說話嗓音，都透著一股陰氣。

米邛和彭鶴作為見慣風雨的北涼名士，對此心知肚明，熟識之後也從不揭破。這位姓趙的老人是位宦官，至於為何會從大內深宮來到清涼山養老，米邛、彭鶴更沒有探究的興趣。

起先兩位名士對名叫趙思苦的老人沒什麼好感，只不過在年邁宦官隔三岔五跑到後山給他們搭把手後，加上趙思苦比起尋常大手大腳的匠人，年紀雖大，但是手腳伶俐，言談風雅不遜清流士子，尤其辦事滴水不漏，久而久之，三人年齡相仿，也就成了能坐在一起喝酒的好友。

米邛、彭鶴笑著招呼趙思苦坐下，三個年齡加在一起快有兩百歲的老人圍凳而坐。兩個還來不及換上衣衫的北涼書法大家猶然滿身墨香，各自「哧溜」一下喝光了杯中酒，重重呼出一口氣，臉色都有些陰鬱。

趙思苦作為在離陽皇宮當過一手執掌印綬監的資深大宦官，如今雖然脫去了在皇宮中那件仍是極為扎眼的大紅蟒袍，但察言觀色的功夫依舊老辣。

只不過趙思苦也不說什麼，小抿了一口酒，挑了個相對雲淡風輕的話題作為開場白：「咱家剛從青鹿洞書院那邊回來，黃裳黃山主托咱家跟兩位老友要幾幅字帖，咱家也不敢胡亂應承下來，只說把話帶到。」

米邛搖頭道：「如今我和老彭哪有那份寫字帖的閒情逸致，這事兒，可能要讓趙老哥和黃山主失望了。」

趙思苦如何看不出一天到晚刻碑的米、彭兩人，此時舉杯的手腕都還在顫抖，勞心勞力不過如此，於是笑道：「不打緊、不打緊，黃山主事先也說了，這事不著急，他能等，等個幾年甚至十年都可以。」

彭鶴笑道：「只要王爺打跑了北莽蠻子，別說三、四幅字貼，就是三十、四十，我老彭也能給黃裳的青鹿洞書院親自送去。不過趙老哥，咱們都不是外人，我就醜話說在前頭了。我和米老兒可是聽說了，好些書院裡的外地士子不是個東西，對咱們北涼軍政指手畫腳，總覺著他們來了清涼山王府或是去了懷陽關都護府，就能力挽狂瀾。這幫小兔崽子，也不嫌站著說話不腰疼，就因為咱們王爺好說話，就能得寸進尺了，那黃裳也不管管？」

趙思苦畢竟是在皇宮裡頭耳濡目染的大太監，並沒有一味附和義憤填膺的彭鶴，搖頭道：「這事兒不是不能管，但手腕生硬了，反而管不好，而且如今赴涼士子比起一開始到北涼那會兒，也改變了許多，偶爾依舊會有書生意氣不知輕重的言行，初衷都是為了北涼好，好些一開始抱著樹挪死人挪活心態、奔著北涼官場前程來的年輕人，也都不知不覺以北涼人自居，這就是天大好事啊。」

曾經當著徐鳳年的面砸過珍愛的硯臺的米邛，「嗯」了一聲：「讀書種子、讀書種子，這些年輕人，算是真正在北涼紮根發芽了，遲早有一天，咱們北涼也會有一棵棵足以讓中原讀書人仰視的參天大樹，自成一座巍巍士林。」

彭鶴舉起杯，停頓了一下，忍不住唏噓道：「怕就怕咱們幾個老傢伙等不到那天。」

更為性情中人的米邛憤憤道：「去了京城國子監的姚白峰不去說，道德學問都是世間一等一的，的確當得碩儒稱呼，哪怕離開了北涼，我米邛也希望姚大家能夠在朝廷那邊風生水起。可這嚴杰溪就真不是個東西了，靠著攀龍附鳳，當上了殿閣大學士，就忘本了！

據說有望成為下一次會試的副總裁官之一後，就放出話來，要減少咱們北涼有資格進京赴考的錄取名額，從往年雷打不動的四十人一口氣切掉半數，只許二十人參與會試！虧得當年還給這個老東西寫過好些字帖壽聯，老子恨不得把自己的手給剁了！」

彭鶴冷笑道：「嚴烏龜這還不是為了避嫌，咱們扳手指頭算一算，老一輩的姚大家，年輕一輩的陳望和孫寅，哪個不是在廟堂上最頂尖的讀書人，便是那個以禮部侍郎同樣擔任副總裁官的晉蘭亭，一樣是從我們北涼出去的，說不定這次減少北涼會試名額，就是嚴杰溪和晉蘭亭這一老一小兩個東西，碰頭躲著合計出來的陰險勾當。」

趙思苦玩味笑道：「兩位老友放寬心便是，要咱家來看，這次北涼名額最終不是削減，而是恰恰相反。很簡單，讀書人越來越多湧入北涼，朝廷豈能不慌？嚴杰溪和晉蘭亭的提議不過是做做樣子罷了，那幫朝廷中樞的黃紫公卿是不會接納的，反而會增加名額。

不但如此，這些進京趕考的北涼士子，不出意外，會有相當比例的幸運兒在太安城混得不錯，朝廷無非是想藉此機會告訴咱們北涼的讀書人，學成文武藝，貨與帝王家，從今往後，朝廷給出的價錢都不會低，牆裡開花牆外香嘛。」

彭鶴愣了愣，咬牙切齒道：「這朝廷，也太不要臉了！」

米邛更是直截了當道：「要我是王爺，就乾脆攔下這些讀書人，肥水不流外人田。」

趙思苦搖頭笑道：「北涼自大將軍起就不做這樣下作的事情，在如今王爺手上，想來也還是不會做。也許在很多離陽官員眼中，這會是件蠢事，不過咱家看來，公道自在人心，這就夠了。」

米邛點了點頭：「是啊，公道自在人心。」

彭鶴一口氣喝光杯中酒，使勁攥著空落落的酒杯，嗓音沙啞道：「虎頭城主將劉寄奴死了，校尉褚汗青死了，校尉馬蒺藜死了，整個虎頭城的步卒和騎軍，都死了。幽州葫蘆口、臥弓城、鸞鶴城、霞光城、流州青蒼城，這麼多地方，這麼多北涼邊軍，死了那麼多人！他們離陽朝廷知道嗎？中原百姓知道嗎？」

彭鶴放下酒杯，用手重重捶了一下胸口，哽咽道：「我不管他們知道不知道，我和米邛兩個老不死的傢伙，親手刻上那麼多年紀輕輕的北涼兒郎的名字，每天都是白髮人送黑髮人啊，我慜得慌啊！」

曾經作為趙家棋子看守天人高樹露的趙思苦沉默無言。

公子，如果你沒有英年早逝，如果能看到今天這一幕，會不會遺憾當年選擇了陳芝豹，而沒有像李義山先生那般竭力輔佐徐鳳年？

第五章　議事堂激辯戰局　北涼軍大破莽寇

還未入秋時節，薊州就已經是個讓人焦頭爛額的多事之秋了。

在這個時候，新任兩淮道節度使的蔡楠，以及隨後成為經略使的韓林，很快就成為京城官場上的議論焦點，對於那員昔年大柱國顧劍棠的心腹大將，京城官員都不太樂意說好話，可舊刑部侍郎韓林卻是太安城有口皆碑的清流文臣，故而京官大多抱以同情姿態，都惋惜韓大人命途多舛，好不容易外放為官，卻接手這麼個爛攤子。

不知為何，在這期間，比蔡、韓兩位封疆大吏更早進入兩淮道的一個趙姓人，從頭到尾都無人提及，哪怕這人是先帝的三子。雖比不得大皇子趙武和當今天子，但其母也貴為北地士子集團執牛耳者彭家的嫡女，可是封為漢王就藩薊州的趙雄出京城以後，就像泥牛入海，杳無音訊了。

要知道這位三皇子當年在太安城那可是響噹噹的一號人物，風流雅事就沒有斷過，在趙雄如日中天的時候，如今以王遠燃領銜的京城四公子還不知道在哪個角落眼巴巴豔羨著呢。

先帝六個兒子，嫡長子趙武就藩遼東，是唯一手握虎符兵權的皇子，授予實打實的鎮北將軍，協助大將軍顧劍棠和老藩王趙睢鎮守北邊，二皇子趙文去了煙雨朦朧、士林茂盛的江南道，五皇子趙鴻封越王，藩地在舊東越，六皇子趙純因為年紀還小，尚未離京就藩。

新建漢王府邸內有一湖，被趙雄命名為聽濤湖，世人皆知北涼王府有座聽潮湖，趙雄取此名，用意令人遐想。聽濤湖湖心有座亭子，四面皆水，不設橋梁，必須以採蓮舟為渡，亭中有藤床竹幾，瓶中插有數枝豐腴芍藥，香爐煙霧嫋嫋。

身穿素白便服的趙雄斜踞床榻，手持酒杯，有女婢在這位藩王身前手捧一帙古籍，有婢女在旁端冰盤，陳放時令鮮果，又有婢女站在趙雄身後打扇，驅除暑氣。

趙雄看一頁書，便飲一杯酒，不與人言，自得其樂。

一個下午就在年輕漢王的悠哉中，緩緩流逝。

趙雄瞥了一眼窗外的天色，很快就有婢女幫他穿上靴子。

趙雄來到窗欄附近，眯眼看著湖岸上那個紋絲不動的身影，嘖嘖出聲：「難怪能做上我朝年紀最輕的一州將軍，也真是夠拚的。」

趙雄離開亭子，乘坐蓮舟回到岸邊，上岸後走向那個正值風雨飄搖的薊州將軍，後者在藩王鄰近後，抱拳沉聲道：「末將袁庭山參見漢王殿下！」

趙雄隨意擺了擺手，笑呵呵道：「袁將軍有話就直說。」

袁庭山緩緩抬起頭，在岸邊站了整整一下午，卻眼神熠熠，不見絲毫頹喪，臉上也毫無諂媚之色：「懇請王爺能夠替末將在那封能夠直達御書房的密折上，惡言幾句。」

趙雄故作驚奇道：「袁將軍如何知道本王有密折上奏的職責，又為何要本王說你的壞話？本王可聽說你袁庭山如今處境已經夠糟糕的了，先前非但沒能在老丈人那邊討到好，最近連一些好不容易拉攏起來的心腹也投奔了薊州副將韓芳，甚至連蔡節度使也對你閉門謝客，韓經略使就更不用說了。你今天來本王府邸，等了一下午不該是等一份雪中送炭嗎，怎麼反而要火上澆油？當將軍當膩歪了，想當個階下囚嘗嘗新鮮？」

聽著漢王的冷嘲熱諷，袁庭山面不改色，始終保持抱拳躬身的恭敬姿勢，語氣誠懇道：「末將這次登門拜訪，帶了黃金萬兩，珍玩字畫十箱……」

聽著這個被某些京官私下罵作瘋狗的年輕人娓娓道來，趙雄出現片刻的失神，沒來由想起一幅畫面，那幅畫面不曾親眼所見，卻是多次親耳所聞。

很多年前，有個年輕武將也是差不多這般模樣，在離陽兵部衙門求著給人送禮的。

趙雄抬頭看著大片大片火燒雲的絢爛天空，自言自語道：「可惜沒有下雨。」

袁庭山仰頭看著這位明顯心不在焉的漢王，低下頭，悄悄咬著嘴唇。

兩個老丈人，大將軍顧劍棠已經明確表示，他不會對薊州糜爛局勢施與援手，而李家雁堡也隱約透露出那近萬李家私騎是最後的家底，不會交由他這個女婿肆意揮霍，一萬私騎就算要戰，也只會戰於薊南地帶，甚至允許的話，要一口氣轉移到江南道北面，而絕不會由著他袁庭山帶到薊北邊境上去跟北莽死磕。

如此一來，原本蒸蒸日上的薊州將軍府可謂內憂外患。但這些事情，袁庭山都不介意，他甚至可以在仕途上一退再退，連這個薊州將軍也一併不要了。

但是袁庭山無比忌憚一個人，那就是太安城坐龍椅的那個年輕天子。袁庭山怕自己在這位雄心勃勃的皇帝心中，變成一個不堪大用的庸將，一旦在皇帝腦中形成這種致命印象，他袁庭山就算打一百場勝仗都沒有了意義。所以袁庭山來求漢王趙雄，求他在密折上彈劾自己，只有如此，讓年輕皇帝覺得整個薊州從上到下，所有人都在排斥他袁庭山，如同廟堂上的骨鯁孤臣，那他才能擁有東山再起的機會。

「黃金？本王姓趙，缺這玩意兒？古玩字畫？本王這輩子親手摸過的，比你袁庭山見過的還多。」

趙雄伸手拍了拍袁庭山的肩膀：「所以袁庭山，以後有飛黃騰達的那一天，別忘了是誰在你走投無路的時候，拉了你一把。」

袁庭山左手五指死死抓住右拳手背，青筋暴起：「末將誓死不忘！」

趙雄微微俯身，在袁庭山耳邊輕聲說道：「其實你無論是在薊州當將軍，還是去廣陵道帶兵平叛，在某個人心底，其實都是不值得他信任的，只有你那老丈人死了，你才有出人頭地的一天。這句話，就當是本王給你的回禮。」

袁庭山身體一顫。

趙雄似乎有些乏了，揮手道：「你走吧，本王就不送了。」

袁庭山繼續弓著腰後退出幾步，這才轉身離去。

趙雄看著那個背影，笑咪咪道：「你也太小看我那個三弟了，嗯，也太小看我趙雄了。罷了，這次就幫你一回。」

◆

江南泱州有一處風景旖旎的形勝地散花臺，山並不高，但方圓百里之內無山，就顯得格外突出。相傳大奉王朝時有得道高僧在此說法，引得仙女散花，頑石點頭。

暮色中，江南道風流名士呼朋喚友，雲集散花臺，要共賞月色辭夏迎秋。每人都自備坐氈、酒水、茶點、盞筷、香爐和薪米等物，在山巔席地鱗次鋪排而坐。

今夜山上竟有九百人之多，在一位豪閥名士瀟灑起身高聲朗誦出「我輩文章高白雪」的引領下，近千人同唱那首膾炙人口的千古名篇〈江南遊〉，一時間聲如雷動，飲酒如泉。

深夜時分，潔白月光灑滿散花臺。

在一眾以相仿家世而相鄰席地的江南文人中，散花臺頂視野最開闊的絕佳觀景地帶，有一撥無形中與別人格格不入。

為首老人白髮白衣，盤腿而坐，膝上趴著一隻打瞌睡的大白貓，老人身邊不過擺六、七張席子坐六、七人而已，其中有前些年請辭禮部尚書一職的盧道林。

他是湖亭盧家的老家主，同時也是舊兵部尚書盧白頡的兄長，在短短十年內盧家出了一門兩尚書，果真無愧先帝「盧氏子弟，琳琅滿目」的讚譽。如今雖說盧道林歸隱山林，盧白頡也黯然離京，但無損盧家在江南道力壓其他三大家族的超然地位。

還有姑幕許氏的老家主許殷勝，這位老人在嫡長子許拱獲封龍驤將軍後便安心地頤養天年，雖說前些年許淑妃慘遭橫禍被打入長春宮，害得整個許氏家族元氣大傷，但好在許拱不負眾望入京擔任兵部侍郎，撐起了大梁，之前一直閉門拒客的許殷勝也終於現身。

老人身邊坐著年紀最小的女兒許慧撲，做黃冠道姑狀的她跟棠溪劍仙盧白頡那段有緣無分的恩怨情仇，在江南道士林中人盡皆知。而那位名叫袁疆燕的中年儒士，不但是伯柃袁氏的中流砥柱，更是名動朝野的清談大家。

在膝上趴白貓的滄桑老人身邊，坐著個豐神俊朗的年輕公子哥，低頭彎腰，輕輕搖動手中摺扇，卻不是給自家老祖宗搧動清風，而是給那隻懶洋洋的白貓搧風。年輕人身後遠遠站著個滴酒不沾的青衫劍客，眾人皆醉他獨醒，眾人皆坐他獨立，極其凝眼。

湖亭盧氏、江心庾氏、伯柃袁氏和姑幕許氏，這四個江南道上的家族，是與北地士子抗衡的南方主力，曾經青州的青黨也是四大家族的天然盟友，可惜不成氣候，被前任首輔張巨鹿隨手折騰得分崩離析。

四個姓氏，雖說在江南道上處處錙銖必較，一代又一代人不間斷地展開明爭暗鬥，但是在太安城，在離陽廟堂上，四個姓氏無比抱團，許拱能夠從地方上進入京城，硬生生拿下那個兵部侍郎，那位養白貓的庾氏老家主、不惜親自跑了一趟京城的庾劍康，至關重要。

許殷勝望向比自己高出一個輩分的庾劍康，輕聲感嘆道：「庾老，如今是亂象橫生哪。就說那元虢，好不容易復出，當上了掌管錢袋子的戶部尚書，沒有幾天工夫就給攆到了咱們隔壁的廣陵道擔任節度使，因為是藩王轄地，所以還是個副的。而咱們棠溪如果不是大祭酒和坦坦翁幫著說話，給壓了下來，恐怕就不是蔡楠而是棠溪去擔任兩淮的節度使了。

庾老，雖說棠溪現在還任著兵部尚書，可是陛下明擺著已經動了要挪一挪位置的心思，在庾老看來，棠溪接下來是何去何從？咱們也好有的放矢，從長計議啊。」

庾劍康笑著伸出手指點了點盧道林：「尚書大人的親兄長都不急，你許殷勝急什麼？」

盧道林無奈道：「不是不急，是急了也沒用。好在蔡楠已經去了兩淮道，元虢又到了廣陵道，現在棠溪只要不是被發放到南疆，想來都不會太差。」

庾劍康伸手摸著白貓的腦袋，淡然道：「以前有張廬、顧廬，從京城到地方，都圍繞著文武之爭打轉，現在兩廬都已成過眼雲煙，接下來就該輪到南北之爭了。中書省齊大祭酒是典型的南人，副手趙右齡是南人，門下省坦坦翁是北人，陳望是北涼人，堪堪打成平手。

咱們再來數一數尚書省六部，新任吏部尚書殷茂春，南人，先後兩任戶部尚書王雄貴和元虢，皆是南人，如果再加上盧道林這個前任禮部尚書和盧白頡這個現任兵部尚書，你們就沒有覺得咱們南方讀書人，在朝堂上最靠前的位置上太多了嗎？

如此一來，若是再讓許拱順勢執掌兵部，舊刑部侍郎韓林接任刑部尚書，那北方士子以後還怎麼混？何況最近幾屆的進士人數，南人更是占據絕對優勢。所以啊，韓林去了薊州，元虢去了廣陵道，這些都是情理之中的事情，不用大驚小怪。以後唐鐵霜當上了兵部尚書，許拱只能繼續在侍郎位置上熬個四五六年，也一樣不用奇怪。」

說到這裡，庾劍康略作停頓，笑了笑：「有意思的是現在太安城多了一股不容小覷的新勢力，大學士嚴杰溪、國子監左祭酒姚白峰、門下省的陳望、禮部侍郎晉蘭亭、黃門郎嚴池集以及暫時蟄伏的孫寅，無一例外都是北涼出身，但官場口碑都不錯。

人數不多，但個個說話都很有分量，尤其是那個陳望，更是了不得的人物，便是比較當年碧眼兒的仕途，也仍是有過之而無不及。這跟當年在張盧、顧盧之間橫插一個青黨，有些相似，只不過相比牆頭草的青黨，這撥勉強稱為涼黨的官員，其實從未結黨抱團。

你們發現沒有，這些人雖說都出自北涼，但對陛下的忠心，是廟堂其他文武百官都不能媲美的。以後呢，我猜會是以前途不可限量的陳望領銜，與我們南北兩撥讀書人形成三足鼎立之勢。」

袁疆燕感慨道：「難不成是又一個碧眼兒？」

庾劍康搖頭道：「恐怕不止嘍。」

盧道林抬頭望著月夜，怔怔出神。

許慧撲不知為何有些神色哀傷，不知是想起了那位遠在京城的棠溪劍仙，還是某位喜歡身穿紅衣已是陰陽相隔的徐姓女子。

庾劍康微笑道：「接下來我們四家要做的就是先退一步。遼東彭家這些北方家族要在這個時候搶奪京城的座椅，咱們表面上裝著勉為其難，都給他們好了。至於什麼時候進一步，很簡單，等，等到彭家他們人滿為患之後，同時必須在等到陳望、孫寅、范長後這撥人真正成長起來之前，我們再出手便是。

現在就讓那幫北方佬跟那些年輕人去矛盾叢生好了，他們啊，這幾年內是能夠給那些晚輩穿小鞋使絆子，但遲早有一天要吃大苦頭的。在這期間，你們這些人，退一步不是真的就什麼都不管了，不妨為前程錦繡的太安城年輕人錦上添花，幫他們在文壇揚揚名，鼓吹鼓吹聲望，時不時詩詞唱和，就當結下一份善緣。」

袁疆燕哈哈笑道：「這有何難！」

接下來庾劍康做了一個古怪的舉動，舉起酒杯，轉身面向西北，遙遙敬了一杯酒。

我庾劍康替中原，敬你們北涼一杯。

敬你們父子一杯。

◆

自永徽末以來，離陽三省六部的大小衙門，幾乎可以說是城頭變幻大王旗。首輔張巨鹿、兵部尚書顧劍棠、宋家老夫子等一批老人要麼死了，要麼就是離開京城中樞，而以中書令齊陽龍領銜的一撥人，則紛紛躋身廟堂占據高位。

這中間既有門下省左散騎常侍陳望這樣的京城「前輩」，也有在祥符元年科舉成名的李吉甫、吳從先、高亭樹等資歷遠遜陳少保的年輕讀書人，更有唐鐵霜和許拱從地方上擔任侍郎職位，而在舊有閣臣之中，亦是變化巨大，包括趙右齡、殷茂春在內一大批永徽公卿幾乎人人更換了官場座椅，元虢、韓林、王雄貴更是全部外放，成為名義上的封疆大吏。

在這之中，唯獨桓溫是個異類。身為三朝老臣，無論同朝官僚如何人事更迭，這位坦坦翁始終穩坐門下省的那座釣魚臺，雖說時下傳言老人身體不適，要騰出位置給中書省二把手趙右齡或是吏部天官殷茂春中的某一位，但是對於見慣風雨的太安城文武百官而言，只要皇帝陛下不曾明確下旨，坦坦翁就依舊是那個對整個朝局都擁有莫大影響力的宰執人物。退一步說，即便桓溫真的告老退位，到時候作為離陽王朝碩果僅存的功勳元老和文壇領袖，以後離陽政事也一樣少不了問計於這位被先帝譽為「國之重寶」的老人，難怪太安城會有「桓府無冷灶」的善意調侃。

今年即將入秋之時，皇帝讓內務府精心打造四十餘方篆刻有「祥符御用」的硯臺賜給重臣，得之者均以為寶。唯有桓溫獨得三方，便是齊陽龍、嚴杰溪和陳望三人也僅獲兩方，而且桓溫不但獲此殊榮，同時更有一株堪稱冠絕遼東諸多貢品的老參和一罈椿齡酒一併賜下，如此一來，那些猜測坦坦翁未必能夠熬過祥符二年的私下議論便瞬間煙消雲散。

張廬、顧廬相繼成為陳年往事後，隨著中書、門下兩省的崛起和翰林院的搬遷新址，以及六座館閣設立後分流出去一大撥重要文臣，原本衙門雲集的趙家甕也不復早年「滿朝公卿盡在此」的盛況。

立秋之日，皇帝特意開放四座皇宮花園中占地最廣、風景最佳的金秋園，大宴群臣。

在酒宴開始之前，頗有興致的年輕皇帝還訂立了一個離陽迎秋新規矩。他讓司禮監掌印太監宋堂祿搬來一盆早就栽種在盆內的梧桐，等到時辰一到，讓陳望臨時擔任了一回太史官，高呼一聲「秋來了」，然後皇帝親手摘下一片梧桐葉，寓意君王代替蒼生向天報秋。

在這樁沒有前例的即興雅事中，成為離陽第一任「迎秋啟奏官」的陳望無疑最為惹眼。皇后嚴東吳與弟弟嚴池集站在一起，這位母儀天下的動人女子，看到這一幕後輕聲對翰林院新貴的弟弟說道：「你務必爭取成為明年的報秋人。」

最是害怕出風頭的嚴池集頭疼道：「姐，這種事情有什麼好爭的，而且我也爭不來，有陳少保珠玉在前，明年估計也就只有禮部侍郎晉蘭亭，或者咱們翰林院的新任掌院學士才能擔當此事，要不然宋恪禮和範長後這幾位也比我更名正言順。」

嚴東吳掃了一眼那些神態各異的文武百官。年老如齊陽龍、桓溫，畢竟上了歲數，本身也已經位極人臣，也無須以此為自己官聲錦上添花，故而對此事都是抱著不與年輕人爭搶的淡泊心態。而趙右齡、殷茂春等稍稍年輕一輩的權臣，則略有差異，同樣不需要爭搶什麼，也不適合，但是看向輩分更低一輩的陳望，眼神都依舊藏有一份羨慕。至於高亭樹、吳從先這些剛剛在離陽廟堂嶄露頭角的年輕人，無一不是眼神熾熱。這些年在太安城官運亨通的晉蘭亭老神在在，似乎已經將明年報秋人視為囊中之物。

如今極有鳳儀的嚴東吳目不斜視，並不與這個心愛的弟弟做竊竊私語狀，臉色淡然道：「你姐夫需要你去爭一爭，只不過他不會明著跟你說什麼，但是你如果有這份進取之心，他肯定會很高興。」

嚴池集無奈嘆息道：「好吧，那我盡力便是。」

嚴東吳用眼角餘光看著正在和武英殿大學士溫守仁等廟堂大佬言笑晏晏的爹——洞淵閣

大學士嚴杰溪，換上一種毋庸置疑的語氣：「咱們爹已經幫你鋪路了，六大殿閣學士，加上如今新設的六位館閣學士，這十二人將是以後我朝的第一等清貴閣臣。你如今終究還年輕，資歷也不足，不奢望咱們嚴家一門兩殿閣，但是你短則十年，長則二十年成為館閣大學士，並不是難事。況且殿閣學士是類似上柱國的虛銜，並不因官員退出朝堂而剝奪，加上爹再過幾年不出意外也能夠由閣升殿，館閣大學士卻是本官實職，到時候我們嚴家就有了『一家兩殿閣』。爹是面子，你是裡子，父子相輔相成，最少可保嚴家三代人百年無憂。」

嚴池集怯生生道：「姐，咱們終歸是外戚，就不要避嫌嗎……」

嚴東吳面無表情地轉頭，但是視線中分明有了幾分怒意，直接打斷弟弟的言語，壓低嗓音道：「你當真看不出如今朝政的暗流湧動？連你這個小舅子都不幫你姐夫，難道要寄希望於那些越來越會做官的文臣？」

嚴池集欲言又止，終於還是低頭認錯。

皇帝從遠處走到這對姐弟身邊，看到嚴池集的窘態，笑咪咪打趣道：「怎麼，小舅子，又給你姐訓斥了？嚴大學士每次見著朕，偶爾提起你這個兒子，總是難掩那引以為傲的笑意，你姐倒好，見一次、訓話一次，害得朕都忍不住為你打抱不平了。無妨、無妨，既然你姐跟你不親，朕跟你這個小舅子那是親得很，以後在你姐這兒受了委屈，只管跟朕來訴苦，咱倆一起喝酒解悶便是。」

嚴東吳柔聲笑問道：「不知陛下有何苦悶要解？」

給抓到把柄的年輕天子頓時語塞，這讓隔岸觀火的嚴池集倍覺喜感。

皇帝趙篆伸手指了指這個幸災樂禍的小舅子：「忘恩負義啊，朕可是為了幫你小子才不小心引火上身的。」

若是尋常臣子聽到從一個皇帝口中說出「忘恩負義」四個字，估計就要嚇得肝膽欲裂，也不知是嚴池集太過遲鈍還是怎麼，竟是當真毫無忐忑，略微歉然笑了笑。

年輕皇帝雖說表面上冷哼一聲，但是內心深處，對小舅子的「恃寵而驕」，非但沒有窩心惱火，反而覺得很舒服。

不是一家人，絕對不會如此隨意。歷朝歷代的皇帝，雖然嘴上自稱寡人，但哪個皇帝真的喜歡孤家寡人的滋味？

嚴東吳突然低聲道：「陛下，宮女選秀一事，實在不能再拖延了。」

趙篆趕緊一陣打著哈哈，然後找藉口說是要去找中書令大人討論些軍國大事。

◆

酒宴過後，皇帝陛下讓群臣自行遊覽金秋園，於是文武百官三三兩兩各自結伴散開，看似漫不經心，這中間就有許多門道講究了。

比如齊陽龍和桓溫兩位當朝大佬就並肩而行，並無人隨行，而辭去吏部尚書的中書省趙右齡卻拉著五、六個吏部大員一起，現任天官的殷茂春便和那幫翰林院履歷厚重的黃門郎相談甚歡，幾位根基不穩的新任館閣大學士自然而然攜手共遊，碧眼兒死後已是群龍無首的尚書省那六位尚書，也各有山頭，並不紮堆，趙室勳貴倒是比較抱團。

兵部侍郎唐鐵霜陪著與恩主顧劍棠一個輩分的兩位大將軍同行，其中一位便是不問世事很多年的大將軍趙隗，另外一位則是這兩年十分灰頭土臉的楊慎杏，反倒是兵部尚書盧白頡與那些同為江南出身的年輕官員走在一起。

前些年趨於貌合神離的幾位青黨主心骨，吏部侍郎溫太乙以及新近被召入京城的原青州將軍洪靈樞等人，前兩年才剛剛擺出要老死不相往來的架勢，今天竟然重新碰頭在一起，看樣子已經冰釋前嫌，融融洽洽，難免讓人揣測這青黨莫不是要東山再起了。至於以彭家、劉家為首的北地兩遼世族豪閥，在太安城的話事人也默契地待在一起。

齊陽龍和桓溫這兩個年邁老人走起路來其實並不慢，步子也大，於是跟後邊的官員大隊伍越行越遠。兩老徑直來到了金秋園裡一處著名景致——以將近百塊春神湖石堆砌而成的春神山。

春神湖石雖然很久以前就被一些江南名士鍾情推崇，但稱得上真正興起，為朝野上下所熟知，是最近五年的事情。一塊塊巨石，不斷從湖底撈起運往一座座富貴庭院，在去年更是「飛入」了帝王家，在金秋園一夜成山，名動天下。春神湖石以瘦、透、皺三字為珍，上等春神湖石，玲瓏起伏，氣韻天然，所以又有「一斤石、一兩金」的說法。

桓溫沒有登山，而是站在距離春神湖山還有數十步的地方，望著那座據說雲霧天氣可見煙繞、陰雨天可聞雨音、大風中可聽法螺聲的矮山。

中書令齊陽龍見坦坦翁沒有登高的意圖，也就笑著陪坦坦翁站在原地。

如今離陽朝廷的氛圍極為輕鬆，相比張廬、顧廬對峙的時候，有張巨鹿和顧劍棠這兩位不苟言笑的文武領袖坐鎮，文武百官做起官來可謂戰戰兢兢，生怕犯錯，如今換成了脾氣都很好的齊陽龍和桓溫，人人都輕鬆了許多。加上又恰好碰上趙篆這般方登大寶還算不得積威深重的年輕天子，因此太安城官場前輩都喜歡跟私交甚好的晚輩調侃一句，你們這幫祥符新官比起咱們這些永徽老臣，算是遇上了好時候啊。

在酒宴上沒少喝酒的坦坦翁打了個酒嗝，轉頭對齊陽龍笑問道：「中書令大人，曉得我桓溫這個『坦坦翁』綽號的由來嗎？」

齊陽龍笑著搖搖頭。

桓溫哈哈笑道：「最早啊，可不叫坦坦翁，有個傢伙幫我取了個『酒葫蘆』的綽號，如果有些事情惹惱了他，還要被他罵成酒囊飯袋。坦坦翁這個叫法，是很後來的事了。有次陪那傢伙一起在禁中當值，我管不住嘴，就偷喝了酒，剛好給通宵批本的先帝逮了個正著。我呢，喝高了，言談無忌，就跟先帝說我桓溫只要一天肚中有酒，就一天心中坦蕩，但是哪天陛下不管酒喝，就要滿肚子牢騷。然後先帝就被逗樂了，當場就讓當時的掌印太監韓生宣去拎了好幾罈酒來。

那一次，有個從來都滴酒不沾的傢伙也破天荒喝了杯，臉紅得跟猴子屁股差不多，我醉後笑話他別叫什麼碧眼兒了，就叫『紅臉兒』好了。他就回了一句，管住嘴，好好做你的坦坦翁。大概是從那個時候起，我就成了坦坦翁，也許很多官員覺得這個綽號是說我桓溫在離陽官場上，不論如何朝局動盪，我都是個跟著一起搖搖晃晃偏偏最後都沒倒下的不倒翁。」

齊陽龍感慨道：「坦坦翁無論為人還是做官，都不曾行心上過不去事，不存事上行不過去心，我不如坦坦翁多矣。」

桓溫白眼道：「中書令大人，這話可就溜鬚拍馬太過了啊，如果換成別人來說，我甚至都要覺得是罵人了。」

齊陽龍笑而不語。

他執掌離陽王朝廢弛多年的中書省，在數十年前，偏居北地而藩鎮割據的舊離陽趙室，中書省的中書令、左右僕射和侍中等幾個頭銜，都被趙室賜予那些尾大不掉的藩鎮武將和把持朝政的顯赫武臣，以示榮寵，都是虛銜，就像後來的大柱國和上柱國。

只不過今時不同往日，大權旁落的中書省重新成為名副其實的廟堂重地，他齊陽龍也順勢成為繼張巨鹿之後的又一位當朝首輔大人，而一些很早就被翰林院分走的職權，也重新回歸中書省。但是齊陽龍心知肚明，自己這個被先帝召入京城「救火」的中書令，說到底，就是個過渡宰相，把殷茂春、趙右齡等人扶上位後，也就要全身而退。

桓溫不一樣，先帝也好，現在的天子也罷，對待這位與張巨鹿私交甚好的坦坦翁，都視為可以信任的帝師人物。這次沸沸揚揚的桓溫辭官讓賢一說，齊陽龍最清楚不過，哪裡是年輕天子對桓溫生出了忌憚猜忌之心，分明是桓溫自己有了退隱之意，這才有了桓溫一人獨得三方御賜硯臺的美談。

桓溫輕聲道：「少年人要心忙，忙起來，則能震攝浮氣。老年人要心閒，閒下去，方可樂享餘年。」

齊陽龍搖頭沉聲道：「這個時候，朝廷上誰都能閒，唯獨坦坦翁閒不得。廣陵道、北涼道、兩遼道，處處都不安生，朝廷這邊很需要坦坦翁幫著拿主意。很多時候很多事情，哪怕坦坦翁不開口說話，但只要你坐在那裡，哪怕是打著瞌睡，朝廷的人心就不會亂。家有一老，如有一寶，說的就是坦坦翁。」

桓溫繼續望了一會兒那座小山，緩緩轉頭笑道：「論年紀輩分，中書令大人與我恩師同屬一輩……」

齊陽龍很快就擺手道：「別來這一套，我跟你恩師當年不對付是出了名的，對於儒、法兩家的皮裡之爭，兩人一輩子都沒談攏，在我入京以後，坦坦翁沒有為難國子監和中書省，我就已經很慶幸了。」

桓溫不再用中書令大人這個恭敬中透著生疏的稱呼，語氣誠懇道：「齊先生雖然與恩師政見不合，但是恩師當年便對先生做學問的功夫極為欽佩，在桓溫看來，世人都說那與其衣冠誤事不如布衣遁世的道理，其實要麼是做夠了官，要麼是做不成官的虛偽措辭，遠不如先生這般布衣即學問、衣冠即濟世。」

齊陽龍笑了笑：「坦坦翁啊坦坦翁，咱們兩個老頭子在這裡互相拍馬屁，這也就罷了，問題是也沒人旁聽進耳朵啊，如何『傳為美談』，如何青史留名？」

說到這裡，齊陽龍略帶譏諷道：「想我年少時讀史，初讀某人某事，總覺得血脈僨張或是感人肺腑，後來回過味來，才知道是沽名釣譽至極，其心可誅啊。」

桓溫爽朗大笑：「先生好見地，學生年輕時也有如此感觸。」

齊陽龍沒來由嘆氣道：「以前的寫書人啊，以後的翻書人啊。」

桓溫也跟著嘆息一聲，突然問道：「先生是不是沒有見過那徐鳳年？」

齊陽龍點了點頭：「那北涼王倒是去過一趟上陰學宮，可惜不曾見面。」

桓溫嘿嘿笑道：「我恩師跟老涼王當堂對罵過很多次，我這個當學生的，雖說跟那年輕藩王不過兩面之緣，但是其中滋味，實在是不足為外人道也。」

齊陽龍沒好氣道：「這有何值得顯擺的？」

桓溫很開心很用力地笑了笑，毫不遮掩促狹意思。

桓溫又問道：「齊先生，你知道我入京當官以來最喜歡做的兩件事情嗎？」

齊陽龍答道：「願聞其詳。」

這位坦坦翁瞇起眼，先是抬起左臂揮動了一下袖子，然後伸出右手，食指中指併攏在空中做輕輕敲擊狀：「每日朝會，看著文武百官來來去去，琳琅滿目，目不暇接。聽著他們腰間玉佩敲擊，叮叮咚咚，清脆悅耳。百看不厭，百聽不膩。」

齊陽龍笑道：「以前沒覺得，以後我也要留心注意一下。」

桓溫抬起頭，不看山，看更高的天空：「天地一張大玉盤，大珠小珠落其中，劈里啪啦都碎了，都死了。」

齊陽龍閉上眼睛，腦袋微斜，似乎在側耳傾聽，喃喃道：「是啊，西北那顆天地間最璀璨的珠子，終於快要碎了。你我二人，還有身後那些黃紫公卿，都是罪魁禍首。」

桓溫笑道：「我們這些愧對典籍的讀書人啊。」

齊陽龍依舊閉著眼睛，輕聲笑道：「原來真正的讀書人，不讀書啊。」

◆

虎頭城突然失陷，使北莽大軍得以在龍眼兒平原的南端鋪展出極為舒服的進攻態勢，導致懷陽關和柳芽、茯苓兩鎮全線告急。值此危難之際，北涼步軍副帥顧大祖力排眾議，沒有分散兵力增援前線，而是在懷陽關後方的重塚軍鎮一帶集結，與騎軍副帥周康攏起的那支大型邊關騎軍緊急會合，如此一來，作為北涼都護府駐地所在的懷陽關，與柳芽、茯苓兩鎮無形中就接替成為第二座虎頭城。

因為北涼名義上的邊軍第一把手褚祿山執意要親自鎮守懷陽關，顧大祖這種有見死不救嫌疑的行徑，就把這位舊南唐出身的外來戶老將推到了風口浪尖。不光是騎軍將領，便是邊軍步軍體系內部，也對顧大祖頗多怨言，尤其是在同為步軍副統領的陳雲垂臨時從幽州帶兵馳援涼州後，官帽子分量相當的兩位北涼步軍大將，也產生了不小的分歧，加上錦鷓鴣周康本身便是北涼軍中典型充滿進攻性的統帥，顧大祖一時間在重塚軍鎮內眾叛親離，而在騎軍中不論威望還是資歷都比周康高出一線的老將何仲忽，在這個時候竟然雪上加霜地病倒了，涼州關外，可謂內憂外患，整個北涼形勢變得岌岌可危。

在重塚軍鎮臨時設置的將軍府議事堂內，又爆發了一場幾乎澈底撕破臉皮的爭執，那些相對官職不高的校尉、都尉都有些麻木了。

此時重塚與虎頭城身後的那條懷陽關防線已經完全失去聯繫，在此之前，已經有數名精銳遊弩手在傳遞軍情途中戰死，事實上懷陽關和柳芽、茯苓兩鎮都已經算是孤懸關外，淹沒在北莽大軍的鐵騎洪流之中。

大堂內，原先擺放了十來把椅子，顧大祖、周康、遠道而來的陳雲垂、六千鐵浮屠鐵騎的主將齊當國、白羽衛統領袁南亭等人，各自都有座位，只是前天周康當著顧大祖的面憤而起身，一腳踢爛椅子離開議事堂，在之後的議事中這些原本象徵身分的椅子就成了擺設。

今天周康又跟顧大祖對於接下來重塚軍鎮的定位，出現了不可磨合的爭議。這位有「錦鷓鴣」美譽的騎軍大將站在擱有沙盤的桌案一側，左手一拳狠狠砸在桌面上，接著伸出右手用手指指著另一側的顧大祖，怒道：「守守守！就曉得一味龜縮防守？你顧大祖就這麼一點本事？真不知道當初王爺把你從中原請來我們北涼邊軍有什麼用！要不是你寫出過一本《灰燼集》，不是大將軍和李先生當年也對你的形勢論讚不絕口，本將都要懷疑你是不是北莽蠻子的諜子了！」

此話一出，別說鐵浮屠副將寧峨眉這些相比老將只能屬於後起之秀的青壯派將領感到了一陣膽戰心驚，就是沉默寡言的陳雲垂也聽得眼皮子一顫——周康這番話顯然是過了。

陳雲垂眼角餘光瞥了一眼顧大祖，後者依然是無動於衷的神色，而周康絲毫沒有要嘴下留情的跡象，變本加厲地用手指點了點顧大祖：「連虎頭城都守不住，懷陽關守得住？本就是依靠騎軍靈活機動性來主動尋找戰機的柳芽、茯苓，守得住？你顧大祖是步軍統領，可本將是北涼騎軍副統領，見不得柳芽、茯苓兩鎮裡的過萬騎軍因為你一己之見，就只能下馬步戰，最終只能憋屈得死在那城頭之上！更見不得本將麾下那數萬騎軍每天只能擁擠在這重塚附近，眼睜睜看著前線每天都有袍澤戰死，卻求戰不得！」

到最後，周康幾乎雙眼冒火，斥責道：「你顧大祖怕死也就罷了，你們步軍喜歡當孫子我管不著，但你憑什麼要我們騎軍也要在這裡等死！」

顧大祖淡然道：「因為沒有周統領的騎軍支撐，重塚守不住。城池是死的，沒有騎軍的周邊牽制，天底下就沒有攻不破的城池。同理，沒有穩固城池的配合，騎軍就是無源之水，打幾場勝仗不難，但贏下整場戰役，是不現實的。」

周康冷笑道：「那你們步軍就乖乖在重塚軍鎮內待著，只要配合我們的騎軍就夠了，看著我們殺敵便是，這個要求不過分吧？現在董卓的大軍還未真正站穩腳跟，但我們的騎軍卻是閉著眼睛都能逛完自家這條防線地帶的，不說奔襲衝殺，哪怕是夜戰，我們也能打得乾脆俐落，兵力上的劣勢，可以由我方對地理形勢的熟悉來彌補。

顧大祖，你口口聲聲要等流州青蒼城和幽州霞光城兩處戰場的消息，最好是拖到涼州邊境上那座新城建成，但是你好歹也是領過兵、打過仗的人，豈會不知沙場戰機稍縱即逝的道理？怎麼，該不會是想著等到褚都護死在懷陽關，你姓顧的好去那座新城當你的下任都護大人吧？」

顧大祖面不改色，只是凝視著這個口無遮攔的北涼騎軍三把手，緩緩道：「周康，軍中無戲言，有些話我能忍，但有些話不是當作放個屁就完事的。」

周康眯眼，陰沉地笑道：「終於不能忍了？城外有本將的北涼右軍三萬騎，你還敢在重塚殺我不成？」

然後周康笑著故做環顧四周狀：「演義裡都有那擲杯為號的有趣段子，只要丟了酒杯，就會有刀斧手殺出來把人剁成肉泥，只不過你顧大祖手裡也無酒杯，屋內這些將領校尉似乎也未必聽你的發號施令吧？」

顧大祖笑了笑：「你我心知肚明，在重塚軍鎮，你周統領軟禁我還差不多，在座諸將，如今或多或少看我顧大祖都不太順眼。」

生怕火上澆油所以一直不怎麼插話的老將陳雲垂嘆息一聲，怎麼事情就鬧到這一步了？如果褚祿山在場就好了，要不然換成燕文鸞或者袁左宗任意一個也行啊，這便是群龍無首的結果。

若不是眾人面對這種足以影響北涼走勢乃至整個天下格局的大事，屋內的顧大祖也好，周康也罷，甚至是齊當國、寧峨眉這些北涼軍伍的年輕翹楚，也都能獨當一面，足夠決定一州戰事的勝負，根本不會如此棘手頭疼。陳雲垂想到這裡，突然有些傷感，記起了自己曾經年輕時的那段戎馬歲月，那時候也是這般猛將如雲、謀士如雨，濟濟一堂，李義山、趙長陵、燕文鸞、吳用、徐璞、尉鐵山、劉元季、鍾洪武、陳芝豹、袁左宗、褚祿山……只是那個時候，最終都會有個人一錘定音，絕對不會出現這種近乎內訌的陌生局面。

可惜王爺要親自趕赴流州救火。而死守懷陽關的邊軍第一號人物褚祿山也不知為何，對身後勢力複雜的重塚軍務並未做出任何預判決策。

陳雲垂知道自己要是再不做一回和事佬，今天議事堂保不定就要大打出手了。雖然陳雲垂心底更傾向於周康的主動出擊，但是畢竟顧大祖是步軍一系在涼州的頭面人物，對於錦鶗鴰肆無忌憚的侮辱打壓，陳雲垂難免也有些心有戚戚。

歸根結底，這不是什麼周顧之爭，而是北涼騎軍和步軍之間長久以來的天然分歧，這個矛盾哪怕是燕文鸞也無法更改。北涼步軍數量居多，但跟北莽的戰爭中，主角從來都是北涼騎軍，最後決定勝負的也是騎軍，就像先前北涼新舊交替時，龍象軍和大雪龍騎的各自奔襲北莽，大放異彩，以及之後號稱北涼步軍大本營的幽州，真正名動天下的，也是年輕將領郁鸞刀所率領的那支萬人幽騎。

陳雲垂靠近桌子幾步，雙手輕輕按在桌面上，輕聲道：「涼州戰局不利，流州也一樣，連王爺都不得不親自去那邊直面柳珪大軍，說不定還會對上那個拓跋菩薩，咱們就別給王爺添亂了，有話好好說，氣話少……」

陳雲垂停頓了一下，看了一眼左右對峙的周康和顧大祖：「諸位，容我多嘴提醒一句，這裡是僅次於北涼都護府的邊軍議事堂，這裡也不是文官動動嘴、武官跑斷腿的離陽廟堂，咱們更不是那幫置身事外、美其名曰運籌帷幄的文臣，你我都是帶兵打仗的，說不定明天誰就要親自奔赴戰場，也許……也許今天就是我陳雲垂跟你們最後一次見面。

我相信顧將軍的謹慎，也相信周將軍的果敢，重塚騎軍是戰是守，目前看來，有利有弊，顧將軍和周將軍已經說了很多，現在懷陽關聯繫不上，袁統領又不在涼州，王爺也去了戰況緊急的流州，那我們退而求其次，重塚能不能商量出一個折中的打法？能否攻守兼備？

比如顧將軍認為周將軍麾下的左軍三萬騎、齊將軍的六千鐵浮屠，以及袁將軍的白羽衛，一股腦兒傾巢出動，尋求在一場大型戰役中取得殺敵十萬以上的巨大戰功，太過激進，那麼……」

顧大祖猶豫了一下，仍是語氣堅定道：「陳統領，實不相瞞，重塚不但要守住，而且更重要的是我們要為北涼留下足夠多的騎軍有生力量。這根本不是激進還是保守的問題，而是一開始就不能打這場仗。

退一步說，就算騎軍殺敵過十萬，但哪怕己方損傷三萬以上，導致整支左騎軍在一年之內無法形成絕對戰力，那麼我們北涼其實就已經輸了。再者，面對有備而來的董卓大軍，面對董卓手下那些養精蓄銳已久的騎軍，三萬左騎軍和齊將軍、袁將軍麾下的兩支精銳騎軍，果真能夠保證就一定不傷元氣地大獲全勝？」

顧大祖拿起那杆特製竹竿在重塚以南和涼州邊境以北畫出一個大圈：「何仲忽的四萬右騎軍，為何到此時依舊按兵不動，沒有聽到虎頭城噩耗便一怒之下北上重塚？道理很簡單，那座耗費我北涼一半家底的新城能否成功建成，決定著北涼能否再戰於關外，在這個前提下，懷陽關可以丟，甚至我們所在的重塚都可以丟，但是我們必須在破城之前，盡可能把北莽大軍的腳步阻擋在新城以北，時間越久越好！我北涼邊軍在此期間殺敵多少，軍功多少，都不重要！甚至可以，褚都護死不死，我顧大祖死不死，你陳雲垂死不死，他周康死不死，一樣不重要！」

顧大祖苦笑道：「董卓恨不得我們騎軍與他主動一戰，互換兵力，他這個南院大王高興得很！說句難聽的，他們北莽蠻子的西京和北庭，只會在意他董卓殺了多少北涼邊軍，而不會太過計較死了多少北莽士卒。

你看看東線葫蘆口，那個叫種檀的年輕武將，逼死了多少北莽攻城步軍？不管死了多少人，只要他攻破了臥弓城和鸞鶴城，不一樣被那慕容老婦人加官晉爵，一躍成為新任北莽夏捺缽？我不妨在這裡斷言，只要左騎軍出動，即便是戰死萬餘人，他董卓屁股底下坐著的那張南院大王座椅，好不容易給我們打得搖搖晃晃，立馬就可以再穩固個半年！」

顧大祖低頭看著沙盤，嗓音沙啞：「我知道，屋子裡恐怕除了我顧大祖，所有人都覺得重塚既然有這麼多兵力，卻選擇避而不戰，對不住幽州葫蘆口戰死的北涼邊軍，更對不住虎頭城和劉寄奴……」

就在此時，議事堂大門口傳來一個略顯冷漠的嗓音：「夠了。」

不但是顧大祖猛然抬頭，連同周康、陳雲垂在內，所有將領都快速轉頭望向那個修長身影。

年輕人風塵僕僕，但是偏偏讓人感到無比心安。

這個人，正是獨自從天井牧場趕到重塚軍鎮的徐鳳年。

為了以最快速度趕到懷陽關一線，也為了給重掌大權的涼州將軍石符帶往流州更多兵力，徐鳳年連一名白馬義從都沒有帶。不計後果的趕路，體內原本已經壓制下的那些祁嘉節種下的劍氣又蠢蠢欲動，這才讓身為四大宗師之一的徐鳳年臉色並不好看，但是真正讓徐鳳年感到憤怒的還是議事堂這場暗流湧動的風波。

涼州虎頭城失陷，劉寄奴戰死，流州極有可能是龍象軍全軍覆沒的惡劣形勢，幽州葫蘆口能否將楊元贊大軍包餃子還兩說，涼州邊境上那座新城尚未建成，再無巨城可依、無險隘可靠的涼州關外，就已經不得不面對長驅直入的董卓中線大軍，而涼州騎軍砥柱之一的何仲忽更是突然病危，徐鳳年自己暫時又無法參戰。

可想而知，徐鳳年此時此刻的心情是有多糟糕。只不過大步跨入議事堂的年輕藩王依舊竭力隱忍不發，但即便如此，徐鳳年沒有流露出對任何人興師問罪的意思，天不怕、地不怕的騎軍副帥周康也是瞬間氣焰全無，破天荒有些心虛。

徐鳳年輕輕呼出一口氣，沉默片刻，這才緩緩開口道：「我也很想去流州青蒼城外，逮著拓跋菩薩往死裡揍一頓，最好是連柳珪也一併宰了，但是一來我如今做不到，再者涼州比流州更加重要，所以我只能一步都不敢停地跑來這裡，嗯，然後站在門外聽你們吵了差不多一刻鐘。可惜沒能看到顧統領和周統領大打出手，有些遺憾。」

臉色尷尬的周康咳嗽了幾聲。

一些個年輕的校尉看到這一幕，強忍住笑意，忍得很辛苦。

徐鳳年沒有繼續挖苦幾位老將，走到桌子北方，面向南方，左右兩派武將都自然而然屏氣凝神，肅然而立。

徐鳳年道：「不戰而屈人之兵，那是文官老爺的拿手好戲，我們北涼不興這一套，北莽蠻子要南下，那我們就戰而勝之，打得他們連回北莽都回不了。

戰而勝之，這一向是我們北涼或者徐家鐵騎的自信，不是自負，但就算是徐驍，也從來不覺得打一場順順當當的勝仗，有什麼值得高興的。奠定我們北涼邊軍在春秋戰事中第一軍伍地位的戰役是哪一場？是徐驍親口對我說過他那輩子打得最苦、最慘烈、死人最多，以至於好幾次他連希望都看不到，差點想要放棄的那場西壘壁戰役！那麼現在我們北涼就要面對第二場西壘壁戰役。徐驍不在了，而且李義山、趙長陵、陳芝豹、吳起、徐璞、鍾洪武等，也都走的走死的死，但是……

但是現在我身邊，還有當時在場的你陳雲垂、周康、袁南亭、齊當國、寧峨眉，還有新入北涼的顧大祖；往北一點，懷陽關還有褚祿山；往東，幽州有燕文鸞的步軍和郁鸞刀的騎軍，有胡魁和皇甫枰，葫蘆口內更有我北涼由袁左宗親自領銜的兩支重騎軍；往西，有徐龍象、李陌藩、王靈寶的龍象軍，有楊光斗和陳亮錫的流州刺史府；往南，那就更多了，不北涼本土的文武官員，連外地士子都有好幾千人！

已經退伍的尉鐵山、劉元季等人，其中還有老卒林鬥房，都已經明確表態要復出，重返北涼邊軍。」

徐鳳年突然笑道：「以後史書上有沒有這麼一段有關北涼以一地戰一國的故事，那是離陽文官的事情，咱們管不著，他們愛怎麼寫怎麼寫，但是起碼我覺得過些年，在座各位，爭取都活下來，跟自己的子孫晚輩嘮叨嘮叨當年的戎馬生涯，總是好的，大概就像徐驍那些年跟我嘮叨的一樣。萬一在座的誰戰死了，就沒這份跟年輕人顯擺炫耀的福氣了。」

徐鳳年說到這裡，望向周康：「比如你周康戰死了，相信以後會有個姓顧的老頭子，若是遇上了姓周的年輕人，可能會坐下來隨口聊幾句，喝著酒，當年你們家那個叫周康的老頭子話總是不好聽，但……是個願意為北涼慷慨赴死的英雄。」

徐鳳年的神色出現片刻恍惚，然後笑道：「如果我戰死了，而你們當中又有誰活了下去，那就請告訴你們的子孫，北涼是死戰而敗，不是不戰而輸。」

◆

位於懷陽關後方的重塚軍鎮不同於柳芽、茯苓，以守城步卒居多，只是相比擁有天險可供依託的懷陽關，又顯得有些底氣不足。事實上在這條防線上，重塚軍鎮的守將面對其他三位官階相同的同僚，一直都不怎麼硬得起腰杆，說話的嗓門也從來不大。

柳芽和茯苓兩鎮歷來都駐紮有相當數量的邊關騎軍，兩鎮主將跟如今的兩位騎軍副帥都有些淵源，重塚就屬於那種姥姥不疼、舅舅不愛的尷尬角色，明明屬於北涼騎軍序列，但是步卒更多，卻又跟顧大祖這條線扯不上關係，抱不上什麼大腿，當懷陽關成為都護府所在地後，如同後娘養的重塚軍鎮就越發不起眼了。

徐鳳年住在一棟剛剛收拾打掃出來的別院，院子不大，但勝在雅靜，幾乎塞滿涼州邊關權貴的軍鎮，當下想要找出這麼一棟院落並不容易。

徐鳳年下榻小院後，對重塚釋放出一個值得咀嚼玩味的信號，年輕藩王沒有召見那位早年與數百老卒一起恭送世子殿下入京的錦鷓鴣周康，也沒有召見他親自從中原草莽江湖中慧眼獨具找出的顧大祖，甚至連與褚祿山、袁左宗一同身為大將軍義子的齊當國也沒有召見，而是喊了鳳字營出身的寧峨眉在院子裡一起喝酒。

新任鐵浮屠副將的寧峨眉還是那個相貌粗獷、嗓音細膩的有趣漢子，只是比起當年的性情灑脫，多了幾分情理之中的拘謹，畢竟如今面對面坐著喝酒的年輕人，不再是那個整個北涼都不看好的世子殿下了。

徐鳳年跟寧峨眉碰了一杯酒，感慨道：「當年寧將軍帶著一百人陪我去江湖上胡鬧，其中包括洪書文在內，很多人如今都不在鳳字營了，都成了地方軍伍的都尉甚至是校尉。袁猛倒是還在，前幾天在天井牧場，還跟我抱怨來著，說跟你提過一嘴，想進入鐵浮屠，只是你非但不念舊情沒答應，還罵了他一通。」

寧峨眉下意識就坐直身體，用那口東越女子一般的婉約嗓音說道：「這兩年鳳字營換了好些新人新面孔，末將覺著有袁都尉這麼個老人待在其中，才能放心。」

徐鳳年笑道：「有些以白馬義從身分從鳳字營出去的年輕人，私下偶爾會聚頭碰面，聽說喜歡詢問各自當上了多大的官，以及有希望當上多大的官，聊的是以後誰做成了邊關將領和封疆大吏，可不可能相互扶持一下。這一點，倒是有點像離陽朝廷科舉的同年同鄉。

當年，我們北涼最早的邊關遊弩手也經歷過這麼個階段，一開始重逢，都是在說誰誰誰戰死沙場了，而且是用那種很羨慕的語氣。幾年十年以後，就不一樣了，都是詢問新買的宅子有多大，新納的小妾姿色如何，新到手多少畝上等良田。」

看到寧峨眉臉色劇變，徐鳳年擺擺手微笑道：「別緊張，這些都是人之常情，鳳字營這種狀況，暫時也是少數。水至清則無魚，這個道理我懂，何況徐驍也說過差不多的東西。在他眼中，你我現在身處的這個世道，跟幾十年前太不一樣了，那個時候幾乎人人是想著怎麼活下去，任何人的腦袋都拴在褲腰帶上，區別無非在於老百姓的腦袋拴在草繩上，士大夫的腦袋拴在更值錢些的玉腰帶上，其實誰都朝不保夕。

但是現在人人都想著怎麼活得更好，所以去年以來家族都搬遷到了北涼道境外，既然留在北涼有可能死人，那就逃到沒有狼煙的地方，去個聽不到北莽馬蹄的地方。淮南道不行，就去江南道，哪天江南道也打仗了，還能去廣陵江以南，實在不行就去南疆，只要有錢，一路往南逃，終歸是能活下去的。」

徐鳳年手指旋轉著那只精美不輸江南世家用物的白瓷酒杯，微微提了提：「我可是世間屈指可數的遮奢人，知道這只小酒杯的行情，在中原富饒的地方大概賣兩三兩銀子，辛苦輾轉到了咱們北涼道，就得翻兩番都不止。當然，真要說起來，清涼山的值錢物件，才是不計其數。中原士子說我北涼『窮了百萬戶，富了一家人』，其實並沒有說錯，光是在梧桐院過我手印上那『贗品』兩字的名貴字畫，就有三百幅之多。只不過比起鍾洪武這些人，我徐鳳年很早就以敗家著稱於世，跟他們這幫守財奴不太一樣。」

徐鳳年笑道：「小時候，徐驍每次捧著價值連城的字畫古玩去梧桐院，他也拎不清那些玩意兒到底怎麼個好法，更不懂為何寫幾個字或者是塗抹些水墨就能賣那麼高價錢，只好次次跟我說這東西老值錢了，然後必然會加上一句這東西能買多少匹甲等北涼大馬，能買多少柄北涼戰刀。這幾年來，我讓經略使李功德和陵州刺史徐北枳，還有宋洞明幫著偷偷販賣珍玩字畫，看著一箱一箱東西搬出清涼山，寧將軍，你知道我在想什麼嗎？」

寧峨眉一本正經地使勁搖頭。

徐鳳年打趣道：「我就想跟徐驍埋怨一句，你當年買虧了。」

寧峨眉啞然失笑。

徐鳳年收斂了笑意：「遠的不說，就說那白煜，到了清涼山才幾天，就已經跟宋洞明貌合神離。我又如何能讓周康和顧大祖融洽無間？一個是當年少數願意高看我一眼的北涼老卒，一個是我好不容易請來的外來戶，一個在騎軍，一個在步軍，今天在議事堂我幫誰說話都不對。家事、國事、天下事，就說家事，隱約成為北涼財神爺的王林泉和抑鬱不得志的陸東疆，兩個老丈人、兩個親家，一起一落，照理說我應該幫一幫那個水土不服的陸家，可是陸家當真扶得起來嗎？而這中間，王林泉對陸氏子弟的那些算計，我只是不願意深入探究而已。一個太精，一個太蠢，一拍即合啊。」

寧峨眉嘆了口氣，無言以對，不敢說什麼，也不知道能說什麼。

徐鳳年望著寧峨眉，玩笑道：「是不是覺得我當家不易？」

被看穿心思的寧峨眉點了點頭，興許是擔心被當成溜鬚拍馬，沉聲道：「末將是真的這麼認為！」

徐鳳年道：「我就是發發牢騷而已，還能跟你喝著小酒，其實容易得很。真正不容易的是劉寄奴這些所有把名字刻在了清涼山石碑上的人。」

徐鳳年放下酒杯：「但更不容易的，就是你寧峨眉和周康、顧大祖，是你們這些人。」

徐鳳年重重吐出一口濁氣，站起身：「也許整個離陽，也會有類似北涼這樣的地方，在這個人人能活得大好的世道裡，有人願意去死。但是肯定沒有第二個地方，有這麼多的人，願意一起去死。」

徐鳳年轉頭望向寧峨眉：「那些箱子裡的東西，賤賣給其他道的達官顯貴，我一點都不心疼。哪怕清涼山搬空了，我徐家有一天家徒四壁，也無所謂。」

徐鳳年扯了扯嘴角，也不知是體內劍氣作祟，還是如何，流露出一副咬牙切齒的模樣，惡狠狠道：「可是徐驍留給我的真正家底，比如三十萬鐵騎，在我世襲北涼王後，哪怕死了一個，我都心疼。又比如我徐家軍的士氣軍心，在我手上少一分，我都會愧疚！」

寧峨眉沒來由想起一句話：多思者必心累，心重者必心苦。

徐鳳年突然笑了起來，輕聲道：「知道這次我路過右騎軍統領的何仲忽府邸，見著前去探病的尉鐵山、劉元季那幾個老將軍，他們是怎麼想的嗎？其中劉元季跟我說了幾句肺腑之言，老人說短短二十年時間，就能讓那個逢死戰必身先士卒的年輕校尉鍾洪武，變成後來那個手握大權卻只知道在軍中排除異己的懷化大將軍。劉元季跟我說，一定要好好珍惜現在的北涼鐵騎，再過二十年、三十年，恐怕就見不著了。所以他和尉鐵山要趁著還能騎馬提刀，要痛痛快快死在瞧見那樣的北涼軍之前。」

寧峨眉喝了一口酒，呢喃道：「生在北涼，死在北涼，真是痛快！」

自言自語過後，極其注重細節的寧峨眉小心翼翼放好手中酒杯，似乎覺得擺放的位置不正，還挪了挪，這才起身問道：「王爺，末將心底一直有個問題，但是不敢問，今兒喝了這酒，要不然就酒壯人膽，大膽問了？」

徐鳳年愣了一下，微笑道：「儘管問。」

寧峨眉咧嘴笑問道：「末將就是想知道如果有一天北涼三十萬鐵騎都沒了，王爺你會不會後悔？」

徐鳳年毫不猶豫道：「廢話！肯定悔死，悔青腸子的那種！」

寧峨眉撓了撓頭，臉上似乎沒有任何失望表情，反而有些理所當然，僅是嘿嘿笑道：「果然如此。王爺做生意在行，至於收買人心嘛，始終是個蹩腳的門外漢。」

徐鳳年哈哈大笑。

寧峨眉正色道：「不過我知道，就算明知道會打光三十萬鐵騎，王爺從頭再來，還是會做出一樣的選擇。」

徐鳳年「嗯」了一聲：「我也看出來了，這幾年我收買人心的本事馬馬虎虎，寧將軍拍馬屁的功夫倒是見長。」

寧峨眉坦然笑道：「如果劉老將軍說得對，死在當下，正好！」

◆

在寧峨眉離開院子後，略帶酒氣的徐鳳年正在收拾石桌上的殘局，兩位副帥周康和陳雲垂連袂而來，臉色沉重。

徐鳳年已經有了幾分預感，示意兩位邊軍山頭大佬坐下。

果然，陳雲垂說了一個噩耗——幽州騎軍主將田衡兵分兩路，讓副將郁鸞刀領兩萬騎繼續繞道趕赴葫蘆口外，老將親率萬騎阻攔那股來自北莽兩遼東線的鐵蹄，三次且戰且退，最終僅剩四千騎，全部戰死於幽河兩州接壤處的雞頭坡。燕文鸞不得不從幽北緊急抽調一萬六千精銳步卒，增援鞏固幽州東北地帶的賀蘭山防線。在此期間，兩淮節度使蔡楠按兵不動，打定主意隔岸觀火，導致整個河州形同虛設，王遂騎軍如入無人之境，直撲幽州東大門。

陳雲垂嘆氣道：「雖說早就知道朝廷靠不住，但手握十多萬重兵的蔡楠，好歹曾經也算是顧劍棠的左膀右臂，到頭來連象徵性打一次場面仗的膽量都沒有，也不清楚到底是蔡楠自己的意思，還是新任經略使韓林那個文官老爺暗中得了太安城的授意。」

錦鷓鴣周康冷哼道：「沒啥區別，蔡楠是顧劍棠養在外頭的一條狗，顧劍棠本身又好到哪裡去？一樣是趙家丟到兩遼的狗，這次避而不戰，把偌大一個河州雙手奉送給王遂，估計蔡楠和韓林是有默契的。朝廷希望北涼死人，顧劍棠想著保存實力，以後才好跟趙家討價還價，現在姓顧的手底下真正的嫡系兵馬，也就唐鐵霜拉起來的朵顏精騎還算說過得去，若是蔡楠元氣大傷，這輩子就甭想風風光光返回太安城了。」

徐鳳年搖頭道：「其實蔡楠和韓林通過氣，兩人都是想打這一場仗的，只不過韓林是想馬上打，蔡楠則在等顧劍棠的密信。」

陳雲垂和周康面面相覷，周康是急性子，藏不住話，壓低嗓音好奇地問道：「王爺，這是拂水房獲取的諜報？」

徐鳳年笑道：「先前在逃暑鎮，我跟殷茂春還有韓林的兒子打過交道，就順手做了一筆見不得光的買賣，這次韓林主動洩露京城中樞的真正意圖，算是跟北涼表示誠意吧。」

周康驚訝道：「這就奇了怪了，難不成趙家小兒和姓顧的腦子都給門板夾到了？怎的突然轉性，做起與人為善的菩薩了？」

徐鳳年一語道破天機：「顧劍棠要打，是形勢所迫，不說他跟王遂這位東越駙馬爺的恩怨，這趟王遂大搖大擺離開東線，是明著打顧劍棠的老臉，顧劍棠再能忍，也得考慮朝野上下的悠悠眾口。要讓蔡楠晚些出手，我猜是要配合兩遼邊軍打一場大的，在這之前，自然要讓王遂先跟我們的幽州守軍死磕一陣子，他和蔡楠才好坐收漁翁之利。

對顧劍棠來說，這次機會實在是太好了，一旦功成，兩遼那邊的兩朝邊境局勢，就可以從勢均力敵的持久對峙，瞬間轉變成兩遼的優勢。至於朝廷那邊……韓林也沒有多說，我只能琢磨出一些言下之意，好像是有人在小朝會上提出了一份極富進攻性的戰略，要以薊北和河州作為誘敵深入的誘餌。為了完成部署，不光是蔡楠，還有袁庭山僅剩的李家雁堡私軍，以及新近崛起的薊州副將韓芳，都將成為身不由己的棋子。」

周康嘖嘖說道：「這可是太安城罕見的大手筆了，王爺，那幫尸位素餐的老傢伙，如趙隗、楊慎杏之流，應該沒這份魄力吧？」

徐鳳年猶豫了一下，臉色晦暗不明：「門下省左散騎常侍陳望，剛從國子監捲舖蓋滾蛋的孫寅，從靖安王趙珣身邊換了個新東家的隱士陸詡，肯定是這三人中某一個的謀劃，只不過這份方略提出來後，沒有齊陽龍和桓溫的點頭，沒有趙右齡和殷茂春的附和，註定無法出京傳達給地方上的韓林。」

周康神情古怪道：「怎麼聽著像是咱們北涼承了一份天大的人情。」

徐鳳年打趣道：「不能這麼說，太安城就是一個頑劣任性的小兔崽子，突然有一天知道稍稍顧及大局了，雖然說到底還是保全自身利益作祟，但難免還是會讓旁邊的大人覺得出人意料。」

陳雲垂笑過之後，憂心忡忡道：「王遂大軍壓境，會不會對葫蘆口戰事造成影響？」

徐鳳年點頭道：「影響當然有，不過王遂依然改變不了大局，而且說不定王遂從頭到尾就沒這個念頭。楊元贊、柳珪和重新復出的黃宋濮，都是王遂執掌北莽軍權的攔路石，能夠先見之明地馳援幽州，在老婦人和太平令那邊已經說得過去了。看著吧，只要北莽東線被顧劍棠拖入泥潭，加上楊元贊大軍的覆滅，王遂一下子就能夠脫穎而出，從僅僅一條戰線的主帥躋身為不輸董卓的權勢人物，等到那一天，才是王遂真正施展身手的開端。」

陳雲垂感慨道：「虎頭城丟得不是時候啊，不過也是沒法子的事情，劉寄奴已經做得足夠好了。仗打到現在這個地步，就只能看誰更能熬了。」

在李義山、燕文鸞這些老一輩北涼幕僚和軍頭的既定策略中，雖然早早設想到北莽會以舉國之力南攻北涼，但是具體以哪一處作為突破口，除去後方陵州，流州和幽州兩座戰場，顯然都要比兵馬鼎盛的涼州更符合常理。

但是董卓先後做出了兩個意料之外的舉動：先是三線壓境，最大程度壓縮了單支北涼鐵騎在某一州戰場上的戰力優勢，以及北涼邊軍通過己方完善發達的驛路進行輾轉騰挪的戰術意圖；然後是親自坐鎮中線大軍，不遺餘力、不計損耗地大舉進攻虎頭城，並且在涼州關外騎軍主力精銳都悄然奔赴葫蘆口的關鍵時期，「湊巧」地攻下了原本有望再死守兩到三個月的虎頭城。

徐鳳年平靜道：「北涼、北莽這場大戰，其實出現過兩個轉捩點：一次是茯苓騎將衛良的貿然出擊，雙方各自設伏，現在回頭再看，確實是董卓當時的胃口更大，只可惜因為那名茯苓小都尉乞伏龍關的橫插一腳，讓雙方意圖都落空了，無意中也讓北涼逃過一劫；第二個轉捩點是董卓試圖重新把流州作為突破口，讓數萬董家親軍隱蔽脫離中線，結果被褚祿山的八千騎攔下。我本來以為葫蘆口會成為北涼掌握主動的第三個轉捩點……」

徐鳳年自嘲一笑：「現在說這個好像沒什麼意義了。」

陳雲垂正色道：「將近二十萬北莽蠻子的頭顱，尤其是還有楊元贊這麼一顆！王爺，這豈會沒有意義？」

徐鳳年沉默片刻，緩緩道：「先前在議事堂，我只說了些鼓舞士氣的空話大話，既然你周康主動找上門來了，那我就打開天窗說些亮話。」

周康悻悻然道：「要打要罵，王爺隨意，今天我還能走進這個院子，沒吃閉門羹，就已經很心滿意足了。」

徐鳳年擺擺手道：「騎軍方面，目前涼州關外有你周康聚集在一起的三萬左騎軍，齊當國的鐵浮屠和袁南亭的白羽衛，加上何仲忽零零散散的四萬右騎軍，總計八萬有餘，可以說我北涼邊關騎軍的大部分戰力都在這裡了。

步軍這邊，拋開已經進入懷陽關和柳芽、茯苓兩鎮的兵力不說，顧大祖手上還有三萬，在座的陳老將軍也帶來一部分幽州步卒。你周康不願意龜縮重塚一帶沒有錯，但是顧大祖擔心三萬左騎軍全部消耗在兵力互換裡頭，更沒有錯。

顧大祖有一句話可謂切中要害，現在涼州關外任何人任何兵馬都可以死，只要能夠讓新城在祥符三年入秋以前順利建成，才算死得其所。那麼接下來，以懷陽關和重塚兩地作為各自攻守中心的一切調兵和出擊，都需要圍繞著這個宗旨進行。」

徐鳳年倒滿一杯酒，手指蘸了蘸杯中酒，在石桌上迅速指指點點：「我涼州關外第一條完整防線，是以虎頭城為核心，後方位於兩翼的柳芽、茯苓兩鎮騎軍用作牽扯，然後坐擁險隘的懷陽關，與傾向防守的重塚、清源兩鎮，作為大框架下第二條小防線，成掎角之勢，哪怕虎頭城失陷，也不至於滿盤皆輸。現在沒有了虎頭城這根肉中刺，北莽大軍已經形成全線鋪開之勢，目前除去重塚，不但是懷陽關，柳芽、茯苓和清源三鎮都已經面臨北莽步軍的攻城戰。

在我看來，茯苓、柳芽可以丟，懷陽關也可以守不住，唯獨清源這座軍鎮不能淪陷。丟了控扼涼州關外西門的清源，不但何仲忽分散各處的四萬騎軍就不得不收縮起來，還會讓董卓想怎麼打流州就怎麼打，所以周康你需要馳援清源，攔截已經分流的董卓騎軍，不但要阻滯其部太過順暢地長驅南下，還要爭取一口氣吃掉這支人數在四萬人以上的騎軍，為此我會讓袁南亭調出一半白羽衛配合你，在清源一帶形成我方在局部戰場上的兵力優勢。」

周康皺眉道：「如此一來，重塚這邊姓顧的……」

周康察覺到徐鳳年輕輕投來的異樣眼神，趕忙改口道：「顧統領會不會壓力太大了？只有六千鐵浮屠和一半的白羽衛，重塚軍鎮的戰事可就完全喪失主動了。」

徐鳳年瞥了一眼這位錦鷓鴣，沉聲道：「所以這是顧大祖在以重塚步軍當縮頭烏龜被動挨打的代價，來讓你周康能夠在清源馳騁沙場。」

周康默不作聲。

徐鳳年提醒道：「我北涼無比在乎清源的得失，董卓多半也能看出，清源會不會成為北莽圍城打援的圈套，這需要你們左騎軍到了戰場後自行判斷，到時候我希望你們可以忍得住數千人甚至上萬人的軍功。

一旦落入北莽騎軍主力的堵截，你應該清楚，誰都沒有撒豆成兵的本事，沒辦法給你再變出三萬騎軍投入清源戰場，而且左騎軍和半數白羽衛被北莽反包圍後，別說清源，重塚都不用守了。我、顧大祖，還有陳老將軍，只能一口氣退到何仲忽軍中，並且身後只有一座破土動工沒多久的城池。」

周康突然小聲問道：「清源一戰，敵我雙方的企圖依舊不算隱蔽，相信以董卓的眼光，北莽蠻子想要圍點打援的可能性很大，最多就是沒有想到不但我麾下三萬左騎軍全部出動，甚至還有白羽衛也會配合。

既然如此，王爺，要不然咱們乾脆就把目標直接定為北莽伏兵？我對咱們的遊弩手有信心，在自家地盤上，肯定能夠精準找出北莽蠻子的後手，何況就算狹路相逢需要捉對廝殺，那董卓的烏鴉欄子也不夠看！王爺你放心，我周康保證絕對不會由著性子來便是，就聽那顧大祖的，左騎軍所有廝殺，都以保存兵力為主。」

徐鳳年毫不猶豫地搖頭道：「在清源打這一場，只是盡力讓我北涼不至於太過被動，不是我不想兵行險著，不是不想去跟董卓豪氣干雲地在沙盤上豪賭一次，而是不能。北莽賭得起、輸得起，最不濟還能再賭輸一次，但是我們一次機會都不能揮霍。」

說到這裡，徐鳳年笑問道：「周將軍，蛤蟆要命、蛇要飽，是不是感到很憋屈？」

周康呵呵笑道：「窩囊是有點窩囊，不過好歹是個跟隨大將軍在那春秋血水裡摸爬滾打好些年的老卒，知道輕重。不過說心裡話，到了北涼以後，順風順水這麼多年過去了，這次要不是王爺到了重塚，顧大祖未必能攔得住我。」

一直言語不多的陳雲垂若有所思道：「確實需要自省一二，王爺你也親眼見到、親耳聽到今日議事堂的事了，除了顧統領，恐怕連同我在內，都忍不下這口氣。

是啊，這二十年，咱們北涼邊軍跟北莽蠻子較勁，幾百人的戰事不說，過萬人的戰場，咱們就沒輸過一次，所以這回虎頭城突然丟了，導致葫蘆口那邊即將到手的戰果大打折扣，咱們似乎一下子都有些懵了。這根筋擰不回來，我們說不定這次就要吃大虧了。王爺，非是我陳雲垂說奉承話，你這趟來得及時。」

徐鳳年在把周康和陳雲垂送到小院門口的時候，對周康沒來由說了一句：「若是董卓在清源設有兩支甚至更多的大規模伏兵，你左騎軍在撤退方向的選擇上，不妨考慮一下西面，實在不行就繞個圈子再返回重塚。」

周康愣在當場：「西邊？王爺，再往西沒多遠，可就要跟流州邊境接壤了啊？」

徐鳳年沒有說話。

周康猛然間眼睛一亮，小心翼翼問道：「王爺是說流州戰事，咱們能拿下？」

徐鳳年輕聲笑道：「寇江淮和石符兩人，都是那種能夠力挽狂瀾的將領。至於他們到底能否做到，能否讓清源騎戰變成涼莽大戰的第三個轉捩點，就讓我們拭目以待好了。」

◆

寧峨眉當年能夠由一個從六品的鳳字營低級武將，一躍成為實權從三品的鐵浮屠副將，顯然是沾了跟徐鳳年近水樓臺的光。

此次得以率先在小院覲見年輕藩王，雖然屬於意料之外，但在情理之中。畢竟寧峨眉代表著北涼軍新近幾年所有被徐鳳年破格提拔的青壯將領，徐鳳年對寧峨眉表現得格外青眼相加，落在旁人眼中，自然是有意為之。而陳雲垂、周康兩位目前重塚軍鎮內官職最高的邊軍副帥，緊隨其後踏足小院，就顯得相當中規中矩。

接下來徐鳳年分別接見了齊當國和袁南亭等人，最後再以召見那撥常年駐紮重塚軍鎮的幾名將領校尉作為收官。一場場緊密銜接的會晤，徐鳳年始終都不溫不火，這中間重塚守將方面不太熟稔年輕藩王的脾性，其間有人想要用豪言壯語跟徐鳳年表忠心、表決心，結果給徐鳳年一笑置之，輕描淡寫就轉移了話題。這讓那幫畢竟離開北涼傳統官場好些年的武夫起身離開凳子時，還在惴惴不安，生怕自己馬屁是拍在馬蹄上了。好在徐鳳年親自將他們送到院門口的舉動，讓他們安心不少。

這也怪不得他們多想，自從徐鳳年當政以來，邊軍上層暗中一直流傳有新涼王「寡恩施惠，雙管齊下」的說法，而寡恩的對象，恰恰就是他們這些邊軍大將。例如那位將陵州視為自家後花園的懷化大將軍鍾洪武，不就連一個壽終正寢的結果都沒撈著？

至於盤踞幽州的大將軍燕文鸞據說也給壓制了許多鋒芒，麾下虎撲營還被徐鳳年摘了營號，並且大力扶持了郁鸞刀，明顯是要其接替田衡成為幽州騎軍主將，並且這之前便調離了對燕文鸞百依百順的刺史田培芳，換上了相對而言派系色彩不重、山頭陣營模糊的胡魁，加上最早安插在幽州的嫡系心腹皇甫枰，這不是往幽州軍政摻沙子是什麼？

而顧大祖與周康、陳雲垂這些在邊軍中根深蒂固的大佬軍頭關係鬧得那麼僵，這裡頭當真沒有年輕藩王的授意？否則一個進入邊軍沒幾年的外來戶，能夠在重塚議事堂那般硬氣說話？聽說如今尉鐵山、劉元季、林鬥房等老人重返邊軍，更是無疑會一定程度分化削弱周康、陳雲垂等人的既得兵權。

但不管怎麼說，有和沒有徐鳳年坐鎮的重塚，實在是天壤之別。不管這位城府深重的涼王會不會藉機對涼州左右兩支騎軍清洗一番，只要他坐在那棟小院中，哪怕不具體發號施令，那麼接下來這場大仗，就能打。

小院眾多客人中，唯獨少了一個極有分量的顧大祖。

徐鳳年最終還是沒有等到這位步軍副帥主動登門拜訪，一番權衡利弊過後，也放棄了召見顧大祖的念頭。徐鳳年有些遺憾，無論勝負，以後顧大祖跟周康這些本土大將的關係註定難以恢復如初了，這種分道揚鑣，不同於廟堂官員的朋黨利益之爭，反而類似政見相悖引發的貌合神離，越是如此，越難彌合。正如離陽桓溫和張巨鹿在最後關頭的背道而馳，無法簡單評定誰對誰錯。

徐鳳年獨自在復歸寂靜的小院內緩緩踱步。王遂領著北莽東線精銳鐵騎的突兀西進，讓北涼處境相當尷尬，這大概就是所謂的天不遂人願吧，燕文鸞不得不分兵把守目前兵力向北傾斜的幽州東門，以防後院起火，唯恐連累整個陵州都硝煙四起。

如此一來，葫蘆口內必然會溜走幾條大魚，也許是種檀的私軍，也許是洪敬岩的柔然鐵騎，甚至有可能是主帥楊元贊本人。不過就目前看來，就算董卓已經意識到葫蘆口的戰況不妙，匆忙派遣大軍去葫蘆口與楊元贊兵馬內外呼應，也無法更改北莽東線主力覆滅的結局，楊元贊一定會因他之前拆掉臥弓、鸞鶴兩城和焚毀所有堡寨烽燧的激進舉措，而自食其果。

沒有了這些原本能夠作為北莽臨時據點的防禦要塞，北涼鐵騎和幽州步卒的兩面夾擊，足以致命。葫蘆口大局已定，關鍵就看袁左宗和郁鸞刀最後到底能夠把多少條北莽大魚抓到砧板上。

接下來可以預見顧劍棠會主動出擊，蔡楠和河薊兩州邊軍也會攔截王遂東歸去路，這份邊功，明眼人都看得出是北涼給離陽整條北線造就的機遇，不過太安城為皇帝陛下和顧大柱國歌功頌德的同時，肯定會假裝睜眼瞎，只會盯著涼州虎頭城的失陷大做文章。

先前新任兩淮經略使的韓林有過隱晦地提醒徐鳳年，朝廷如今在王朝版圖推行設置節度使，已經是大勢所趨，雖說暫時只在各大藩王轄境內添設一名副節度使，以此掣肘歷來兼任節度使的割據藩王，而有望成為北涼新任副節度使的人選，極有可能是那個在廣陵道灰頭土臉的楊慎杏。

徐鳳年低聲念叨幾遍楊慎杏這個名字。

楊慎杏作為離陽八位大將軍之一，曾經的薊州土皇帝，在整個祥符二年都可謂夾著尾巴做人，這次冒死出任北涼道副節度使，稱得上是孤注一擲。既是想著跟年輕天子和離陽朝廷將功贖罪，也有最後扶一把嫡長子楊虎臣這個新任薊州副將的心思。

北涼和離陽以及楊慎杏本人，三方都心知肚明，跑到北涼道當節度使，不管帶不帶那個「副」字，實權都比不上一個官帽子芝麻綠豆大小的都尉。說不定楊慎杏這趟主動要求貶謫西北，多半已經懷揣著必死之心。

因為一個楊慎杏想到盤根交錯的薊州，繼而想到兩遼和北涼自身的複雜形勢，徐鳳年不得不感嘆廟堂外那些看不見的刀光劍影，才是真正的殺人於無形。小小一個薊州，就牽扯蔡楠這個兩淮道名義上的軍方一把手，雖然失勢卻依舊握有雁堡李家近萬精騎的袁庭山，離陽皇帝親手拉攏的韓芳和意味著家族勢力重返舊地的楊虎臣，以及那個不動聲色的新封漢王和韓林身後文官集團的利益訴求。

而更為疆域遼闊的兩遼，除了檯面上總領軍政的顧劍棠，還有以兵部侍郎身分代替天子巡邊的許拱，紮根已久的老一輩藩王趙睢，以彭家為首的北地士子傳統勢力，四雄並立。擇出來單獨看，似乎人人風光顯赫，實則人人身不由己。

徐鳳年不知不覺站到了小院牆根，伸出手掌貼在牆上，抬頭望著牆頭。

大廈將傾。

先前通過拂水房諜報匯總和離陽只下發到各州刺史一級的祕密邸報，廣陵道戰局已經全面倒向西楚，繼曹長卿率水師大敗趙毅水師之後，在西楚京城以西的第二處戰場上，三名西楚年輕人再度大放光彩。

先前主持樞囂政務的裴閥俊彥裴穗，輔助從西線返回主持防線的謝西陲，一起成功擋下了以南疆道頭號大將吳重軒領銜的渡江大軍，而在散倉一役中率領兩萬輕騎死戰閻震春大軍的騎將許雲霞，更是渡江奔襲南疆大軍的後方，切斷了兩條主要糧草路線，不但減緩了西楚西線壓力，而且等於打破了離陽四線並進、共同包夾西楚京城的方略，為西楚在廣陵江以南廣袤地帶打出一大片寶貴至極的戰略縱深。為了配合西線南疆大軍而選擇快速西進的趙毅大軍，驟然間就陷入孤軍深入的境地。

趙毅麾下三萬多擅長山地作戰的嫡系精兵，被曹長卿用一萬步軍和兩股各自人數僅三千的輕騎，打得幾近支離破碎，在短短半旬內蠶食殆盡。若非南征主帥盧升象劍走偏鋒，以五千騎突入東南部戰場，隨後八千步軍連克飲馬、陽顯兩地，先鋒騎軍與曹部主力僅僅相隔五十里，迫使西楚不得不放棄一鼓作氣東進，恐怕趙毅就要淪為淮南王趙英之後第二位戰死沙場的離陽大藩王。

看上去西楚在各個戰場上接連告捷，勢如破竹，迎來了舉旗復國以來的最鼎盛國勢，但是徐鳳年無比清楚，這其實是烈火烹油、鮮花著錦的光景而已。收復飲馬、陽顯兩地的盧升象不過是小試牛刀而已，當這名辭去兵部侍郎一職的大將軍澈底掌握南徵兵權，除非是曹長卿親自坐鎮廣陵江北，否則沒有誰能夠抵擋住盧升象的南下步伐。

之前的無所作為，不光是表面上盧升象受到各方面扯後腿那麼簡單，而是需要配合朝廷削弱包括趙毅、趙英在內各大藩王的兵權，以此作為回報，離陽朝廷也默認了盧升象待價而沽的行徑。而吳重軒陷入江北戰場的泥濘，何嘗不是隔岸觀火的燕剌王趙炳樂見其成的一種局面？

西楚許雲霞接下來要面對的真正敵人，會是燕剌王麾下頭號猛將王銅山的南疆精銳。否則那個少年時便殺得南疆道各大蠻夷部落哭爹喊娘的燕剌王世子殿下，哪怕再昏聵無能，到了廣陵道再水土不服，也不至於面對許雲霞的偷襲竟然連一戰之力都沒有。

徐鳳年突然一臉幸災樂禍地笑道：「小乞兒啊小乞兒，你現在也不好受嘛，那位吳大將軍肯定是徹底轉向朝廷了。沒辦法，你南疆道已經對他功無可賞，可朝廷那邊不一樣，鎮南大將軍、兵部尚書、上柱國，甚至是大柱國都給得起，說不定死了以後還能以武將身分榮獲『文』字美諡，所以確實不怪你要跟吳重軒徹底撕破臉皮，眼睜睜看著西楚在吳老兒屁股上狠狠捅上了那麼一刀。」

徐鳳年收起手掌，彎曲手指，隨意敲了敲那堵牆壁，響聲沉悶。

時至今日，北涼死磕北莽百萬大軍；號稱富甲天下的趙毅面對西楚已經把家底都打得一乾二淨。老靖安王趙衡拿自己的命才給兒子換來一個世襲罔替，淮南王趙英更是成為春秋以來第一位死在戰場上的藩王；遼東趙睢就藩後則謹小慎微了半輩子。轉眼間，吳重軒帶著南疆道北部所有兵馬投靠了離陽朝廷，原本兵強馬壯僅次於北涼的燕剌王趙炳堪稱元氣大傷。

這一切，自然都是先帝趙惇和元本溪以及前首輔張巨鹿的謀劃。

與當今天子無關。

徐鳳年對著牆壁冷笑道：「趙篆，你啊，比你爹差了十萬八千里。等到你用完老一輩留下來的永徽遺產，你以為還能輕鬆掌控這天下大勢嗎？顧劍棠、陳芝豹、盧升象、趙右齡、殷茂春，有哪一個，是你可以肆意拿捏的？」

然後徐鳳年沉默許久，捫心自問：「那我？」

沒有答案。

◆

就在此時，顧大祖大步跨入小院，饒是這位春秋名將也壓抑不住言語中的激動，嗓音顫抖道：「王爺！有兩個消息……」

徐鳳年笑道：「兩個消息？那先聽壞消息好了，後頭的好消息用來壓驚。」

顧大祖哈哈大笑道：「讓王爺失望了，兩個都是天大的好消息！」

流州方面，徐龍象、寇江淮和石符三人親率五千騎奔赴清源！

幽州，除去先鋒大將種檀不知所終和洪敬岩的一部分柔然鐵騎逃出葫蘆口外，連同大將軍楊元贊在內，僅北莽將領就有四十六人，全部戰死！

葫蘆口內築起足足十六座巨大京觀！

◆

祥符二年，北涼在兵力處於絕對劣勢的前提下，尤其是在涼州虎頭城失陷的危殆形勢下，總計以己方三州邊軍十餘萬人戰死，斬殺北莽大軍三十五萬。

北涼鐵騎甲天下。

第六章　楊慎杏失意入涼　徐鳳年親迎釋結

立秋十天遍地黃。

祥符二年入秋後，一個驚人的消息火速傳遍大江南北，據傳西楚姜姒即將登基稱帝，這意味著這位曾經流亡多年的公主，會成為北莽慕容女帝之後的第二位女子皇帝，更是中原王朝歷史上的首位女皇。

與此相呼應，西楚各位在外領軍的大將要員，除去鎮守江北要隘的許雲霞和負責與南疆吳重軒大軍對峙的裴穗，連同曹長卿和謝西陲在內，幾乎所有西楚文武大員都陸續會聚於京城。

相比之下，離陽朝廷下旨敕封吳重軒為征南大將軍，同時擢升橫江將軍宋笠為鎮南將軍並兼任廣陵道副節度使之一，奉旨重返廣陵道輔佐廣陵王趙毅統領大軍，就顯得黯然失色許多。至於與宋笠悄然隨行的兩位暫時頂著工部觀政郎的年輕官員，在風雲變幻的形勢中，就越發不起眼。

在短短兩年內便先後擔任過禮部、戶部兩任尚書的元虢，這位時下被笑稱「救火尚書」的舊張廬得意門生，既沒有像同僚韓林那樣被年輕皇帝寄予厚望外放地方擔任封疆大吏，也沒有如太安城官場預料那般如同王雄貴被貶謫到戰火紛飛的廣陵道，沒有就此擔任副節度使，而是以傳旨大臣這麼個不倫不類的過渡身分，與宋笠一行人在見過盧升象後兵分兩路——元虢去見吳重軒，宋笠則領著那兩位工部從七品小官，熟門熟路地前往趙毅所在的藩王府邸。

隨著元虢這位天子使臣的越發鄰近，戰況不利的廣陵西線的氣氛似乎有些不同尋常。照理說吳重軒身為敕封對象，最該興師動眾才對，不說帶著幾位南疆大將一起出城十里相迎，最不濟也該讓人著手準備為元虢接風洗塵。

且不說元虢是否有機會在廟堂東山再起重返中樞，即便是以元虢在太安城官場多年積攢下來的聲望，即將正式涉足離陽官場的吳重軒也怠慢不得，但是到頭來，還是靖安王趙珣帶著青州水師將軍韋棟去迎接的元虢。

吳重軒只是出席了在一艘水師樓船上舉辦的晚宴，唐河和李春郁兩位嫡系大將並沒有露面，身邊只跟著一個姓江的陌生年輕人。宴會開始之前，元虢面無表情地宣旨，穿著一身不合時宜鐵甲的老將吳重軒，也是面無表情地聽旨接旨，在一大幫脫去公服官袍的文武官員中，吳重軒跪地和起身時滿身甲葉的錚錚作響，尤為刺耳。這使得之後的晚宴，滿桌山珍海味、美酒佳餚都味同嚼蠟，寡淡至極，毫無喜慶可言。

夜幕中，離著這艘黃龍樓船有些距離的江面上，一艘今晚負責巡江的青州戰艦靜止不動。從這邊望去，只能望見樓船上的張燈結綵和模糊身影，一個身穿便服的年輕人安靜地趴在欄杆上，嘴角冷笑。

年輕男子左首邊依次站著王仙芝二弟子宮半闕、三弟子林鴉和一名身材高挑、頭頂帷帽的女子。右首邊四人都正值壯年，無一例外都滿身殺伐氣息，赫然是南疆道步軍大將張定遠、顧鷹、原州將軍葉秀峰、鶴州將軍梁越！可以說除去燕刺王麾下第一猛將、天下用戟第一人的王銅山，趙炳拿得出手的嫡系大將，此時都已經到齊。

趙鑄沒有抬頭，微笑道：「林姐姐，那個傢伙就是你們武帝城的江斧丁吧？」

拳道大宗師林鴉臉色複雜，點了點頭。

趙鑄揉了揉下巴：「我就納悶了，這傢伙怎麼就能幫著吳重軒跟太安城搭上線的，這個媒人，可不是隨便一個普通人就能當的。」

林鴉欲言又止。

趙鑄轉頭看著登榜過胭脂評的女子武道宗師，嬉皮笑臉道：「林姐姐妳放心，吳重軒就算沒有江斧丁牽線搭橋，一樣會跟太安城眉來眼去，早晚的區別而已。不看僧面看佛面，我肯定不去跟姓江的較勁。

哈哈，真說起來，這次咱們吳老將軍確實高興不起來，說好的封侯拜將，征南大將軍是當上了，但卻沒有封侯，就更別提封為祥符年間的第一位王朝異姓王了，這跟在咱們南疆當頭號大將有啥兩樣？十萬南疆北部精銳大軍，就折騰來個四征之一的將軍，虧出血了。皇帝陛下這次出手，真算不得如何闊綽。」

那名身分神祕的高挑女子冷聲道：「不是朝廷捨不得給吳重軒封侯，之所以失信於人，無非是因為廣陵道戰事不順。如果現在就開始大封武將，等到塵埃落定，又該封賞什麼？相信那位從京城來的元大人事後與吳重軒私下會晤，會把話挑明。」

趙鑄「嗯」了一聲：「不當家不知柴米油鹽貴，道理是這個道理。興許換成是我坐龍椅也會如此行事，先把你吳重軒拐騙上賊船再說其他。」

張定遠輕聲提醒道：「世子殿下，唐河和李春郁乘小船過來了。」

趙鑄玩笑道：「幸好王伯伯忙著趕路，沒在咱們船上，要不然就要一戟挑舟了。」

相貌俊美的顧鷹陰惻惻道：「還敢來面見世子殿下，當我們真不敢殺這兩條白眼狼嗎？」

趙鑄搖頭道：「還真不敢，如今已是正兒八經的朝廷命官，何況咱們若真殺了人，也不過是讓西蜀那位坐收漁翁之利。親者痛仇者快的買賣，我不樂意做。」

一葉小舟沒有太過靠近這艘高手雲集的戰艦，停下後，唐河和李春郁兩人深深作了一揖，小舟便掉頭離去。

南疆猛將梁越重重冷哼一聲，五指握斷船欄。

趙鑄淡然道：「女大出閣，鳥大出窩，隨他們去吧。」

氣氛凝重，只聞江水聲。

水往低處流，人往高處走。

趙鑄突然轉頭問道：「張姑娘，那元虢是妳父親的門生，妳若是想要見上一面，我可以幫忙安排。」

高挑女子漠然道：「不用。」

趙鑄下意識伸手摸著腰間的破舊錢袋，笑著感慨道：「任你有刀，也殺不盡那負心狗啊。」

隨後一言不發的趙鑄怔怔望向西北，流露出憂心忡忡的神色。

南疆雖然有自己極其出色的諜報系統，但是這麼多年來始終不曾把手腳伸到北涼那邊，而北涼拂水房也默契地不去南疆安插棋子。這種尊重，不僅僅是北涼三十萬鐵騎和南疆擁有二十萬勁軍，不僅僅是徐驍和趙炳兩大權柄藩王的相互忌憚，更多是一種英雄之間的惺惺相惜。那種感覺，就像是看遍天下豪傑，平起平坐唯一人，而到了趙鑄這一輩，他這個燕剌王世子與新涼王徐鳳年，又豈是尋常交情？

之前讓龍宮林紅猿摻和到那襲徽山紫衣的渾水裡去，何嘗沒有告訴徐鳳年，大不了你就乾脆放棄北涼的含義，終歸還有南疆這條退路為你留著。

趙鑄到手的諜報，最遠都是從淮南道那邊獲取的零碎消息，如今蔡楠和韓林分別擔任節度使和經略使，似乎刻意攔截了所有北涼軍情傳遞的管道，大小驛路都已嚴密封鎖，離陽朝廷邸報也對北涼局勢隻字不提，所以趙鑄只知道王遂在二十天前，先是率領東線精騎大掠薊北，然後奔赴河州，直指北涼幽州東面的賀蘭山地。

好像流州和涼州兩處戰事都不利於北涼，在身邊張定遠、顧鷹、葉秀峰等人的推演中，北涼勝算極小，除非是三線皆勝，否則無論是喪失流州龍象軍這支機動騎軍，導致涼州西門洞開，還是被楊元贊大軍攻破葫蘆口霞光城，與王遂騎軍在幽州境內會合，困守涼州一州之地的北涼邊軍都只能死——戰死或者等死。至於涼州中線輸了，更是一切休提。

趙鑄呢喃道：「輸了也好，到時候你我兄弟二人，並肩作戰。」

趙鑄站直身體，伸出一隻手掌，緊緊握拳。

◆

不同於廣陵西線那艘宴客樓船的生硬氣氛，在廣陵王府邸內，趙毅、趙驃父子親自為昔年的心腹下屬宋笠大擺宴席。一直閉門謝客的廣陵道經略使王雄貴也破天荒出現，當宋笠說起王大人幼子王遠燃躋身京城禮部擔任儀制清吏司郎中，特地因此向王大人祝賀一番後，原本難掩鬱鬱寡歡的王雄貴頓時笑顏逐開。

酒宴之上，暫時在工部觀政的兩位年輕官員，在宋笠親自為其中一位姓陸的年輕人擋酒之後，二人就被眾人心有靈犀地忽略不計。那個賊眉鼠眼的王府客卿張竹坡，跟衣錦還鄉的宋笠在以往並不對付，一個是廣陵道春雪樓首席謀士，一個是被趙毅視為福將的風流俊彥，不過今晚，張竹坡尋遍理由向副節度使大人自罰了七、八杯酒，喝得那兩撇鼠鬚都黏糊糊的，世子趙驃對此眼神陰沉，趙毅始終一臉笑咪咪。

酒宴落幕後的當晚，兩位打著視察廣陵江河渠旗號的工部官員，在王府別院相聚飲酒，其中陸姓男子竟然是個瞎子。

在宴席上喝得酩酊大醉的孫姓青年此時此刻哪裡有半點醺態，懶洋洋斜靠在一張大料紫檀製成的雍容太師椅上，幫對面目盲的年輕人倒了一杯酒，笑道：「宋笠沒安好心，故意為你擋酒，明擺著是給趙毅提個醒，告訴廣陵王府，你這個工部小官吏，其實比我孫寅更加身分特殊。」

入京又出京的瞎子陸詡正襟危坐，遠不如孫寅這個名動京華的狂士那麼有氣勢，輕聲道：「鎮南將軍畢竟是春雪樓的老人，滴水之恩尚且要湧泉相報，這個舉措並不過分，何況沒有宋笠以禮相待在前，張竹坡想要順順當當找到孫大人談事，不容易。」

孫寅放聲笑道：「他趙毅這般淒涼光景了，除了破罐子破摔還能做什麼？睜一隻眼、閉一隻眼，由著那張竹坡良禽擇木而棲，好歹還能給世子趙驃攢下點香火情，如此一來，朝廷裡有宋笠、有盧升象這兩位武將，又有張竹坡擔任文臣，趙炳以後才能穩穩當當地做個享樂王爺，要不然等到天下太平了，武將權勢式微，沒有張竹坡在官場上護著，廣陵道隨便來個刺史就能輕鬆玩死趙驃。」

陸詡微笑道：「大勢是如此，但是史書上帝王將相意氣用事導致的慘烈禍事還少嗎？」

孫寅撇了撇嘴，面帶不屑。

陸詡嘆了口氣：「趙毅之流，不管他口碑如何，也不管他和其他幾位藩王相比如何不堪，但終歸當得起我們這些乘勢而起的後輩，去敬重幾分。」

孫寅皺了皺眉頭，但仍是逐漸收斂了幾分狂態，打趣道：「陸大人，你也沒年長我幾歲，倒是老氣橫秋。」

陸詡默不作聲。

孫寅放低嗓音：「我很好奇，你是如何說服陛下的，竟然能夠下定決心把兵部盧白頡攆來廣陵道當節度使，為此你可是澈底惹惱了整個江南道士子集團。要知道庾劍康那幾個老不死的，可都希冀著棠溪劍仙能夠暫時遠離是非，寧肯像許拱那樣被朝廷雪藏在兩遼，在仕途上耽擱個兩、三年，也好過現在來做出頭鳥。所以很多人都說你在太安城攀附上了北地的遼東彭家，這才要給江南道四閥下了這個絆子……」

陸詡抬起頭，雙眼緊閉，「看著」孫寅。

孫寅訕訕而笑，顯然也有些難為情，在陸詡這個聰明人面前耍心機實在沒有什麼意思。

孫寅有失厚道，陸詡卻開門見山道：「齊陽龍和坦坦翁不願盧白頡來廣陵道，一方面是惜其才華，另一方面則無法訴之於口，盧氏畢竟跟北涼徐家是姻親，若是以史為鑒，所謂的天下歸心，歸根結底，不過是士子歸心，人心所向，也無非是獲得讀書人的認可。

青州陸氏舉族進入北涼，已經是個前車之鑒，之後相繼又有士子赴涼和武當佛道辯論的盛況，在這個時候，於情於理，盧白頡都不該來與江南道毗鄰的廣陵道。但是，人無遠慮，必有近憂，人一旦有了遠慮，多半更有近憂。孫大人問我是如何說服陛下的，很簡單，就一句話而已，當下事當下了，近憂不用憂，遠慮便不用遠。」

孫寅一陣齜牙咧嘴：「這話，有些霸道了。」

陸詡仰頭喝光杯中酒，自嘲一笑：「當然，離京前與君王一宿促膝長談，為了這一句話又說了千百句。」

陸詡放下酒杯：「相較沙場爭鋒，人人赴死。我陸詡不過搬弄唇舌而已，百無一用。」

孫寅搖頭笑道：「百無一用是書生？張竹坡、宋笠，趙毅、趙驃父子，盧白頡、元虢、你的舊主趙珣、吳重軒、盧升象，加上整個廣陵道……這麼大一張棋盤，你我兩個小小工部員外郎，卻能在這裡縱橫捭闔，豈能說無用？」

陸詡低頭「望著」桌面，一如當年坐在永子巷，身前擺著一張棋盤。

陸詡自言自語道：「下棋有輸贏，賭棋有盈虧。可是為帝王為天下謀的這種指點江山，你我指尖都是血啊。」

◆

在離陽尋常人眼中，如今北涼就是一座死地，生靈塗炭是早晚的事，所以當一輛馬車由河州駛向幽州，而不是從北涼往境外逃難時，便有些顯得逆流而上。

馬夫是個一隻袖管空蕩蕩的獨臂男子，僅剩一隻手握著馬韁，盡量把馬車操控得穩當，所幸相比簡陋車廂，拉車的那匹馬頗為高大神異，並不需要中年馬夫如何費心駕馭。

一位老人微微彎腰掀起遮擋風沙的粗布車簾，視線越過獨臂男人的肩頭向前望去，沉默無言，久久沒有放下簾子。

馬夫轉頭小聲道：「爹，如果我沒有記錯，還有十幾里路就能看到幽河兩州的界碑。」

老人點了點頭，神情有些恍惚。

馬夫皺眉道：「就算北涼向來不認朝廷的旨意，可爹畢竟是名義上的北涼道副經略使，那徐鳳年還敢暴起殺人不成？既然如此，爹又何必如此放低身段去討好北涼，若是傳到京城那邊……」

老人乾脆離開車廂，坐在兒子身後，擺手打斷這位臨時馬夫的話語，笑道：「有些風言風語傳到太安城又如何？我楊家的根基從來都不在廟堂中樞。自從廣陵道失利，你爹以待罪之身去往京城，從皇帝陛下到小小六、七品的兵部員外郎，有誰給過爹好臉色？別的不說，爹一手培植起來的數萬薊州老卒，朝廷說拿走就拿走，你到薊州擔任副將，也不過是讓你帶來三千兵馬，這還是建立在需要你掣肘袁庭山的前提下，要不然啊，虎臣你一兵一卒都別想帶回薊州。」

馬夫正是當年與西楚餘孽作戰中失去一臂的楊虎臣，如今和那個家族沉冤得雪的忠烈之後韓芳同為薊州副將，楊虎臣既要防止袁庭山在作為邊境重地的薊州擁兵自重，也是離陽趙室監視漢王趙雄的棋子。

而老人當然就是朝廷新封北涼道副經略使的楊慎杏，昔年的四征四鎮八位大將軍之一，這一年多在京城可謂過足了虎落平陽被犬欺的慘澹日子，提心吊膽不說，還要被官場同僚看笑話，時不時被拉出去喝酒。

他們嘴上說是幫著老將軍喝酒解愁，其實就跟拉出去遛猴差不多，變著法子在老人傷口上撒鹽。說到察言觀色和落井下石的功力，京官幾乎個個都是大宗師。如果不是楊虎臣被兵部任命為薊州副將，意味著皇帝陛下對楊家還沒有澈底失去耐心，恐怕老人這次出京送行的人員，就不是小貓小狗三兩隻的光景，而是一隻都省了。

這次老人途經京畿西和薊河幾州，雖說老人本身沒有要跟人拉攏感情的念頭，但是沿途根本無人問津的境況，還是讓楊虎臣這個做兒子的倍感心寒。

想當年楊家從薊州出兵廣陵，那是何等盛況？那時候，不是郡守這個位階的地方封疆大吏，都別想在楊家私宴上占個席位。

大概是察覺到楊虎臣的憤懣，老人拍了拍兒子的肩頭，輕聲笑道：「虎臣啊，怨不得世態炎涼，自從爹當上大將軍，咱們楊家這些年在薊州作威作福慣了，也不是啥好鳥，楊家欺男霸女的事情何曾少了，如今遭了報應，很正常。」

楊慎杏環顧四周，河州的景象與薊州其實相差不大，到底都是西北邊境，入秋以後，草黃如土，比不得江南那邊猶有半城綠的旖旎景致。

老人緩緩閉上眼睛，深深呼吸了一口氣，感慨道：「反過來看，報應來得早，也是好事，太晚了，說不定朝廷連讓你當薊州副將將功補過的機會都不會給，何況爹比起已經戰死沙場的閻震春那老兒，總歸要幸運許多吧？

你別看如今趙隗身為僅次於盧升象的南征二把手，這老傢伙當下也是熱鍋上的螞蟻，爹敢跟你打賭，若是他吃了敗仗，別說跟爹比，說不定連閻震春都比不上，因為朝廷對咱們這撥春秋老將的香火情，都在我和閻震春身上用完了。

所以說爹這次出京，心情沒外人想像的那麼糟糕，說實話，離開了那座讓人如履薄冰的太安城，爹的心情反而好了很多，一路行來也想通了很多事。」

楊虎臣如釋重負，不管如何，只要爹心中沒有太多鬱結，就是好事，他也有信心帶著楊家東山再起。

楊慎杏笑了笑：「這次爹私下讓人密信捎往清涼山，懇請北涼派遣使節在幽州邊境接我，只要見不著面，我楊慎杏便一步都不踏入北涼，就在邊境上一直等著。

我楊慎杏好歹是做過大將軍的人物，現在擺出這種低三下四的可憐姿態，當然算不得豪傑行徑，不過這又如何？

京城所有人都在等我楊慎杏暴斃北涼的噩耗傳出，或是在某個場合被徐鳳年大肆折辱，我偏不讓他們遂願。面子是虛的，裡子才是實打實的，楊家正值風雨飄搖，爹是楊家在朝廷檯面上的面子，沒了就沒了，只要虎臣你在薊州重新站穩腳跟，五年、十年後，面子自己就會跑回楊家口袋裡，到時候就算你不想要，說不定別人都願意跪著求著你收下。」

楊虎臣低下頭，眼睛有些紅。身後那個從來不服老的爹，那個自他記事起就一直頂天立地的楊大將軍，竟然會讓他楊虎臣覺得真的老了。

楊慎杏嘆了口氣：「現在怕就怕年輕的北涼王會因為朝廷而遷怒楊家，會因為爹當這個副節度使而對你心生不滿，畢竟薊州距離北涼，不算太遠。以前徐驍念著舊情，極少對北涼以外指手畫腳，現在徐鳳年當家做主，細觀這幾年北涼在徐鳳年手上折騰出來的動靜，顯而易見，北涼銳氣極重，不再刻意隱藏鋒芒。

歸根結底，北涼跟朝廷，就只差沒有到撕破臉皮的那一步。這趟爹入涼，是風險，也是機遇。虎臣，你安心做好你的薊州副將，爹在北涼自有打算。從今往後，你謹記幾點：首先，你不要應酬任何薊州舊部地方將領；其次，跟韓芳把握好親疏遠近的度；最後，多接近新任經略使韓林，要扮演不惜為其充當馬前卒的身分，以後楊家能夠在太安城有一席之地，韓林至關重要。

韓林不同於一般的張廬門生，表面上看他不如趙右齡、殷茂春許多，甚至不如元虢、王雄貴，但是在當今天子心目中，韓林是最值得重用的一個。原因很簡單，趙、殷、王三人，都是在先帝手上提拔起來的一等公卿，幾乎到了封無可封的高位，而元虢、韓林兩人屬於陛下登基後才得以重用的人物，只可惜元虢表現不佳，已經被澈底放棄，如此一來，天子就會把所有期望都傾斜到韓林一人身上，這對韓林來說才是最大的優勢。韓林看似是當年張廬裡最沒有稜角的那個，但恰恰是這種不等同於平庸的中庸，才是官場上最大的依仗，時間越久，後勁越足，元虢就是反例。」

不知為何，楊虎臣越聽下去，心情越沉重。

楊慎杏輕笑道：「是不是聽著像是在跟你交代遺言？虎臣你想岔了，爹剛才已經說了，這趟去北涼，爹沒有抱著半點必死之心，更不會為了朝廷顏面而強出頭。」

楊虎臣有些尷尬。

楊慎杏語重心長道：「自大秦朝遊士轉變成根深蒂固的門閥以來，手裡提刀的我輩武人，史書上的筆墨，從來都不怎麼光彩。那些個留下名字的大人物，總離不開『藩鎮割據』這四個字，手中握筆的世家豪門卻往往跟數世幾公掛鉤，傳承一百年也稱不上門閥，動輒兩、三百年甚至歷史更悠久。

反觀我們，有幾個活到『百歲高齡』的藩鎮勢力？能有三代人五十年的風光，那都是祖墳冒青煙的奇蹟了。現在你別看朝廷大力抑制地方武將勢力，人人自危，相比閻震春、趙隗這些老傢伙，爹看得更長遠些，將來離陽未必出現不了一個屬於武將的百年姓氏，要做到這一點，一味愚忠的韓家是前車之鑒，而北涼徐家，卻是……」

說到這裡，楊慎杏突然閉嘴不言，到最後只有一聲長嘆：「徐驍，不是梟雄啊！」

楊虎臣有些疑惑。

世人公認桀驁不馴的大將軍徐驍，如果不是梟雄，難道還能是個英雄不成？

楊慎杏笑問道：「虎臣，你猜北涼會讓誰來幽州邊境當惡人？」

早就想過這個問題的楊虎臣輕聲道：「照理說是該由幽州刺史胡魁或是幽州將軍皇甫枰迎來送往，只不過如今大戰正酣，這兩位未必能夠脫身，不過即便北涼有心讓爹難堪，我想最不濟也會讓一個幽州郡守出面。

至於名義上與爹品秩大致相當的李功德、宋洞明兩人，可能性很小，畢竟一個要坐鎮清涼山，一個負責新城建造，我也不奢望徐鳳年會如此興師動眾。再者如果真是李宋兩人中的一個趕到幽州，我倒要懷疑徐鳳年是不是居心叵測，到時候不管爹答應不答應，我都會親自一路護送爹到涼州。」

◆

十幾里路程，一晃而過。

當楊虎臣看到那塊路邊界碑的同時，也看到有四、五騎在驛路旁靜候。

其中，有一騎顯得格外扎眼，除了他年輕之外，還有一種讓楊虎臣感到古怪的感覺，就像自己年少時第一次見到傳說中的武道宗師，如見高山；就像去年在太安城皇宮內第一次面見皇帝，如臨深淵。

楊虎臣甚至忘了轉頭，顫聲道：「爹，好像他親自來了。」

楊慎杏鄰近邊境後就坐在車廂內閉目養神，聽到楊虎臣的顫抖嗓音後，有些納悶，難道是胡魁、皇甫枰到了，或者乾脆是李功德、宋洞明大駕光臨？否則以自己兒子的心性，絕對不至於如此慌張。

當心情沉重的楊慎杏掀起簾子時，正午時分，一時間感到頭頂陽光有些刺眼，老人瞇著眼望去，當他看清楚那一騎時，不由得愣在當場。

突然，這位哪怕深入北涼虎穴也沒有喪失鬥志的老人，第一次真正覺得，自己確實是老了。

不等楊慎杏下車，那一騎率先疾馳而至，瞥了一眼充當馬夫的離陽猛將楊虎臣，然後對楊慎杏笑道：「楊大人有個好兒子。」

楊虎臣聽到年輕人的這份評語，一時間有些無語。

沒有被稱呼楊大將軍的老人哈哈大笑，毫不生氣，朗聲道：「這一點，楊慎杏遠不如大將軍！」

能夠被當過正兒八經大將軍的楊慎杏畢恭畢敬喊一聲「大將軍」，離陽王朝，唯有徐驍。

徐鳳年翻身下馬，楊慎杏就坡下驢也下了馬車，二人並肩而行。

徐鳳年順便幫這位新任副節度使介紹了那撥人，原來是以銅山郡郡守領銜的本地官吏，純屬拉壯丁給拉出來見世面的。畢竟徐鳳年可以不把楊慎杏當回事，可對於銅山郡官員來說，這位薊州土皇帝的偌大名頭，稱得上如雷貫耳，尤其是楊慎杏麾下薊南步卒號稱獨步天下，有心跟燕文鸞的幽州軍較勁也不是一年、兩年了。今日能夠見上楊老將軍一面，怎麼都是一筆茶餘飯後的上等談資。

當下徐鳳年問著老人一路西行是否順暢的客套話，楊慎杏也笑言和煦，一一作答，氣氛融洽得讓銅山郡官員都滿頭霧水。事實上身為當事人的楊慎杏，看似與年輕藩王一副相見恨晚的架勢，其實捏了一把冷汗。

北涼連聖旨都曾拒收，時值北涼兵荒馬亂，眾人腳下這荒郊野嶺的，撂下一、兩具屍體算什麼大事？回頭扣上一個賊寇行凶的名頭，朝廷真願意刨根問底？徐鳳年越是熱絡，楊慎杏難免就越是忐忑，正如楊虎臣先前揣測，以楊家龍困淺灘的艱難處境，來個幽州刺史接駕就算頂天的了，楊慎杏還沒有自負到以為擁有讓北涼王離開前線親自迎接的分量。

好在徐鳳年沒有繼續賣關子，先讓銅山郡大小官吏返回官邸，然後在驛路旁一座小茶攤歇腳，喊醒那個打瞌睡的婦人，笑著要了三碗茶水，落座後便跟楊慎杏開門見山說道：「我這趟來幽州，接人是順手為之，喝完茶，很快就要動身去幽州東北的賀蘭山地，王遂和他那幾萬北莽精騎暫時還在幽州大門口觀望，我若是去晚了，恐怕就見不著這位大名鼎鼎的東越駙馬爺。」

楊慎杏面不改色「嗯」了一聲，心底則是飛快盤算。他這次頂著北涼道副節度使的繡花頭銜黯然離京，也給人當成了涼水澆透的冷灶，途中沒有任何書信往來，加上一路行來又不曾與人接觸，對於天下形勢完全是睜眼瞎，只知道出京前的那點消息——虎頭城失陷，董卓大軍得以鋪開陣線，導致涼州關外第一道防線岌岌可危——以至於楊慎杏都以為等到自己鄰近幽州，就會看到大批難民匆忙逃離北涼的畫面。

但是徐鳳年輕描淡寫一句要去賀蘭山地與王遂騎軍對峙，讓楊慎杏大吃一驚，難道是北涼已經準備放棄整個涼州關外戰場？在半年前，兩淮這邊還有大量北涼相關的戰報頻繁傳遞給京城，北涼對此也沒有刻意封鎖，只是自祥符二年開春以來，趙勾諜子和兩淮官場就很難獲取第一手的北涼軍情了，楊慎杏聽說頂風作案的幾個趙勾據點都被連根拔起，一些披著江湖人外皮的諜子在跟隨軒轅青鋒共同赴涼後，好像很快也被拂水房拘禁起來，為此朝廷兵部刑部大為惱火。

徐鳳年從婦人手中接過茶碗的時候，楊虎臣實在忍不住翻了個白眼。婦人給他們父子送茶水那都是直接把碗敲在桌面上，唯獨給年輕藩王她是雙手捧著走到桌邊，粗壯腰肢也給她愣是扭得跟條大水蛇似的，也不急著把茶碗擱在桌上，等到徐鳳年伸手去接碗的時候，自然少不了一陣蜻蜓點水的揩油。

婦人占了便宜也不見好就收，嬉笑著調戲了一句「俊後生，娶媳婦了沒，沒娶的話，咱們村有個水靈閨女，嬸嬸給你當媒人」，把楊虎臣給震撼得一塌糊塗，這北涼娘們兒都這麼彪烈？而更奇怪的是，徐鳳年非但沒有大動肝火，還笑咪咪調侃了幾句，半點不比市井潑皮無賴的臉皮子薄，倒是把婦人給說得破天荒羞臊起來。

楊虎臣心底頓時有些不喜，作為一名久經沙場的一流武將，楊虎臣對這個新涼王的印象本就不佳，如今親眼見著徐鳳年的輕佻言行，更是讓楊虎臣眉頭緊皺，但是不知為何，楊虎臣眼角餘光瞧見爹一臉笑意，不似作偽，頗像是花叢老手瞧見了後起之秀，楊虎臣不由有些發懵。

徐鳳年喝了口茶水，接下來的話語把楊虎臣嚇得差點摔碗：「中線董卓大軍對懷陽關久攻不下，已經退軍。流州戰況最為慘烈，三萬龍象軍十不存一，柳珪率殘部逃往龍腰州，至於幽州葫蘆口外，楊元贊死了，種檀和洪敬岩不知所終。」

楊慎杏低頭喝水，看不清表情，但是茶碗中水面的漣漪不斷。

楊虎臣下意識脫口而出：「這不可能！」

楊慎杏猛然抬頭，怒容道：「虎臣，不得放肆！」

楊慎杏放下茶碗，轉頭對徐鳳年歉然道：「王爺，虎臣無禮至極，還望恕罪。」

徐鳳年玩味笑道：「恕什麼罪，我徐鳳年又不是離陽皇帝，如何能對一個薊州副將治什麼罪。」

楊慎杏額頭滲出汗水。

楊虎臣單手握拳，死死抵在桌下的膝蓋上，也顧不得被老人責罵，盯著徐鳳年的眼睛，問道：「北涼果真大敗北莽百萬鐵騎？」

徐鳳年答非所問，緩緩道：「我北涼死了很多人。」

楊慎杏厲色道：「楊虎臣！你給我閉嘴！」

在面見陛下後得了一個「忠孝兩全」奇佳評語的楊虎臣，此時脖子上青筋暴起，竟是對老人的責問置若罔聞，瞪大眼睛，好像不惜豁出性命也要跟年輕藩王較勁到底。

徐鳳年微笑道：「你楊虎臣也好，你爹也罷，值得我誆騙？」

一根筋的楊虎臣追問道：「敢問王爺你們北涼是如何同時打贏三場仗的？」

不等徐鳳年發話，楊慎杏就站起身一巴掌狠狠拍在自己兒子頭上：「兔崽子，不說話沒人把你當啞巴！」

堂堂一個官至薊州副將的男人被自己爹打得頭髮凌亂，仍是誓不甘休，繼續咬牙問道：「王爺，北涼真的打贏北莽蠻子了？」

徐鳳年點頭道：「打贏了。」

楊慎杏差點就要一腳把這個王八蛋踹飛，徐鳳年對老人擺了擺手：「楊大人，算了。」

楊慎杏重重跺腳，痛心疾首道：「王爺，非是我自誇，虎臣如果不是這種該死的倔強脾氣，以他的帶兵本事，早就能夠去太安城撈個四平之一的實權將軍了，我是真不放心他去跟那幫太安城的官油子打交道啊！王爺你瞅瞅，他這臭脾氣一上來，連在王爺你面前也敢不知輕重，這要是去了京城，那還得了！別說丟官，掉腦袋都有可能！」

徐鳳年笑道：「楊將軍是只適合在地方上領兵治軍，若是在天子腳下當官，肯定比不上那些早就成精的人物，估計楊將軍哪怕當了四平之一的將軍，也不痛快。」

楊慎杏感慨道：「是啊，所以這次虎臣主動請纓要回薊州，我也沒攔著，反正攔是也攔不住。」

楊虎臣失魂落魄地喃喃道：「贏了？真的贏了？」

徐鳳年打趣道：「怎麼，楊將軍不希望北涼打贏？就不怕你爹千里迢迢到了北涼，結果驛路上都是肆意往來的北莽鐵騎？」

好不容易還魂的楊虎臣下意識伸手摸了摸那隻空落落的袖管：「丟了一條胳膊，我楊虎臣從來不覺得算什麼，只是終歸有些遺憾，是被咱們離陽自己人砍在戰場上，而不是在塞外，丟在北莽蠻子的刀下。」

楊虎臣咧嘴笑了笑，突然站起身，把老人驚嚇得一哆嗦。

楊慎杏生怕這傢伙又要頂撞徐鳳年，抬手按在兒子肩膀上：「坐下說話！」

楊虎臣搖了搖頭，伸手舉起茶碗，對徐鳳年正色沉聲道：「王爺，沒有酒，就讓楊虎臣斗膽以茶代酒，敬你，敬所有北涼將士一碗！我楊虎臣這輩子最大的願望，北涼做到了，不管以後離陽和北涼是怎麼個狗屁倒灶的光景，我楊虎臣都欠你一碗酒，以後你要是有朝一日死在涼莽沙場上，我就帶兵去你戰死的沙場上敬你！以後你徐鳳年要是死在離陽朝廷手上，那我就單獨去刑場上敬你那碗酒！」

楊慎杏閉上眼睛，虎臣這孩子，真正是一心求死啊，這種大逆不道的晦氣話是能說出口的？

但是出人意料，徐鳳年也舉起茶碗站起身，笑道：「這一碗以茶代酒，我得喝。還有，以後你楊虎臣要是有機會來北涼，不管我死沒死，都記得捎上一罈好酒，一碗怎麼夠？」

茶碗碰茶碗，徐鳳年和楊虎臣各自一飲而盡。

遠處，聽不真切對話的婦人回頭瞥了一眼三位客人，一邊收拾著雜物，一邊沒好氣地嘟囔道：「這幫大老爺們兒也真是夠可以的，喝個幾文錢的茶水還喝出豪情壯志來了？窮講究！」

喝過了茶水，昔年的薊州頭一號猛將楊虎臣便告辭反身，心有餘悸的楊慎杏笑罵道：

「趕緊滾蛋！」

◆

徐鳳年和楊慎杏重新坐回凳子，婦人趕忙拎著茶壺又給兩人見縫插針地倒了一碗茶，徐鳳年笑道：「老闆娘，別只添茶水不加茶葉啊，這可就不厚道了啊。先前一碗茶水兩文錢，現在這兩碗只能算一碗一文錢。」

婦人兩根手指在徐鳳年手臂上輕輕擰了一下，氣笑道：「好好好，一文錢就一文錢，就當嬸嬸給你占了便宜。不是嬸嬸說你，你說你生得倒是俊俏，聽口音也是咱們北涼人，怎的一點都不爽利？別看嬸嬸覺著你看著順眼，可真要挑男人一起過日子啊，我還是會選我家那個糙漢子。」

徐鳳年壞笑道：「是是是，身強體壯力氣大嘛。」

婦人紅著臉瞪眼道：「小樣兒！嘴花花，一看就是個讀書人！還是那種考不到功名的半吊子！」

最後婦人猶豫了一下，不死心地問道：「真不要嬸嬸當媒人？」

徐鳳年哈哈大笑，搖頭道：「已經有媳婦啦。」

此時此景，楊慎杏有些唏噓——北涼，是跟離陽不太一樣。

徐鳳年收斂了笑意，輕聲道：「窮地方的人，命苦，但很多人吃苦的同時，不認命。」

楊慎杏點頭道：「天下精兵出遼東和兩隴，古話不是沒有道理的。」

徐鳳年問道：「楊大人，現在有兩條路，一條路是當個無所事事的副節度使，就當在清涼山安度晚年。」

不等徐鳳年說出第二條路，楊慎杏雲淡風輕道：「王爺，我就選這條路吧。老了，經不起折騰了，況且虎臣即便離開了京城，畢竟還身在薊州。」

徐鳳年笑了笑：「行，咱們北涼不大，風景自然也比不上中原，不過好歹武當山上能夠避暑，塞外江南的陵州也是適宜過冬的好地方，什麼時候在清涼山待悶了，就隨便走走，到處逛逛。」

楊慎杏欲言又止。

老人不敢相信徐鳳年會如此大度。

能夠容忍楊虎臣的冒犯，甚至能夠讓他楊慎杏在北涼享福。

「換成別人來北涼道當這個副節度使，就別想進幽州了。」徐鳳年望向遠方，輕聲道：「楊虎臣有個讓他心甘情願當馬夫的爹，我徐鳳年不是石頭裡蹦出來的，當然也有。我爹徐驍這輩子有本舊帳，欠他的，有些討回來了，有些沒能討回來。也有他欠人的，有些還上了，也有些他註定還不上。」

徐鳳年看了一眼明顯已經忘記某段往事的老人，微笑道：「當年有個離陽校尉在接連輸給東越王遂後，哪怕還攢下些銀子，也沒人樂意賣給他幾百人兵馬了，當時就只有一個叫楊慎杏的武將，雖說也同樣沒捨得給自己的人馬，但卻是唯一沒有說風涼話的，一次在去往兵部衙門的路上，甚至還主動聊了幾句。很多年後，那個已經不再是小校尉的老人，對他的兒子說，做人要記仇，但也要念人的好。其中就提到有個叫楊慎杏的武將，帶兵打仗，不行，做人，還湊合。」

楊慎杏感傷道：「原來還有這麼一段陳年舊事啊，我都忘了，沒想到大將軍還記得，還跟王爺你說了。」

然後老人摸著雪白鬍鬚，嘿嘿道：「能夠讓大將軍親口說出『還湊合』三個字，我楊慎杏也該知足了。當然，做將軍的，被說成打仗不行，即便是大將軍說的，我楊慎杏還是有些不服氣。」

徐鳳年對此不置可否，笑著說道：「稍後會有人護送楊大人前往涼州，我就不送了。」

楊慎杏點頭道：「理當如此，萬萬不敢耽擱王爺的行程。」

徐鳳年結過帳，驛路上很快就有數十騎馳騁而來，其中有一匹高頭大馬無人騎乘。

楊慎杏翻身上馬，對徐鳳年抱拳道：「王爺，告辭！」

徐鳳年「嗯」了一聲：「回頭涼州再聚。」

被數十鐵騎給震懾到的茶攤婦人張大嘴巴，小心翼翼豎起耳朵的她聽到了「王爺」這個稱呼，等到騎軍遠去後，湊到徐鳳年身邊，好奇道：「後生，你名字倒是古怪，姓王名爺，取名取得這麼大，你爹娘真是心大。不過看模樣，你爹是咱們北涼的將軍吧？要不然，這茶水錢，你拿回去？」

其實是要去陵州而不是賀蘭山地的徐鳳年搖了搖頭，笑臉道：「如果再過兩年，老闆娘妳還能在這裡安安生生賣茶水，而我湊巧又來喝茶的話，給我打個折，咋樣？」

婦人笑道：「行啊，幾文錢而已，大不了就給我家漢子罵一句敗家娘們兒。唉，可惜到時候，嬸嬸可不敢再摸你了。」

徐鳳年無奈道：「還是妳心大。」

絲絲縷縷的陽光透過樹蔭，灑落在小桌長凳茶碗上，安靜而祥和。

在馬背上的楊慎杏回頭望去，依稀看到那一幕。

不知為何，身在北涼的老人心底沒來由浮起一個念頭——百無一用，是中原。

◆

徐鳳年牽著一匹幽騎軍戰馬，沿著驛路邊緣緩緩而行。

就像楊慎杏言談之中多有保留，徐鳳年當然也不會跟楊慎杏掏心窩子，他接下來要去的地方，不是大兵壓境的賀蘭山地，而是支撐起大半北涼賦稅的陵州，更為隱蔽的內幕則是徐鳳年先前已經見過了王遂。

徐鳳年當時只帶著八百白馬義從，王遂領著北莽冬捺缽王京崇和數百嫡系私軍，各自脫離大軍，悄然會晤。

徐鳳年沒有急於策馬趕往陵州，陷入沉思。哪怕跟那位北莽東線主帥見過了面，他也沒弄清楚王遂葫蘆裡到底賣的什麼藥。明明是王遂主動要求這場祕密會晤，但是真碰了頭，王遂卻沒說半點正經事情，一番言談，除了聊了些春秋故人舊事，倒像個關係不遠不近的長輩見著了還算有些出息的世侄，只不過含蓄讚揚晚輩的同時，老頭子可沒忘記自我吹噓他當年的風采，這讓徐鳳年很是無奈，很容易想起那些年在清涼山養老的徐驍。

其間王遂譏諷離陽的格局屬於一蟹不如一蟹，無論朝廷官員才幹還是文人學識都是一輩一輩遞減，更罵離陽兩個皇帝都是孬種，打不過野狼就只能打家犬，不敢跟北莽死磕，就只好收拾西楚餘孽。徐鳳年雖然沒有附和，但聽著確實挺解氣的。

到最後，王遂倚老賣老地拍了拍徐鳳年的肩膀，再無言語，就那麼瀟灑揚長而去。從頭到尾，王遂就只有一句話切中時局要害，既然他王遂這趟西行遊獵都沒能夠撈到好處，那麼東線那邊一時半會也就沒誰樂意跟北涼過不去了。

徐鳳年清楚老人的言下之意，不是北莽東線死心了，因為北莽東線與顧劍棠對峙的駐軍大多是草原上的保守勢力，本來就對北涼沒有念想，傾向於在兩遼打破缺口直逼太安城，那麼王遂在幽州東大門的受阻，極有可能在北莽兩京廟堂上給予太平令和董卓雪上加霜的致命打擊。

正是這句話，打消了徐鳳年嘗試殺人的念頭，陪著老人只談風月，最終沒有出手。因此這次賀蘭山之行，談不上有何驚喜，但同時也不算失望。對於目前在涼莽大戰中傷筋動骨的北涼，沒有壞消息，就已經是好消息。所以楊慎杏來到北涼擔任副節度使，只要不是抱著必死之心來幫朝廷往北涼摻沙子，那麼徐鳳年不介意送給楊慎杏一份安穩，甚至可以主動幫這位老人積攢一些功績，讓楊慎杏不至於太難做人。北涼和徐鳳年對楊慎杏是如此，對兩淮經略使韓林也是如此。

這般處處隱忍行事，當然算不得酣暢淋漓，更稱不上任俠意氣。

徐鳳年終於翻身上馬，鞭馬前行之前，東望了一眼。

茶攤婦人百無聊賴坐在長凳上，抬頭看著那個有些書卷氣的將種子弟一人一騎的背影在驛路上越行越遠，想著方才這位俊哥兒與自己討價還價的情景，笑了笑，心想這後生出身肯定不差，卻連幾文錢也計較，倒是個會過日子的。

◆

陵州州城，滿城喜慶。這種喜慶由上而下，春風化雨一般，市井百姓不知道為何城中就突然重新熱鬧了起來，自然而然猜測是不是涼州關外和幽州葫蘆口打了大勝仗，只不過始終沒有確切消息流傳開來，誰也吃不准。

但這段時日經常能夠見到達官顯貴尤其是將種門庭的大人物酩酊大醉，稀奇的是不同於以往同輩間將種子弟的偎紅依綠、把酒言歡，這次多是隔著輩分的一家人或者幾家人一起歡慶。一些個往常針尖對麥芒的當地豪門家族，如今在酒樓狹路碰上了，竟也沒了劍拔弩張的氛圍，一笑而過。

暮色中，數騎恰好踩著門禁的點入城，直奔陵州別駕宋岩的那座府邸。門房是伶俐人，眼見著那幾騎雖未披甲，卻不似尋常的豪門扈從，而是得以腰間懸涼刀的軍伍銳士。得到門房通報的宋岩快步走出，看見牽馬站在街道上的徐鳳年，愣了愣。

徐鳳年讓人騰出一匹馬給這位推崇法家的陵州政壇大佬，兩騎緩緩駛向還隔著一段路程的刺史府邸，宋岩神色激動，低聲問道：「王爺，真打贏了？」

看來不光是楊虎臣這種外人感到匪夷所思，就連宋岩這種北涼自家人，也不是很敢相信邊關傳遞而來的諜報。由於徐鳳年不知出於何種考慮，並沒有在北涼道境內大張旗鼓宣揚邊關大捷，即便是宋岩這樣的從三品實權高官，也只能從惜字如金的簡陋諜報上獲悉三處戰場的最後結果而已。

徐鳳年點頭道：「慘勝。」

宋岩驀然漲紅了臉，嘴唇顫抖，這位當年初見世子殿下也能挺直腰杆的骨鯁文人，一時間竟是說不出話來。

徐鳳年感嘆道：「這仗還有的打，不過半年內應該不會有太大的戰事，邊軍可以暫時喘口氣，但是接下來你們陵州就要焦頭爛額了，只會比之前更加忙碌。」

宋岩笑道：「相比其他三州，唯獨陵州遠離硝煙，咱們這些當太平官的，忙一點不算什麼。只聽說過沙場戰死的，還真少有聽說在官場累死的。」

徐鳳年猶豫了一下，看著入夜時分也喧囂的繁華街道，輕聲說道：「徐北枳要卸去陵州刺史一職，從田培芳手上接任涼州刺史，但是徐北枳空出來的位置，宋大人你……」

徐鳳年沒有把話說完，宋岩默不作聲，既沒有流露出憤懣怨望的神色，也沒有說些身為文臣只為百姓福祉不求高官厚祿的慷慨言辭。

徐鳳年有些無奈，說道：「數千士子赴涼，就如某些外地士子私下的腹誹，至今為止，都是做些芝麻綠豆大小的官，如同一個腰纏萬貫的豪紳隨手施捨路邊乞丐，不符合千金養士的道理。雖說宋洞明做上了北涼道副經略使，位居從二品，但畢竟宋洞明不算嚴格意義上的赴涼士子，如外人傳言，宋洞明更多與徐北枳、皇甫枰等人相似，是我徐鳳年僅憑個人喜好破格提拔起來的心腹。」

說到這裡，徐鳳年自嘲一笑：「現在北涼打贏了仗，照道理說是該到了封官許願的時候，急需給這些嗷嗷待哺的士子一個盼頭。北涼畢竟只有四州之地，官帽子就那麼多，已經在各地衙門塞進不少外地士子，我總不可能趕走北涼本地官員給他們騰座位，不適合，就只好拿出一個陵州刺史的正三品高位來做噱頭。原本以宋大人治理政事的能耐，當然是下一任陵州刺史的最佳人選。」

宋岩終於開口說話，沒有任何藏藏掖掖，相反十分直截了當，問道：「王爺，下官若是在陵州做不成刺史，能否去別州？」

徐鳳年也坦誠說道：「在田培芳升任副經略使後，涼州刺史一職由徐北枳接任，這是板上釘釘的了。而流州現任刺史是楊光斗，下任不出意外是陳亮錫，也只能是陳亮錫。在經歷過一系列戰火薰陶的流州，說句難聽的，我就是願意讓宋大人調去流州，估計你也難以服眾，這與你宋岩執政本事的大小沒有關係。

至於幽州，不妨與你實話實說，志在沙場建功立業的胡魁確實很快就要重返邊軍，但是下任刺史人選，也是有講究的。幽州相較涼州，更加重武輕文，要不然田培芳前幾年也不會那麼憋屈，抱怨自己是個花瓶刺史，當年他竭力運作著想要來這陵州任職，是北涼官場路人皆知的一樁事情。這次涼莽大戰，幽州方面出力極多，死傷最重，你去幽州，不妥。」

宋岩苦笑道：「王爺這麼說，下官就死心了。說開了也好，不用成天吊著那份心思。」

宋岩心知肚明，涼州、流州、幽州去不了，而陵州非但是這次升不上去，在開了千金買馬的官場先河之後，在未來依然可能沒有適宜宋岩的那把交椅，因為陵州必然會成為安置赴涼士子的最佳地點。不聞戰鼓、不見狼煙的塞外江南，天然適宜舞文弄墨的讀書人，北涼也許會因此順勢形成北將南相的穩定局面。

所以宋岩才格外憂心，他並不是個迂腐文人，雖說不是那種太過熱衷名利的官員，卻也從不愚忠於誰。施展抱負一事，畢竟是要跟頭頂那官帽子的大小直接掛鉤的。試想張巨鹿若是個清水衙門的小吏，又如何能夠一手造就出如今的離陽大勢？

徐鳳年輕輕呼出一口氣，沒有轉頭正視宋岩：「三年，如果能夠撐到三年以後，當初允諾你的，我才能辦到。如果……如果你覺得委屈了，趁著這次剛好楊慎杏入涼，我可以讓你從北涼官場脫身，前往太安城。」

徐鳳年平靜道：「這非是我試探你，北涼自徐驍起，就沒有玩弄廟堂心術的習慣，這塊土地上，讀書種子本就不多，哪裡經得起折騰，能出來一個是一個，就算牆裡開花牆外香，也不攔著，更不會用涼刀砍掉。」

宋岩身體微微後仰，肩頭隨著馬背輕輕起伏，懶洋洋道：「我宋岩若是去了太安城，趙家天子能夠與我並駕齊驅嗎？不能吧？會為了我升不了官特地跑來親自解釋一二嗎？更加不能吧？我宋岩膝蓋稱不上有多硬，可好歹在北涼不用每天去朝會上跪著，日復一日、年復一年，就沒個盡頭。

一個讀書人，站著當官，總比跪著當官舒坦些，何況當下我這個官，也不算小了。當然，要是有一天趙家天子讓人來找我說，『宋岩啊，朝廷六部缺個尚書，要不你先將就著，回頭再讓你去中書省和門下省當主官，保證進棺材的時候能有個文貞啥的諡號』，我保證會心動，恐怕到時候就算王爺攔著，我也要一哭二鬧三上吊。」

徐鳳年哈哈大笑：「宋大人啊宋大人，那你就甭想了，宋姑娘相貌不差，可還真沒到禍國殃民的份兒上，不說學識才幹，人家嚴閣老在生女兒這件事上，比你強。」

宋岩很不客氣地冷哼一聲。

◆

到了刺史府邸，徐北枳還是那天大的架子，得知北涼王親臨後，別說興師動眾，大開儀門，就是露個面都欠奉，徐鳳年就只好和宋岩前往書房。

膽戰心驚的府上管事小心翼翼推開房門，只見還沒有脫下公服袍子的刺史大人正坐在椅子上處理政務。

亂糟糟的書房裡，書籍散亂一地，徐鳳年彎腰撿起一本本書，宋岩笑著走到視窗打開窗戶透透氣。

等到徐鳳年差不多整理完書房，徐北枳才擱下筆，揉了揉手腕，抬頭瞥了一眼徐鳳年，後者笑咪咪道：「現在清涼山宋洞明和白煜神仙打架，雖說都是有身分有修養的文人，鬧不出什麼大風波，但終歸不太讓人放心，這不就想著讓刺史大人去涼州當個和事佬，以涼州刺史的身分幫我盯著。」

徐北枳淡然道：「且不提那兩位心裡會不會有疙瘩，就說陵州這爛攤子，你不讓熟門熟路的宋別駕來當刺史，只為了安撫赴涼士子，交給一個外人，你真以為到時候能不出半點的紕漏？」

徐鳳年笑道：「那你說咋辦？」

徐北枳開門見山道：「李功德有沒有說要辭任經略使，由宋洞明來頂替？」

徐鳳年點頭道：「說過這麼一嘴，他的意思是不當經略使了，只保留總督涼州關外新城建造的虛銜，但是我沒答應。」

徐北枳冷笑道：「怎麼，怕被人說卸磨殺驢，寒了北涼老臣的心？還是擔心李翰林那邊說不過去？」

徐鳳年笑而不語。

徐北枳隱約有些怒氣，沉聲道：「一個陵州別駕，不小了！」

徐鳳年搖頭道：「是不小，但也不夠大。」

徐北枳說道：「那就讓宋大人去當涼州刺史，我只在清涼山占個閒職，一樣能幫你起到制衡的效果。」

徐鳳年還是搖頭，丟了一個眼神給隔岸觀火的宋岩。

宋岩幸災樂禍道：「王爺啊，天底下哪裡還有人不願當刺史只肯當別駕的官，這不是為難宋岩嘛。再說了，涼州刺史可比咱們陵州刺史要金貴許多。這違心話，下官說不出口。何況徐刺史明擺著是要飛黃騰達的，給下官這麼一摻和，結果丟了刺史跑去涼州坐冷板凳，官越當越小，等徐刺史哪天回過味，那麼這些日子好不容易攢下的香火情，也就沒了。於公於私，下官都不會幫著王爺勸刺史大人。」

經由宋岩打岔，書房內沒了原先的緊張氛圍，徐北枳大概是已經發洩過了積鬱已久的牢騷怨氣，很快恢復心態，收斂鋒芒，說道：「是信不過宋洞明，還是信不過白煜？或者是兩人都不信？」

徐鳳年搬了張椅子坐下：「談不上懷疑誰，但有橘子你待在清涼山，我在北涼關外能更安心些。」

看到徐北枳盯著自己不轉眼，徐鳳年有些心虛：「陳亮錫打死都不肯離開流州，擺明瞭要在那裡紮根，我實在沒法子。」

徐北枳微笑道：「王爺還真是會捏軟柿子啊。」

徐鳳年訕訕然沒搭話。

宋岩臉色古怪。王爺跟徐北枳、陳亮錫兩人的關係，還真是值得琢磨琢磨，否則聽徐刺史這口氣，怎麼像是在家中爭奪大婦位置的女子似的。

徐北枳突然臉色緩和起來：「流州是不容易。那場各自勝負只在一線的大仗，雙方都拿出壓箱底的物件了。」

尤其是兵力處於劣勢的北涼，不說三萬龍象軍全部投入戰場，除了青蒼之外的流州兩鎮兵馬，加上火速馳援的涼州騎軍，連劉文豹和司馬家族柴冬笛臨時集結的四千西域私兵，以及六珠菩薩緊急調動的爛陀山兩萬僧兵，都一一浮出水面，甚至連曹寬的那一萬隱蔽精騎都不得不掉頭增援流州，這才無比驚險地堪堪打贏了這場血戰。

可以說任何一股兵馬的缺失，都會導致流州的失陷，更別提能夠在戰後抽出幾千騎軍進入中線戰場，與北涼關外騎軍左右呼應，最終成功迫使董卓放棄玉石俱焚的打算。

如果僅是北莽單方面在葫蘆口的全軍覆沒，已經拔掉虎頭城這顆釘子的董卓可以完全不用理會，繼續向南推進。所以可以說，原本最無關大局的流州，才是祥符二年這場涼莽大戰的真正勝負手。

徐北枳站起身，死死盯著徐鳳年：「你應該清楚，就算我在戰前就大舉囤糧，在戰時也通過各種手段跟北涼周邊各地『借糧』，甚至連西蜀都沒有放過。但是如果想要打贏下一場大戰，別說朝廷限制漕運，只要離陽漕運不傾力支持北涼，那麼結果就是，仗不是沒法打，但是我們北涼會多死很多人，也許是三萬，也許是五萬，也許更多。北涼，怎麼辦？」

徐鳳年安靜地坐在椅子上，沉默許久，終於開口說道：「在我離開這間書房後，就會動身去一趟太安城。」

宋岩臉色劇變。

徐北枳猛然一拳砸在書案上，勃然大怒：「你徐鳳年丟得起這個臉，我北涼丟不起！虎頭城劉寄奴！流州王靈寶！幽州田衡！我北涼戰死的數萬英魂丟不起！」

徐鳳年默然起身，走出書房。

宋岩欲言又止，最終不過一聲嘆息。

徐北枳對著那個背影怒吼道：「北涼鐵騎，連北莽百萬兵馬都擋得住！打下離陽的兩淮，很難嗎！」

徐鳳年沒有停步。

陰暗廊道中，那個並不蒼老的背影，略顯傴僂。

第七章　徐鳳年二度入京　大宗師齊聚太安

一支不經朝廷兵部許可而擅自離開藩王轄地的騎軍，共八百騎，由北涼道幽州入河州，過薊州，緩緩前往京畿西。

一路行去，本該出面阻攔這支輕騎的各州地方駐軍，個個噤若寒蟬，連象徵性的出面質詢都沒有一句，使得八百騎在整個離陽北方邊防重地之上，如入無人之境。

在這之前，北莽東線精騎倒是也在薊河兩州的北部防線如此行事，可問題在於當時王遂麾下是數萬來去如風的虎狼之師，而這支騎軍人數不過八百而已。

按常理來說，寥寥八百人，別說是離陽、北莽雙方重兵駐紮的遼東，恐怕就算丟入戰火紛飛的廣陵道，也打不起一個小水漂。

隨著八百騎遠遠算不得風馳電掣的東行，一封封分別出自兩淮節度使蔡楠、經略使韓林、漢王趙雄、薊州副將楊虎臣等王公重臣的諜報，以八百里加急的速度傳遞給京城。

終於在京畿最西的邊緣地帶，出現了一支專職負責京師安危的精銳之師——正是以西壘營作為主力的畿輔駐軍西軍三大營，傾巢出動，兵力多達七千人，騎步各半。這支西軍本該由敕封為平西將軍的袁庭山遙領，只不過這位薊州將軍如今已經連薊州將軍的實職都保不住，就更別提對戰力僅次於京畿北軍的西軍有半點掌控了。

今日這七千西軍，由出身趙家宗室的安西將軍趙桂作為主將，由頭頂著奮武將軍勳位的京城四大實權校尉之一的胡騎校尉尉遲長恭作為副將。

養精蓄銳的七千人，對上風塵僕僕的八百輕騎，竟然是前者如臨大敵。

與楊虎臣、宋笠等青壯名將齊名的尉遲長恭還好，到底還能夠保持面上的鎮靜，可是正兒八經的安西將軍趙桂就是汗如雨下了。他畏畏縮縮坐在馬背上，滿腹牢騷，低聲咒罵宗人府那幫老不死的都不是好東西，自己說身體抱恙咋就是作偽的了？連兵部唐鐵霜那邊都睜一隻眼、閉一隻眼認可了的，不承想到頭來是自家人坑害自家人，甚至還威脅自己這回若是不願領兵，就要以宗人府的名義跟陛下彈劾一個臨陣退縮。

頭頂烈日的趙桂喝著那西北風，真是想死的心都有了。如果是一旬前，要他領著七千大軍在自己地盤上去攔截幾百北涼蠻子，別說什麼兵部和宗人府軟硬兼施，就是攔也攔不住他來撈功勞。只是隨著那支騎軍離開北涼，一些個小道消息就從西北傳入京城中樞重地，繼而又從衙門的門縫或是宮闈的某些珠簾縫隙裡飄出。

聽到那些個駭人聽聞的消息後，床上廝殺功力遠比沙場動刀子要更出色的趙桂就澈底懵了——這幫北涼蠻子當真打敗了北莽百萬大軍？據說連北莽名將楊元贊都給人在那個叫啥葫蘆口的鬼地方割下了腦袋？更有人信誓旦旦說幽州那邊的京觀一座接著一座，就跟咱們京城冬天堆出的雪人那麼多？

趙桂嘴皮子打架得厲害，轉頭跟尉遲長恭顫聲問道：「尉遲將軍，萬一那徐小蠻子……哦不，是北涼王，他北涼王不肯停下步子的話，難不成咱們真要跟他們打一架？」

早年正是被這位宗室勳貴擠掉安西將軍位置的尉遲長恭面無表情道：「趙將軍，上頭的旨意如此，我等總不能抗命。」

以往遇上尉遲長恭都要故意喊上一聲校尉大人的趙桂，艱難擠出一個笑臉道：「兵書上不是說不戰而屈人之兵，方為善之善者？那北涼王要是不識大體，我跟南軍那邊關係不錯，不然告知一聲，再喊個幾千人過來？也好教北涼王知曉咱們京畿駐軍的赫赫威勢。」

尉遲長恭平淡道：「趙將軍，如果末將沒有記錯，無論是誰，膽敢私自調遣京畿兵馬離開駐地，都是要殺頭的，別說你我，就是兵部唐侍郎也沒有這個資格。」

趙桂乾笑道：「我這不是擔心那位常年遠在西北的年輕藩王，不曉得利害輕重嘛。」

尉遲長恭瞇起眼望向遠方，沒有跟這位安西將軍閒聊的興趣，只是耐心等待下一撥斥候傳回軍情。相較趙桂這種從宗室中矮子裡拔高個的所謂大將軍，尉遲長恭及冠後便前往遼東邊境第一線，是腳踏實地累功成為一名邊關校尉，然後才在家族打通關節後返京一步一步升遷到如今的位置。

尉遲長恭自然不是趙桂這種靠著姓氏才上位的草包貨色，京城中目前真正詳細知曉北涼戰況的大佬，絕對不超出一雙手，便是那兵部，如今尚書空懸，侍郎許拱巡邊，也許就只有身在京城總掌兵部大權的侍郎唐鐵霜一人清楚內幕。

尉遲長恭因為曾經在遼東歷練，跟唐侍郎有些寶貴的私交，所以比趙桂要知道更多些的西北實情，不但確定北涼打退了北莽三線壓境的百萬大軍，連涼莽雙方的粗略戰損也有個數。加上尉遲長恭在邊境上切身領教過北莽騎軍的驚人戰力，越是如此，尉遲長恭越是感到震驚。別看他此時比起趙桂要處之泰然，其實尉遲長恭的右手就沒有離開過腰間的佩刀，指關節都已經泛白。

也許趙桂只是畏懼那個年輕人的藩王身分，畏懼三十萬北涼鐵騎的這個說法，最多加上新涼王那個武道大宗師的恐怖頭銜，但是尉遲長恭卻是真真正正毫無信心遠離硝煙多年的七千人，果真能夠經得起八百騎軍的衝殺？一次衝殺穩得住陣形，兩次三次以後呢？

正史上的戰場，以正卒對陣亂賊，以頭等精銳對陣尋常的正卒，檯面上的兵力優勢，從來皆是毫無意義的。遠的不說，就說只隔了二、三十年的春秋大戰，多如蝗蟲的數萬甚至十數萬流寇給幾千朝廷大軍殺得血流成河，何曾少了？而大規模戰場上，一方以千人甚至是數百精銳大破敵陣的例子，也不少見。

以前尉遲長恭對號稱鐵騎甲天下的北涼邊軍，雖說不像離陽士子書生那般輕視，但也不算太過當真，總覺得老將楊慎杏的薊南步軍不說能跟幽州步卒一較高下，總是相差不多的，更認為兩遼防線上如同朵顏精騎、黑水鐵騎這樣的百戰雄師，就算放在北涼邊軍也是第一等的戰力，可如今尉遲長恭沒有這麼樂觀了。

尉遲長恭下意識握緊刀柄，心情極為複雜。假設北涼騎軍不是十數萬，而是真正的三十萬騎，那是不是就可以直撲北莽腹地北庭，幫助中原第一次完整征服大漠和草原？可如果北涼真有如此兵力，既然能打掉北莽，那麼打下自己身後的那座太安城就算更難，又能難多少？

當斥候疾馳而來稟報八百騎離此不過十里地後，趙桂強顏歡笑問道：「尉遲將軍，想來那北涼王總不會真在天子腳下大動兵戈吧？」

尉遲長恭也沒有再對趙桂落井下石的心情，皺著眉頭道：「再等他們推進五里，如果北涼到時候主動派遣斥候跟我們大軍接觸，就意味著那位藩王會遵循著規矩行事。」

不知不覺趙桂的頭盔都有些歪了，他趕緊伸手顫顫巍巍扶了扶，順手擦了擦額頭汗水，小聲問道：「如果見不著北涼先鋒斥候，咱們咋辦？」

尉遲長恭沉聲道：「列陣迎敵而已。」

趙桂哆嗦了一下，差點當場從馬背上摔下去，立即打了一個哈哈掩飾自己的窘態，自我安慰道：「應該不會的，上回北涼王進京覲見先帝，不管是在下馬嵬驛館還是在朝堂上，到底還是懂規矩、講規矩的。」

安西將軍顯然已經把那位世子殿下在國子監外的舉動和九九館的風波，都自動忽略了，更把自己當年揚言要是碰著那小蠻子一定要過過招的豪言壯志拋諸腦後了。

◆

兩軍對峙不過五里，仍是不見有任何一名北涼騎軍出現。

趙桂一巴掌甩在自己臉上，憤憤道：「你這張烏鴉嘴！」

尉遲長恭不用去看身後的騎卒，就已經感受到那種令人窒息的壓迫感。

遙想當年，胡騎校尉尉遲長恭在遼東以騎軍伍長身分初次上陣殺敵，就彷彿能夠清晰聽到自己的粗重呼吸聲。因為過度緊張，新卒往往在衝陣之前，整個天地間會變得萬籟俱寂，甚至會讓人聽不到戰鼓聲。

相距不過三里地，依舊沒有北涼騎軍離開隊伍。

趙桂如喪考妣，已經沒了跟尉遲長恭說話的心氣，眼神癡呆，在馬背上自言自語：「北涼王，咱好好說話行不行？說到底北涼跟離陽還是一家人嘛，自家人動刀動槍多不好啊，你們北涼殺了幾十萬北莽蠻子還沒殺夠嗎？殺自己人算什麼英雄好漢……再說了，王爺你老人家好歹是跟鄧太阿並肩的高手，跟我這種人打打殺殺的，多掉身價啊！」

尉遲長恭高高舉起一隻手，沒有轉身朝後，竭力吼道：「起陣！」

四千步軍居中，層層布陣拒馬，盾牌如牆，弓箭手已經準備挽弓。

左右兩翼總計三千多騎軍開始提起長槍。

按照兩淮和趙勾雙方的諜報顯示，那八百北涼輕騎不曾攜帶長槍，一律僅是負弩佩刀。已經策馬來到左翼西壘營騎軍陣前的尉遲長恭，悲哀地發現自己好像又成為那個初次陷陣的遼東邊軍雛兒。

西壘營，是京畿西軍第一營，向來眼高於頂，堅信一個西壘營就能打趴下其餘兩個營。營號取自西壘壁。

不過二十多年，連同尉遲長恭本人在內，都忘了西壘壁是誰打下的了。似乎只有此時，當他們站在北涼的對立面，真正需要自己去直面徐家鐵騎，才意識到這個被遺忘的真相。

臉色蒼白的安西將軍趙桂帶著一隊親騎扈從去往了騎軍右翼，不斷轉頭瞥向尉遲長恭，這是他這輩子頭回後悔跟尉遲長恭交惡。

每逢大戰，必須有將領身先士卒，歷來是離陽軍律，只不過除了兩遼，至多加上南疆，其他絕大多數地方的軍伍，或多或少都不再如此生硬刻板。

這會兒主將趙桂就在不斷緩緩往後撤退，導致整個右翼騎軍都發生輕微騷動，陣形出現渙散。

京畿西軍中的尋常士卒，雖說並不知道北涼已經大破北莽的驚人消息，可是誰沒有聽說新涼王是勝了武帝城王仙芝的武道大宗師，這種可是飛來飛去的神仙人物，哪怕他們覺著年輕藩王一人怎麼都殺不乾淨七千大軍，可殺個七八百人約莫是可以的吧？作為兩翼騎軍之一，衝鋒在前，可不就是先死的那撥？

這麼算三、四個騎軍裡頭就要死一個，運氣不好可不就是給殺雞一般宰了？退一萬步來說，僥倖活下來了，三十萬北涼鐵騎共主的年輕藩王在這個地方戰死了，惹來北涼大軍直撲太安城，這筆帳算在誰頭上？還不是他們這些小卒子！位高權重的六部大佬會跟你講義氣？

陽光下，大地上。

眾人視野中，那支清一色身披白甲的輕騎，熠熠生輝。

八百騎軍緩緩前行，暫時並未展開衝鋒。

就在眾人以為北涼騎軍會止步陣前，然後派人來跟安西將軍、胡騎校尉兩位大人交涉的時候，異象橫生！

八百騎幾乎在眨眼睛，就鋪展出一條衝鋒陣形。

沒有鐵槍，但是八百白甲輕騎都握住了腰間北涼刀。

明擺著這支兵力占據絕對劣勢的北涼騎軍，面對以逸待勞的朝廷七千人大軍，依然是隨時都會抽刀出鞘，隨時都會開始衝鋒。

安西將軍趙桂開始快馬加鞭，卻不是陷陣殺敵，而是展露出驚人的精湛騎術，繞到了右翼騎軍的最後頭。

胡騎校尉尉遲長恭無比清楚，只要北涼騎軍開始衝鋒，己方無論獲勝還是兵敗都是小事，一旦使得貌合神離的朝廷跟北涼完全撕破臉皮，秋後算帳，一個尉遲長恭加上整個尉遲家族，都擔不起這份罪責。

但是他同時也不能後退，一步都不能退。今天退了，那他這輩子的仕途就徹底完蛋了，不光是他尉遲長恭遭殃，整個家族都別想在離陽官場有一天舒坦日子。

所以尉遲長恭猛然夾了一下馬腹，單騎出陣，來到那北涼騎軍的鋒線之前不足百步，躬身抱拳大聲道：「末將尉遲長恭，參見北涼王！」

北涼每一排騎軍鋒線不過兩百人，而居中地帶，孤零零停著一輛扎眼的普通馬車，附近不過四、五騎護駕。馬車的前簾，靜止低垂。

沒有得到任何回應的胡騎校尉繼續低著頭，朗聲道：「啟稟北涼王！藩王入京，按離陽律法，北涼、淮南兩王扈從需要停馬京畿西軍大營！」

尉遲長恭抱著拳，度日如年。

這名實權校尉咬牙緩緩抬頭，看到一名都尉模樣的北涼騎軍，沒有任何要開口說話的跡象，只是手勢已經由握刀變成抽刀。

尉遲長恭咽了一口唾沫，硬著頭皮，沙啞說道：「末將懇請北涼王依律行事！」

就在此時，西軍傳來一陣譁然。

原本已經心如死灰的尉遲長恭愕然轉頭望去，只見三騎疾馳而至，其中一人身穿醒目的大紅蟒袍，是宮中老太監，一手高舉黃絹，尖嗓子嘶聲喊道：「聖旨到！」

另外隨行兩騎中有個頗為年輕的官員，看那官補子，應是來自兵部的翹楚人物。

尉遲長恭頓時如釋重負，如同在鬼門關走了一遭，只差沒有癱軟在馬背上。

就在大太監一旁聽宣的胡騎校尉，竟是沒有聽仔細聖旨具體說了什麼，只聽出個大致的意思，是說皇帝陛下特許八百藩王親騎隨同北涼王一起入京，在下馬嵬驛館附近駐紮。

當蟒袍老太監高高喊出「接旨」那兩個字的時候，全場寂靜。

尤其是那個年紀輕輕的兵部官員，嘴角翹起，笑意玩味。

那個運氣不好被抓來做惡人的禮部官員就要老到深沉許多，只是眼觀鼻、鼻觀心，如果不是聖旨才剛剛結束，他都恨不得在馬背上裝著打瞌睡。

車簾子紋絲不動。

高居司禮監秉筆太監之位的年老宦官，一張枯如樹皮的僵硬老臉竟是跟車簾子如出一轍，絲毫不動，就連尉遲長恭都能感受到老太監的陰沉氣息了。

作為司禮監二把手，太安城眾多宦官中的一等一大人物，得以身穿大紅蟒袍的高高存在，此時此刻，哪怕面對如此大逆不道的臣子，老人仍是死死壓抑住怒火，不流露出半點多餘表情，不言不語，捧著聖旨。

一個嗓音響起：「說完了？」

老太監愣了一下，終於低下頭，緩緩道：「說完了。」

車中那個嗓音沒有任何語氣起伏：「那就給本王讓路。」

尉遲長恭瞠目結舌。

年輕兵部官員正要出聲斥責，年邁太監立即轉頭陰惻惻瞪了後者一眼。

然後這位幾位尚書都要執禮相待的司禮監秉筆太監，對尉遲長恭輕聲道：「尉遲校尉，還不為北涼王護駕。」

當尉遲長恭撥轉馬頭去指揮大軍散開陣形的時候，如今風頭一時無兩的京城紅人，在兵部觀政巡邊中聲名鵲起的榜眼郎高亭樹握緊拳頭，指甲刺入手心。

老太監低眉順眼細著嗓子說道：「北涼王，老奴還要先行返京，就不能陪同王爺了。」

車廂中沒有回應。

老太監帶著兵部禮部兩位官員率先返程。

聖旨依舊在。

從離陽一統天下以來，自永徽元年到祥符二年，只有兩次聖旨被拒。

而且兩次拒收聖旨的悖逆之徒，是同一人，就是那個連車簾子都懶得掀起的北涼王。

禮部官員小心翼翼偷瞥了一眼司禮監秉筆太監，卻在老人臉龐上看不到任何變化。

高亭樹轉頭看了一眼從西軍步卒大陣中央穿過的八百騎軍，冷笑道：「好大的架子！」

禮部官員明明不見秉筆太監嘴唇如何張開，偏偏能聽到一陣從喉嚨裡滲出的細微笑聲，這讓他毛骨悚然。

高亭樹嘴角再度翹起。先前正是他有意無意放緩速度，而秉筆太監也未提出任何異議。

高亭樹知道一場好戲就要揭開序幕了，因為這裡是太安城，而不是北涼啊。

◆

太安城的城牆一點一點映入北涼騎軍的眼簾，顯得越發高大巍峨。

徐鳳年終於掀起簾子一角，舉目望去。

他身穿由北涼金縷織造局自行縫製的那件藩王蟒袍，對駕車的馬夫微笑道：「上次來到這裡，覺得城牆很高，現在再看，好像還不如咱們葫蘆口的那些座京觀。」

充當馬夫的徐偃兵扯了扯嘴角，沒有說話。

祥符二年，深秋，北涼王入京。

都說這世上沒有不透風的牆，太安城牆雖高，風卻也大，耳報神更是數不勝數，故而小道消息總能以驚人的速度傳遍各個角落，當新涼王下榻下馬嵬驛館沒多久，北涼騎軍跟京畿西軍的衝突事件就傳得沸沸揚揚。如此一來，原本朝廷以禮部尚書為首親自迎接藩王入城的平常事，也讓人咀嚼出一些不尋常的意味。

多數老百姓在讚譽陛下寬宏大度的同時，不遺餘力痛罵年輕藩王的蠻橫無理，認為朝廷就應該把這個西北蠻子晾在城外，什麼時候幡然醒悟，曉得上摺子跟陛下請罪，才准他入城。

相比不知水深水淺的市井百姓，太安城的文武百官，尤其是有資格參與早朝，等於在離陽官場上登堂入室了的那撥官員，本該是最有底氣對北涼軍政頤指氣使的一撮人，這次破天荒齊齊噤聲，少有的一犬吠形、百犬吠聲的「盛況」。

例如官職不高卻身分清貴的御史臺言官和六科給事中，私底下相互通氣之後，都紛紛絕了彈劾那位年輕藩王的念頭。理由很簡單，隨著那輛馬車的駛入太安城，除了北涼輕騎跟趙桂、尉遲長恭兩位將軍的對峙浮出水面，還有那個北涼大破北莽的驚悚消息也捎入了京城。

在這個敏感時候彈劾堪稱新朝邊功第一的武人，任你找出千般理由，也沒用。

反觀傾盡半國賦稅打造的兩遼邊軍，二十年來殺敵多少？有十萬嗎？按離陽軍律來算，斬獲八十北莽首級就可以讓一名底層士卒躍升至邊軍都尉，據說這次北涼不但殺敵無數，連北莽大將軍楊元贊的腦袋都摘掉了，要是論功行賞，這得是多大的軍功？既然那徐小蠻子已經貴為藩王，那麼離陽讀書人夢寐以求的封侯拜相就沒了意義，難不成先帝才摘掉老涼王的大柱國頭銜，眨眼工夫，這就又要從當今天子的手上拿回去了？

與此同時，品秩較低的京官也開始自然而然腹誹起北莽蠻子的不堪一擊。先前東線大軍還氣勢洶洶地一路推進到葫蘆口霞光城，怎的臨了，便如此不濟事了？太安城順帶著連那位位極人臣的大將軍顧劍棠也給埋怨上了——人家北涼三十萬邊軍能把北莽百萬大軍趕回老家，兩遼邊軍也不少，別說什麼雷聲大、雨點小，你兩遼是整整二十年連個像樣的響雷都沒有啊！

徐鳳年只帶著徐偃兵入住下馬嵬驛館，八百白馬義從都由兵部禮部安置鄰近驛館的妥帖住處，徐鳳年下車後發現驛丞諸多官吏不同於上次進京，都是些更為年輕的生面孔，看到身穿黑金蟒袍的北涼王，眼神中都透著濃重畏懼。

徐鳳年抬頭看著驛館外那棵龍爪槐，物是人非了。

下馬嵬驛館一直是獨屬於北涼道的驛館，也是寥寥無幾得以建造在京城內的驛館。由於老涼王徐驍在封王就藩後極少進京面聖，這些年始終是一種慘澹的情景，兵戶兩部官員無數次諫言裁撤下馬嵬，以至於到了前幾年兩部後進官員入了兵部戶部後，老調重彈此事就成了約定俗成的一個規矩，頗像一份投名狀。

誰要是敢不拿此事遞交奏章摺子，少不得被前輩同僚好一頓排擠拿捏，不過先帝和當今天子對此都是留中不發的微妙態度，以至於有官場老油子打趣，哪天要是下馬嵬驛館真給拆了，就該無趣嘍。

徐鳳年對這座驛館很熟悉，跟那位洪姓驛丞點名要了後院的一間屋子，等到戰戰兢兢的驛丞躬著身子緩緩離去，徐鳳年搬了兩張籐椅到簷下，與徐偃兵一人躺、一人坐著。

這趟在清涼山看來屬於徐鳳年臨時起意的匆忙入京，並不是沒有異議，只不過如今徐鳳年對北涼鐵騎和整座北涼道官場的掌控，可謂達到了頂點。除了徐北枳在陵州見面時發了一通怒火，也就宋洞明讓拂水房諜子送來一封密信，措辭含蓄，大抵是不讚同徐鳳年以身涉險，估計這也道出了包括燕文鸞在內一撥老將的心聲，唯獨白煜經由梧桐院姍姍來遲地送來的一封信，言辭中卻是持讚成意見的。

徐偃兵輕聲道：「二郡主說讓呼延大觀也跟著進京，王爺應該答應下來的。百足之蟲，死而不僵，何況離陽趙室遠遠沒有到日薄西山的境地，即便沒了韓生宣、柳蒿師、祁嘉節這幾個頂尖高手，欽天監鍊氣士經過兩場波折也所剩不多，可到底仍是這天下的首善之城，不容小覷。」

徐鳳年笑道：「我沒有請呼延大觀出山，趙家天子也沒讓顧劍棠火速入京，就當做是扯平了。」

徐偃兵感慨道：「要是當時聖旨再晚到一些，咱們北涼就算是跟趙家分道揚鑣了吧。」

徐鳳年搖頭道：「打不起來的。趙篆的本意是想讓京畿西軍試探一下我的底線，如果咱們好說話，那他就有底氣獅子大開口。如果我沒有猜錯，前去頒旨的司禮監秉筆太監定然得了皇帝授意，務必要踩著點露面，所以不管如何都不會在京畿之地開戰，真要打起來的話，足足七千精銳給八百騎打得屁滾尿流，皇帝和朝廷的臉面往哪裡擱？再者，即便西軍僥倖打贏了，爛攤子一樣不好收場。」

聽到徐鳳年說起「精銳」二字的時候故意加重語氣，徐偃兵會心一笑：「北涼駐軍，不說涼州、幽州，說不定陵州都比他們硬氣。」

徐鳳年並沒有絲毫譏諷：「其實離陽軍伍的春秋底子還在，可惜承平二十年，年年演武終歸比不得邊軍的真正廝殺，也就沒了銳氣，畢竟一把刀，開過鋒和沒開鋒，天壤之別。不過要是給他們幾年時間的戰火磨礪，未必就差了。

打個比方，假設我北涼要立國，撐死了也就是一個小北莽，註定耗不過蒸蒸日上、國力漸盛的離陽，而如果北涼孤注一擲，在北莽不趁火打劫插手中原的前提下，以千里奔襲之勢猛攻太安城，我相信拿下兩淮……」

說到這裡，徐鳳年笑了笑：「一個月，最多一個月，北涼鐵騎就能讓包括薊州在內的整條離陽北線雞犬不留，而且戰損絕對不會超過兩萬，直接就兵臨太安城下。」

徐鳳年雙手放在腦袋下，望著京城的天空：「但是要攻破京城，太難了。京畿地帶，除了南部利於騎軍馳騁，其他地方都不行。到時候別說顧劍棠的兩遼邊軍和膠東王趙睢以及靖安王趙珣，興許連南疆大軍都要趁勢北上。只不過前者都是想著立下勤王之功，後者嘛，心思就多了，漁翁得利。

這中間別忘了還有一個野心勃勃的陳芝豹，至於盧升象、唐鐵霜之流，也都不是庸人。一場廣陵道戰事就能讓謝西陲、寇江淮迅速躋身名將之列，一場仗打久了，離陽很容易就冒出幾個什麼王西陲、馬江淮的。若說是北涼與西楚聯盟，勝算更大，反過來說，狗急跳牆的離陽難道就不能去跟北莽借兵？」

徐鳳年輕聲道：「就算所有北涼鐵騎都願意跟著我徐鳳年當亂臣賊子，到時候要多少人戰死異鄉？整個天下，又要死多少人？要是因此而讓北莽鐵蹄藉機擁入中原，且不說什麼千古罪人，就說徐驍……會睡不安穩的。」

徐偃兵由衷感嘆道：「當官要比習武難，習武之人，一根筋未必不能成為宗師，當官要是死心眼，可就沒前途了，當官已是如此，更別提當藩王當皇帝了。」

徐鳳年笑道：「順心意何其難，不妨退而求其次，求個心無愧。」

一時無言。

徐偃兵突然問道：「接下來怎麼說？」

徐鳳年輕輕說道：「等著京城勢成，火候夠了，我再去參加一次朝會。在那之後，看是桓溫還是齊陽龍見我，是曉之以情、動之以理，還是誘之以利、脅之以威，其實我也很好奇。」

一門兩尚書的江南盧家，舊禮部尚書盧道林和上任兵部尚書盧白頡如今都已先後離京，一個致仕還鄉，一個平調廣陵，目前看似比起一門兩夫子的宋家，境況要好上許多。只不過暗流湧動之下，只要人不死，還沒有得到那蓋棺論定的謚號，就誰都不知道最終的結局是好是壞。

兵部孔鎮戎、翰林院嚴池集、陳望、孫寅、陸詡、大學士嚴杰溪、禮部侍郎晉蘭亭，還有分別以殷長庚和王遠燃為首的兩撥京城權貴子弟，貌似徐鳳年的熟人比想像中要多一些。

徐偃兵面有憂色：「但是萬一朝廷對漕運死不鬆手？」

接下來徐鳳年的答案讓徐偃兵都感到震驚。

「涼莽短時間內無戰事，你離陽空有雄甲天下的北涼鐵騎不用，眼睜睜看著西楚連戰連捷也太不像話了吧？我徐鳳年還是樂意幫助朝廷排憂解難的。歸根結底，意思就是朝廷小氣，不給北涼糧草，沒關係啊，咱們北涼，照樣願意出兵！不但要出兵，還讓大雪龍騎軍趕赴廣陵道！」

徐偃兵揉了揉下巴：「換我是坐龍椅的，要頭疼。」

徐鳳年坐起身，瞇眼笑道：「不僅頭疼，要離陽胯下都疼！」

就在此時，徐偃兵瞥了一眼院牆那邊，嘴角泛起冷笑。

徐鳳年感嘆道：「讓我想起逃暑鎮的祁嘉節，出場架勢都是一個模子裡刻出來的，恨不得比劍氣近黃青還要劍氣近。」

姓洪的驛丞哭喪著臉走入小院，小心翼翼說道：「王爺，驛館外頭有客來訪。」

徐鳳年點頭道：「知道了，你回去跟他說一聲，就說我讓他滾蛋。」

驛丞臉龐明顯抽搐了一下，但還是畢恭畢敬退出院子。

沒過多久，就有人用隔著兩條街也能清晰入耳的嗓音朗聲道：「在下祁嘉節首徒，李浩然！有請北涼王生死一戰！」

徐鳳年有些哭笑不得。

徐偃兵亦是如此，嘖嘖道：「這傢伙腦子進水了？還生死一戰？」

很巧，緊跟著京城著名劍豪李浩然的邀戰，又有一個大嗓門喘著氣火急火燎喊道：「老子管你是誰的徒弟，是我先到這下馬嵬驛館的，要不是方才內急去尋了茅廁，哪裡輪得到你！要跟北涼王過招，那也是我先來！北涼王，別聽我身邊這傢伙瞎咋呼！我先來我先來！在下遼東錦州好漢吳來福，今日斗膽要與王爺切磋切磋！斗膽，斗膽了！」

很快，驛館那位差點給李浩然截和的英雄好漢就補充了一句：「王爺，其實咱們是老鄉啊！」

坐在籐椅上的徐鳳年扶住額頭。

徐偃兵問道：「要不然我隨手打發了？」

徐鳳年起身笑著打趣道：「沒事，我去見見老鄉。」

◆

只是等到徐鳳年走出驛館，結果只看到大街上冷冷清清，只站著一個玉樹臨風的年輕劍客以及街道兩旁酒樓茶館無數顆探出窗戶的腦袋。

徐鳳年有些納悶，轉頭跟驛丞問道：「那個遼東錦州的？」

驛丞臉色古怪，低聲道：「回稟王爺，不知為何，那人還沒見著王爺的身影，就嚷了一句『有殺氣』，然後……然後就一溜煙跑路了。」

徐鳳年無言以對。

這哥們兒是個人才啊，很有某人當年的風采。

給那傢伙插科打諢弄得氣勢全無的李浩然原本臉色陰沉，但是當他看到身穿蟒袍的北涼王出現後，沒來由一陣心潮起伏，竟是瞬間劍心蒙塵，不復先前出場時的通明清澈。

更讓人崩潰的是那個姓吳的遼東王八蛋去而復返，一路小跑到李浩然身邊，腰間挎了把鏽跡斑斑的黑鞘鐵刀，咧嘴憨憨笑道：「北涼王，老規矩，還是我先來。這不剛才有點事，去了趟隔壁街，今兒我吳來福也不敢太過叨擾王爺，只要王爺能夠接下我一刀，只要一刀！我二話不說就走人，如何？」

徐鳳年笑意玩味，點頭道：「好啊。」

街道兩側窗後頭無數湊熱鬧的看客只見那傢伙一腳踏出，怒喝一聲，猛然拔刀後，卻不前衝。然後，就沒有然後了。

李浩然深呼吸一口氣，抬頭望向天空。

滿街死寂。

漫長的等待後，只見這名刀客收刀入鞘，站定抱拳道：「北涼王好身手，竟然達到了手中無刀、心中有刀的玄妙境界！這次你我巔峰過招，是在下敗了！青山不改，綠水長流，後會有期！」

這位大俠瀟灑轉身，甩了甩頭，大踏步離去，盡顯「高手風範」。

「老子等你半天了，你好歹來一刀啊！」

「王八蛋玩意兒，還巔峰過招，巔峰你大爺！」

「你小子叫吳來福是吧，老子記住你了！看老子回頭不找人抽死你！」

大街上頓時謾罵無數，有些氣憤至極的看客不光是往窗外丟出茶杯酒碗，脾氣暴躁的，直接把椅子砸在了街面上。更有幾撥人實在忍無可忍，已經衝到街道上，要拾掇拾掇那個傢伙。可惜那傢伙很快就沒影了，眾人不得不感慨，不說這人武藝如何，跑得那叫一個快啊。

好不容易恢復止水心境的青衫劍客李浩然沉聲道：「北涼王，是否可以一戰了？」

眾人心想好戲總算來了。

李浩然作為祁大先生的首徒，在京城也是有數的一流劍客，哪怕打不贏那個在江湖上聲勢鼎盛的年輕藩王，可打上三、四十招終歸不是啥問題吧？那麼他們花了大價錢，打破頭顱才爭來的風水寶地，也就算回本了。

徐鳳年沒有理睬李浩然，而是望向街道盡頭。

高低老少，三個身影，並肩而立，無聲無息。

在三人身後更遠處，還有一位脖子上坐著個綠衣孩子的男子。

更有一名年輕道人從拐角處出現，腰佩一柄桃木劍，行走間道袍飄搖，神仙中人。

徐偃兵不知何時來到了徐鳳年身邊。

徐鳳年沒有理會這些替太安城待客的人物，而是抬頭向一棟酒樓屋頂望去，忍住笑。

有個頭戴一頂廉價貂帽的古怪小姑娘，坐在那裡自顧自啃著一張大餅，悠悠然。

徐鳳年的心情一下子很好，笑臉燦爛。

街兩旁花重金買座位的看官中不乏家世不俗的膽大妙齡女子，親眼瞧見這一幕，頓時都癡了。

屋頂的小姑娘「呵」了一聲。

這條通往下馬嵬驛館的小街不寬，不長，人也不算多。

但是當那些人零零散散站在街上，與驛館遙遙相對，再見識短淺的外行看客，也意識到事情不太對，換句話說，就是年輕藩王的處境不太妙。

徐偃兵笑道：「陣仗挺大。」

徐鳳年如數家珍道：「並肩站著的三人，好像都是跟拂水房打了多年交道的老朋友，除了親手搗鼓出趙勾的元本溪，還有五個真正做事的，其中廣陵道那個死在了元本溪前頭，被曹長卿親手做掉。

眼下那個跛腳老人，是本該腰懸銅魚繡袋的刑部暗處次席供奉，見不得光，只知道姓姚，跟柳蒿師一樣，是個給太安城看門的，勉強算是比較擺在檯面上的趙勾頭目。瞧著是青壯歲數的傢伙，駐顏有術，早年藏藏掖掖故意出手過幾次，原來都是障眼法，此人也從來沒有出現在欽天監，所以在拂水房密檔中給誤認為小魚小蝦了，沒料到是掌管所有北方鍊氣士的那個趙勾頭目，但既然這次膽敢露頭，可以確定是趙勾頭目之一。

那個橫掛短刀在背後的『少年』，應該跟那個被鄧太阿飛劍釘殺的龍虎山趙宣素相似，憑藉祕術走了條返老還童的路數，難怪拂水房抓不住他的蛛絲馬跡，誰能想到一個人越活越年輕，連易容的面皮都省了。不過既然是個少年，還沒變成稚童，說明道行其實一般。」

相比對待這三人的雲淡風輕，更遠處那個脖子上騎著綠衣女孩的男人，以及卓爾不群的年輕道士，徐鳳年明顯就要更加重視幾分：「于新郎、齊仙俠，這兩個屬於意料之外的人物。」

徐偃兵問道：「怎麼個說法？」

徐鳳年眨了眨眼睛，低聲道：「我堂堂藩王，跟一大幫打出江湖人旗號的傢伙打打殺殺不像話吧？贏了，我無非還是四大宗師之一，也當不成凌駕其餘三人之上的世間第一人，打平的話，就算一個挑他們一群，還不是要跌份。」

徐偃兵略顯無可奈何，道：「王爺，跟我老老實實承認自己帶著內傷不便出手，圍毆之下很有可能會輸，不就行了。」

徐鳳年突然一本正經說道：「問題在於，我是打算跟他們幹一架的。」

徐偃兵滿臉訝異，鄭重其事地望向徐鳳年，等待那個答案。

徐鳳年點了點頭。

徐偃兵笑著轉身走回驛館，沒有半點拖泥帶水。

◆

街道盡頭，坐在于新郎脖子上的綠衣女孩輕輕問道：「小于、小于，那個天底下槍術第一的大叔，怎麼走了？他就不管那傢伙的死活啦？你剛才不是說那傢伙不太對勁，好像體內氣機相當紊亂嗎？如多條蛟龍在翻江倒海，導致洪水氾濫嗎？」

于新郎柔聲道：「我也不太清楚，但妳不覺得這時候的他，突然變得很像兩個人嗎？」

女孩使勁瞪大眼睛望去，苦惱道：「像誰？我認不出啊！」

于新郎神情複雜，有苦澀，有神往，也有幾絲罕見的茫然。

一甲子前無敵於世的李淳罡，無敵於世一甲子的王仙芝。

于新郎嘆息道：「走吧，咱們找找看附近哪裡有冰糖葫蘆賣。」

綠衣女孩「嗯」了一聲。

于新郎走向那個行走江湖多年的龍虎山小天師齊仙俠，看了一眼年輕道士腰間的那柄桃木劍，問道：「齊道長，要向北涼王問幾劍？」

曾經以性子冷清著稱於世的齊仙俠先對綠衣孩子笑了笑，然後對于新郎平靜道：「不問劍，只問道。」

于新郎繼續問道：「聽說齊道長與武當李掌教結伴而行，沿著廣陵江走了千里，敢問道長今天要問的道，是道理的道，還是天道的道？是龍虎山的上山，還是武當山的下山？」

小女孩老氣橫秋地嘆了口氣，憂鬱道：「小于，我聽不太懂啊。」

齊仙俠如遭雷擊，臉色蒼白，然後閉上眼睛，嘴唇微動，不斷呢喃：「大道不長生，大道不長生……」

于新郎轉頭看了眼遠處站在驛館門口的蟒袍藩王，再看著這個近在咫尺的龍虎山道人。

小女孩用下巴敲了敲于新郎的腦袋，納悶問道：「小于，你說他一個道士，辛苦修道不為長生，那圖啥啊？」

于新郎跟齊仙俠擦肩而過，走遠了以後，才說道：「不好說，不過我想這位出身天師府的道長，是要從龍虎山下山，由武當山上山了。」

世人不知，這一天龍虎山那株仙氣縈繞的紫金蓮，「橫生枝節」，並且綻放出六朵之多的紫金蓮花，而原本只差半步便可證得長生的齊仙俠，剎那間修為盡失，在他離開太安城的時候，只是低頭看著道路，滿懷歡喜，輕輕說出了三個字：「大道矣！」

天上少了一位仙人，人間多了一位真人。

◆

幾乎同時，已經沿著廣陵江到達春神湖的一對師徒，師父李玉斧對太安城方向鄭重其事打了個稽首。

最早發現蛛絲馬跡的不是處於武道巔峰境界的徐偃兵，而是體內依然有凌厲劍氣作祟的徐鳳年，只不過他選擇了袖手旁觀。

那相貌粗樸的北方鍊氣士宗師緊隨其後察覺到了異樣，轉身死死盯住那龍虎山道士，像是在天人交戰，猶豫是否出手阻攔齊仙俠的大逆行徑，但是最終他喟然長嘆，面容悲哀，放棄了出手的念頭。

不管齊仙俠是否得道，從這一刻起，順乎本心選擇扶龍而不是縫補天道缺漏的趙勾頭目自知此生已經無望天人合一了。

悔意一閃而逝，他仰天大笑：「陸地神仙！好一個『陸地』神仙！」

一瞬間，形似中年男子的鍊氣士就衰老成一個老態龍鍾的遲暮老者。

但是以肉眼可見的速度衰老後，北方鍊氣士第一人的武道境界，亦是一路高歌猛進，由指玄、天象兩境之間，攀升至大天象境，才趨於穩定。

只不過街道兩旁絕大多數的看客，別說一品境界，就是小宗師境界都沒有，根本感受不到那股磅礴氣勢，只覺著真是白日見鬼了，心生驚懼之餘，面面相覷的他們，都看到了對方的莫名其妙。

跛腳老人沉聲道：「怎麼回事？」

鍊氣士微笑道：「好事壞事各半，假以時日，未必不能躋身陸地神仙。」

橫刀在身後的「少年」既有欣慰，也有嫉妒，沒好氣道：「先前的謀劃是不是不作數了？來賭一把大的？」

跛腳老人搖了搖頭。

他們今日來此，皇宮裡頭的意思很明確——不殺人，能傷人是最好；不能傷人，也不要輸得太難看。只要讓太安城知道所謂的四大宗師之一，不過如此，連幾個「無名小卒」都能輕易叫板。

當然，三人心知肚明，就算他們真想殺人，也無異於癡人說夢。一個徐鳳年，加上一個徐偃兵，怎麼殺？

但是現在情形大不相同了，因為有了一個距離陸地神仙只差一線的大天象境宗師坐鎮，所以橫刀少年才有此提議。

跛腳老人壓低嗓音道：「先生死了，別忘了先生的孩子還活著。」

少年眼神陰沉：「咱們真是窩囊！」

修為突飛猛進的鍊氣士皺眉道：「有些不對勁，齊仙俠和于新郎走了，可我目前……」

「少年」譏諷道：「這不明擺著的嘛，在徐偃兵眼中，現在的你，一樣比不上于新郎加齊仙俠。」

鍊氣士對於同僚的挖苦並不惱火，心情沉重道：「恐怕沒有這麼簡單。」

站在三人和徐鳳年之間的李浩然，憤怒至極。

年輕藩王的心不在焉，讓師出名門的李浩然最為受傷。

徐鳳年皺了皺眉頭，不過很快就舒展開來，終於向前跨出一步。

靠近街道盡頭的一棟酒樓內，窗戶那邊已經擁擠不堪，只為了一睹為快。

一位兩鬢霜白的青衫儒士不知為何，沒有去湊這個千載難逢的熱鬧，跟店夥計要了一壺酒後，獨坐角落，自飲自酌。

對面酒樓，一樣有個獨飲的白衣人，如果不是北涼王的名頭太大，街道上的風波夠勁，估計很多人都會多看幾眼這個神情冷漠的英俊男子。

白衣男子要了一壺綠蟻酒，舉杯次數不多，但每次舉杯必然會飲盡杯中酒。

鄰近青衫儒士的一棟樓內，東越劍池的李懿白被人認出，只好坐回座位，同桌還有一位老人和一對少男少女，分別是柴青山、宋庭鷺、單餌衣。

毗鄰白衣男子的客棧廂房內，一名諧音「無劍」的滄桑老人，站在視窗。

太安城門口，走入一名英氣勃發的俊逸「公子哥」，身邊跟著一位頭戴帷帽的朱袍女子。

兩人前腳入城，就有個牽毛驢的中年漢子後腳入城。

一處城牆上，有個裙擺打結的紫衣女子，迎風獨立。

祥符二年，在這個蟬聲凋零的深秋，在北涼王徐鳳年入城後，一座太安城內，徐偃兵、于新郎、齊仙俠、賈家嘉、曹長卿、陳芝豹、吳見、柴青山、洛陽、徐嬰、鄧太阿、軒轅青鋒，皆至。

第八章　下馬嵬風聲鶴唳　徐鳳年大戰紫衣

西北秋風吹皺了京城官場一池水，風過水無痕，可水面之下，已是暗流洶湧。

繼盧道林、元虢之後成為禮部尚書的司馬樸華，迎接完了那位跋扈至極的年輕藩王，返回趙家甕那座與兵部毗鄰的衙門，古稀之年的老人顯得格外神態衰弱。

重建於永徽初的尚書省六座衙門並排而設。離陽朝左尊右卑，主官被譽為天官的吏部，自然位於最左端。當時擔任兵部尚書的顧劍棠，出人意料地把衙門選在了最右端，故而從東至西，依次是吏戶刑工禮兵。以此可見，禮部在永徽年間是如何不受待見。

最初京城有「禮部侍郎賤如別部員外郎」的說法，隨著盧道林、元虢兩任尚書執掌禮部，禮部這才逐漸日子好轉，如今就更不用說了，館閣學士出禮部已是不成文的規矩。

司馬樸華自祥符二年起，每次朝會腰杆子挺得比年輕官員還要直，哪怕時下已是深秋時分，也給人滿臉春風的感覺。可是今天老尚書回到衙門的模樣，落在猴精似的禮部官員眼中，就跟丟了魂差不多。

老人病懨懨地進了屋子落座後，開始長吁短嘆，以至於左侍郎晉蘭亭和新任右侍郎蔣永樂連袂而至，老尚書都不曾察覺，還在那兒唉聲嘆氣。

蔣永樂看見這般光景，頓時心涼了一截。地方官員只知道他這個原本執掌禮部祠祭的清吏司，之所以能夠升遷為侍郎，是因為在殷茂春和陳望兩位大佬主持的京評中得了上佳考語，這才從禮部品秩相當的一撥同僚中脫穎而出。

可是芝麻綠豆大的京官都心知肚明，他蔣永樂能夠撈到這個越來越讓人眼紅的右侍郎，無非當年在為徐瘸子死後的謚號一事上，他極其狗屎運地賭對了先帝心思，提出的「武厲」謚號得以通過，所謂的京評出彩，不過是朝廷的一層遮羞布罷了。

一些個瞧不上蔣永樂的京城公卿重臣，那可是直截了當喊他一聲「狗屎侍郎」的！先前蔣永樂也懶得計較什麼，也計較不出個花樣，他在京城為官多年，始終根基不深，否則當時也不會攤上裁定謚號的那樁禍事。

在蔣永樂看來，水漲船高的侍郎官身才是實打實的，不服氣你們也去踩狗屎啊，能讓你們的官補子變成繡孔雀嗎？只是當侍郎大人冷不丁聽說武厲謚號主人的兒子——新涼王徐鳳年毫無徵兆地闖入京城，蔣永樂就嚇懵了，本來他還有幾分偷偷跟晉蘭亭一較高下的念頭，希冀著不小心再踩一次狗屎說不定就能真當上禮部尚書了，現在哪裡還敢如此囂張？

尚書的座椅是讓人眼饞，可小命更要緊啊。因此這一路結伴而行，蔣永樂的姿態擺得比六品主事還要低，心想著今兒一定要跟這位左侍郎請教取經，如何才能做到跟北涼處處針鋒相對還依舊官運亨通。

老尚書終於回過神，伸手示意兩位副手入座。看著這兩個侍郎，司馬樸華以往是不太舒服的，一個歲數能當自己兒子，一個更過分，都能當孫子了，可官品不過相差一階而已，只等自己致仕還鄉，其中某人胸前的官補子就該換成二品錦雞了！

只是年邁老人今天沒了這份小心思，倒是生出一些同病相憐的心情，他輕輕瞥了一眼屋門，咳嗽一聲，潤了潤嗓子後，這才緩緩說道：「今日本官突然奉旨迎涼王入城，想必兩位大人都是知道的。」

蔣永樂使勁點頭，如同小雞啄米。因蓄鬚明志一事在太安城內傳為美談的晉蘭亭神情不變，不愧是被譽為「風儀大美」的晉三郎。

接下來司馬樸華說了些平淡無奇的官場話，這樣的官腔，如果是平日裡的衙門議事，古稀老人能夠說上一、兩個時辰都不帶喘氣的，這就是公門修為了。

但是今天老尚書沒有絮絮叨叨個不停，止住話頭，伸手撫摸一方御賜的田黃鎮紙，沉默片刻，一句話似乎用了很大氣力才說出口：「分別之際，那位藩王跟本官說了，有時間會來咱們禮部坐坐。」

晉蘭亭泰然處之。蔣永樂則目瞪口呆，也不知是不是錯覺，他總覺得尚書大人說完後有意無意看了自己一眼，其中飽含憐憫之色，如同在看一個臨刑的可憐蟲。

司馬樸華眼皮子低斂，不溫不火地添了一句：「那人還說，要敘敘舊。」

晉蘭亭瞇起眼，捋了捋保養精緻的鬍鬚，微笑道：「哦？」

蔣永樂汗如雨下。敘舊，是找晉蘭亭，還是找自個兒，或者是把禮部上得了檯面的官員給一鍋端？

老尚書那兩根乾枯如柴的手指，下意識摩娑著那方質地溫潤的田黃瑞獅鎮紙，不知是跟二八芳齡的新納美妾肌膚相似的緣故，還是在感受皇恩浩蕩。

年輕藩王說要來禮部坐一坐是真，說要敘舊也是真，只不過司馬樸華漏說了一段，其實新涼王在這之外，跟他這位二品高官客套寒暄了不少。

現在高亭樹、範長後這撥「祥符新官」大概都不知道，只有資歷更老的「永徽老臣」才曉得，太安城官場早年有個不小的笑話。那是北涼道進貢了一批出自纖離牧場的戰馬，司馬樸華當時擔任禮部員外郎，看到過手的奏章上寫著北涼大馬高近六尺後，忍不住捧腹大笑，就立即跟一大幫禮部同僚分享這個趣聞，還不忘點評了一句「北涼這大馬還真是夠大，都能比得上咱們太安城拉糞的騾子了，天下之大，真真是無奇不有，又數這北涼最奇怪」。結果等到涼馬入京，一輩子都沒握過刀的讀書人司馬樸華，才明白戰馬高度不是以馬頭算的，而是僅至戰馬背脊！

鬧出這麼個天大笑話，司馬樸華抬不起頭好些年，只不過隨著司馬大人的官品越來越高，也就越少被人提及，不承想就在今天，那個年輕藩王又揭開這個傷疤，笑著跟尚書大人說了一句「尚書大人，不知京城裡頭哪裡有高近六尺的拉糞騾子，本王一定要見識見識，才算不虛此行，對不對啊」。

當時司馬樸華還能如何作答，就只好低眉順眼，乾笑著不說話，難不成還點頭說是？此時老尚書越想越憋屈，一向自認養氣功夫不俗的老人，不知不覺五指攥緊了鎮紙。

蔣永樂已經開始盤算著要不要託病告假，實在不行，就咬咬牙結實摔一跤，摔他個鼻青臉腫！

晉蘭亭終於開口說話，只是言語卻讓蔣永樂一頭霧水：「尚書大人，下官府上剛收了幾籠產自春神湖的秋蟹，正是最為肥美之時，無論清蒸還是槐鹽，皆是不錯。大人何日得閒，與下官一起嘗一嘗？」

老尚書「嗯」了一聲，臉上有了笑意：「聽聞有詩中鬼才之稱的高榜眼，新近作了一首傳遍京華的品蟹佳作，堪稱絕唱。有酒、有蟹、有詩，三兩好友，何其美哉！」

蔣永樂當上禮部右侍郎有運氣成分，可是在人人繞圈子打啞謎功夫無與倫比的禮部衙門廝混久了，修為其實不差，略微回味，只比尚書大人略慢一些就聽出了晉蘭亭的言外之意。老尚書提及的新科榜眼郎高亭樹那首詩中，有畫龍點睛一語——但將冷眼觀螃蟹，看你橫行到幾時！

只是蔣永樂立馬就又憂心忡忡起來。理是這個理，可燃眉之急是那隻氣焰囂張的西北大蟹馬上就要闖入禮部衙門，你司馬樸華在太安城根深蒂固，又有顯貴超然的尚書身分，而晉蘭亭則是先帝作為儲臣交給當今天子的大紅人，有皇帝陛下撐腰，你們兩個熬得過去，可我蔣永樂只是一個官職不上不下的右侍郎，一旦那藩王大打出手，不找我找誰？姓徐的到底橫行到幾時我不知道，我只知道老子極有可能要很快橫著離開禮部衙門了！

晉蘭亭率先告辭離開，蔣永樂欲言又止，老尚書已經朝這位右侍郎擺擺手，下了逐客令。

失魂落魄的蔣永樂都不知道自己是怎麼離開屋子的，在院子廊道發呆。

不同於夏日滿城的蟬聲刺耳，入秋後，蟬鳴依稀漸不聞。

趙家甕六部衙門按律不植高木，此時此刻的深秋時分，這座院子早已不聞一聲蟬鳴。

蔣永樂頹然靠著廊柱，沒來由備覺寒蟬淒切。

◆

禮部兵部雖是鄰居，隔著其實並不算近，對禮部官員而言，是不幸中的萬幸，要不然起了紛爭，秀才遇上兵，一個用嘴巴說理、一個用拳頭說理，自然是後者更「占理」。而對兵部來說，對於這幫官階高低不同但都屬於酸文人的禮部官員，屬於一幫看著厭煩，打了都不顯能耐的繡花枕頭，所以兵禮兩部素來是尚書省內最不沾邊的兩座衙門。

但是兩部此消彼長之下，習慣了只樂意對吏部正眼相看的兵部大老粗，難免抑鬱難平，同樣是短短幾年內走掉三位尚書，兵部是顧劍棠、陳芝豹和盧白頡，禮部是李古柏、盧道林和元虢，可未來幾年的走勢，顯而易見，兵部如今連尚書之位都空著，換禮部試試看，若是司馬樸華突然有一天死了，那還不是第二天就有權貴重臣在朝會上提出人選？

更讓兵部感到英雄氣短的一個事實是，左侍郎許拱甚至都不在京城，直接給皇帝陛下攆去遼東了！只剩下一個從地方上調來的右侍郎唐鐵霜，是個一天京官也沒當過的外來戶，如何能夠在盤根交錯的京城左右逢源？加上連京城老百姓都知道唐鐵霜是顧老尚書的心腹嫡系，而前任尚書盧白頡又不得陛下的心意，說是平調，明擺著是貶謫去廣陵道，連京官外放常見的明升暗降都算不上。

兵部衙門群龍無首就已經難以在廟堂上抬頭了，暫時領頭的人物還自身難保，哪來為下屬謀些恩惠福利的本事，廣陵道戰況不利更是火上澆油。

兵部官員真是一夜之間成了孫子。這日子，真是遭罪啊。

在這種危殆形勢下，高亭樹和孔鎮戎兩位逆流而上的晚輩就極為矚目。這兩個聲名鵲起的年輕人，榜眼郎高亭樹更為風流恣意，本身是一甲出身的讀書人，靠著晉蘭亭等人的推波助瀾，詩名逐漸傳遍朝野上下。

先前大柱國顧劍棠返京來兵部衙門舊地重遊，眾目睽睽之下，高亭樹在顧盧先後兩位尚書面前談笑風生的場景，讓人至今歷歷在目。高亭樹的飛黃騰達，毋庸置疑，現在就看需要幾年光陰積攢聲望，以及會以哪個新設館閣作為下一個臺階去鯉魚跳龍門了。

相比高亭樹，沉默寡言的孔鎮戎就要為人低調許多，只不過據說這個北涼出身的年輕人早年跟某位皇子親近，即使算不得一條潛龍，也能是一條不容小覷的幼蛟了，再者孔鎮戎和嚴池集是公認的鐵打關係，那位黃門郎可是皇帝陛下的小舅子！

不同於其他五部左右侍郎不在一屋，兵部兩位侍郎歷來同處一室，甚至在顧廬時代，顧尚書自己都不例外，後來等到陳芝豹成為尚書省的夏官，才辟出一棟獨院。許拱、唐鐵霜的兩張書案在兵部大堂一左一右，呈東西對峙之勢。

當下右侍郎唐鐵霜坐在那張西邊書案後處理政務，偶爾抬頭看一眼天色，並不去計較堂中諸多官員的竊竊私語。京畿西軍三大營七千人馬的調動，便是唐鐵霜親自負責敲定的，現在年輕藩王大搖大擺入了京城，安西將軍趙桂和胡騎校尉尉遲長恭的人馬，一起淪為護航的滑稽人物，別說唐鐵霜註定會迅速成為官場笑柄，整座兵部也都會跟著丟人現眼，完全可以想像明日早朝各部官員的異樣眼神了。

至於涼莽戰事的真實情況，右侍郎唐鐵霜不開口，其他人就不敢觸霉頭地妄自議論，涉及軍機要事，在公開場合，還是乖乖修練閉口禪為妙。

在一名武選清吏司主事的帶領下，兵部大堂出現幾張陌生面孔，個個龍驤虎步，哪怕踏足兵部重地也毫無不適。

有冷面閻王綽號的唐鐵霜破天荒露出笑臉，起身後大步走向那幾人，根本無須那名下官介紹，一拳重重砸在其中一名魁梧男子的胸膛上，大笑道：「老董，你們這幫傢伙，要不來就一個都不來，要來就乾脆湊一堆，約好了的？」

那幾人沒有身穿官服，被右侍郎稱呼老董的中年男人撇了撇嘴：「知道你是窮鬼命，要是一個一個來找你，你請得起酒喝？」

董姓男子身邊的一個粗壯漢子玩笑道：「侍郎大人，你們這兵部衙門可真難進啊，跟防賊似的……」

唐鐵霜瞪了口無遮攔的傢伙一眼，隨即笑道：「出去說，帶你們四處逛逛。」

滿屋子官員都丈二和尚摸不著頭腦，沒聽說兵部有調令要從兩遼邊軍提拔入京為官啊。

車駕司員外郎孔鎮戎不在兵部大堂屋內做事，只是恰好來找郎中稟報一份軍務，看到這一幕後，僅是有些詫異，也未深思，等著唐侍郎帶人離開後，才走出大堂。

剛出門便突然被人喊住，孔鎮戎停步轉頭望去，竟是剛剛從武選清吏司主事升任員外郎的高亭樹，兩人從無交集，孔鎮戎不知這個在京城名氣比許多侍郎還要大的同齡人有什麼事情，淡然問道：「高大人，有事？」

氣宇軒昂的高亭樹微笑道：「聽說孔兄喜好收集兵書，恰好前不久我無意間撿漏，得到一部奉版《虎鈐經》。坦白說，若是忍痛割愛送給孔兄，還真不捨，但是孔兄取走借讀個一年半載，我還是樂意至極的。」

如果是剛離開北涼入京的那時候，孔鎮戎二話不說就一拳頭砸過去了。如果是一、兩年前，孔鎮戎都不會讓這位榜眼郎說完就會立即轉身。可現在，孔鎮戎不動聲色地等高亭樹說完，搖頭笑道：「我是個粗鄙莽夫，但在京城待久了，也聽說過讀書人之間『借書如送妻，送書如贈妾，故而書送得，唯獨借不得』的趣談，怎麼，高兄要打破常例？」

高亭樹愣了一下，爽朗笑道：「孔兄真是妙人，罷了、罷了，送書便送書，我也打腫臉充胖子闊氣一次，明兒我就親自捧書去孔兄家裡頭，還望孔兄看在我割肉的分兒上，打賞幾杯酒喝啊。」

孔鎮戎咧嘴笑道：「吟詩作對，要我的命，喝酒嘛，我在行，怕就怕高兄酒量一般，不夠盡興。」

高亭樹哈哈大笑，沒有立即離去的意思，而是跟孔鎮戎結伴而行，低聲道：「孔兄可知那三人的身分？」

孔鎮戎搖了搖頭。高亭樹湊近幾分，嗓音亦是更低幾分：「我知道些，也猜到些。」

孔鎮戎輕聲道：「願聞其詳。」

高亭樹沒有故作高深賣關子，緩緩說道：「雍州刺史田綜、泱州副將董工黃、青州水師都督韋棟，好像朝廷有意要在咱們兵部添設一名侍郎，專職處理京畿戎政。

簡單來說，就是跟某些四鎮四平大將軍手裡頭拿回一點兵權，不出意外，董工黃會擔任此職，雖說只是由從三品提到了三品，但是從地方上的一州軍伍二把手，升入京城成為獨掌一部兵馬大權的兵部侍郎，自然是高升了。

而田綜田刺史，多半會平調成為韓林留下的刑部侍郎位置，但是刑部柳尚書身子骨是怎麼個情況，咱們都一清二楚，田綜之前程遠大，毫不遜色於董大人，甚至猶有過之。至於本該待在青州水師大軍中輔佐蜀王陳芝豹的韋棟，為何會突然離開廣陵，又會擔任什麼，畢竟咱們太安城可沒有適合水師將領坐的座椅，我也琢磨不透。」

孔鎮戎思索片刻，說道：「也許是來兵部和朝廷過個場子，升遷肯定升遷，只不過很快就返回廣陵道，成為廣陵水師的大都督，說不定同時還會兼任舊職。」

高亭樹認真想了想，點點頭，笑道：「當是如此，孔兄高見！」

這位武選清吏司員外郎，沒有讓孔鎮戎看到他一隻手瞬間握緊又鬆開。

兩人又聊了些無關痛癢的兵部事務，難得忙裡偷閒的高亭樹就說要回屋子處理政事。

廊道上，兩位官階相同年齡相仿的年輕人，背道而行。

高亭樹走出一段路程後，扭頭看了一眼那高大背影，重新轉頭後，自言自語道：「喲，原來不是真的缺心眼啊。」

孔鎮戎始終沒有轉身，面無表情。這個昨夜被父親厲聲斥責不許前往下馬嵬驛館的年輕人、前程錦繡的車駕司員外郎，狠狠揉了揉臉頰。

年哥兒。

曾經的兄弟四人，嚴吃雞成了國舅爺，也像他小時候希望的那樣，安安心心做起了文章學問，而我孔武癡，也會做官了。

我和他還是兄弟。

曾經最怕死的李翰林，竟然當上了涼州關外遊弩手的都尉，跟著你一起上陣殺敵。

你們還是兄弟。

我只想知道，我們和你們，還是兄弟嗎？

年哥兒，這些年我在太安城幫你搜集了六十多套兵書，你還願意要嗎？

◆

正如高亭樹和孔鎮戎所說所想，田綜、韋棟和董工黃三人繞過兵部審議的悄然入京，三人的官場升遷路途，便是那般。

唐鐵霜拉著三人四處閒逛，沒有說任何國事軍政，都是聊些雞毛蒜皮的地方風俗，甚至都沒有一次提及他們的共同恩主，大柱國顧劍棠。

雍州刺史田綜，當年覆滅舊南唐，他拿下了渡江首功。

泱州副將董工黃，跟田綜一樣沒有跟隨大將軍入京，而是留在地方上，上任初始就杖斃了姑幕許氏的三公子，迎娶了江南大族庾氏的嫡女。

與現任青州刺史早早成為姻親的「韋龍王」韋棟，跟吏部侍郎溫太乙以及比他們更早入京的青州將軍洪靈樞，關係深厚。

如果加上已是兩淮節度使的蔡楠和就站在三人身邊的兵部侍郎唐鐵霜，應該足以讓看到這一幕想到這一層的京城官員，感到濃重寒意。

顧廬是沒了，可顧劍棠依舊手握離陽王朝規模最大的兩遼邊軍。當年不同於徐驍，近乎隻身進入兵部的顧劍棠，舊部很早就被打散，但是除了此時位高權重的四人，還有更多昔年的嫡系心腹不曾浮出水面。

唐鐵霜突然沉默。

離陽先帝分散顧部將領，是放；當今天子收攏顧部舊人入京，是收。

不能說先後兩位皇帝誰的手腕更加高明，因時而異罷了。

解決了北涼道，就等於完成了削藩大業的一半。

那麼整肅完畢顧部留在地方上的勢力，何嘗不是完成了抑制地方武將的大半任務？

真正讓唐鐵霜傷感卻不會流露絲毫的事情，不是皇帝陛下要拿他們制衡張廬舊部文官的手段，也不是利用他們這幫武人震懾以及一定程度上阻斷永徽老臣與祥符新官連結的帝王心術，而是早年在沙場可以換命的幾個老兄弟中，也許除了老董，田綜和韋棟都對此次升遷，個人的驚喜，遠遠超過對大將軍處境的擔憂。

唐鐵霜很快恢復正常，笑了笑。這就是廟堂，這就是人心，明知道高處不勝寒，還是人往高處走。

離陽版圖上的眾多武將，從楊慎杏、閻震春這撥春秋老將到他唐鐵霜這些，成了某雙手隨意擺弄的棋子。

文官也不好受啊。張巨鹿一去，齊陽龍一來，其實就是一場變天。

隨著隱約成為江南道士子領袖的盧白頡失意南下，許拱也被雪藏在邊關，以遼東彭家領銜的北地士子開始崛起，如今分崩離析的青黨又有抱團復甦的跡象，江南豪閥這兩年無比高漲的氣焰立即就熄了很多，更有姚白峰之流在中樞穩穩占據一席之地。原本各方陣營涇渭分明的那張棋盤，澈底亂了，唯一不亂的，只剩下那個重重幕後的下棋人。

亂中有序。

唐鐵霜不知道這盤棋，先帝、當今天子、張巨鹿、元本溪，四人中誰貢獻更多，誰心血更多，唐鐵霜根本分辨不清。只是這屈指可數的下棋之人，除了姓趙的，下場如何？

然後唐鐵霜想到一個年輕人，笑意歡暢。

一枚位置被擺放得死死的棋子，有一天竟然能夠噁心到下棋之人。

奇了怪哉！何其快哉！

◆

唐鐵霜暫時不在的兵部大堂，得知一個消息後澈底譁然。

下馬嵬驛館那邊出現了一場對峙！

高亭樹嘀咕了一句：「可惜不能殺人，不過一個自恃武力的藩王，不小心淹死在江湖裡，也算說得過去吧？」

隨著時間推移，禮部、工部、刑部、戶部、吏部，趙家甕六部衙門都沸騰了。

然後是中書門下兩省、國子監、翰林院、六座館閣……

其中桓溫和趙右齡不約而同都給了「胡鬧」兩個字。

不過坦坦翁是說年輕藩王的舉動不符身分，而趙大人則是惱火幼子趙文蔚竟然跑去下馬嵬那邊看戲。

唯獨中書令齊陽龍無動於衷，置若罔聞。

老人一手拎著那本被朝廷列為禁書，又給他拎出來的詩集，看得津津有味，一手時不時從桌上小碟子裡抓出幾粒花生米，吃得亦是津津有味。

那本並無署名的詩集中，那個一輩子都不曾走入江湖的張姓讀書人，原來也能寫出「我有匣中三尺鋒，有蛟龍處斬蛟龍」這般肆意切詩句，同樣也作得出「但願白首見白首」這般婉約詩句。

咦？碟子空了。

至於寫詩之人，早已死啦。

老人悵然若失。

◆

皇宮一座氣勢森嚴的大殿內，此時沒有朝會，也沒有隨侍的宦官，但是龍椅上坐著一個身穿龍袍的年輕人。

空曠寂靜的大殿，皇帝坐北朝南，用自己才能聽到的嗓音說道：「你知道不知道，只要北莽多死一個董卓和二十萬人，你們北涼也多死十萬人，那麼這個天下，就是太平盛世了。」

◆

當徐鳳年悠悠然向前踏出一步，一襲黑金蟒袍大袖隨之輕盈搖動。

不遠處的李浩然——祁嘉節首徒，佩有名劍「八甘露」，號稱擁有指玄境八劍的北地劍道高手，仍是紋絲不動。

下馬嵬驛館兩側樓上樓下的看客們忍不住都要在心中為李浩然默默讚嘆一聲，不愧是能夠在太安城站穩腳跟的年輕宗師，哪怕面對天下四大宗師之一的徐鳳年，還能如此雲淡風輕。

難怪在高深莫測的京城江湖裡，很多前輩大佬都揚言李浩然不出十年，就有望比肩祁大先生的武學境界，有生之年未必沒有機會登頂劍林，去看一看李淳罡、鄧太阿寥寥幾人眼中的劍道風景。

外行看熱鬧，內行看門道。

返老還童的橫刀「少年」就忍不住嗤笑一聲，這個姓李的小子哪裡是胸有成竹，根本就是嚇傻了。準確說來，不是嚇傻，而是不敢動彈。

徐鳳年那一步，看似平淡無奇，卻是一場邀戰，其意氣之長，早已蔓延整條街道，邀戰的對象，有他們趙勾並肩三人，更有街道兩旁樓內的一些深藏不露的人物。所以這一步的意思很簡單，既然到了下馬嵬驛館這邊，那麼來者是客，他北涼王「家大業大」，都招待得起。只可惜，李浩然不在此列。

距離徐鳳年最近的李浩然有苦自知，他沒有躋身指玄境界高手卻能使出多式指玄劍，對氣機的感知頗為敏銳。按理說，遭遇強敵，狹路相逢，與主人靈犀相通的鞘中「八甘露」，應該躍躍欲試、顫鳴不止才對，但是鞘中長劍非但沒有為此示威，相反做起了縮頭烏龜，死氣沉沉，以至於出現人劍離心的境況，恍如陰陽相隔。

李浩然天賦極好，習劍多年，在武道修行上一帆風順，無論是與師父祁嘉節一年一度的請教切磋，還是當年棠溪劍仙盧白頡奉旨入京為官，他在祁嘉節的授意下前往城外以劍相迎，都不曾遭遇這種事情。

此時此刻，李浩然才明白一個道理，無論是對自己寄予厚望的師父，還是氣度非凡的棠溪劍仙盧白頡，都是在憐惜後輩劍士，所以從未傾力而為。

跛腳老人臉色沉重，向鍊氣士宗師問道：「附近除了東越劍池的柴青山，難道還有其他高手？」

實力暴漲到大天象修為的鍊氣大家苦澀道：「除了我們三人，只察覺到北涼王還分神出六股氣勢，其中四股就在這驛館酒樓內，其餘兩股都不在此。只是與你差不多，除了柴青山之外，我也不知道那五人的身分。甚至如果不是徐鳳年以這種方式邀戰，我先前都發現不了他們的存在。」

跛腳老人皺眉道：「京城內，拿得出手的大小宗師，先前都已經向皇宮和欽天監兩地靠攏，若說吳家劍塚的老家主因為隱居在城內，今天跑來下馬嵬觀戰，還算情理之中，但那五人又是何方神聖？」

說到這裡，跛腳老人忍不住環顧四周，滿臉匪夷所思，感慨道：「整整五人！五個敵我難分的大宗師？隨便一、兩個打起來，這京城還不得雞飛狗跳？」

突然，跛腳老人與北地鍊氣第一人面面相覷，雙方都從對方眼中看到濃郁的恐慌。

他們同時想到了一種可怕的可能性——如果這五人中恰好有一個曹長卿，又如果大官子的到來是北涼、西楚形成的默契，而其餘三位一旦選擇冷眼旁觀……

原本以太安城的雄厚底蘊，這二十年來，除了武帝城王仙芝不一定能攔住，饒是曹長卿也無法得償所願。雖說如今韓生宣、柳蒿師、祁嘉節三人都已不在，這意味著太安城四城中的宮城、皇城、內城和外城，除了跛腳老人一如既往地負責看守外城，都喪失了至關重要的坐鎮守城之人，但是當下吳家劍塚的劍道大宗師吳見算是頂替了柳蒿師，加上龍虎山數代天師層層加持的那座隱蔽符陣，以及衍聖公府聖人張氏在元本溪和謝觀應兩位讀書人幫助下精心造就的那個大手筆，趙勾因此膽敢對皇帝陛下保證，新武帝徐鳳年只要是單槍匹馬入宮，一樣是只能進不能出的慘澹結局。只不過屆時要殃及池魚多少，是一千還是兩千，或者更多，趙勾也不敢拍胸脯。

可當徐鳳年身邊多出一個相似境界的大宗師，太安城內的北地鍊氣士又死傷殆盡，兩座大陣削弱不少，一旦吳家劍塚的吳見不願出死力攔截，後果不堪設想。

橫刀少年伸手握住背後短刀的刀柄，冷笑道：「婆婆媽媽能作甚，不管了！這一架，我來打頭陣！」

跛腳老人正要說什麼，就見清秀少年容貌的趙勾頭目已經開始前衝，他不急於拔刀出鞘，身體前傾，前奔每一步如同蜻蜓點水，極為輕盈靈動。

不知何時，蟒袍扎眼的年輕藩王已經站在了始終「不動如山」的李浩然身側，肩並肩，一人面對大街，一人面對下馬嵬驛館大門。

眨眼間，眾人只覺得一個迫不得已的恍神，就發現那個籍籍無名的橫刀少年，像是傻乎乎站在年輕藩王的身前，依舊保持那個握刀的姿勢，刀鋒僅僅出鞘一半。

期待著一場貨真價實的巔峰大戰的看官，澈底看不懂了。

前不久那個叫吳來福的混帳玩意兒，好歹在北涼王身前完完整整拔出了一刀，到你的時候，往前衝的架勢挺人模狗樣的，怎麼人都跑到北涼王身前，突然就沒動靜了？你說你一個褲襠裡帶把的，又不是江湖上那幫子思慕北涼王的女俠仙子，咋就在那兒呆若木雞了？大街兩側頓時噓聲四起，往死裡喝倒彩。

下馬嵬驛館外，除了跛腳老人和鍊氣士宗師，瞧得出門道深淺的都不去窗口湊熱鬧，至於搶到風水寶地想著一睹為快的好漢女子，想要看到的是那種天翻地覆的精彩過招，講究一個怎麼驚天地、泣鬼神怎麼來。

幾乎沒有人發現清秀少年握刀的那隻手，已是血肉模糊，尤其貼緊刀柄的手心白骨可見，握刀那隻手臂的袖子更是支離破碎。

與年輕藩王面對面的趙勾頭目嘴角滲出血絲，臉色猙獰，又透著不信和不甘。

兩人身邊那個「敵不動我不動，敵已動我還是不動」的李浩然汗流浹背，只聽到北涼王笑著跟那人說道：「知道你藏著撒手鐗，不過你之所以現在活著……」

這名「人不可貌相」的趙勾頭目瞬間卸去所有偽裝，就在此時，他怔怔然低頭望去，小半條略顯纖細的胳膊刺透胸膛。

胳膊緩緩抽回。殺人如麻的趙勾巨頭艱難轉頭，只看到一頂老舊貂帽、一張秀秀氣氣的臉龐，少女還啃著半張蔥油大餅。

殺人吃餅兩不誤。

他認識她。趙勾內一份屬於頭等機密的檔案有過模糊記載，青州襄樊城外，她是殺了天下第十一王明寅的刺客，是一個數次孤身阻攔過王仙芝入涼的瘋子。

殺手死於殺手。

徐鳳年隨意伸手推開那具屍體，看到那頂因為略大而有些遮掩眉眼的貂帽，幫她提了提，接著輕輕按了按。

徐鳳年笑道：「妳要是真不放心，接下來就站在我身後，不用出手。嗯，稍微遠一點就是了。」

她沒有說話，板著臉走到徐鳳年身後，十步。

徐鳳年轉頭一臉無奈地看著這個姑娘。

她不情不願地掠向驛館外那棵龍爪槐，坐在了一根枝椏上，手臂蹭了蹭樹枝。

徐鳳年輕輕吐出一口氣，望向遠方，朗聲道：「曹長卿、陳芝豹、鄧太阿、軒轅青鋒，你們誰先來？」

半城可聞。

李浩然咽了口唾沫，小心翼翼問道：「王爺，要不然我讓一讓？」

徐鳳年笑道：「沒事，你只要站在我身後就行。」

跛腳老人沉聲道：「我們可以走了。」

鍊氣士宗師有些遺憾，點了點頭，兩人一閃而逝。

這潭渾水，他們蹚不起，蹚得起的，全天下屈指可數。

先前那名趙勾同僚的刀不出鞘，等於徐鳳年告訴他們一個殘酷的真相——天象之下，一招而已。鍊氣士宗師不希望拿自己的性命去證明「陸地神仙之下，也是一招」。

某棟酒樓內的青衫儒士笑了笑，只是給自己倒了一杯酒。

街對面的白衣男子皺了皺眉頭，坐在他隔壁桌一個面白無鬚的男子，欲言又止。

太安城城頭的紫衣女子，猶豫了一下，然後在屋脊之上飛掠，如履平地。

從城南到下馬嵬驛館，平地起驚雷。

東越劍池的少年宋庭鷺漲紅著臉，怒氣衝衝道：「師父，這傢伙也太目中無人了，憑啥不算上師父你！」

背負多柄長劍的少女掩嘴嬌笑，胳膊肘很是往外拐。

柴青山惆悵道：「師父既然在逃暑鎮不曾出劍，那這輩子也就沒了向他出劍的資格，沒什麼好生氣的。庭鷺，你要是替師父感到不值，那就用心練劍，別三天打魚、兩天曬網，武道一途，僅靠天賦是吃不了一輩子的。」

少女落井下石地做了一個鬼臉，少年冷哼一聲。

客棧窗口那位吳家劍塚老家主笑罵道：「這小子！」

屋內一個老人尖細嗓子提醒道：「別忘了本分。」

此人正是當時對北涼王宣旨的司禮監秉筆太監。

吳見沒有轉身，收斂笑意：「哦？」

沒有穿上那件大紅蟒袍的秉筆太監下意識後退一步。

吳見語氣淡然：「老朽和蜀王此次前來觀戰，不過是確保那曹長卿不會趁機前往皇宮，你們不要得寸進尺。」

那條南北向的御街等級森嚴，一個只能老老實實走在最外側御道的牽驢男子，看到一個快步小跑的年輕佩劍俠客，喊道：「年輕人，能否借劍一用？」

正趕著去下馬嵬驛館觀戰的年輕人不耐煩道：「憑啥？」

中年人一番討價還價的語氣：「憑我是鄧太阿。」

那位少俠先是愣了愣，然後哈哈笑道：「滾你的蛋！你是鄧太阿？牽頭驢就真當自己是桃花劍神了？老子還是北涼王呢！哥們兒，要不然咱倆就在這裡過過招？」

牽驢的漢子嘆息道：「現在的年輕人啊。」

年輕人瞪眼道：「咋的？你不服？」

漢子拍了拍老驢的背脊：「老夥計，等會兒，我去去就回。我啊，就藉著這一劍，去跟曹長卿打聲招呼，當是與他道一聲別了。」

剎那之間，太安城正南門到下馬嵬驛館這條直線上，只要是帶劍的劍士，無論男女老少、無論佩劍背劍、無論劍長劍短，千百人，身邊都站著一個不起眼的中年人，握住了他們不知何時出鞘的劍。

曹長卿終於放下酒杯，站起身。

一條紫色長虹直奔下馬嵬驛館撞來，撞向徐鳳年，彷彿不死不休。

◆

國子監前，前不久樹起十數塊新碑，篆刻有出自翰林院新近黃門郎們手抄的儒家經籍，供天下士子讀書人觀摩校對，京城為之轟動，不說文官，便是那些不通文墨的老牌宗室勳貴也是接踵而至，以示「崇文」。

兩名中年儒士先後乘坐馬車到達國子監牌坊附近，大概是烈日當空的緣故，來此抄寫經書的學子並不算多，只不過等到兩人擠到一塊石碑前，仍是足足等待了小半個時辰，兩人相視一笑。

碑下蹲著個身前擺放有小案几的年輕人，衣衫寒酸，也不知是從地方上慕名而來的外地書生，還是在科舉落榜後留京等待下一場禮部春闈的落魄士子，想來案几上那套文房四寶耗去他不少盤纏。

其中一位中年儒士頗有興致地彎腰望去，欣賞年輕書生的伏案奮筆疾書。年輕人每次蘸墨極少，落筆極快，估計是以此來省錢，只是勾畫依舊一絲不苟，很漂亮的一手正楷。

那彎腰儒士微微點頭，同伴儒士則沒有看碑，也沒有看人，伸手遮在額前，望向遠方天空。

年輕書生心無旁騖，偶爾擱筆揉一揉手腕，從不抬頭，也就沒有發現身側的兩名前輩讀書人，不過就算年輕人認真打量，也認不出兩人的身分。

低頭凝視了許久，那位腰懸一塊羊脂玉佩的儒士終於直起腰，輕輕挪動腳步，走到年輕人身後，有意無意地為衣衫清洗泛白的貧寒士子擋住了那份烈日曝曬，然後輕聲問道：「謝先生，都來了？」

被稱為謝先生的男人語不驚人死不休，點頭道：「來是都來了，不過真正站在徐鳳年那邊的，不多，除徐偃兵外，也就白衣洛陽和那朱袍女子。

鄧太阿，只是想趁著曹長卿自取其死前，意思意思，雙方肯定點到即止。至於曹長卿這趟入京，大概是想跟徐鳳年說幾句遺言吧，否則以曹長卿以往的脾氣，哪裡會悄悄入京，故而這次恭請衍聖公來此，是陛下多此一舉了。

有吳見和柴青山出手阻攔，加上姚晉韓三位趙勾，即便徐鳳年鐵了心要行悖逆之舉，也很難。再者徐鳳年這次擅自入京，是衝著漕運開禁來的，其實太安城沒必要一驚一乍，一張桌子、兩張凳就能聊完的事情。」

站在年輕士子身後的儒士平靜道：「似乎謝先生說漏了蜀王殿下。」

謝先生微笑道：「與衍聖公，謝某懶得打馬虎眼。」

當代衍聖公眉宇間布滿陰霾，似乎有些怒氣，穩了穩心緒，沉聲道：「謝先生就這麼希望北涼和朝廷玉石俱焚，以便先生輔佐的蜀王火中取栗？」

在那幅陸地朝仙圖上高居榜首的謝觀應，一笑置之，收起手掌，轉頭看了一眼這位憂國且憂民的衍聖公：「有忠心耿耿的顧劍棠手握數十萬兩遼精銳，又有趙炳南疆大軍虎視眈眈，哪裡輪得到蜀王趁火打劫？」

好像知道澈底惹惱一個衍聖公並不是什麼好事，謝觀應不再出言挑釁，嘆了口氣道：「實不相瞞，蜀王從廣陵道北上進京，我是不答應的。進了京城這是非之地，假設徐鳳年瘋了要大開殺戒，那你陳芝豹是護駕還是不護駕？袖手旁觀，事後傳出去天下寒心；出手阻擋也沒任何好處，連兵部尚書都早早當過了，如今又是蜀王，就算拿到一個不會增加一兵一卒的大柱國頭銜，並無裨益。這個時候，盧升象、唐鐵霜之流可以強出頭，陳芝豹、顧劍棠、燕剌王這三位，是蟬、是螳螂還是黃雀，僅在一線之隔。顯而易見，誰耐心更好，誰獲利更多。」

衍聖公眉頭緊皺。

謝觀應輕聲笑道：「自大秦亡國以後，天下跟誰姓，只有兩種人不上心，第一種是反正只能聽天由命的老百姓；第二種，就是衍聖公府內姓張的，翻天覆地了，衍聖公還是衍聖公。龍虎山的下場如何，衍聖公沒有看到？那棵天人賜下的謫仙蓮，如今沒剩下幾朵紫金蓮花了。」

衍聖公由衷感慨道：「興亡交替是大勢所趨，但是在興亡之間，我希望能夠少死人，尤其是少死一些讀書種子。」

謝觀應略帶譏諷道：「所以才去廣陵江上見曹長卿？又如何了？曹官子聽衍聖公的了嗎？衍聖公啊衍聖公，讀書人是讀書，可別忘了還有那個『人』字，是人就有七情六欲，道教典籍上的仙人尚且無法做到真正長生，讀書人也不能總做讀書一件事。

荀平、張巨鹿放下書本走入廟堂，一個英年早逝，一個晚節不保，徽山大雪坪有個叫軒轅敬城的讀書人，為情所困，至死都沒有走出一座徽山，曹長卿也好不到哪裡去，一生一世都不曾真正走出過西楚皇宮，什麼儒聖、什麼曹官子，不過就是個棋待詔罷了！」

衍聖公搖頭道：「曹先生絕非你謝觀應所說的這麼不堪。」

頭一回被直呼其名的謝觀應無動於衷，冷笑道：「一個死了那麼多年的女子都放不下，何談收官無敵？下棋、下棋，結果把自己下成棋盤上的可憐棋子，滑天下之大稽！」

張家當代聖人望著這個睥睨天下國士的「端碗人」，對他搖了搖頭。

謝觀應大笑著離去。

衍聖公站在原地，喃喃道：「先生、先生，對天下形勢未卜先知，救民於水火，於國難當頭之際，不妨先死一步。你謝觀應只是個一心想著親筆書寫青史的書生，書生而已啊。」

這位身分顯赫的張家聖人轉過身，看到那一塊塊石碑，久久無語。

那個抄書士子發出一陣渾濁的呼吸聲，應該是手腕終於扛不住，痠疼了，然後他意識到那個影子，扭頭看著站在自己身後的陌生儒士。

衍聖公對他微微一笑，問道：「若是不介意，由我來替你抄寫一段？」

那寒士猶豫片刻，好像做了個極其艱難的抉擇，終於點點頭。

衍聖公捲了捲袖子，從搖晃起身的年輕人手中接過那支筆，盤腿而坐，開始落筆。

寒士重新蹲下身，歪著腦袋看去，如釋重負。

這位前輩的字乍看之下不顯風采，規規矩矩，雖然不至於讓人覺得匠氣，卻也沒什麼讓人眼前一亮的清逸仙氣，但是久而久之，就讓年輕人浮起一種中正平和的感覺。

但是看著這位正襟危坐的前輩不急不緩地寫了百餘字，年輕人就有些著急了，小聲提醒道：「先生可否稍稍寫快些。」

衍聖公點頭笑道：「好的。」

看著他果真加快速度落筆，很擔心墨錠不夠支撐抄完碑文的年輕人悄悄鬆了口氣，不過等那人又寫了兩百字後，年輕人只得厚著臉皮說道：「先生……」

衍聖公歉然道：「知道了，再快些。」

隨著時間的推移，年輕人又開始著急起來。

可事不過三，他實在沒那臉皮再念叨這位好心的前輩讀書人，只是他今天好不容易才占到就近抄寫碑文的位置，明天就未必有這麼幸運了。京城有夜禁，只有近水樓臺的國子監學子才能讓官府睜一隻眼、閉一隻眼，由著他們挑燈夜抄書。而且就算囊中羞澀的他有幸求學於國子監，也委實心疼購置燈油的銀錢，所以只能在烈日下才有搶占一席之地的機會。

雖然沒有抬頭，但好像已經察覺到年輕人的焦急，儒士一邊落筆一邊說道：「真的不能再快了。」

年輕人大概是破罐子破摔了，咬咬牙，笑道：「先生，不急。」

而那個中年儒士好似也就順杆子往上爬了，一本正經道：「寫字行文，讀書做學問，都是一輩子的事情，慢一些，扎實一些，方能徐徐見功。」

兩腿發麻的年輕人乾脆一屁股坐在地上，聽到頗似酸儒的言語後，忍俊不禁道：「先生說得是。」

衍聖公目不轉睛提筆書寫的同時，笑問道：「聽你的口音，是北涼人氏？」

年輕人「嗯」了一聲，輕聲道：「晚生來自幽州胭脂郡，會試落選了。」

衍聖公繼續問道：「怎麼，沒去找左散騎常侍陳大人或是洞淵閣大學士嚴大人？不然找一找國子監左祭酒姚大人也好嘛。這幾位都是北涼出身的大人物，據說對北涼士子都是多有照拂的。」

年輕人坦誠道：「不是沒想過，只是國子監大門我進不去，而大學士府邸和陳少保的家門，估計更難。京城裡人都說宰相門房七品官，我又是臉皮薄的人，生怕自己好不容易走了十幾里路，到頭來連敲個門都不敢。再說有這來回二十多里路的工夫，我還不如多抄些經書。」

衍聖公微笑道：「聽你所講，不像是個急躁性子的，怎麼？」

年輕人尷尬道：「這不總想著寫快些，就能少用些墨錠。我們不比你們京城讀書人，還講究什麼濃墨、淡墨、枯筆、渴筆的，像好些跟我一樣在北涼寒窗苦讀的同鄉，溪邊用手指蘸水在青石板上寫，是寫，用蘆葦稈子在地上是寫，到了冬天在大雪地裡，拿把掃帚也能是寫。嘿，到了京城，就算到了下雪天，就我住那地兒，門口好不容易有些積雪，一大早就給家家戶戶清掃乾淨了。」

衍聖公會心一笑，半真半假打趣道：「你說京城人講究多，那我還真要跟你說個講究。不管是會試還是之後的殿試，寫什麼字是有很深學問的，像早年宋家父子主持科舉的時候，同等才學的文章，寫沒寫宋體字，名次就有高下了。

下一次春闈呢，不出意外是禮部尚書司馬樸華和禮部左侍郎晉蘭亭負責，其中司馬尚書的字，以前無人問津，在當上禮部主官後，『自然而然』就流傳較廣了。你要臨摹，雖不算容易，但也不算太難，記住一點便是，棄楷用行，終歸是無大錯的。至於那位晉三郎，心高氣傲，在字一事上投其所好，沒有半點意思。」

京城賣糖葫蘆的小販都敢說自己見過七、八位黃紫公卿，一個儒士善意地侃侃而談，年輕人毫不奇怪，他感激道：「學生記住了。」

衍聖公點頭道：「不迂腐，很好。酸儒做不得。」

年輕人忍不住又笑了。

衍聖公突然問道：「上次殿試，好像沒有北涼士子？」

年輕人「嗯」了一聲，沒有多嘴。內幕如何，太安城心知肚明。離陽朝廷限制北涼會試名額是一方面，另一方面是上次春闈正趕上新涼王成功世襲罔替，尤其拒收聖旨一事跟朝廷鬧得很僵，北涼士子想要出人頭地，天時地利人和，一樣都沒有。

年輕人想了想，苦笑道：「當時一起進京的五人，四人在今年開春就都回去了，下馬嵬驛館那邊，會給咱們北涼落第士子返程的盤纏，所以四人都把餘下的銀錢掏給我了，其實他們的道德文章，做得不比我差。」

衍聖公納悶道：「怎麼回去了？下一次會試，你們會順利許多的。就算不知道這個……你們五人千里迢迢來到京城，怎麼就不再搏一搏？而且，當時北涼不是正要打仗嗎？」

年輕人咧嘴笑道：「所以才回去啊。」

衍聖公停下筆，若有所思，轉頭問道：「冒昧問一句，你們那位北涼王，為人如何？」

年輕人自嘲道：「我一個窮書生，在北涼除了兩任家鄉縣令，就再沒見過什麼高官了，哪敢置喙王爺的好壞。」

衍聖公把毛筆還給北涼寒士，兩人換了個位置。

年輕人這次沒有急於落筆，望了一眼近在咫尺的那塊石碑，然後轉頭對那個猜不出身分的儒士說道：「先生，知道我們北涼樹起多少塊石碑了嗎？也許有一天，會比國子監所有石碑上的字還要多。我留在這裡，不是貪生怕死，是怕京城廟堂上只有晉蘭亭這樣的北涼人，是怕整個離陽誤認為我們北涼讀書人，都如晉蘭亭這般不堪！

我自幼體弱多病，去上陣殺敵，恐怕只能成為北莽蠻子的戰功，但是留在這裡，可能我今天只能與先生你一人說這些，但同樣也許有一天，哪怕北涼打沒了，我還可以跟一百個、一千個先生說這些。」

衍聖公沒有再說什麼，站起身，走出幾步後，轉頭看了一眼那個年輕士子的消瘦背影。

這個兩次催促那儒士寫字快些的年輕人，肯定打破腦袋都想不到，天底下的皇帝，可以同時有幾個甚至十數個，但八百年以來，以至於千年以後，張家聖人衍聖公，一代傳一代，當世只有一人。而此時聚精會神抄書的年輕人，也沒有發現國子監大門口內聚集了數千學子，密密麻麻，全部瞠目結舌看著他跟那個「不知名」儒士的閒聊。

在國子監一大幫官員的約束下，沒有一人膽敢越過雷池跨出大門，前去打擾衍聖公。

這一天，當代衍聖公離開京城。

◆

軒轅青鋒來得太快，以至於當她撞向徐鳳年的時候，就有好些坐在屋頂觀戰的江湖人，彷彿看到了一條從城南延伸到下馬嵬驛館街道的紫線，這條紫色軌跡的起始處色彩偏淡，然後依次加深，直到此時的濃重大紫。

而這位女子武林盟主掠過小半座太安城，也鬧出極大動靜，她一路飛掠的速度實在太快，快到了在一處處高樓屋脊炸開長串雷鳴。

眾人先見其紫，再聞其雷。

大雪坪徽山紫衣從一棟酒樓的樓頂迅猛墜入大街，直衝那襲繪有九蟒五爪的黑金蟒袍。

大街上響起一聲砰然巨響，以蟒袍和紫衣為圓心，道路上來不及清掃乾淨的凌亂落葉，並非如眾人所料那般向街道兩側飄蕩，而是違反常理地先在地面打了個旋，猛然扯起後，朝撞在一起的兩人飛去，又在距離圓心三、四丈的空中瞬間化為齏粉。

大街之上，有一片原先剛好從高枝掉落的枯黃梧桐葉尤為矚目，不知為何它沒有被無比磅礴的兩股氣機扯碎，而是像一隻黃蝴蝶縈繞兩人，急速旋轉，讓人眼花繚亂。

這片落葉的飛旋無跡可尋，但是每次帶起一抹纖細弧線在街面青石板路上輕輕擦過的時候，竟然鏗鏘有金石聲！

酒樓內，東越劍池李懿白已經帶著那雙師弟師妹來到視窗。

李懿白仗劍遊歷江湖多年，極富俠名，毫不遜色於京城裡的祁嘉節首徒，好事者還給了他們一個「南北劍林有雙李」的說頭，只是李懿白遠比坐井觀天的李浩然要知道江湖的水深水淺，故而待人接物不是李浩然可以媲美的。

李懿白臨時想要三個臨窗觀戰的絕佳位置，酒樓眾人還是願意給這份面子的，畢竟多看幾眼下馬嵬驛館和賣給李懿白一份人情，孰輕孰重，誰都拎得清。

白衣少女單餌衣扯了扯李懿白的袖子，小聲道：「怎麼打得這麼熱鬧？姓軒轅的娘們兒就算比祁嘉節略勝一籌，也不至於跟北涼王糾纏太久吧？」

李懿白曾經親眼見識過年輕藩王瞬殺祁嘉節的驚悚場景，比絕大多數中原武道宗師都清楚徐鳳年駭人的戰力，從逃暑鎮返回太安城的途中，數次跟宗主柴青山揣測徐鳳年，兩人都認為別說二品小宗師，恐怕就算你到了指玄境界，並且在此境界穩固積澱十幾、二十年，也未必能夠擋下徐鳳年一次出手。

徐鳳年的武學，雜而精且不說，尤其殺人手段跟當初人貓韓生宣頗為相似，都是生死相向的廝殺中，你差我一境，那你就肯定死，而且會死得極快，是眨眼後便生死立下的事。但是以天象境界的大宗師修為對陣徐鳳年，結果如何，李懿白和宗主柴青山有些歧見，李懿白不相信僅在陸地神仙之下的天象境，不相信鳳毛麟角的這一小撮人，面對徐鳳年仍是毫無還手之力。

李懿白看不透真相，又不是喜歡信口開河的人，故意忽略了小師妹言語中對離陽武林盟主的不滿，搖頭道：「軒轅盟主終究是天命所歸一般的江湖驕子，放眼整個天下，即便加上北莽，也只有她在武道上的攀登速度，能夠與北涼王一較高下。早年她就已經做出過廣陵江上攔截王仙芝的壯舉，如今修為漸深，能夠跟北涼王僵持不下，也不算太過奇怪。」

李懿白說完這些話，眼神有些恍惚，大街上，紫衣和蟒袍，如同蛟龍繞大崗，委實賞心悅目。

李懿白清晰記得自己初見軒轅青鋒，是在春神湖畔的快雪山莊，這襲紫衣以勢如破竹的無敵姿態，傲視群雄，就連李懿白都感到了一種莫名的自慚形穢。這個女子，獨站徽山巔，連同李懿白在內，幾乎整座離陽江湖的年輕俊彥，只能遠觀仰視。

少女單餌衣這兩年來，聽膩歪了例如北涼王與徽山紫衣暗中眉來眼去的狗屁江湖傳聞，雖說徐鳳年把聽潮閣武庫大半祕笈轉贈大雪坪缺月樓，是一樁板上釘釘的事實，但是在單餌衣這樣的少女心中，從不認為北涼王當真會跟軒轅青鋒有任何不清不楚的牽連，一個成天陰氣森森的女子，就算武功高了點，臉蛋漂亮了點，身段婀娜了點，終究還是不討喜的嘛。

白衣少女笑咪咪問道：「李師兄，你說是不是北涼王故意放水了，以免那娘們兒輸得太難看？若是她在太安城丟盡顏面，還怎麼當武林盟主，是不是這個理？」

宋庭鷺白眼道：「師父親口說過，軒轅青鋒可是正兒八經的大天象境界，修為不下於當年以力證道的軒轅大磐，這類武夫，無論體魄還是心境，都不是尋常武道宗師能比的。師妹，妳真當姓徐的天下無敵啊，咱們離陽還有曹官子、桃花劍神兩位大宗師呢，在北涼耀武揚威是一回事，出了北涼，那就是另一回事了！妳瞧著吧，等到曹鄧兩大高手出手，姓徐的就會被打回原形！」

柴青山沒有跟劍池三名晚輩站在一起，但也沒有曹長卿、陳芝豹、吳見幾人的那份閒情逸致，老人一直閉目凝神，仔細捕捉大街上的兩股氣機流轉。

柴青山嘆息一聲，剎那間原地便沒了這位劍道巨匠的身影。

窗口那邊恍如掠過一陣清涼秋風，下一刻，只見柴青山站在了酒樓門口的臺階上。

而街對面客棧的一扇窗戶後頭，吳家劍塚的老家主吳見迅速伸手出袖，其中兩根手指輕輕叩在窗欄上。

吳見身前的這一側街道，從下馬嵬驛館到大街盡頭的數百丈距離，從樓頂到地面，立起一道模模糊糊的劍氣簾幕，漣漪陣陣。

這一側看客只覺得突然有涼意撲面而來，如炎炎夏日置身於深潭附近。

街道另一側的柴青山輕輕跺腳，整座大街都像劇烈顫抖了一下。

在吳家劍塚和東越劍池兩位劍道宗師分別一叩指、一跺腳後，所有人才發現紫衣蟒袍的圓心外，青石街面上出現了千萬條粗如手腕細、如蚯蚓的斑駁裂縫，不斷向街道的兩側瘋狂蔓延，恰似洪水決堤，洶湧衝向兩側樓房內的數百看客，嚇得許多人肝膽欲裂，不過是想著來下馬嵬一睹北涼王風采的，可從來沒想過要把自己的小命搭進去。

所幸這些遊走如小蛇的崩裂紋路，在撞到吳見叩指劍氣成牆的雨幕前，衝勢略微凝滯，雖然很快裂縫就沿著這堵「牆壁」向上攀緣，但在爬到大概與酒樓客棧等門高的地方，氣勢終於以常人肉眼可見的速度衰竭下去，這一切無聲無息。

而密密麻麻的縫隙在向柴青山那邊迅猛鋪散去的時候，以東越劍池宗主腳下臺階為界線，在那條直線之上，同時轟然炸裂，塵土飛揚。

李懿白惋惜道：「先後兩場比試，軒轅青鋒輸給了北涼王，同時我們宗主也輸給了吳家劍塚的家主。」

宋庭鷺憤憤不平道：「師父和吳家老祖皆以指玄劍術來阻擋軒轅青鋒傾瀉的氣機，師父是硬碰硬，所以才鬧出些動靜，吳家老祖就城府陰險多了，不但出手招式花裡胡哨，看似以靜制動勝了師父半籌，其實師父只要用上我們劍宗祕傳『山高水深劍氣長』七劍的任意一劍，一樣不差！」

少女沒有那麼多的宗門榮譽感，撇嘴道：「師父用上了壓箱底的劍術，吳家老人只是隨手為之，師父不仍是輸了？何況如此一來，師父連氣度都輸了。」

少年鬱悶道：「師妹！」

因為軒轅紫衣的出現，本就心情不佳的少女握劍瞪眼道：「咋了？你不爽？」

少年悻悻然低聲道：「秋高氣爽，秋高氣爽。」

李懿白突然提醒道：「你們注意北涼王那邊！」

◆

徐鳳年和軒轅青鋒對峙而立，兩人相隔不過兩丈而已。

徐鳳年雙手負後，神情自若。

軒轅青鋒也沒有生死之戰過後的疲態，但是她來時挽了一個小結的裙擺，已經鬆開結已解。

只是軒轅青鋒手中多了那片梧桐葉，語氣淡漠道：「三年後我躋身陸地神仙，大雪坪分生死。」

徐鳳年微笑道：「如果到時候我還沒死，不管妳有沒有成為陸地神仙，我不出意外都會去徽山那邊看看的。」

軒轅青鋒雙指撚動梧桐葉，瞇起眼，氣息陰沉。

徐鳳年嘴唇微動，沒有出聲，但是軒轅青鋒知道他在說什麼。

徐鳳年的意思很簡單，想要把他當成磨刀石，一戰勝之，從而登頂武道，現在為時過早。時下太安城，曹長卿、鄧太阿、徐偃兵、陳芝豹、洛陽這些大宗師都「盯著」這裡，怎麼都輪不到妳軒轅青鋒出頭。

軒轅青鋒不動聲色。

龍爪老槐樹上，呵呵姑娘皺了皺眉頭，屁股下的枝椏輕輕顫抖，但是她猶豫了一下，還是選擇安安靜靜坐在原地。

只見街面上那具本該死絕的「屍體」身影暴起，而且這一次總算是完整出刀了。

「死屍」的身影如同陸地起龍捲，刀鋒綻放出絢爛的雪白電光，如同一顆光球，地面上撕裂開一條溝壑，碎裂的青石瘋狂飛濺。

滾刀之勢，有幾分軒轅青鋒出場時的風範。

而且不同於軒轅青鋒光明正大地露面，這位的暴起殺人顯得尤為詭譎凶悍。

李懿白這些能夠第一時間發現異樣的江湖人，都以為會是一場短兵相接的血腥廝殺，但是下一刻景象就讓他們感到荒誕至極——看似搏命的刀客在鄰近年輕藩王五步左右的時候，猛然折向，然後腳尖一點，就要掠過高樓，這是打算逃之夭夭？

徐鳳年看都沒有看一眼趙勾頭目，而是望向了一座酒樓門口。

那個去勢驚人的傢伙，突然安靜懸停在了空中，不升不落，就那麼「掛」在那裡。

李浩然猛然發現，這個「少年」宛如一件瓷器，被人用小錘敲擊了成百上千次，瓷器本身其實已經碎裂不堪，卻偏偏沒有就此破裂綻開。

以祕術返老還童並且成功裝死的趙勾頭目，這一次是真的死得不能再死了。

軒轅青鋒拔地而起，紫虹長掠而走。

在幾乎所有人都在望向靜止少年或是軒轅青鋒逝去身影之際，一位兩鬢霜雪的中年儒士跨過門檻，緩緩走下臺階。

陽光下，青衫儒士沒有轉身面朝年輕藩王。

徐鳳年面帶笑意，雙手下垂，輕輕抖了抖袖子。

街道盡頭，一位貌不驚人的中年劍客率先映入眼簾，緊接著是第二位、第三位，每一人無論容貌還是氣韻，如出一轍！但是每人持劍式，則略有不同。

為首劍士，是那位桃花劍神成名的「倒持太阿」。他，或者說他們，不斷踏足這條通往下馬嵬驛館的青石板路。同一人，不同劍。

與此同時，青衫儒士雙指拈住一枚棋子，輕輕鬆開，任由那枚棋子緩緩墜向地面。

棋子下墜半尺有餘，他開始背朝那群劍士，大踏步走向徐鳳年。

已經露面的街上數十提劍人，在那枚棋子下墜後，所有手中劍，無論是何種提持姿勢，劍尖不動，但劍身都無一例外開始向下彎曲。

然而異象不僅於此。

身穿蟒袍的年輕藩王站在原地巋然不動，但是他左右兩旁，同時出現了一位身影縹緲的羊皮裘老人，雙手負後抬頭望天，一副對天下事渾不在意的神態；一名背負劍匣的矮小老人，咧嘴笑著，缺門牙；一個魁梧赤足的白髮麻衣老人，雙臂環胸，氣勢如虹；一位身穿武當道袍的高大老人，緩緩抬手，做出一指斷江式；有個黑衣和尚，板著臉摸著自己的腦袋；有個身穿大紅蟒袍的宦官，雙手十指交錯在腹部……

柴青山很沒有宗師風範地直接坐在酒樓門檻上，望著年輕藩王身邊那個穿著一雙草鞋的老者，眼神恍惚。

吳家劍塚老祖宗手肘擱在窗欄上，微笑著。

司禮監秉筆老太監，看到這一幕，嘴唇泛白。

陳芝豹終於來到窗口附近，身後跟著身穿便服的司禮監掌印太監宋堂祿，後者看著街上那個大紅蟒衣的前輩，神情複雜。

老槐樹上的貂帽少女，停下啃大餅的動作，不知是她吃飽了，還是想著留一些給那個人吃。

大戰在即！

所有人都情不自禁屏住呼吸，再無喧囂，落針可聞。

天下四大宗師中的三人，離陽三位陸地神仙，新武帝徐鳳年、大官子曹長卿、桃花劍神鄧太阿，齊聚京城，三足鼎立，皆是一人戰兩人！

第九章　徐鳳年大鬧禮部　欽天監嚴陣待敵

今日的太安城早朝，盛況空前。

永徽至祥符，朝會尤其是早朝，大抵就是離陽王朝政局形勢的直觀體現，其中參與朝會人數的多寡，往往是一種對某些中樞重臣的無形評價。例如陳芝豹和盧白頡先後赴京擔任兵部尚書，上陰學宮大祭酒齊陽龍的出山，大將軍顧劍棠的離京主政兩遼，對宋家老夫子、閻震春的諡號決議，還有盧升象、唐鐵霜許、拱三位地方名將的初次入京，少保陳望升任左散騎常侍，以及原戶部尚書王雄貴和原禮部尚書元虢的「流放」外地、刑部侍郎韓林的高升外任、盧白頡的黯然離京等，早朝人數都有顯著差別。

除了必須參加每日早朝的文武百官不去說，有朝會資格卻不必參加的三種人：與國同姓的皇室宗親，曾經有功於離陽獲得世襲爵位的豪閥勳貴和皇帝開恩特許無須早朝的年邁公卿，他們早朝人數越多，自然就意味著某個官員地位的越發顯赫。若是朝會官員略顯稀疏，比如當時王雄貴和元虢的上朝辭別，還有那前不久前往北涼道擔任副節度使的老將楊慎杏，就沒有驚起絲毫波瀾，幾乎就完全沒有宗室勳貴老臣這三種人的到會。

雖然是個昨夜驟然陰雨的糟糕天氣，但今早的朝會，可謂群賢畢至。

秋雨綿綿，京城許多道路泥濘，對於某些要穿過小半座京城參與早朝的官員而言，若是以往，恐怕就要在馬背上或是車廂內叫罵幾句了，可今天幾乎人人都興致勃勃，毫無疲態。一些個早朝前有在車廂內點燈讀書習慣的臣子，如今都心不在焉地翻動書頁，時不時撩起車窗簾子查看地址，或是直接跟馬夫開口詢問還要多久到達。

門下省左散騎常侍陳望的宅子所在街道，街坊鄰居都是離陽王朝一等一的勳貴王公，除了他的郡王老丈人，還有像燕國公高適之、淮陽侯宋道寧這些退居幕後多年的離陽大佬，他們的沉默，並不意味著他們喪失了影響朝政走向的話語權。

天未亮，這一大片府邸處處燈火輝煌，奴僕早已備好車駕，一位位身著紫黃的王侯公卿陸陸續續坐入馬車。

在這條車水馬龍中，陳望的那架普通馬車難免稍顯寒酸，但是在一個轉角處，前頭那輛本該先行拐入大街的一位侯爺主動讓人放緩速度，為陳大人的馬車讓路。

陳望輕輕掀起側簾，那位養尊處優故而年近五十依然沒有老態的侯爺，看到陳大人跟自己點頭致意的時候，笑著回禮，放下簾子後，捋著鬍鬚，既有跟左散騎常侍打上些許交道的揚揚自得，心底也有唏噓後悔。

當年先帝從趙家宗室和公侯勳貴中揀選女子婚配給陳望，他有個孫女本來是有希望的，只是當時只想著跟一位權貴國公爺攀上親家關係，如今回頭再看，雖說得償所願把孫女送入了國公府，但是相較陳望這位貨真價實的「乘龍」快婿，真是虧大了。

燕國公高適之和淮陽侯宋道寧是至交好友，奇怪的是門當戶對的兩家竟然沒有任何親上加親的聯姻，真說起來，燕國公晚年所生的高士廉、高士菁兄妹，放在太安城都是相當出彩的年輕子弟，而淮陽侯子女眾多，又屬於倒吃甘蔗節節甜，因此照理說即便不是嫡長子女，與高家兄妹年齡相當的那幾位宋家男女，若是成親也不算就是如何高攀了燕國公府。

今天燕國公和淮陽侯不但都要參與早朝，還共乘一輛馬車。車廂寬敞，尚未入冬，國公爺高適之就讓人添了只精巧小爐，焚香、取暖皆可，這是為了照顧早年染寒的好友宋道寧。

宋道寧瞇眼打著盹兒，高適之輕輕彎腰，動作輕柔地挑了挑爐火。

宋道寧睡眠極淺，很快就睜開眼。

高適之看到宋道寧投來的視線，問道：「有話想說？」

宋道寧默不作聲，眼角餘光瞥了一眼他們和馬夫之間的那張厚重簾子。

高適之又問道：「你家那位老馬夫終於也自行請辭了？」

入秋便懼冷的宋道寧伸手攏了攏領子，輕輕「嗯」了一聲。

高適之笑了：「既然如此，為何還不敢暢所欲言？」

宋道寧臉色淡漠：「經過這麼多年，習慣了。」

作為患難兄弟的高適之心有戚戚然，輕聲感嘆道：「這麼說來，還要感謝那個一刻不願消停的年輕藩王，否則陛下就算有心撤走趙勾，也絕對沒有這麼快。」

宋道寧嗓音沙啞道：「一開始，我對先帝此舉是有怨言的，這麼多年下來，反而心安。說實話，以往偶爾出行，明知道有個先帝眼線盯著，其實也沒什麼不自在的。現在陛下撤走諜子，高兄，你覺得如何？」

高適之冷笑道：「宋老弟，我高適之又不是官場雛兒，當然是跟你如出一轍，不自在，很不自在。還不如雙方其實心知肚明，只要不捅破窗戶紙，就能相安無事。現在倒好，明面上走了個馬夫，是不是府上就會暗中多個僕役婢女？」

一向在太安城以木訥寡言著稱的宋道寧笑意玩味：「高兄，你是否因此便覺得陛下氣量不如先帝？」

高適之皺眉道：「你不覺得？」

宋道寧搖頭道：「陛下此舉，在我看來，不是想要讓咱倆為此感恩戴德，陛下不至於如此淺薄，無非是給了你我一道不需要宦官代勞的密旨罷了。你若是不諳深意，接下來的那場盛宴，就沒有你的座椅了。」

國公爺頓時神情凝重起來，問道：「此話何解？」

宋道寧緩緩道：「自祥符元年起，京城官場風雲變幻，讓人目不暇接。諸多起伏，不是幾個人的官場升遷那麼簡單。文官方面，以北地彭氏為首的士族開始迅猛崛起，以盧庾兩氏領銜的江南士族突然崛起又突然沉寂，青黨死灰復燃，翰林院從趙家甕獨立出去，等於跟三省六部澈底撇清，新任翰林院學士是根正苗紅的天子門生，出身普通士族，與張盧以及江南兩遼兩大世族都無太大關係。六座館閣的設立，亦是從三省六部分權之舉。

武將這邊，暫時不說老舊兩朝藩王，就說最近幾年在京城進出過的人物，之前的兵部侍郎許拱、唐鐵霜，薊州副將楊虎臣、韓芳，重返廣陵道大權在握的宋笠，以中堅將軍李長安為首獲得提拔的七位京畿實權武將，還有剛剛入京的董工黃、田綜和韋棟。」

高適之自嘲道：「宋老弟，你就打開天窗說亮話吧，你說這些我都曉得，陛下的大致意思也算馬虎領會，你就只說你的真知灼見好了。我一個大老粗，兜圈子不在行。」

宋道寧輕聲嘆息道：「算了，對牛彈琴，還不如省點氣力，畢竟這麼多年沒有參加早朝了，要是不小心站暈過去，就丟臉了。」

高適之抬起手揮了揮，笑罵道：「姓宋的，別以為自己是個侯爺，我就不敢揍你啊！」

宋道寧突然說了一些題外話：「讓士廉、士菁不要和殷長庚走得太近……對了，還有如果士菁那丫頭不是太反對，你不妨撮合一下她和趙右齡的幼子，年紀是差了幾歲，可不都說女大三、抱金磚？這些都是小事。」

高適之不客氣道：「怎麼老弟你也跟那些眼窩子淺的傢伙一樣了？殷茂春就算比趙右齡慢了一小步，但是三省六部、三省六部，不說尚書令，也還有中書省、門下省兩個，殷茂春和趙右齡一人一個茅坑，都不用搶什麼……」

說到這裡，高適之猛然停嘴。

宋道寧譏笑道：「怎麼，總算想通了？知道兩人之中註定有一個會輸得很慘了？而且還是這個做了多年儲相第一人的殷茂春？」

高適之丈二和尚摸不著頭腦，小聲問道：「那兩家孩子結個屁的親啊！」

宋道寧淡然道：「別忘了，殷長庚與趙淳媛的婚事，是先帝的意思。殷趙兩人順水推舟，只是各自給對方後人留一條退路而已。」

國公爺嘖嘖道：「這幫讀書人，彎彎腸子就是多！」

宋道寧輕輕感慨道：「文人心眼多，武人不服管，陛下登基以來，其實相當不容易，殊為不易的是陛下做得很好。」

高適之盯著這位無話不可深談的好友，沉聲問道：「你決定了？真要幫著陛下制衡各個文官黨派和各方武將勢力？」

宋道寧答非所問，深呼吸一口氣，道：「雖然我們這幫各個姓氏的鄰居這麼多年來，給碧眼兒打壓得幾乎喘不過氣，但不能否認，有和沒有碧眼兒坐鎮的廟堂，天壤之別。既然碧眼兒走了，那我們不說為江山社稷考慮，好歹也要對得起那些每年都要去祭拜的祖輩牌位。」

高適之伸了一個懶腰：「反正你如何我便如何，就這麼簡單，我才不去費這個神。」

宋道寧突然笑了：「還記不記得年輕時候的事情？」

高適之愣了愣：「啥事？咱哥倆年輕時候的壯舉可不少，你問的是？嘿，王遠燃這撥不成氣候的兔崽子比起我們當年，差了十萬八千里！」

宋道寧下意識揉了揉自己的胸口，然後指了指眼前這位赫赫國公爺的臉。

後者瞬間漲紅了臉，高適之罵了一句娘，整個人氣焰全消。

宋道寧破天荒哈哈大笑。

當年，很多年前了，那時候他小侯爺宋道寧和好兄弟高適之，帶著扈從縱馬京郊，結果遇上一位女子，那名女子真正是傾國傾城的絕色，便是眼高於頂的宋道寧也驚為天人啊。

只是他們才剛剛上前，還沒開口搭訕，那女子也安安靜靜不曾說話，結果有個操著遼東口音的土鱉就遠遠跑了過來。

雙方都是熱血上頭的年紀，一言不合那就是用拳頭講道理了，宋道寧和高適之兩個打一個竟然沒打過，挨了些不輕不重的拳腳。但是兩位權貴子弟人多勢眾啊，很快就追著那個王八蛋打，揍得那叫一個灰頭土臉，關鍵是這個傢伙身手還行，可那張嘴巴真是罵人一百句都不帶重複的。這哪裡是什麼英雄救美，分明是丟人現眼來了，完全跟豪邁氣概不沾邊，分明是兩撥登徒子內訌，誰都不是好鳥。

然後……

然後就是宋道寧被那個背劍女子一腳踹出去七、八丈，高適之被一巴掌甩得在空中旋轉了七、八圈。

再然後就是那個遼東年輕人滿臉「感激」地衝到女子身前，一把抓住她的手，說著不著邊的感謝言語，就是不肯鬆手。

高適之和宋道寧是很後來才知道那個姓徐的王八蛋，下場比他們好不到哪裡去，整個人倒飛出去老遠，重重趴在地上後，仍是咬牙切齒擠出個難看笑臉，使勁扯開嗓子嚷嚷道：「妳就是我徐驍的媳婦了！要麼妳打死我，要麼就嫁給我！」

以前，太安城只要有徐驍在，就不缺熱鬧。

現在，太安城來了他的兒子，好像也很熱鬧。

◆

燕國公和淮陽侯這些平日裡神龍見首不見尾的大佬，很是大失所望，因為今日早朝，那個鬧出天大風波的年輕藩王並沒有出現。

相比之下，另外一個消息只是讓文武百官稍稍精神振奮了一下。

原先燕剌王趙炳麾下的頭號南疆大將吳重軒，瞞天過海地從廣陵道抽身北上，突然出現在京城廟堂之上，升任離陽兵部尚書，同時讓其退朝後馬上返回廣陵道督戰，以征南大將軍的身分遙領兵部，何時平亂成功，何時正式赴京履職。

清晨時分。

一輛馬車在離陽兵部的舊址緩緩停下，這裡距離趙家甕不過一里左右的路程，在改址之前被南方八國罵作北蠻子的離陽王朝，兵部在三省六部中的地位，超乎現在所有離陽百姓的想像。

那時候別說吏部，只要不是實職是地方藩鎮將領，任你是什麼中書省的中書令還是門下省左僕射，別說在路上跟兵部侍郎的車駕相逢，就是跟低了好幾品的兵部郎中，前者也要乖乖讓路。至於那些當今趾高氣昂的言官，那會兒唯一的作用就是給兵部官員當出氣筒，無緣無故拿馬鞭抽個半死都不稀奇。

先後兩個皇帝，短短四十餘年，就讓中原承認了離陽的正統地位。

無數讀書種子在太安城這座當年的邊境之城紮根發芽，成長為一棵棵參天大樹，形成文林茂盛不輸西楚的局面。

從馬車走下的年輕人站在臺階下，看著那幾乎無人出入的朱漆大門，怔怔出神。

這裡現在不過是兵部武庫司下品官吏處理政務的地點。

一個還睡眼惺忪的武庫司小吏剛跨出門檻，當他看到門外不遠處那襲從未聽過更從未見過的黑金蟒袍時，狠狠揉了揉眼睛，滿臉茫然。

太安城，天子腳下，誰敢在官袍公服一事上有半點僭越？何況是到了蟒袍這個地步！

不過是個武庫司濁流小吏的傢伙身體僵硬，不敢往前走出一步，更不敢視而不見地直接轉身。

一個粗嗓子在小吏身後響起：「黃潛善！你還不去兵部衙門跟洪主事稟報？靴子給狗屎黏住了？」

小吏吞了一口唾沫，轉頭道：「楊大人，有人來了。」

小吏身後那個一樣不曾脫離濁流、躋身清流品第的高大男子，繞過姓黃的傢伙，看到那個年輕人後，使勁瞧了幾眼，不動聲色地轉身，再以迅雷不及掩耳之勢跑入大門，最後澈底失蹤，一氣呵成，這大概就是黃潛善要對他喊一聲楊大人的理由了。

楊大人這一跑，等於澈底把黃潛善的退路給堵死了，他如果再跑，黃潛善自己都覺得說不過去。

這個小吏硬著頭皮快步跑下石階，彎腰問道：「不知……」

說到這裡，他又頓時噎住，方才慌慌張張，沒敢仔細辨認那襲黑金蟒袍的數目、趾數和水腳等細節，哪裡知道該稱呼眼前年輕人「國公爺」還是「侯爺」，或是「世子殿下」？

在太安城做官的門道實在是太多了，僅是官員的住處就分出權、貴、清、貧、富五種，到了每一地，都要燒不同的香，否則進錯廟燒錯香，壞了規矩犯了忌諱，回頭在衙門坐幾年冷板凳那都算事情小的。

徐鳳年輕聲笑道：「本王只是來此看看，你不用往衙門裡頭通報什麼。」

「本王」！聽到這個驚世駭俗的「自稱」，小吏雙腿一軟，差點就要癱軟在地。

偌大一個離陽王朝，能夠自稱「本王」的數目，從先帝手上敕封出去的，本就不多，如今又死了好幾個，而在當今天子登基後封王就藩的所謂「一字並肩王」，按照趙室宗藩律例，照樣不得隨意入京。

那麼眼前這個身穿藩王蟒袍的王爺，既然如此年輕，身分就水落石出了。

靖安王趙珣是個什麼貨色，京城官員心裡都有數，別說大搖大擺穿著蟒袍到處閒逛，恨不得待在深宅大院內誰都不見。

小吏牙齒打戰道：「北……北……北涼王，有什麼需要下官去做的嗎？」

徐鳳年笑道：「剛才楊大人不是說讓你去兵部嗎？」

額頭滲出汗水的小吏戰戰兢兢道：「不妨事……不妨事，王爺初來乍到，咱們這衙門太蓬蓽生輝了……」

徐鳳年揮手道：「走吧。」

就在小吏弓著腰準備腳底抹油的時候，只聽這位惡名昭彰的西北藩王輕聲道：「黃潛善是吧，記得離開之前，大聲說一句，就說『衙門重地，無關人等，沒有兵部許可，不得入內』。」

唯命是從的黃潛善腦子一片空白，等到他老老實實喊完話走出去很遠，這名後知後覺的武庫司小吏才悚然驚醒，嚇得只能顫顫巍巍扶牆而行，心想我是找死啊？

只是當他又走出去一大段路程後，好像突然想到了什麼，愣在當場，回頭望去，看向那個還站在原地的年輕藩王，那個自己幾年前還經常與同僚一起痛罵譏諷的年輕人。

黃潛善眼神複雜，嘆了一口氣，轉身前行。

恐怕一輩子都不會有資格參與朝會的小官吏，逐漸沒有了驚懼和狐疑。

只是不知為何，覺得有些不是個滋味。

◆

徐鳳年上車的時候，徐偃兵問道：「怎麼不走進去看幾眼？」

徐鳳年笑道：「徐驍年輕時跟人裝孫子的地方，就不進去了。」

徐偃兵會心一笑，點頭道：「大將軍應該也是這麼想的。」

馬車駛向並不遙遠的趙家甕，正值退朝，許多馬車迎面而來，畢竟京城除了權勢顯赫的六部，還有足可謂龐雜繁多的大小衙門設在別處。

一輛輛馬車、一位位騎馬官員與這輛不起眼的馬車擦身而過。

徐偃兵在禮部衙門外停車，禮部官員的馬車或是坐騎早已把位置占滿，讓原本進出衙門的寬闊道路變得依舊擁擠不堪。

沒有辦法，禮部如今是第一等清貴且顯貴的王朝重地，迎來送往極其繁重，許多以前都不樂意踏足禮部半步的別部官員，如今也隔三岔五來禮部找個郎中員外郎敘敘舊套套近乎，至於禮部尚書司馬樸華和左侍郎晉蘭亭就別奢望了，除非是別部侍郎一級的人物，否則是根本見不著面的。話說回來，本身到了侍郎這個位置，既不太拉得下面子，當然也無須用這種粗陋方法來籠絡關係。

所以當徐偃兵只是隨意停了個位置，很快就有禮部小吏走過來，倒沒有立即頤指氣使、惡語相向。太安城水深蛟龍多，已經有無數鮮血淋漓的前車之鑒總結出了一個道理——與人為善，能忍則忍，肯定不會有錯。當隻縮頭烏龜，總比做伸頭王八給人一刀剁下好吧？

那名小吏很快就萬分慶幸自己的謹小慎微，當他看到那個掀起簾子的年輕人衣飾，立即就醒悟，不愧是禮部的人，比起兵部武庫司那兩人的荒唐滑稽，這傢伙很快就深深作揖，畢恭畢敬道：「下官參見北涼王！」

徐鳳年走下馬車，點了點頭，徑直走向禮部衙門。

身後那個禮部官吏等到徐鳳年都走入大門了，還是不敢起身。

一副恨不得彎腰作揖到天荒地老的謙恭架勢。

為年輕藩王領路的，是一位運氣糟糕至極的禮部祠祭清吏司郎中，正巧跟這位北涼王狹路相逢，逃都沒地方逃，同行幾個下屬更是瞬間就跟這位郎中大人拉開了大段距離，連半點捨生取義的覺悟都沒有。

如今禮部的門檻不容易進？若是沒有品秩足夠的熟人領路，就會被憋了許多年怨氣的其他禮部官員百般刁難？事實自然是事實，可是眼前這一位，會管你這些狗屁倒灶的規矩？人家還是北涼世子殿下的時候，就已經可以佩刀上殿了！

所以當祠祭清吏司郎中聽北涼王說要見老尚書的時候，屁都不敢放一個，低頭哈腰幫著帶路，只說尚書大人退朝後還有一場雷打不動的御書房議政，可能需要王爺稍等片刻。

徐鳳年走入司馬樸華那間屋子，也沒有拒絕那個禮部郎中的端茶送水。

看到年輕藩王站在尚書大人的那幅心頭愛〈蛙聲出山泉〉前駐足欣賞，小心翼翼遞去一盞熱茶的郎中大人這才記起一事。

在北涼世襲罔替後，這個年輕人當年被罵作暴殄天物、肆意在價值連城的真跡字畫上胡亂題跋、題籤，甚至乾脆蓋印「贗品」二字，起初不知道多少京城官員和中原文人雅士，在得到從北涼王府流傳出的字畫後一個個捶胸頓足，恨不得把那個年輕人從梧桐院抓住去痛毆一頓，不承想才幾年工夫，立馬變臉，一個比一個笑得合不攏嘴了。理由很簡單，不管風骨錚錚的士林領袖如何抗拒，這些經由年輕藩王之手的字畫，只要你肯賣，下家的出價最不濟都要翻一番，既便如此，依舊有價無市！

想到這裡，郎中大人就有些心虛。當最憎惡北涼的晉蘭亭進入禮部坐第二把交椅後，他就忍痛割愛公開賣掉好幾幅字畫，以表忠心，但是仍然偷偷私藏了一幅〈清涼帖〉，想著哪天等到自己上了年紀離開官場回鄉了，才拿出來跟人好好炫耀一番；或者保不齊哪天到了可上可不上的仕途關鍵時刻，才將那幅不過寥寥兩字的小帖，「低價」轉手給自己早年的科舉房師。白送？做夢吧！清涼帖，清涼山，只憑「清涼」這兩個意義極其特殊的字，郎中大人保守估計就值他個五百兩！黃金！

徐鳳年喝完了茶，走到書案附近，隨手打開一只精美檀盒，裡頭整齊擺放有六錠墨，他取出其中一錠，錠身是雙龍吐珠描金紋，正中篆書「華章煥彩」，顯然是出自舊南唐製墨大家褚直的宮廷貢墨。

像這樣的珍稀物件，數十年輾轉，想來如今都成了離陽官員書案上的東西。不過比起顛沛流離的春秋遺民，同樣是背井離鄉，這些死物，似乎要幸運許多，它們能熬到另外某位識貨的讀書人愛不釋手，許多亡了國的遺民，就只能不知道死在何處異鄉了。

尚書大人司馬樸華還是沒有回到禮部衙門，在一旁飽受煎熬的郎中大人臉色越來越白。

門外響起一聲咳嗽，祠祭清吏司郎中不動聲色地走出屋子，看到是一位關係不錯的精膳清吏司員外郎，老好人一個，當了整整十來年的員外郎也沒能升官，後者哭喪著臉悄悄道：「柳大人，尚書大人到了衙門口就轉身走了，說是要去門下省辦事。還說千萬不要讓王爺曉得，讓咱們只能說是今日議政耗時極長，晌午以前都未必能出宮，還讓咱們好好招待王爺，誰出了紕漏，大人就要問罪。」

聽到這個噩耗，郎中大人差點跳腳罵娘，他強忍住當場跑路的衝動，在屋外做了數次深呼吸，彷彿心肝都在疼。

這個時候，郎中大人靈光乍現，在員外郎耳邊竊竊私語，後者一臉為難，郎中大人重重拍了一下後者的肩膀，以斬釘截鐵的語氣說道：「趕緊去！」

交代完了事情，郎中大人如履薄冰地回到屋內，盡量語氣平靜地跟年輕藩王說了這麼一回事，說話的時候，滿臉誠懇和愧疚。前幾年偷偷收攏府上一個丫鬟，給悍婦捉姦在床時，也沒見郎中大人如此卑躬屈膝。

徐鳳年瞥了他一眼，面無表情地「嗯」了一聲，說道：「尚書大人不在，蔣侍郎和晉蘭亭總該在的吧？」

郎中顧不得琢磨不同稱呼的言下之意，小雞啄米般點頭道：「蔣大人在的在的，原本蔣大人是告假了的，臨時又回衙門處理政務了。晉大人退朝後便直接返回禮部，也在的！」

相比鶴立雞群的尚書屋，兩位禮部侍郎的屋子雖然也是各自一人，但是屋子連著其他幾位郎中員外郎，就沒有顯得那般別有洞天了。

禮部，本就是教人講規矩的地方，自身的規矩、繁文縟節多到吹毛求疵的境界。

徐鳳年和郎中走向右侍郎蔣永樂的屋子，結果郎中發現蔣永樂剛好從外邊一路跑回來，氣喘吁吁的，顧不得在下官面前保持什麼氣度風儀了。

郎中看到這位右侍郎大人的時候，心中只有一個念頭：蔣大人啊，自己保重了，不是下官有意要拖你下水，而是尚書大人已經狠狠坑了下官一把，我要是再不讓人把你連騙帶嚇弄回來，下官恐怕就見不著明天的太陽了。嗯，其實下官家裡那個小兔崽子有句當作口頭禪的江湖俚語，現在想來確實挺在理的，「混江湖，就是混出一個死道友，不死貧道」。真要說起來，你蔣大人要是不小心暴斃了，下官定會盡量把你肩上那份禮部的擔子挑起來的。

把北涼王請入了屋子，蔣永樂關上門後，也不說話，只是撲通一聲，跪在地上死活不肯起身了。

便是徐鳳年也有些哭笑不得。其實與外界想像的截然相反，北涼從徐驍到李義山再到他徐鳳年，對於謚號一事早就心中有數，徐鳳年世襲罔替後拒收聖旨，連宣旨太監都沒能進入幽州境，這是徐鳳年為人子的責任，也是北涼必須拿出的姿態。

倒並不意味著徐鳳年對蔣永樂這個禮部小人物，就真有什麼深重的記恨，何況當時廟堂之上，文武百官，只有國子監左祭酒姚白峰為徐驍說了一句公道話，其他人，大學士嚴杰溪、晉蘭亭、盧升象等人，對於謚號評定的建言，都比蔣永樂心狠手辣太多。

事實上當時徐驍與李義山笑著討論他的「身後事」，就說一個惡謚是絕對跑不掉的。很湊巧，極少翻書的徐驍在百無聊賴的時候，會經常去梧桐院拿出禮部典籍，自己給自己蓋棺論定，到最後，徐驍給自己挑選的兩個字，恰恰就是「武厲」！

我徐驍是個武夫，要什麼武臣美謚「文」字！「厲」字更好，有功於國，屠戮過重，功過相抵，就當我徐驍與離陽一筆舊帳，兩清了！

當然，徐鳳年對蔣永樂沒有什麼恨意殺心，不意味著他就會有什麼好臉色給這位禮部三號人物。但這麼一位堂堂禮部侍郎大人，死死跪在那裡擺出引頸就戮的無賴模樣，讓徐鳳年大開眼界。

沒過多久，當年輕藩王走出屋子的時候，祠祭清吏司郎中依稀聽到屋內有一陣陣的抽泣聲。郎中既有如釋重負，但內心深處也有幾分遺憾。

徐鳳年走到禮部左侍郎的屋外，屋門大開，氣度風雅的晉蘭亭坦然坐在書案後，看著那個曾經高高在上的年輕藩王，這位在太安城官場平步青雲的晉三郎面無懼色，冷眼相向。

晉蘭亭瞇起眼，紋絲不動，連起身相迎的姿態都免了。

你世襲罔替成了北涼王，百尺竿頭、更進一步，但我晉蘭亭早已不是那個小小郡縣的小小士族了！

接下來祠祭清吏司郎中聽到北涼王說了一句：「你們退遠點。」

這位手握北涼三十萬鐵騎的年輕人跨過門檻後，沒有關門，但是沒有誰敢去抬頭看裡頭到底會發生什麼。

很快，屋內就傳出一聲巨響。祠祭清吏司嚇了一大跳，渾身哆嗦了一下。

不知道過了多久，年輕藩王走出屋子，輕描淡寫地拍了拍並無塵埃的袖子，揚長而去。

祠祭清吏司猶豫著要不要進屋，就聽到那位最注意言談舉止的左侍郎，扯嗓子嘶吼了一句：「都給我滾！」

◆

整座禮部衙門，有了隆冬時節的徹骨寒意。

◆

徐鳳年走向馬車，看到徐偃兵的好奇眼神，笑道：「沒殺人，不過有人，應該比死了還難受。」

徐偃兵的眼神有些古怪。

徐鳳年無奈道：「我可沒脫褲子。不過你要有這癖好，可以領你過去，現在那傢伙估計還梨花帶雨著。」

徐偃兵趕緊擺擺手，哈哈大笑。

他好不容易止住笑聲，在徐鳳年即將鑽入車廂的時候問道：「接下來去那欽天監？」

徐鳳年點頭道：「去。」

徐偃兵突然側望向遠處大街上的一行人，清一色騎馬而行，距離退朝已經有些時候，道路並不算擁堵，但是那五騎的彪悍氣勢十分扎眼。

徐鳳年在徐偃兵轉頭的時候就掀起了側簾。

五騎除了為首一騎沒有向他們望來，其餘四騎都臉色不善，其中一騎更是停馬不前，單手握住馬韁繩，身體微微後仰，充滿了倨傲自負。

徐偃兵輕聲道：「看那個老人的官袍，好像是四征四鎮大將軍和兵部尚書才能穿的正二品武臣朝服。」

徐鳳年說道：「應該是先前被敕封為征南大將軍的吳重軒，看來這次是來京城領賞了，說不定已經當上了兵部尚書，也難怪他手底下那幾個嫡系如此囂張跋扈。」

徐偃兵皺眉道：「要不然我出手教訓一下？」

徐鳳年搖頭道：「算了，吳重軒好歹跟某個傢伙還剩下些香火情。如果要教訓，也是以後讓他親自動手。」

一波未平、一波又起，就在徐鳳年打算不理睬對方眼神挑釁的時候，那停馬一騎，抬手做了個手掌抹脖的動作。

徐偃兵平淡道：「王爺，你總不能讓我來回一趟，就真的只當個馬夫吧？」

徐鳳年笑道：「行。記得下手別太重。」

徐偃兵問道：「半死？」

徐鳳年回答道：「對方又不是手無縛雞之力的文官，打了也沒光彩，但是一個身經百戰的南疆武將，半死怎麼夠，你要不把他打得大半死，都對不起他們那南疆勁軍媲美北涼鐵騎的天大名頭。」

鬆開馬韁的徐偃兵忍俊不禁道：「還有這麼個道理？」

徐鳳年放下簾子，緩緩道：「只要北涼鐵騎在，就是道理。」

徐偃兵一閃而逝，下一幕便是徐偃兵一腳踹在那匹大馬的側腹部，南疆武將連人帶馬都橫飛出去，那匹駿馬四蹄騰空，重重摔在遠處，轟然作響。

根本沒有人看到徐偃兵是如何出手，還未從馬背上滾落的魁梧武將就又被踹得飛出去五、六丈，也虧得這條僅次於京城御道的大街夠寬，否則就要陷入牆壁了。

徐偃兵一腳踩在奄奄一息的武將頭顱上，看著其餘幾騎，除了不動聲色撥轉馬頭的吳重軒外，個個憤怒猙獰。

徐偃兵沒有說話，只是用鞋底在武將腦袋上狠狠擰了擰。

我北涼管你是什麼兵部官員，管你是什麼南疆將軍？

吳重軒微微揚起馬鞭，攔住了暴躁三騎的報復企圖，如今身穿正二品獅子官服的老將獨自策馬緩緩向前，俯視著徐偃兵，明知故問道：「北涼徐偃兵？」

徐偃兵不鹹不淡回了一句：「有沒有帶一、兩千精兵駐紮在京畿南軍大營，否則我怕晚上還不夠一頓宵夜。」

吳重軒扯了扯嘴角，轉身離去。

麾下三騎疾馳向那名不知生死的武將，收拾殘局。

徐鳳年坐在車廂內，雙手如老農攏袖，袖內十指交錯，微微顫抖。

欽天監，就要到了。

京城白衣案的源頭在此！

春秋刀甲，死於此！

◆

有傳言是用來鎮壓京城水脈的龍鬚溝天橋邊，有個久負盛名的小飯館子，叫九九館，達官顯貴絡繹不絕。

老闆娘是個風韻猶存的寡婦，這些年卻從未有風言風語傳出。不管世族公孫和膏粱子弟為了搶占一張桌子，如何在九九館衝突紛爭，不管雙方打得如何昏天暗地，似乎從沒聽說有大人物罩著的九九館，總能在第二天照樣開張。

去晚的話，小館子只要到了打烊的點，任你是尚書的兒子還是大將軍的孫子，一律閉門謝客。九九館越是如此，反而越讓京城老饕清讒合乎心意，雖說極有可能侍郎這般的大人物，下館子的時候，也會被膽大包天的店夥計甩臉色，但人人樂此不疲。

宋家兩夫子、坦坦翁桓溫、國子監姚白峰，除了顧劍棠之外的幾乎所有歷任六部尚書，雙手加上雙腳都數不過來的中樞重臣，無一例外都到此大快朵頤。

今年又多了個天大的人物——齊陽龍。據說中書令大人還沒正式成為離陽臣子的時候，入京第一件事不是覲見天子，而是直奔九九館，喝了個酩酊大醉，更誇張的是這麼個當之無愧的文人領袖，差點被老闆娘趕出九九館。

今日九九館的生意依舊註定火爆，正門這還沒開張，外頭那一輛輛豪奢車駕和一匹匹高頭大馬，就已經讓那條臨河的街道變得擁擠不堪，許多食客都耐心排著長隊。

一個身材矮小的跛腳老人來到九九館後院門口，比起正門的熙熙攘攘，這條不為人知七拐八拐才能走入的狹窄巷弄，極為冷清，興許是人跡罕至的緣故，牆腳根附近都長出了些許幽綠青苔，陽光被高牆遮擋，顯得有些陰氣森森。

跛腳老人沒有急著敲門，而是盯著一個蹲在臺階上打哈欠的年輕人，後者也張著嘴巴、瞪大眼睛瞧著跛腳老人。

其實他們相互都「認識」。往常只把寶貴視線擱在藩王公卿身上的老人，之所以記住這個無賴傢伙，是因為年輕痞子昨天要死不死出現在了下馬嵬驛館外的街上，還跟年輕藩王有了一場「巔峰之戰」。

跛腳老人當天回到趙勾後，很快就知道了這個年輕人的底細，的確是遼東錦州官府頒發的路引，老人甚至連他到了京城後住了什麼客棧、吃了什麼飯菜都一清二楚，連這個叫吳來福的傢伙跟客棧老闆就房錢砍價的細節，都錄入了趙勾檔案。

本來老人已經大致確認這個所謂的「錦州第一少俠」、「遼東第二刀」，不是什麼見不得光的諜子人物，就是個不知天高地厚、無意中捲入京城旋渦的市井無賴，但是看到吳來福出現在此時此地，向來堅信世上無意外人、無意外事的趙勾大頭目，頓時心生殺機。

將那把鐵刀擱在膝蓋上的吳來福冷不丁嚷嚷道：「老頭，我認識你！雖然你昨天從頭到尾都沒有出手，但我知道，你其實跟我一樣，都是高手哇！」

吳來福皮笑肉不笑，在思考如何不動聲色地殺掉這個傢伙。

九九館，是趙勾的禁地。離陽諜子無論身分高低，一律不得靠近，這是在元本溪手上訂立的一條刻板規矩。雖說元先生死了，但是跛腳老人不到萬不得已，還是不願意因為一點雞毛蒜皮的「小事」，驚動那個大隱隱於市的婦人。這次跛腳老人自己壞了元先生的規矩，是不得已而為之，新任趙勾主事人發話了，所以他不得不來這裡討人嫌。

連北涼王和拂水房都只知道他姓姚的跛腳老人，看著那個小心翼翼抱刀的年輕人，笑問道：「吳少俠，怎麼有閒情逸致蹲在這裡，看太陽啊？」

吳來福的武藝把式是不入流，但一點都不傻，要不然也不能趕在李浩然之前搶了風頭，如今「吳來福」三個字在京城的名氣也不小了。他昨天兩次去而復返，把那場大戰首尾都瞧在了眼裡，其中中年漢子的衰老和橫刀少年的死翹翹，都讓他嘆為觀止，那麼始終不顯山不露水的跛腳老人，自然不是什麼他吳來福可以掰手腕的。

吳來福很緊張，手心都是汗水，但他仍是保持那張很欠揍的笑臉說道：「前輩啊，看太陽哪裡看不都一樣，是吧？我這是來九九館討份活兒做，從遼東走到京城，這盤纏都用光了，我又不是那種恃武犯禁的江湖人，是最為奉公守法的良民了。」

跛腳老人笑咪咪道：「找活兒？京城這麼大，去哪找不都一樣？」

年輕人笑臉越發僵硬，眼珠子急轉，猶豫了一下，壓低嗓音道：「前輩，咱們都是敞亮人，我就不妨跟你直說了，京城都曉得九九館的水很深，我琢磨著吧，一個婦道人家就能撐起這麼個館子，要麼她是深藏不露的絕世高手，要麼就是館子裡的夥計是一等一的武道宗師，要麼指不定某個廚子是退隱江湖多年的江湖名宿，我來九九館找份營生，賺錢其次，主要還是希冀著跟高手學一身足以稱霸武林的絕學！」

跛腳老人盯著這個異想天開的年輕人，不知道是一巴掌搧死算完，還是應該豎起大拇指稱讚一句你小子真有慧根。

跛腳老人看著那個「眼神無比真誠，滿臉寫滿無辜」的傢伙，忍不住調侃道：「如果我沒有記錯，吳少俠可是只輸給北涼王一招半式的高手，怎麼，還要在武道一途，更上一層樓才知足？」

吳來福憨憨笑著：「技多不壓身嘛，江湖上藏龍臥虎，我多學幾手壓箱底本領，終歸不是壞事。你瞧瞧人家北涼王，拳頭、刀劍，還有最後那招『請神』，手段層出不窮，我跟他一比，到底還是差了些火候啊。」

跛腳老人笑道：「在我看來，吳少俠有樣本事，就比北涼王要強很多。」

吳來福輕聲問道：「不會是臉皮厚吧？」

跛腳老人對這個傢伙伸出大拇指：「吳少俠，不愧是天賦異稟的練武奇才！日後武學成就一定不可限量！」

年輕人撓撓頭，對於這份「恭維」，笑納了。

跛腳老人不知為何沒了殺心，不理會這個遼東少俠，走上臺階，輕輕敲了敲門。

後院沒有回應。

跛腳老人就這麼不急不緩敲下去。

老人不急，吳來福從一開始的好奇、揣測、期待，到最後的打哈欠、翻白眼、摳耳屎，實在是等不下去了，吳來福站起身，佩好那柄鐵刀，然後一巴掌重重拍在掉漆厲害的木門上，喊道：「老闆娘、老闆娘！我是昨天那個要給妳做店夥計的吳來福啊，妳不給我開門就算了，可我身邊還有個德高望重的江湖前輩急著找妳呢，別耽誤了大事！

老闆娘，真的，我不懵妳，真有前輩登門拜訪，老早就在這兒等著了，我一開始怕前輩打擾妳休息，愣是沒有禮數地擋了他半天，老闆娘！妳看都這樣了，妳再不開門，無論是從江湖道義來說，還是就來者是客的道理而言，老闆娘妳都說不過了啊！」

跛腳老人扯了扯嘴角，忍了。

吳來福把小門拍得驚天動地。

當那扇門突然打開的時候，吳來福一個不留神，差點一巴掌拍在開門之人的身上，好在後者輕輕挪步躲過，但是吳來福跌入門內，摔了個狗吃屎。

那驚鴻一瞥，讓吳來福坐在地上發呆。

那年輕女子肯定不是老闆娘，老闆娘是徐娘半老，挺有女人味，畢竟吳來福不好這一口，他中意的還是年歲相當的年輕女子，臉蛋要漂亮、胸脯要大、腰肢要細、屁股要圓、雙腿要長，要求不算高，跟他的少俠身分剛好符合。

而開門的女子，是吳來福這輩子見過最動人的女子，甚至可能是加上下輩子都是最好看的女人了。

吳來福坐在地上，看著那個站在門口的背影，這個敢跟北涼王耍心眼的年輕人，竟然都不敢跟她說話。

身為刑部次席供奉的跛腳老人看著這個胭脂評榜眼的女子，欲言又止。

她原本應該成為元先生最出彩的妙手之一，但是世事無常，便是算無遺策的元先生，也功虧一簣。當年那副棋盤上，有一場三人對弈，雖然元先生想好了一系列定式，可惜最終有人下出了「無理手」。在那次交鋒中，元先生事後自稱他和黃三甲都輸了，輸給了同一人，是此生一大憾事！

看著眼前這個曾經親自護送自己入京的老人，女子淡然道：「姚先生是來催我前往那座遼東藩王府邸？」

跛腳老人嘆息一聲，搖頭道：「不是，我來找洪掌櫃。」

她皺了皺眉頭，搖頭道：「洪姨不會見你的。」

老人也搖了搖頭，直呼其名道：「陳漁，這件事，妳說了不算。」

陳漁。聽到這個名字後，吳來福如遭雷擊——胭脂評榜眼！

陳漁默不作聲。

饒是對美色早已生不起波瀾的老人，不論見過她多少次，依舊是不得不由衷感慨她的鍾靈毓秀，難怪當年就連元先生都讚嘆了一句「亂世禍水，盛世皇后」。

吳來福突然被人一腳踹在後背，又摔了一次滿臉灰土的狗吃屎。

一個婦人站在吳來福身邊，沒有走近院門，看著沒有跨過門檻的跛腳老人，冷聲道：「九九館沒有骨頭讓你們叼！」

被罵成是狗的跛腳老人面無表情，輕輕彈指，吳來福的腦袋如遭重擊，向後晃蕩了一下，倒地不起，不知死活。

然後老人輕聲道：「洪掌櫃，這次請妳走出九九館，是皇后娘娘的意思。」

老闆娘不說話，陳漁低斂眼簾，跛腳老人安靜等待下文。

老闆娘終於開口，充滿譏諷語氣：「怎麼，要我去皇宮大門口攔著，還是直接在大殿外守著？早知如此，何必當初？現在終於知道怕了？」

老人眼皮子顫抖了一下，說道：「皇后娘娘的旨意是……讓洪掌櫃去欽天監。」

說完這句話後，無論說話還是殺人，從不拖泥帶水的老人，破天荒加重語氣，重複了那最後三個字：「欽天監！」

原先一直神色平靜的老闆娘猛然勃然大怒：「滾！」

她伸手指著跛腳老人，憤懣至極道：「姓姚的！你滾回皇宮，告訴那個不要臉的女人，我跟她趙雉交情沒好到這個份兒上！」

老人似乎意料到婦人的態度，繼續板著臉說道：「皇后娘娘讓我捎兩句話給洪掌櫃，一句是如果洪掌櫃願意前往欽天監，那麼陳漁就能不去遼王府做王妃。」

婦人怒極反笑道：「趙雉啊趙雉，整個離陽都知道妳偏愛趙篆，遠遠勝過趙武！不但逼著嫡長子把龍椅讓出來給他的弟弟，如今連長子本該得到這點可憐補償也省了！」

陳漁置若罔聞，彷彿是個局外人。

北涼世子殿下、先帝趙惇、大皇子趙武、四皇子趙篆。

當年，身為春秋十大豪閥之一的破落家族，要她入京，先當皇貴妃，再爭皇后的位置。

後來，一個說話含糊不清的元先生，要她接近當時尚未迎娶嚴東吳的四皇子。

再後來，那個成為皇太后的婦人，要她嫁給此生無望那件龍袍的嫡長子——遼王趙武。沒有人問過她，她想要嫁給誰。

那個曾經在中原文林以風骨著稱於世的爺爺，臨死前只是跟她說，家族中興，需要她。

那個半寸舌元本溪，只是用手指蘸著酒水，當著她的面，在桌面上寫下了六個字——妳皇后，我苟活。

最後她被召見入宮，遙遙看著那個婦人，只看到婦人好像點了頭，就讓自己出宮了。

她一次都沒有抗拒。

陳漁從不嚮往江湖，因為她知道江湖裡的男人，看似風光，其實人人身不由己。

她也從不嚮往皇宮，因為她知道那裡的女子，人人都是籠中雀。

但是陳漁知道自己不想要什麼，卻從來不知道自己想要什麼。

所以一次次順其自然的顛沛流離，陳漁談不上有何悲哀，沒有什麼自怨自艾，如浮萍隨水流。

當聽到教自己剪紙的洪姨，再次對跛腳老人說了個「滾」字後，陳漁還是沒有半點傷春悲秋，去不去遼東，當不當王妃，重要嗎？

老人看著這個守寡多年的婦人，沒有生氣，一個能夠讓先帝和元先生都另眼相看的傳奇女子，就算一拳砸在自己的腦袋上，老人也不會計較什麼。

老人平靜道：「洪掌櫃，皇后娘娘的第二句話，是說謝觀應已經在欽天監了，蜀王陳芝豹也可能會在。」

婦人瞬間安靜下來，嘴唇發白。

她痛苦地閉上眼睛，呢喃道：「趙雉，妳從來都是這樣，以前為了自己的男人，可以什麼都不顧，現在為了兒子……」

老人看了一眼天色，提醒道：「再不去，就晚了。」

她緩緩睜開眼睛，問道：「馬車備好了？」

老人點了點頭。

婦人走向門口，經過陳漁身邊的時候，突然握住她的手，柔聲道：「跟洪姨一起去吧。如果咱們死在那裡，挺好的。」

陳漁想了想，笑了。

◆

欽天監，在市井中名聲不顯，卻是離陽京城首屈一指的王朝重地，許多三省六部的黃紫公卿一輩子都沒機會涉足其中，於是官員能否去欽天監藏書樓借閱一、兩本書，無形中成了衡量京官分量的一個標竿。

盧白頡在辭任兵部尚書之前，所做的最後一件事情，是從內城禁軍祕密抽調出八百精銳甲士，負責守衛欽天監。

而就在兩天前，已經算是重兵把守的欽天監，又連夜悄悄增加了六百餘人的精兵。

兩名身披甲冑而不是武臣官袍的將領，一位年近花甲，一位正值青壯年齡，兩人俱是按刀而立，站在欽天監門口充當兩尊「門神」。

相差一個輩分的兩個男子面容酷似，像是一對父子。

事實上正是如此。老將軍是駐守京畿北部的射聲校尉李守郭，在春秋戰事中軍功平平，不過累功至芝麻綠豆大小的副尉而已，所以在五年前李守郭成功一步步晉升為京畿四大校尉之一的射聲校尉後，在京城官場和京畿軍伍中只被傳為笑談，很不客氣地給了一個「太平校尉」的綽號。

意思是說他李守郭如果是在亂世，就他憑那份拉稀本事，別說是當上離陽最有權柄的校尉，能否當個都尉都懸。這些年就是溜鬚拍馬的功夫委實了得，不會打仗卻會當官，尤其是僥倖攀上了征北大將軍馬祿琅的高枝，這才撈到了這麼個炙手可熱的、讓人眼饞的官位。

只不過這種腔調的議論，隨著李守郭的長子李長安去年在京畿軍中的脫穎而出，逐漸消散。李長安，不過而立之年，就在當今天子登基後被迅速提拔為離陽常設武將裡的中堅將軍，是極為結實的從四品將領。其意義相當於文官裡六部郎中外任地方擔任郡守一職，由虛轉實，如果能夠在任上不犯大錯，板上釘釘是要坐等升官加爵的。

說來奇怪，從未去過兩遼邊境、更無戰功傍身的李長安，在這之前雖然不算籍籍無名，但比起更為年輕的殷長庚、韓醒言之流，顯然是不夠看的，但是此人偏偏就成為陛下第一撥擢升武將中的一員，讓京城官員倍感霧裡看花。

好事成雙的是，李長安的弟弟李長良，不過是跟著包括王遠燃在內幾個紈褲子弟去北涼幽州遊山玩水了一趟，回京後很快就得到兵部調令，一舉成為遼東朵顏精騎的一名都尉。

父子三人，一個射聲校尉、一個中堅將軍、一個朵顏都尉，這讓祖墳冒青煙的李家突然在朝野上下有了個「小顧家」的說法。

雖然是父子聯手把守欽天監大門，但李守郭和李長安始終目不斜視，沒有任何視線交錯，相比李長安的鎮定自若，李守郭臉色自若的同時，其實心底一直在打鼓。

嫡長子李長安在前段時間，有天突然奉旨進宮面聖，很快就調離內城，領八百京城禁軍駐守位於皇城宮城之間的欽天監，而他本人也從京畿北火速入京，進京的調令，甚至不是出自常理之中的兵部文書，而是作為李家恩主的征北大將軍虎符！

要知道大將軍馬祿琅已是年近八十的老人，臥榻多年，在離陽軍伍中，論資歷，也就趙隗、楊慎杏、閻震春寥寥數人可以比肩，加上楊閻兩員春秋老將的一貶一死，即便馬祿琅已經將近十年不曾參加慶典和朝會，但是先帝和當今天子都從來沒有缺過對馬家的該有賞賜。誰都清楚，只要馬祿琅一天不死，就算是只吊著半口氣，只要老人不徹底咽氣，那麼宅子地理位置比燕國公、淮陽侯府邸還要好的馬家，就依舊是那個在京城咳嗽幾聲，廟堂上就有巨大動靜的馬家。

李守郭原本猜不透一座跟官場不沾邊的欽天監為何需要如此興師動眾，六百禁軍加上自己麾下京畿北軍最精銳的八百悍卒，是在提防誰，又有誰當得起這份隆重對待？

直到聽聞北涼王入京前，帶著八百西北騎軍，就讓胡騎校尉尉遲長恭率領的京畿西軍淪為護駕扈從，李守郭終於恍然大悟。

因為本身就是射聲校尉的實權武將，加上李守郭在東越戰事中救過老將軍獨子的性命，很早成為征北大將軍馬祿琅的座上賓，早年在馬家府邸內依稀聽到過一樁祕聞。好像是說太安城有過一場雲詭波譎的陰謀，矛頭針對當時尚未封王就藩的人屠徐瘸子，如今已經病逝的欽天監監正南懷瑜，在其中扮演了不太光彩的角色。

大將軍馬祿琅的獨子，此時手握整支京畿東軍兵權的安東將軍馬忠賢，醉酒後含含糊糊說起此事，神色間頗有引以為傲的揚揚自得。

李守郭知道，一個射聲校尉遠遠不夠觸及那場陰謀的內幕，也許只有等到長子李長安做到四征四鎮第一，才有希望瞭解那個被遮掩在層層帷幕、被積壓在厚重塵埃下的駭人真相。

四征大將軍，馬祿琅在病榻上苟延殘喘多年，家族恩寵不減；趙隗不理紛爭多年，在危難之際東山再起，與南征主帥盧升象共掌大權。

楊慎杏很早就離開京城前往薊州，看似逍遙自在，其實已經遠離王朝中樞，影響了楊虎臣的攀升速度。如果楊虎臣不是在廣陵道戰場上丟掉一條手臂，代價太大，以至於讓朝廷過意不去，否則別說薊州副將，恐怕會就此沉寂，然後等到楊慎杏哪天老死了，楊家也就迅速淪為離陽的二、三流家族。

閻震春，戰功顯赫的著名騎軍統帥，真正有大勳於趙室的武將，竟然全軍戰死於廣陵道邊境，到頭來只有一個帶入棺材的破格美諡，僅此而已。

四位品秩相同且僅次於大將軍顧劍棠的王朝大將軍，最後是四種幾乎截然不同的下場。

李守郭在摸清那份隱蔽的來龍去脈後，既有驚悚，也有寒意。

馬祿琅，離陽舊兵部的大佬，是最早對老涼王徐驍表現出強烈敵意的京城老牌勳貴。

趙隗，是當年堅定擁護打一場西壘壁戰役的將領，但是在春秋戰事鄰近尾聲，曾經跟徐驍並肩作戰過的趙隗開始向顧劍棠靠攏，之後更沒有跟隨徐家鐵騎入蜀，而是選擇了輔助顧劍棠攻打南唐。在後來京城那場封賞功臣的浩大盛宴中，趙隗與徐驍交惡，而先帝在登基前與老靖安王趙衡的爭鋒中，趙隗更是先帝的馬前卒之一。

楊慎杏，跟徐驍關係淺淡，幾乎沒有任何私交可言。

閻震春，在徐驍離京就藩之際，這位對徐驍極為推崇的將領，親自為徐驍送行出城。

李守郭不知道那位德高望重的老將軍，在生平最後一次領軍出征的時候，是什麼心情。

一向沉默寡言、謹小慎微的嫡長子李長安，在毫無徵兆地升遷為中堅將軍後，沒有答應他這個父親去辦一場宴席，只是父子二人有了一場絕對不可讓人知悉的密談。

那場談話中，是李長安這個兒子在教李守郭這個爹如何當官，說的不是迎來送往的粗淺門道，而是近似於如何領略聖心的附龍之術。直到那個時候，李守郭才知道原來自己兒子早就是皇帝陛下的心腹。與其餘那撥更早被先帝祕密欽定為扶龍之臣的同僚武將不同，李長安是靠著自己的機緣際遇，從而有幸得到當時還是四皇子的信任。

李長安直截了當告訴他這個爹，陛下有過一些隱晦暗示，以中堅將軍作為起步臺階，他李長安三年後就會以父親李守郭致仕作為代價，升任下一任安北將軍，再三年，是去遼東還是廣陵或者是西北那個地方，能否成為身掛鐵甲的封疆大吏就要看李長安自己的本事了。

這一刻，百感交集的李守郭輕輕嘆息。李家從他到兩個兒子，淨是富貴險中求啊。

當李守郭看到遠處那輛馬車的時候，開始大口喘氣。就算自己今天死在這裡，但只要兒子李長安活下來，李家就真的有希望成為第二個徐家，而不是什麼「小顧家」！

◆

掛有那塊「通微佳境」匾額的大門後，欽天監內，有一座社稷壇，鋪有出自廣陵道的五色土，東青、南紅、西白、北黑、中黃。

一個中年儒士蹲在南方的紅色貢土前，他身邊站著一個嘴唇緊緊抿起的少年，身穿欽天監監正官服。

地位與龍虎山當代天師相當、成為本朝第二位羽衣卿相的青城山道士吳靈素，貴為北方道教領袖，此時因為不好跟著儒士一起蹲下，可本就身材高大的吳神仙若是挺直腰杆站著，又顯得對那位綽號「小書櫃」的少年監正大人太過不敬，所以只好盡量彎著腰。

跟兒子吳士禎並稱太安城大小真人的吳靈素，很有仙風道骨的極佳賣相，這兩年在京城可謂呼風喚雨，連那位晉三郎也要把他們父子奉為貴客。但是這個時候，彎著腰的吳大真人戰戰兢兢，後背那浸透道袍的汗水，不知是太陽曬的熱汗，還是嚇出來的冷汗。

一位身穿白衣的老人走近，檯面上官位最高的吳靈素第一個匆忙出聲，對這位身負大玄通的老人畢恭畢敬道：「監副大人，貧道有禮了。」

負責為朝廷推衍星象、頒布曆法的欽天監，真正為離陽趙室倚重的大人物，除了監正兩監副外，不是春夏中秋冬五位官正，品秩更低的挈壺正之流就更不用說了，而是那些不穿官袍、僅是身著白衣的仙師，何況這位還頂著監副的頭銜？眼前這位古稀之年的白衣鍊氣士，吳靈素之前數次見面還是中年男子模樣，一夜之間，吳靈素再見他，便是這番景象了。

昨天在下馬嵬驛館那邊打破瓶頸，成功躋身天象境界的欽天監監副大人，面有憂色，對沒有起身的男人輕聲道：「謝先生……」

儒士伸出手掌平攤在土壤上，笑道：「我知道衍聖公已經離開京城了，放心，我會親自主持那座大陣的運轉。」

鍊氣士宗師正要說什麼，就見謝觀應起身拍了拍手，轉身說道：「除了李家父子的一千四百人，還會有三百御林軍，已經在趕來的路上了。」

鍊氣士宗師仍是欲言又止的模樣，謝觀應瞥了一眼那座高聳入雲的京師僭越建築，似笑非笑：「怎麼，非要我說蜀王殿下也在，你晉心安才能真的『安心』？」

那位監副鬆了口氣，然後面帶苦澀地自嘲道：「謝先生，我捨了天道不去走，與軒轅大磐之流的純粹武夫無異，自然無法得知蜀王殿下已經到了。」

謝觀應語氣玩味：「齊仙俠先去武當山見了洪洗象，結茅修行；又見李玉斧，沿著廣陵江畔走了幾百里路。到了太安城，被于新郎無意間點破那層玄之又玄的窗戶紙，捨了證道飛升不說，連陸地神仙也不去做了。晉心安，你做何感想？」

晉心安已經數十年不曾被當面喊出名字，一時間有些神色恍惚。

謝觀應抬頭望向萬里無雲的天空，輕聲道：「呂祖有言，莫問世間有無神，古今多少上升人。又言，降得火龍伏得虎，陸路神仙大真人。」

吳靈素細細咀嚼一番，只覺得玄妙是玄妙，只是對他這個半吊子修道人來說並無用處，不過眼角餘光看到晉監副陷入沉思，神情變幻。

謝觀應緩緩走向通天臺，讓他盡心輔佐的蜀王最近接連兩次行事都出乎意料——一是北上入京，一是入欽天監。

謝觀應腳步不停，對晉心安撂下一句話：「如果還存有飛升之念，記得一定要趁早殺李玉斧。」

與皇帝皇后都關係極為親近的少年監正跟在謝觀應身邊，毫無大戰在即的覺悟，嘿嘿笑道：「謝先生，有個叫範長後的棋士，下棋比你厲害哦。」

謝觀應微笑道：「比我厲害有什麼了不起的，下棋這種事情，我連公認臭棋簍子的李義山都比不過，只不過我知道自己的長短處，從不去自取其辱。納蘭右慈就不一樣，還記得當年我眼睜睜看著他連輸李義山十六把，還不服輸，勝負心重的人我見多了，這麼重的還真就只有他一個。哦、不對，你的老監正爺爺也算一個，他到死還想著你能贏黃龍士一局吧？」

少年嘆了口氣，無奈道：「是啊。其實我是不太喜歡下棋的，監正爺爺偏要我學下棋，沒法子的事情。」

謝觀應曲指敲了一下少年的腦袋：「多少人要死要活卻求之而不得的東西，你這孩子倒嫌棄上了。」

少年咧嘴一笑，突然壓低聲音道：「謝先生，你是在挖皇帝陛下的牆腳嗎？」

謝觀應毫無驚訝，登樓的步伐依舊坦然從容：「別告訴他。」

少年眨眼睛：「為什麼？」

謝觀應步步登高，輕聲笑道：「答應了，我就告訴你，你的監正爺爺為何會始終輸給黃龍士，為何當不上春秋十三甲裡的棋甲。」

少年想了想：「一言為定。」

「我給晉心安幫忙去了。」少年轉身噔噔噔一路跑下階梯。

謝觀應來到站在通天臺那條「天道」附近的陳芝豹身後，問道：「這一步，還是不樂意跨出去？」

陳芝豹沒有應聲。

謝觀應緩緩道：「南北兩派鍊氣士，澹臺平靜自己都不知道她壞了道心，晉心安更是不如，捨本逐末，原本數十年厚積薄發，最有希望的一粒天道種子，硬是揠苗助長，自己把自已給折騰沒了。而老監正南懷瑜又說服了先帝，沒有採納李當心撰寫的新曆，如此一來，舊有天道逐漸崩塌，你我都是從中得利最多的人，即便曹長卿不死，不讓你氣數加身，一樣可以成為千年以降、繼呂祖之後的唯一三聖人境，高樹露也要黯然失色。恐怕除了王仙芝，甲子前處於最巔峰時的李淳罡，剛剛戰勝王仙芝時的徐鳳年，以及接下來決意赴死時的曹長卿之外，放眼天下，無人是你的對手。」

◆

今日早朝退散後，皇帝陛下不同於以往召開小朝會議政，只讓司禮監掌印太監宋堂祿喊住了左散騎常侍陳望，當時陳望剛要陪著門下省主官桓溫一起走下白玉臺階，結果只好站在原地。

因為左散騎常侍是位列中樞的重臣，在老百姓所謂的金鑾殿上，位置頗為靠前，所以每次退朝，等到陳望跨出大殿的時候，大殿外的文武百官往往早已潮水般退散乾淨。

但是因為本次早朝實在擁入太多太多的陌生面孔，包括燕國公高適之、淮陽侯宋道寧在內，一大撥勳臣貴胄都齊聚到場，讓原本十分開闊的大殿顯得擁擠不堪，所以陳望停步時，仍是不斷有人跟這位當之無愧的「祥符第一臣」擦肩而過，甚至給京城官場不問世事印象的宋道寧，也主動寒暄了幾句。

幾個曾經與舊西楚太師、上任離陽左僕射孫希濟一起搭過班子的年邁老臣，更是熱絡得像是對待自己女婿似的，如果不是掌印太監宋堂祿的眼神示意，這幫在家起居都要人小心攙扶的老臣，好像能夠站在這兒跟陳大人暢談半個時辰。

陳望和身披大紅蟒袍的宋堂祿站在一起，大殿內外漸漸走得一乾二淨，陳望沒有仗著跟當今天子遠超同朝文武的君臣情誼，開口跟離陽宦官之首詢問緣由，始終閉嘴不言。

倒是宋堂祿沉默許久後，主動輕聲說道：「還要勞煩陳大人稍等片刻。」

陳望「嗯」了一聲。

面對陳大人不冷不熱的回應，令滿朝文武忌憚如虎的蟒袍宦官，心中沒有絲毫不滿。宋堂祿從人貓韓生宣手上接掌司禮監後，趕上離陽一朝天子一朝臣的新老交替，已經很少對某位官員心生敬意。

在宋堂祿心中，陳望陳少保的名次，僅在齊陽龍、顧劍棠和桓溫三人之後，還要在趙右齡、殷茂春之前。寒士出身的陳望，實在與一個老人太相似了，無論是個人操守還是仕途履歷都如出一轍，甚至都讓人生不出太多眼紅嫉恨。

陳望神遊萬里，以至於肩頭給人拍了一下才驚覺回神，轉頭看去，無奈一笑，輕輕作揖。

年輕皇帝沒有身穿龍袍，換上了一身不合禮制的便服，跟陳望並肩而立站在臺階頂部。宋堂祿早已貓腰倒退而行，細碎腳步悄無聲息，給這對註定要青史留名的祥符君臣讓出位置。

陳望看到遠處幾個宦官合力搬來一架長梯，忍不住好奇問道：「陛下這是要做什麼？」

皇帝笑咪咪道：「先陪朕等個人。」

當陳望看到那架梯子小心翼翼架在金鑾殿屋簷上時，有幾分了然的陳少保頓時哭笑不得，欲言又止。

年輕皇帝為陳望伸手指了指遠處兩人：一襲朱紅蟒袍，顯然是個地位不遜宋堂祿太多的大宦官，還有一位身穿普通儒生的衣飾。

越行越近，陳望終於清楚看到那兩人的模樣——司禮監秉筆太監，一個資歷極老的年邁宦官，此時走在身旁年輕人稍稍靠前的位置，微微弓腰，一隻手掌向前伸出，另外一隻手托住袖口，像是在給那人帶路；後者閉著眼睛，步子不大。

秉筆太監率先一步走上臺階的時候，陳望依稀聽到老太監說道：「陸先生，小心腳底，咱們這就要登階了。」

皇帝轉頭笑道：「猜得出是何方神聖嗎？」

陳望點頭道：「青州陸詡陸先生，永徽末年由靖安王呈上的二疏十三策，京城明眼人其實心知肚明，是出自這位身居幕後的陸先生之手。」

皇帝突然有些憂鬱，趁著雙方還有些距離，壓低聲音說道：「陸詡棋力極厚重，朕估計咱們兩個加在一起都要被人砍瓜切菜，隨手就給收拾了。」

陳望忍俊不禁，輕聲打趣道：「不然拉上十段棋聖范長後？再不行，陛下不是還有欽天監小監正可以撐腰嗎？咱們四人一起上，還怕贏不了一個陸詡？實在不行，還有那個自稱只輸給范國手的吳從先嘛。若是仍然不行，咱們車輪戰，個個故意長考，看陸詡能夠撐到什麼時候，不怕他不出昏著。」

年輕皇帝輕輕一手肘撞在陳望腰上，笑罵道：「欺負陸先生眼睛不好，找範長後給咱們當狗頭軍師也就算了，竟然連車輪戰也用？咱們要點臉行不行？」

陳望耍無賴道：「微臣的臉皮子，反正也值不了幾個錢。」

皇帝抬起手肘又要出手，陳望趕緊挪開幾步。

司禮監秉筆太監領著陸詡走近皇帝和陳大人，離著十來級臺階的時候，皇帝陛下就快步走下臺階，拉住陸詡的手，微笑道：「陸先生，這次匆忙請你入宮，唐突了。」

陸詡沒有流露出半點誠惶誠恐的神情，坦然道：「可惜陸詡是個瞎子，看不到皇宮的壯觀景象。」

彎腰低眉的秉筆太監瞧見這一幕後，眼皮子抖了一下。

年輕皇帝和仍是白丁之身的陸詡一起登上臺階頂後，陳望笑著向陸詡打招呼道：「門下省陳望，有幸見過陸先生。」

陸詡作揖道：「陸詡拜見陳大人。」

陳望坦然受之。

那一拜，是陸詡入京後，直到人生盡頭，第一次也是最後一次向某位離陽官員行禮。

很多年後，陸詡悄然病逝，首輔陳望站在唯有一名白髮老嫗所在的冷清靈堂，還了今日一拜。

皇帝對宋堂祿和秉筆宦官沉聲說道：「朕要和兩位先生登梯，你們一人摒退附近所有人，一人守在，記住！一炷香內，朕要在屋頂視野之中，在宮內看不到一個人！」

年邁的秉筆太監快步離去，他自然不敢跟宋堂祿去爭搶守護梯子的位置。

在皇帝不容拒絕的授意下，陳望只好先行登梯，陸詡緊隨其後，年輕皇帝和宋堂祿一左一右為兩人扶住梯子。

宋堂祿沒有抬頭，但是眼角餘光瞥見了正仰著頭的年輕天子。

一位在朝野上下口碑極佳的皇帝，正在為一位年輕臣子和一位白衣寒士扶梯，皇帝的頭頂上，有兩雙靴子。宋堂祿突然眼眶有些泛紅。

等到三人都上了巍峨大殿的屋頂，司禮監掌印太監的頭頂徹底沒了身影，宋堂祿雙手不敢鬆開梯子，但是微微抬起袖子擦了擦眼睛。

陳望攙著陸詡走到屋脊附近坐下，為年輕皇帝留下中間的座位。

趙篆坐下後，笑問道：「第一次在這裡看京城的風景吧？哈哈，我也是。」

我。

有意無意不再用「朕」這個字眼了。

趙篆雙手放在膝蓋上，正襟危坐，眺望南北御街，緩緩說道：「我還是四皇子的時候，在京城就聽說世間有兩座樓最高，連太安城欽天監的通天臺都比不上，一座是徽山大雪坪的缺月樓，一座是北涼的聽潮閣。

其中大雪坪我去過，是很高啊。軒轅青鋒這女子了不得，愣是不讓我入樓，當時陳望你就在我身邊，咱們是一起吃的閉門羹，所以我這麼自己揭短，心裡頭要好受許多。這天底下不管什麼事情，有兩個人扛，總歸是輕鬆很多。」

陳望笑了笑。

趙篆伸了個懶腰，晃了晃脖子：「可惜聽潮閣沒去過，其實很想有一天能去那邊登樓，畢竟我媳婦是北涼人。女人嘛，不管她嫁給了誰，只要嫁得還不錯，怎麼都想著能夠回娘家一趟的，這就跟我們男人想著富貴不還鄉如錦衣夜行是一個道理，雖然我媳婦嘴上不說，但我心裡頭難免會裝著這樁事。

現在朝廷和北涼鬧得很僵，別說老丈人被北涼同輩文人在私信裡罵得狗血淋頭，甚至順帶著跟徐鳳年是好兄弟的小舅子，上次都到了清涼山北涼王府，也沒能見著徐鳳年的面，這一次徐鳳年入京，一樣是為了避嫌，我那個小舅子也沒去下馬嵬驛館。其實啊，見了面，我根本不會介意。我哪裡會介意，我對他們嚴家是有愧疚的。」

趙篆手肘抵在腿上，雙手托著下巴，望著那條一路向南延伸、彷彿可以直達南海之濱的御道：「為臣之道，循規蹈矩。為子之道，孝字當頭。但是在我看來，為人臣也好，為人子也罷，都逃不過最底線的為人之道——念舊、念好、念恩。

太安城，尤其是咱們屁股底下這座民間所謂的金鑾殿，什麼最多？當官的最多！很多當官的，當官本事很大，處處左右逢源，事事滴水不漏，可做人的能耐嘛，我看懸。

但是很多時候，明知道大殿內外那些人懷揣著什麼私心，一般而言，只要不害社稷，我和先帝這些坐龍椅的，都會睜一隻眼、閉一隻眼，水至清則無魚嘛，甚至有些時候還要親自為他們推波助瀾，但這不意味著我們心裡頭不膩歪，日復一日，年復一年，聽著高呼萬歲萬萬歲，聽著歌功頌德，真是一件很無聊的事情。」

趙篆忍不住笑出聲，無奈道：「說出來不怕你們兩個笑話，好幾次我睡覺說的夢話，都是『眾卿平身』這四個字，為此被自己媳婦有事沒事就拿這個調侃。」

瞎子陸詡仰起頭，日頭未高，清風拂面，很愜意。

陳望突然說道：「每天對著堆積如山的奏章摺子，是一件很累的事。」

趙篆唏噓感慨道：「只要是想當個好皇帝，就一天不得停歇，這才是最心累的事情。小時候經常會跟母后抱怨見不著自己的爹，很奇怪當皇帝的男人，就一定要一年到頭才與自己兒子見那麼幾次面嗎？那時候我就信誓旦旦跟母后說，以後我長大了，不要當皇帝，一定要整天跟自己的兒女嬉耍，一點一點看著他們長大成人，然後各自婚嫁……」

陳望嘆息一聲。

趙篆笑容燦爛，指著南方：「我知道廟堂之外有個江湖，尤其這一百年來，十分精彩。早先有個青衫仗劍的李淳罡，也有春秋十三甲，後來王仙芝在武帝城號稱無敵於世，在黃龍士將春秋八國殘餘氣數散入江湖後，頂尖高手更是多如雨後春筍。

前幾年我偶爾也會想，如果我不是一個皇子，而是江湖門派裡的年輕人，有沒有可能登上武評？就算沒有一品高手，當個能夠在州郡內叱吒風雲的小宗師總不難吧？別的不說，就憑我每天批閱奏摺也不皺下眉頭的不俗定力，怎麼都該混出個名堂吧？」

陸詡微笑道：「尋常的高手，想要在武林中博個偌大名聲，可不比在官場廝混攀爬來得簡單輕鬆。」

趙篆點頭道：「所以，如果我只是趙篆，那麼我其實很羨慕徐鳳年。」

年輕皇帝停頓了很久：「也很佩服徐鳳年。」

陸詡柔聲道：「在青州一條叫永子巷的小地方，我跟北涼王賭過棋，贏了他不少錢。所以大致知道，想入北涼王的法眼，說起來很難，這滿朝文武，屈指可數。但同時也很簡單，可能販夫走卒，只要跟他對眼了，他就願意待之以朋友。」

陳望笑道：「如果不是北涼王買詩文的銀子，讓我湊出了進京趕考的盤纏，我如今多半就在北涼道做私塾的教書先生了。」

趙篆坦然道：「所以說，如果不是他徐鳳年，今天我們三個就不會坐在這裡，也許我要過五年、十年，甚至二十年、三十年，才能與另外的人坐在這裡聊天。我要謝謝徐鳳年，也要謝謝你們。」

陸詡淡然道：「換成別的人當皇帝，我陸詡和陳大人一輩子都無法坐在這裡，所以不用謝我們兩人。」

瞎子讀書人的言下之意，不言而喻。

趙篆並不惱火，輕聲道：「徐家八百騎從北涼道一路長驅直入京畿之地，我讓人捧著聖旨恭送他入京，讓禮部尚書守在城門口，因為這是為中原守國門的三十萬北涼鐵騎，應得的待遇。他徐鳳年在下馬嵬驛館，大殺四方，引得無數宗師連袂而至。接二連三的巔峰大戰，堪稱江湖絕唱，我沒有理會，因為這是他徐鳳年作為離陽武道大宗師該得的待遇。

在來這裡之前，我聽說他穿著藩王蟒袍去了禮部衙門，不但打了左侍郎晉蘭亭，甚至連咱們晉三郎的鬍子也給拔了，我依舊不生氣，因為他是我離陽名列前茅的權勢藩王，我趙篆能為他再退一步，哪怕他連老尚書司馬樸華一起收拾了，我還是能忍讓。

先帝能忍徐驍到什麼地步，我就能忍徐鳳年到什麼地步，甚至更多也無妨。

因為我坐龍椅，他替我守江山。」

趙篆雙手緊握拳頭，撐在膝蓋上，眯起眼道：「但他要去欽天監，去我離陽趙室的龍興之地，要毀掉無數人積攢起來的心血，我不能忍！我寧願他來皇宮，在四下無人的時候，指著我趙篆的鼻子破口大罵。」

趙篆站起身，轉頭望向欽天監那邊，沉聲道：「我離陽漕運每年入京八百餘萬石，除去京城不可或缺的數目，原本打算每年為北涼道開禁一百萬石！在這個前提下，北涼每殺死十五萬北莽人或是每戰死五萬邊軍，我都再分別給他五十萬石！既然兩遼顧劍棠殺不了人，只要還在我離陽版圖內的你們北涼能殺，那我就肯給你兵餉糧草！」

接下來趙篆面無表情道：「欽天監，先前李守郭、李長安父子一千四百甲士，一百刑部銅魚袋高手，三百御林軍，再加上已經開赴欽天監的一千兩百騎軍，是整整三千人。按照先前所說，每年的一百萬石，加上殺敵軍功和戰死撫恤，他北涼現在擁有三百多萬石漕運糧草，等他徐鳳年離京，就會沿著廣陵江源源不斷送入北涼道。但是，今天在欽天監，他每殺我太安城一人，我就要為離陽、為朝廷留下一千石漕運！」

中原的糧，買北莽的人頭，也買北涼的命。

陸詡無動於衷。

陳望欲言又止。

正在趕去欽天監的那個年輕人，是徐驍的兒子，還是吳素的兒子，看上去一樣，但大不一樣。

是三十萬鐵騎共主的北涼王，還是習武大成的江湖宗師徐鳳年，看上去一樣，但依舊大不一樣。

唯一站著的年輕皇帝平靜道：「所以你徐鳳年要是有本事殺完三千人，那就殺吧。」

第十章　徐鳳年子報母仇　欽天監拜香請仙

李家一千四百鐵甲，如洪水湧至欽天監大門口，森嚴結陣如拒馬！

事實上鐵甲之前，不過一人而已。

一千四百特意換成重步甲的精銳甲士，除了李守郭、李長安兩位將領，全部都在欽天監大門之內，無一人踏出大門。

披上這種重達五十斤的大型箚甲，等於步卒摒棄了一切靈活機動性，原本應該出現在以步阻騎的特殊戰場上，憑藉單具甲冑的先天重量，輔以密集陣形凝聚成勢，來對抗騎軍衝鋒的衝擊力。

但是如果一支軍伍，只裝備有重甲大盾輔以長槍強弩的步卒方陣，無論他們何等穩如山嶽，往往因為過於沉重的負重，即便成功阻滯了騎軍的衝撞，也無法追擊已經大潰敗的騎兵，只能守成，斷然無法擴大戰果。

只不過在今天的古怪戰場上，一千四百人違反常理的裝備，卻沒有人感到荒謬，甚至絕大多數陣中士卒，都恨不得自己能夠再穿上一套長久披掛後足以窒息的箚甲。

一百名刑部歷年來從離陽江湖中精心篩選招安的銅魚袋高手，分作兩撥，站在步陣的兩翼，站位極有講究，略微分散盡量擠壓欽天監場地的同時，又能夠相互呼應，以防敵人繞陣入門。

欽天監外那條寬闊街道的兩側盡頭，步騎皆至。

三百名懸佩鞘繡金紋的御林軍，率先離開騎軍，快步如飛，貼著牆根直奔欽天監而來，擋在了一千四百步卒身前。

一千兩百名緊急從京畿北軍抽調出來的騎軍，氣勢雄壯，遠比京畿西軍胡騎校尉尉遲長恭的西壘營，要更加符合虎狼之師的稱號，人馬俱甲！

他們沒有急於展開衝鋒，在街道兩端安靜停馬，虎視眈眈！

先前不曾露面時，戰馬鐵蹄整齊砸在街道地面的聲響，如同雷鳴，這已經顯示出一部分這支騎軍撕裂敵陣的恐怖戰力。

這支從來不曾出現在京城視線的神祕騎軍，是由征北大將軍馬祿琅用大半輩子心血、耗費鉅資親手打造出來的精銳鐵騎，駐地和兵力從不紀錄在兵部檔案，而離陽戶部也完全不用承擔這支騎軍的兵餉，二十年來，一向是直接從趙室皇庫調撥軍餉，以此來支撐維持騎軍運轉的驚人費用。

歷來只有老兵部尚書顧劍棠才有資格接觸到內幕，等到陳芝豹和盧白頡短暫接管兵部，已經無法瞭解太多細節，只能大致知道這支騎軍的數目增長態勢，從最初的三百騎逐漸增長到五百騎、八百騎。

在陳芝豹卸任尚書封王就藩前始終停留在一千騎的規模，盧白頡被貶謫廣陵道擔任節度使的時候，只能從其他途徑揣測到這支騎軍出現人數暴增的跡象，因為當今天子登基後，尤其是北涼大破北莽的詳細方略逐漸被拼湊齊全，兵部和戶部都出現了不合法度的祕密調配。

兵部挑人、挑馬、挑甲，戶部即便勒緊褲腰帶也得給出一筆數目巨大的銀子，連哭窮都不敢，而且必須在帳上乾乾淨淨，要連那些不涉及具體事務的戶部郎中都看不出端倪。

不過就算是當過一任兵部尚書的盧白頡，也不知道這支騎軍除了銳不可當的驚人戰力，對於離陽趙室三任皇帝都有著極為特殊的重大意義。

二十五年中，騎軍之前只有三次祕密入京。一次是奠定離陽正統地位的高祖皇帝親自頒布密令，楊太歲和柳蒿師兩人親自領軍入城；第二次是高祖皇帝奪得天下分封功臣之際。最後一次，則是先帝趙惇成功穿上龍袍的那一晚，由半寸舌元本溪領軍長驅直入太安城，圍住了當時仍是皇子的趙衡府邸！

所以說，這根本就是離陽王朝的一支扶龍之軍。

◆

九九館老闆娘環顧四周，不知為何有些笑容淒涼，喃喃道：「荀平，這就是你當年想要打造的離陽軍威嗎？」

她搖了搖頭，收斂了思緒，轉頭對趙稚嘲諷道：「怎麼，還不走？留在這裡好用妳的太后身分牽扯徐鳳年，讓他不敢放開手腳大開殺戒？」

趙稚神情複雜，淒苦、痛恨、畏懼，最終一聲嘆息，自嘲道：「很久以前，妳就只是吳素的朋友，雖然我們認識更早。現在，妳也只把吳素的兒子當作晚輩，我的兩個兒子，趙篆也好，趙武也罷，妳連看都不願意多看一眼。」

老闆娘好像聽到一個天大的笑話似的，厲聲道：「爭，妳趙稚已經爭了一輩子！到今天還是這副德行，什麼都要爭！徐驍風頭掩蓋趙惇，妳有怨氣！吳素名動京華，妳不服氣！如今徐鳳年和趙篆兩個年輕人堂堂正正，靠各自家底和本事來掰手腕，妳摻和什麼？妳又能摻和什麼？」

趙雉臉上有一些罕見的哀傷和頹廢，撇頭看了一眼欽天監，輕聲道：「吳素、徐驍都死了，我男人一樣死了，兒子也當上了皇帝，我又有什麼好爭的？但是妳不清楚欽天監對趙家意味著什麼。

刀甲氣練華殺光了欽天監鍊氣士，已經影響了離陽趙室的一些氣數，如果徐鳳年今天執意殺人，破掉龍虎山歷代天師建造的大陣，讓上代張家聖人衍聖公親自恭送入京的東西被毀，妳知道這將是一場何等巨大的浩劫嗎？

妳肯定不知道，北莽女帝為何百萬大軍連北涼道關外都沒打破，死了三十多萬人，仍是沒有立即剝奪南院大王董卓的主帥身分，就是在等大勝之後的北涼看到再打一場大勝仗的希望，要徐鳳年進京討要漕運糧草，在此期間來到欽天監翻那筆舊帳，好壞了離陽的根基。

所以現在盯著欽天監的人，有那個老婦人和北莽太平令，有西楚曹長卿，有南疆燕剌王趙炳，還有兩遼顧劍棠，當然更別說此時此刻，就站在欽天監裡的謝先生和蜀王。」

趙雉感嘆道：「一座欽天監，真的只是徐鳳年和三千甲士的生死嗎？北涼鐵騎、西楚叛軍、南疆大軍、兩遼邊軍都已經牽涉其中，一不小心，北莽百萬大軍就會把馬蹄狠狠踩在我們中原版圖上，就算他們最終被打退，被趕回大漠和草原，但是我們離陽要死多少人？」

老闆娘故意流露出一臉驚嚇惶恐，摀住心口：「嚇死老娘了。」

陳漁嘴角微微翹起，傾國傾城。

老闆娘突然大步走向趙雉，舉起手就要狠狠甩下一個耳光。

趙雉紋絲不動，眼神冰冷。

老闆娘笑著收回手：「算了，怕髒了老娘的手。老娘九九館做的雖然是小本的買賣，但好歹做出來的東西都是乾乾淨淨的。至於你們這些大人物摻和的軍國大事，是怎麼個烏煙瘴氣，是如何憂國憂民，我關心個屁！

反正我只知道一件事，有吳素的兒子在，只要他徐鳳年活著一天，不管他是在太安城還是北涼，也不管他是今天死在欽天監，還是將來死在關外沙場，終歸讓我覺得是件大快人心的事情。因為讓我覺得這天底下，不是只有我的男人是一個敢冒天下之大不韙的傻子，還有徐家父子——徐驍、徐鳳年！」

老闆娘走向馬車，陳漁緊隨其後。

老闆娘在車廂坐下後，看著彎腰進入的陳漁，打趣道：「現在後悔了沒？」

陳漁那雙靈氣盎然的眼眸笑盈盈的，望著老闆娘，沒有說話。

老闆娘納悶道：「如果說當年他只是個狼狽不堪的登徒子，妳看不上眼就算了，怎麼如今仍是不動心？」

陳漁猶豫了一下，臉色古怪，終於說道：「當年，他只是想著把我搶回北涼，給他弟弟徐龍象當媳婦啊。洪姨，妳認為我能答應嗎？」

老闆娘忍了半天，捧腹大笑起來，擦了擦眼角眼淚：「這小子，比年輕時候的徐驍還王八蛋！」

趙雉也回到車廂，看向神色淒涼的女兒——隋珠公主趙風雅。

趙風雅低頭道：「四哥都答應我不嫁給陳芝豹了。」

趙雉怒道：「我不答應！」

◆

一騎拚了命疾馳而來，從街道盡頭的鐵騎邊緣一衝而過，直奔徐鳳年。

徐鳳年距離欽天監大門不過二十步，看到這個翻身落馬的年輕人後，嘆了口氣。

翰林院黃門郎、當今皇后的弟弟——嚴池集滿臉汗水和淚水，站在徐鳳年身前，哽咽道：「年哥兒，不要再向前走了，陛下說北涼可以開禁漕運三百萬石，但是今天三千甲士，每死一人，就剋扣一千石。」

徐鳳年柔聲道：「回去跟孔武癡說一聲，還是兄弟。」

嚴池集突然死死抓住徐鳳年的袖子，淚流滿面道：「年哥兒，別去，就當我求你了！」

徐鳳年輕聲道：「放心，我不會死的，而且不管我殺多少人，三百萬石漕運，離陽一石也不敢少。」

然後徐鳳年輕輕抖袖，掙脫開嚴池集的束縛，笑罵道：「趕緊滾蛋。你要是留在這裡，我會分心。」

嚴池集天人交戰，一咬牙，不再廢話，猛然轉身，再度上馬。

這個年輕人沒有轉頭，只是高高舉起手，伸出一根大拇指。

徐鳳年望向欽天監，懸佩在腰間左側的那柄舊涼刀，左手輕輕按住刀柄。

一名臉色發白的銅魚袋首領走出陣五、六步，高聲道：「來者止步！立即退出欽天監大門外五十步！」

下一刻，這名刑部供奉整個人高高飛起，如斷線風箏般重重跌入大門內的步軍方陣。

徐鳳年不知何時站在了他剛才所站的位置。

北涼，可戰可死，不可退！

面對北莽百萬大軍尚且如此，何況你趙家三千甲？

三百名御林軍侍衛同時按住刀柄，哪怕先前刑部高手被年輕藩王一招擊退，擺出了要硬闖欽天監的架勢，但是這三百披輕甲佩金刀的趙室精銳，仍然沒有立即抽刀殺敵。

這當然並不意味著御林軍是中看不中用的繡花枕頭，更不是御林軍脾氣有多好，如果換成其他任何一個人站在門口，身負密旨的三百御林軍，早就衝上去大開殺戒了。

但是，眼前不知為何沒有身穿藩王蟒袍的年輕人，畢竟是手握三十萬西北鐵騎的大將軍徐驍之子，更是與曹長卿、鄧太阿齊名的武道大宗師，僅論江湖聲勢，恐怕還要超出其餘兩位陸地神仙一籌。

誰先抽刀誰先死，道理就這麼簡單。

刑部供奉給人打飛了，御林軍副統領只好硬著頭皮頂上位置，這名身形魁梧的大內絕頂高手，腰間懸佩著一把「永徽天字號」御制刀。

御林軍侍衛副統領深呼吸一口氣，口氣不再像先前刑部倒楣蛋那樣死板僵硬，沉聲道：

「北涼王，請不要讓我們為難。」

按刀而立的徐鳳年默不作聲，沒有抽出那柄鑄造極早的普通老式涼刀，而是輕輕叩指一彈刀柄，如同北涼鼓響。

能夠當上離陽趙室的御林軍副統領自然不是貪生怕死之輩，這名魁梧男子灑然一笑，有了幾分既食君王之祿便為君王慷慨赴死的意氣，大概心知必死，沒有往年在皇宮天子身側當差的古板，看著眼前這個西北藩王爽朗笑道：「舊東越鄉野武夫楊東坪，十二年前入京擔任御林軍侍衛，算來已遠離江湖十二年，此生最後一戰，能夠跟北涼王交手，不枉此生！」

說完遺言，楊東坪抽出那把不知自己戰死後會交給誰的永徽天字十七號御刀，大聲道：「迎敵！」

三百柄祥符大業刀，整齊出鞘。

楊東坪率先持刀前衝，怒吼道：「隨我退敵！」

一瞬間，連同楊東坪在內的二十名御林軍先後撲殺而來。

除了維持欽天監正面大門外的陣形厚度，一百名御林軍侍衛沒有挪步，其餘侍衛都向北涼王和楊東坪那座戰場左右兩翼掠去，不但要阻擋年輕藩王的前行之路，連退路也要攔截。

兩百餘御林軍侍衛身法極快，一時間欽天監大門外如同一群蝴蝶絢爛飛舞，讓結陣位於大門內的李家甲士都感到眼花繚亂，更有一陣寒意透骨。捫心自問，在這種氣勢凌厲的圍殺中，尋常高手當真能僥倖存活下來？

身先士卒的楊東坪每一步都在街面上發出沉悶震動，他不敢躍起當頭劈下，面對北涼王這種自己與之實力懸殊的大宗師，空當太多，註定是一招斃命的下場。哪怕是頗為自負的一品金剛境，楊東坪也僅是挑選了最為保守的招式，刀作劍用，刀尖直刺北涼王胸口，且這一刀並未使出全力，留下三、四分氣機以備後路，萬一不敵，拚著受傷也要逃出生天，絕不能讓北涼王一招得手。

雖然楊東坪遠離中原江湖十多年，名聲不顯，但是他在珍藏有無數武學祕笈的皇宮大內一日不敢懈怠，武道一途，逆水行舟、不進則退，天賦根骨都算出眾的楊東坪，在這十多年中更是耐住寂寞，並不在意指玄高手的虛名，而是把金剛境界修為鍛鍊得無比堅實，眼下這一刀，融會貫通了數種不傳世的絕學，又曾經接受過前任司禮監掌印韓生宣的指點，這一刀幾乎達到返璞歸真的大成境界，沒有任何多餘的磅礴氣勢，樸實無華，氣息內斂。

楊東坪即便不敢絲毫輕視當今天下的新宗師，但是他很快就發現自己多年沒有與頂尖宗師生死相向，一旦遇上了北涼王這個等級的人物，些許的紕漏，足以致命。

楊東坪本意是一刀無法建功，見機不妙就要爭取跟北涼王錯身而過，要不然就當場撤退，有身後御林軍侍衛補位幫忙拖延戰況，自己終歸還有一線生機，到時候繼續再戰便是。

可惜楊東坪沒有想到，自己竟然死在了沒有高估自己，卻嚴重低估對手這件事上。

那個身穿縞素的年輕人沒有任何出手阻攔的企圖，任由那把削鐵如泥的永徽十七號御刀直刺胸口。

當時的取捨之間，生死一線，以為有機可乘的楊東坪五指間猛然氣機暴漲，再不蓄力，御刀護手中的三條玉龍頓時鏗鏘龍鳴。

當刀尖堪堪觸及年輕人心口麻布，然後便能順勢一刀透體時，突然從刀身傳回一陣巨大勁道，手中刀如撞山嶽，彷彿以卵擊石。

楊東坪已經果斷立即放棄這把珍貴非凡的永徽御制刀，但北涼王在他剛剛鬆手之際，已經一掌伸出，楊東坪整個人就像是遭受了攻城錘的劇烈一撞，以至於身子還在略微前衝，但是整個胸口瞬間都凹陷下去，而後背則同時凸出一大塊。

一品金剛境楊東坪，御林軍侍衛副統領，當場死絕。

楊東坪的屍體倒飛出去，又撞在一名伺機向前撲殺年輕藩王的侍衛身上，無與倫比的衝勁在來不及躲閃的後者胸口，炸出了一大片肆意飛濺的血花。

身後有侍衛試圖伸手攔下身負「重傷」的同僚，卻聽「喀嘣」嚓一聲，手臂炸裂，根本不給他後悔的機會，倒退勢頭毫無衰竭跡象的兩人狠狠撞在了他身上。

然後便是三具屍體一同倒飛出去，在地面上滑行，屍體在一百位結陣不動如山的御林軍之前緩緩停下，地面之上，流淌出一條猩紅血跡。

死人已死，活著的人，觸目驚心。

楊東坪被一掌擊殺後，那把本該在戰後傳給下一位御林軍副統領的永徽天字刀脫手而出，徐鳳年輕描淡寫隨手一揮，那把高高拋起的出鞘御刀略作停頓，然後如被陸地劍仙駕馭飛劍。

御刀先是一刀抹過一名御林軍侍衛的脖子，下一瞬間，就穿透了身側同僚的肩頭，左肩進右肩出，附近一個舉刀高高躍起的侍衛，更是被一刀攔腰砍斷。

御刀在徐鳳年四周迴旋出一個大圓弧。

這撥御林軍畢竟是數得著的大內高手，在永徽十七號那條圓弧的軌跡上，不乏侍衛出刀或保命或攔截，但是無一例外，只要出刀，暫時無主的永徽十七號都毫髮無損，但是其他侍衛手中的祥符大業刀都當場崩裂。

不見徐鳳年有何動作，永徽十七號開始畫出範圍更大的第二個圓弧。

與此同時，在徐鳳年身邊第一大圓內，所有來不及出刀便戰死的御林軍侍衛的佩刀也開始離開地面，飛入空中，加入那條圓弧軌跡。

第二條更加遠離徐鳳年身影的弧線上，不斷傳出大業刀炸裂崩斷的刺耳聲響，不斷有屍體倒地。

還活著的一百六十多名御林軍侍衛，被迫站在了圓弧之外，看似是層層包圍住了那個還未真正出刀的北涼王，其實是連年輕藩王的一片衣角都抓不住而已。

當徐鳳年開始抬腳前行，那條快步可見卻有跡可循的弧線，驟然間出現一陣漣漪變化，偶爾會跳脫離開弧線，抹殺某個侍衛後才繼續返回弧線軌跡。

二十多名措手不及的侍衛立即斃命。

不知誰第一個喊出「一起破陣」後，在圓外的御林軍侍衛捨生忘死地開始向那一條弧線劈刀。

一個呼吸，常人恐怕自己都不會察覺，而在武學上登堂入室的尋常武夫，一口氣機，依舊不過如同雨珠滴落屋簷，觸地即消，但是武道大宗師，氣機綿長如江河，從親手制定劃分武夫一品四境界的人間天人高樹露起，很早就有體內剎那流轉八百里的說法傳世。

實力相近的高手對敵大抵就是那「一氣之爭」，誰氣息更長，往往就能立於不敗之地，誰換氣時間更短，便能夠更快抓住稍縱即逝的機會，從而我生你死。

剩下的御林軍不管如何，發現自己都不能再讓年輕藩王繼續舒服地「一氣呵成」。

徐鳳年繼續前行，沒有理會御林軍侍衛的傾力破陣，轉頭望了一眼手持剎那槍的徐偃兵，後者笑著點了點頭。

徐偃兵這次隨行，不是幫忙殺人，甚至都不是幫著徐鳳年阻擋街道兩頭的鐵甲重騎軍，這些人，都會交由在下馬嵬驛館躋身一種嶄新境界的徐鳳年自己解決，而是在徐鳳年走入欽天監之前，牽扯住兩個人和兩座陣。

徐鳳年今年今日身處太安城，就像他年他日王仙芝站在武帝城！

這種心境與武道修為高低有關係，但同時關係又不大。

但是有無這種心境對修為的影響，先前徐鳳年在下馬嵬最後關頭真正做到名副其實的一人戰兩人，已經說明一切。

當時，曹長卿、洛陽、吳見、軒轅青鋒等人，是有心為之；鄧太阿、陳芝豹、于新郎、柴青山等人，則是無意而為之。

空曠的大街之上，徐偃兵輕吸一口氣，手中槍桿大震。

這位在離陽王朝和中原江湖都一直被嚴重忽視的男人，一個旁人幾乎從未聽說走出過北涼轄境、也無太多顯赫對敵戰績的中年武夫，抬頭望向欽天監那座通天臺：「陳芝豹、謝觀應，誰先來？還是一起來！」

通天臺內，謝觀應無奈道：「咱們兩個，能打的，你不願意出手；能跑的，我暫時又不能跑，怎麼辦？頭疼啊。」

陳芝豹淡然道：「欽天監內兩座大陣，龍虎山那座用來禁錮徐偃兵不就行了。」

謝觀應嘆息一聲：「雖說春秋各國大小六十餘方玉璽皆在，有沒有衍聖公親自坐鎮，影響並不大，但是如果沒有龍虎山大陣先去消滅徐鳳年實力，效果實在是天壤之別。最重要的是你又不願意出手……」

陳芝豹打斷這位野心勃勃的讀書人的言語：「你應該清楚，徐鳳年來這裡，是在做一件我原本將來也會做的事情，我只是站在這裡，就已經很給你面子了。你想要藉機讓離陽、北涼氣數玉石俱焚，那就憑你的本事去做。」

謝觀應自嘲道：「知道了、知道了，咱們合作，都是在與虎謀皮嘛，我謝觀應心裡有數的。」

這個時候，做了二十年北地鍊氣士領袖的晉心安突然跑入通天臺，臉色惶惶不安。

謝觀應皺了皺眉頭，袖中手指快速掐動，自言自語道：「衍聖公突然離京，並不奇怪，但是除此之外，還能有什麼大的變數？」

晉心安臉色灰白，慘然道：「謝先生，我剛剛親自去了一趟璽庫，才發現衍聖公不知何時取走了中央那方象徵儒家氣運的大璽。」

謝觀應先是錯愕，繼而大笑，舉目眺望南方，意氣風發道：「衍聖公啊衍聖公，你當真以為如此大逆不道行事，就能阻擋我謝觀應了嗎？弄巧成拙罷了！你們這些死讀書、讀死書的讀書人啊！」

◆

驛路，一輛從北往南的簡陋馬車上，中年儒士和一名小書童坐在車廂內。

小書童看著破天荒坐立不安的先生，實在想不通天底下會有什麼事情能夠讓自己的先生都感到心神不寧，終於忍不住好奇問道：「先生，怎麼了？」

不等先生給出答案，小書童靈機一動，覺得自己找到答案了，咧嘴笑道：「先生該不會是到了京城水土不服，吃壞肚子了吧？」

中年儒士膝蓋上放著一個雕工古樸的小木盒，聽到孩子的打趣後，依然不動聲色。

小書童憂心忡忡，苦著臉問道：「先生，是在憂心天下大事嗎？我能為先生分憂嗎？」

很快小書童就重重嘆氣道：「肯定不能的，我如今連功名都沒有呢。」

中年儒士微笑道：「天下興亡，匹夫有責。有無能力是其次，有無道義在心，要先於能力。」

小書童臉色還是不見好轉：「跟著先生讀了那麼多聖賢書，這些道理自然是知道的。」

儒士笑道：「這次你非要陪著我進京，說到底還不是想著偷懶功課？給先生讀書！」

小書童「哦」了一聲，開始大聲誦讀先生用畢生心血總結出來的家訓十則。

先生的家訓，即是天下所有讀書人的「家訓」。

車廂內外，書聲琅琅。

中年儒士開始閉目凝神，讀書人，聽著讀書聲。

「見賢思齊焉，見不賢而內自省也。」

「己所不欲，勿施於人。」

「吾日三省吾身……」

當小書童讀到十則最後那句「士不可以不弘毅，任重而道遠」的時候，中年儒士跟著默念了一句，然後突然睜開眼睛，拍了拍小書童的肩膀，眼神堅毅，緩緩道：「正因為任重而道遠，我輩讀書人，才更要記住一件事——士不可不弘毅！」

小書童不明就裡，使勁點了點頭。

正是當代衍聖公的中年儒士，笑著打開盒子。

空的。

衍聖公輕聲道：「徐鳳年，有你北涼死戰在前，我中原自當弘毅在後！」

◆

本朝北地錬氣士第一人晉心安站在謝觀應和陳芝豹身側，俯瞰欽天監大門外的場景，看著那個年輕藩王身陷戰陣依舊極力壓抑的氣勢，突然有些感慨。

何苦來哉？既然你都已經殺到欽天監，為何不肯放手一搏？

晉心安作為白衣扶龍之人和趙勾頭目，這位明面上的監副大人，知道許多京城卿相都不瞭解的內幕。比如兩座大陣，才是真正抗衡王仙芝、曹長卿之流頂尖武夫的中流砥柱。北莽西京曾有大缸藏蛟龍，可藉機尋覓種種人間異象，欽天監的手段一樣不差，甚至猶有過之，晉心安更知道這次為了針對姓徐的年輕人，可謂不擇手段。

在謝先生的謀劃中，選中三百御林軍並非純粹倚重這些侍衛的戰力，而是他們與離陽趙室氣數的休戚相關，尤其是說服當今天子讓馬祿琅調教出來的一千兩百重騎緊急入京，更是希望以此損耗徐鳳年的自身氣數。

晉心安作為首屈一指的望氣宗師，知曉氣數氣運之事，看似虛無縹緲，其實簡而言之，就是人心所向，就是時來天地皆同力，相反，就是不再奉天承運，就是運去英雄不自由，萬事皆休。所以謝先生真正的心狠手辣，不僅僅是漠視三千鐵甲的生死，而是要讓北涼好不容易凝聚起來的氣數，讓徐鳳年親手打散。

當時祁嘉節牽動的赴涼一劍，沒有做到讓徐鳳年動用北涼氣數，年輕藩王拚了性命也要讓那萬里一劍不入幽州，謝先生這一次正是再度逼迫徐鳳年做出艱難抉擇——是意氣用事，闖入欽天監，不計後果也要力扛兩座大陣；還是給處於離陽、北莽夾縫中的北涼，留下一絲逐鹿中原的懸念？

現在看來，比起當初祁嘉節一人一劍先後入涼，徐鳳年心境有所轉變，不再束手束腳、有所顧忌了。

雖說站在年輕藩王的敵對陣營，但當晉心安看到門口那一幕時，仍是不得不由衷佩服，以這個年輕人領銜的離陽新江湖，李玉斧、齊仙俠、軒轅青鋒，一個個都實在是太讓人刮目相看了。

欽天監門外，昨日鄧太阿才在太安城內顯露出一手剎那間千人千劍的壯觀手筆，今天徐鳳年就現學現用。只見站在門外的一百御林軍侍衛，每人身前都出現了一位強行借走大業刀的年輕藩王，一百御林軍幾乎都被一招破甲擊退，紛紛倒撞在外牆之上，整面厚重牆壁轟然作響，搖搖欲墜。如有體魄彪悍的侍衛不願退縮，試圖誓死奪回御刀繼續攔路，很快就被一刀捅入身體，連人帶刀釘入牆壁。

楊東坪帶來的三百御林軍，此時只有不到百人活著，楊東坪更是第一個戰死。

而那兩輛馬車才剛剛到達街道盡頭的拐角，才剛剛與終於展開衝鋒的重騎擦肩而過。

◆

一輛馬車上，陳漁掀起簾子，透過縫隙看到這支鐵騎最後頭，還有許多正在輜重輔兵幫忙下披甲上馬的高大騎卒，除此之外，還有數百匹不曾被人騎乘的閒散戰馬。

陳漁驚訝道：「我還以為這支兵馬就是以披甲騎軍姿態進入太安城的呢。」

九九館老闆娘忍不住笑道：「傻閨女，這可是春秋戰事中都沒出現過幾次的重騎軍，他們在行軍途中，是絕不會披甲的，臨敵陷陣之前，所騎乘的戰馬，也一定是輔馬。否則人馬俱甲，時間一久，騎卒和戰馬都吃不消，別說到了戰場上摧枯拉朽、發揮出一錘定音的關鍵作用，恐怕還沒怎麼衝刺，就已經自己把自己累趴下了。

臨陣掛甲是重騎軍的規矩，只有這樣才有足夠體力撕裂敵方最密集、最重要的陣形，但即便如此珍惜戰馬腳力，在戰場上，能夠在保持陣形齊整的前提下展開兩次長途來回衝鋒，就很了不起了。至於說把一支千人重騎軍玩出迂迴的花樣，那根本就是演義小說，當不得真。」

陳漁戀戀不捨收回視線，放下簾子，感嘆道：「洪姨，原來是這樣啊，我以前還覺得鐵騎鐵騎，就是說他們能夠一路披甲奔襲千里。」

老闆娘眼神恍惚，輕聲道：「真正的鐵騎是如何驍勇，得去北涼親眼看過了他們的廝殺才能知道，我其實也就是當年聽我男人隨口說的，不過那時候徐驍就藉著酒勁，拍胸脯說過一些豪氣干雲的言語，說他這輩子總有一天會領著十多萬的精銳騎軍，打得一百萬北莽蠻子當縮頭烏龜，連家門口都不敢出。

當年我男人荀平和徐驍，一個囊中羞澀的窮書生，一個還要看兵部臉色的大老粗，竟然能喝到一塊兒去，還能吹牛皮不打草稿，已經夠奇怪的了。我和吳素兩個女人，每次看著他們在酒桌上擺出天下英雄、舍我其誰的臭屁模樣，其實都挺無奈的。」

謝觀應突然打趣道：「真不跟徐偃兵打一架？還是說等你們分別熬到走出那一步和半步，才來一場類似徐鳳年和王仙芝的生死一戰？不過我先把話說前頭，這樣的機會未必有，對你對他都一樣。」

陳芝豹探出手，一抹光華猛然間從天而降，落在通天臺之上。

陳芝豹握住那杆梅子酒，輕輕拔出，身影一閃而逝。

晉心安饒是一舉躋身了大天象境界，在那杆長槍落地之際，仍是不由自主向後退了退。

那一刻，鍊氣士宗師明白了一個道理：他晉心安的境界，在徐鳳年、陳芝豹、徐偃兵等人眼中，也許如同螻蟻雜耍。

謝觀應轉頭對晉心安拋出一個凌厲眼神，後者穩了穩心緒，點點頭，白衣一掠下樓。

欽天監一座隱蔽閣樓內，離陽王朝的北方羽衣卿相、身穿紫金道袍的大真人吳靈素在晉心安入樓後，兩人一起正了正衣襟，分別從兩位守樓多年的古稀道人手中接過一炷香，走向一張紫檀大料雕成的几案。

案上擺放有一尊仙氣嫋嫋的古樸香爐，爐中常年插有稚童手臂粗細的一炷大香，這炷香的香火，一日不可斷。晉心安來此之前，不但穿上了欽天監監副官服，還借來了監正腰牌懸掛在腰間，而吳靈素更是興師動眾帶上了朝廷頒布給他的金敕，敕文上蓋有「皇帝三璽」和「天子三璽」總計六大璽中專門用作祭祀天地百神的「天子之璽」朱紅印文。

晉心安和吳靈素畢恭畢敬將手中香插在香爐左右兩側。

兩人一起出聲。

晉心安雙手疊放，平視前方，沉聲說道：「替天行道。」

吳靈素視線低斂，作揖道：「以鎮四夷。」

香爐之後的牆壁上，籠罩在層層煙霧之中。

依稀可見懸掛有一幅幅與真人等高的莊嚴畫像。

隨著晉心安和吳靈素各自說完四字，濃郁煙霧逐漸消散，那些原本不顯山、不露水的畫像開始露出真容。

不是真人不露相，牆上所掛畫像，正是龍虎山天師府歷代飛升大真人。

晉心安神情複雜，先前謝觀應曾經對他說過一句話：「莫問世間有無神，古今多少上升人」。那麼眼前這些畫像所繪真人，便是真正的飛升人啊，或騎龍，或乘鶴，或扶鸞。

世人只知龍虎山天師與離陽趙室同姓，但是其中淵源之深，可以追溯到離陽的開國皇帝。因為武當山，出身天潢貴胄的趙黃巢甚至不得不在龍虎山隱姓埋名，修孤隱，在地肺山豢養惡龍，以此牽制西北玄武。

香爐中原本火光微淡的三炷香，瞬間綻放出三朵絢爛火苗，尤其是正中那炷香，以肉眼可見的飛快速度燃燒殆盡。

當香燒完，牆上那一幅幅掛像無風自動，樓內如同響起一陣翻書聲。

懸在左右兩端的兩幅嶄新畫像最先出現搖晃，也最早出現異象，畫像外的三寸空中，出現玄妙漣漪的「水花鏡面」。

兩位身穿黃紫道袍的真人破鏡而出，身影虛幻，從畫像和鏡面中走出，飄落在地，走向樓外。

一位位仙風道骨的大真人陸續落在地面，紛紛向門外飄逸走出。

有仙人負古劍，有仙人手持紫金寶冊，有仙人手捧拂塵，甚至最後出現的三位仙人中，其中一位騎著祥瑞白鹿，慷慨而歌。

在白鹿仙人之後，兩位仙人並肩出現。

一位面容清奇，頭頂蓮花冠，著大袖鶴氅羽衣，不同於先前諸位仙人的出場，無論是氣韻還是眼神，都有幾絲「天地憐我，我憐眾生」的人情味；與之同行的另外一位仙人，則極為年輕，三十左右的容貌，眉宇間盡是殺伐氣，他落地後隨手一抬，便將數百年來始終供奉在樓內的一柄符劍「郁壘」握在手中，掂量了一下，嘴角翹起。

晉心安保持雙手疊放的恭謹姿勢，目不斜視。

離陽朝野上下都公認是撞大運而竊據高位的吳靈素戰戰兢兢，早已大汗淋漓。

一位位天上仙人出現在了凡間的欽天監，絕大多數就那麼直接「穿過」了李家甲士的步軍大陣，來到欽天監大門口。

除了兩名甲士突然先是眼神渙散，然後渾身驟然散發出紫金光芒，變得眼眸金黃、氣勢雄渾外，其餘仙人都在門口依次排開，所站位置與樓內掛像如出一轍，絲毫不差。

頂替了三百御林軍侍衛的仙人神態各異，右側一位腳下紫氣升騰的仙人，轉頭望向身邊那位龍虎山最新飛升的上任掌教「趙丹霞」，笑問道：『就是此子？』

每吐一字，欽天監大門附近便如同得聞天籟。

趙丹霞輕輕點頭：『正是此人，在此世棄了玄武大帝真身，自絕仙路。』

紫氣縈繞的仙人微微皺眉，怒視那個身穿縞素的年輕人，出聲斥道：『大逆不道！』

而在最左側，與趙丹霞連袂飛升的老真人趙希夷也在與身旁一位祖師爺言談，後者聽到正是這人阻斷了趙黃巢的飛升之路後，勃然大怒，身體四周飛劍成陣，輕聲喝道：『放肆！』

當這位仙人說出兩字後，京城所有道觀的鐘鼓都驀然作響，長鳴太安城。

一名站位更為居中的仙人，寬大道袍內隱約可見披掛有金甲。

仙人瞥了一眼街道左側的衝鋒騎軍，微微一笑。

只見一團金光炸開，仙人掠向其中為首一名騎將。

那名騎軍一瞬間仙人附體，整個人大放光明，熠熠生輝。

金甲仙人，策馬而衝。

一位位仙人在前。

徐鳳年面無表情地看著這些高高在上的成仙之人，沒有說話，只是提了提手中涼刀。

僅此而已。

第十一章　眾仙人連袂降世　徐鳳年陷陣誅仙

神仙志怪小說裡，描述那些修行坎坷的得道高人，最後大多會賦予「位列仙班」四字，意思就是說在天上有了一席之地，其實說到底，跟世間讀書人鯉魚跳龍門，考取了功名，在廟堂上在金鑾殿中有了位置是一個路數。

欽天監大門口這些顯然不是人間人物的神仙，真是讓李家甲士大開眼界。在天子腳下討生活，什麼光怪陸離的人和事都能看到。比如像先前姜泥的一人一劍飛過十八門，就有許多京城百姓有幸親眼目睹，但姜泥的風采，頂多也不過暗讚一句有謫仙人丰姿，真正的仙人，肯定是頭一回瞧見，而且眼下一口氣出現數十位身穿道袍的仙人，給人一種目不暇接的感覺，所有李家甲士大氣都不敢喘一口，個個瞪大眼睛，使勁看著那些或高或低的背影。

不是冤家不聚頭。

位於居中位置的那位「年輕」仙人，手握符劍郁壘，本是與武當劍癡王小屏那柄神荼齊名的道教重器，大概因為太過珍貴，被深藏供奉於京城欽天監內，久而久之，世人便只知神荼而不聞郁壘了。反觀武當山，別說沒有敝帚自珍的習慣，便是呂祖遺劍這樣的鎮山之寶，也不過是隨意懸掛在簷角之上。

當初齊仙俠去武當山砸場子，不過是多瞧了幾眼遺劍，當時的年輕掌教洪洗象那也是說借就借，倒是讓齊仙俠覺得太過兒戲而沒有接受。武當山和龍虎山，雖然同為道教祖庭，但是修行之路，實在是大相徑庭。後者步步登天，只求一個飛升；前者最近的一百年，歷代掌教從黃滿山、王重樓，再到洪洗象和李玉斧，都勤於行走人間，從無黃紫貴人和羽衣卿相的說法。

此時的提劍仙人，無論是相貌還是神態，都與龍虎山當代掌教趙凝神極為相似，只不過比起璞玉一樣的後者，這位仙氣鼎盛的年輕道士更為鋒芒畢露，如同一塊雕琢大成的國之大璽，身體四周隱約有無數黃金符籙一閃而逝。

其實早年在春神湖畔，趙凝神所請下的祖師爺，正是此人。只不過當時仙人面容模糊，加上北涼世子請下了更加氣勢恢弘的真武大帝法相，一下子就破去趙凝神的請神，除去龍虎山天師府為數不多的趙家子弟，幾乎沒有人知道趙凝神所請祖師是哪一位。

相較其餘三位龍虎山下凡真人的氣勢洶洶，這位提劍仙人面對年輕藩王，眼神複雜難明，臉上沒有什麼憤怒神色，他似乎沒有看到那名金甲仙士已經對北涼王發起衝鋒，緩緩開口道：『你們徐家父子二人，真是不消停啊。』

與此同時，那個被仙人附體的金甲將領已經疾馳而至，與徐鳳年相距五十步時，伸手隨意往空中一抓，手中便多出一杆通體縈繞紫電的金色長槍，槍身繪有晦澀艱深的道教雲紋。

金甲仙人大喝一聲，氣勢如虹，一槍刺向徐鳳年的頭顱。

徐鳳年沒有轉身，微微後傾躲過那一槍，同時抬手，輕描淡寫握住了那杆金色長槍，不光是五指間電閃雷鳴，整隻手臂都籠罩於輝煌奪目的金光紫氣中。

策馬狂奔的金甲仙人被握住長槍後，胯下戰馬竟是再也無法向前突進一步，仙人試圖以橫掃千軍姿勢砸爛這個凡人的腦袋，但是那杆長槍紋絲不動，氣機震盪之下，象徵仙人天威的那具金色甲冑一陣顫抖。

徐鳳年五指加重力道，金色長槍發出一聲砰然巨響，直接就被他當場捏斷。

金甲仙人滿身的絢爛金色頓時隨之一黯，頓時怒喝道：『大膽！』

徐鳳年終於轉頭正視這位包裹在金光中的飛升仙人，扯了扯嘴角。

既然都下凡了，那就一起下馬吧。

徐鳳年將那半截長槍往右邊一扯，先前始終不願長槍脫手的金甲仙人被順勢扯落下馬。後者顯然也意識到不妙，離開馬背的同時就鬆開長槍，一手高高舉起做托物狀，好像要用某物對這個膽大包天的凡夫俗子進行鎮壓。

果不其然，金甲仙人手上懸停有一枚雷光大盛的道門方形法印，彷彿道教典籍中所載的雷霆都司寶印，仙人將法印朝徐鳳年頭頂重重砸下，同時沉聲道：『天雷轟頂！』

左手刀徐鳳年不見如何大幅度動作，僅僅是擺出一個刀尖微微上挑的起手式。

欽天監門口持郁壘劍、頭頂蓮花冠和騎白鹿的三位仙人，幾乎同時欲言又止，其中蓮花冠仙人微微嘆息，騎白鹿的仙人更是差一點就忍不住出手。

徐鳳年這一招，恰好是顧劍棠的成名絕學——方寸雷。

罕有出手的顧劍棠在最近十年中，僅僅是在曹長卿攜手姜泥一起進入太安城皇宮時，以此招跟大官子還了一禮，之後身分特殊的江斧丁入涼挑釁，與徐鳳年對敵之時用過一次，這就給徐鳳年偷師了去。此時此刻徐鳳年用出方寸雷，遠比江斧丁聲勢驚人，估計一向自負天賦異稟的江斧丁看到這一幕，也會自慚形穢。

金甲仙人剛要砸下那枚雷霆都司印，整個軀體就名副其實地如遭雷擊，向高空飛去，那枚剛剛成形還未彰顯天道威嚴的寶印也煙消雲散。

徐鳳年衣袖微動，拔地而起，身體扭轉了一圈，大袖隨風飄搖，盡顯人間第一人的無盡寫意風流。

徐鳳年恰好出現在止住身軀金甲仙人的頭頂，也是伸出一掌，同樣五指張開，卻不是請出法印，而是對著那個仙人簡簡單單地一拍而下。

古詩有云，仙人撫我頂，結髮授長生。

寥寥十字便說出了道家真味，令無數凡間修道之人心生嚮往，多少人遍訪名山大川，不正是為了一睹仙人真容，得授長生術？

今天白衣縞素的年輕藩王在被仙人怒斥大逆不道之後，真正做了件大逆不道的事情。

我撫仙人頂！一手斷長生！

金甲仙人根本來不及出手抵擋，就被這氣機磅礴至極的一掌給砸落街面，在迅猛落地的眨眼之間，仙人的遍體金光以極快的速度退散消逝。

當仙人附體之軀在地面狠狠砸出一個大坑時，那名騎將除去眼眸依舊殘留金色光彩，先前披掛的金色甲冑已經不復存在。恢復凡人身軀的騎將下場淒慘，七竅流血，奄奄一息。

徐鳳年面無表情地站在大坑邊緣，俯瞰那名其實到頭來無論如何都難逃一死的重騎軍將領。以世間武人體魄承載謫仙身軀，除非是達到金剛境和天象境，否則都是不堪重負而亡的結局。

儒釋道三教中人有別於尋常江湖武人，跟佛門得道高僧一入一品即金剛相似，道教宗師往往一入一品即指玄，這也算是得天獨厚的機緣，常人豔羨不來。不過相同境界對敵，自然是按部就班、循序漸進的純粹武夫更為善戰。早期的武道宗師如韓生宣和軒轅大磐之流，別說面對一個金剛境界高僧或是指玄境真人，就是兩個、三個，也能毫無懸念地一併轟殺。

所以修道之路，有快有慢，也有得有失，就看各自如何取捨了。但是大抵說來，各人有各人的造化機緣，姜泥的劍術精進一日千里，軒轅青鋒接連遭逢奇遇武道大成，趙凝神請神失敗卻因禍得福，心境受損的江斧丁在打潮之後別開生面，陳芝豹更是數次坐收漁翁之利，謝觀應和軒轅敬城只是翻書讀書就能讀出大境界，妙不可言說不得，說不得。

魁梧騎將澈底斷氣。

然後一抹璀璨白虹從大坑中平地而起，向天空迅猛掠去。

我自天上來，我往天上去。

凡人奈我何？

只可惜遇上了殺過天人也殺過天龍的徐鳳年。

想當年，返璞歸真的道教大真人趙宣素以稚童面容現世，差一點就躲過李淳罡，把徐鳳年成功做掉，可就算被桃花劍神鄧太阿以飛劍釘殺，臨終之際仍是歹毒至極地陰了徐鳳年一把。

遇上了萬里借劍和出海訪仙之前的鄧太阿，與仙人不過只差一線的趙宣素尚且逃脫不掉，如今這位不知何年何月得道飛升的龍虎山仙人，本身又被天人下凡的條條框框限制，遇上了正值意氣無雙、如同置身武帝城面對天下群雄的徐鳳年……

在徐鳳年出手攔截之前，欽天監大門口的仙人很多都不約而同地露出震怒神情，那名站在趙希夷身側的飛劍仙人更是怒不可遏，當「豎子爾敢」的驚雷嗓音在原地響起時，仙人早已不見蹤跡。

下一刻，許多位置靠近左右兩側的仙人在抬頭望見一幕後，都有些震驚，然後分別與鄰近仙人面面相覷，開始竊竊私語。

原來那抹白虹在飛劍仙人出手阻攔徐鳳年的出手後，仍是在數百丈高空給一道橫空出世的方寸雷攔腰截斷了，從此消散天地間。

不遠處，之前已經展開衝鋒的兩支騎軍在接二連三的衝擊之下，只好停下戰馬，然後很不甘心地轉身撤離戰場。前方兩撥神仙打架，任他們是當今戰場上的大殺器，也不敢造次。

而在徐鳳年身前，千百柄紫金飛劍如同滂沱大雨傾瀉而下，緊隨其後的是那位腳踏一柄巨大飛劍御風而行的仙人，雙指併攏在胸口，口吐真言。

徐鳳年一腳向前跨出一步，一腳後踏，雙膝微屈，左手執刀，刀尖微微上挑，直指御劍仙人，右手亦是雙指併攏在刀側，輕聲道：「破陣。」

沒有飛劍如灑雨的巍峨壯麗，沒有氣象威嚴的道教真言，徐鳳年簡簡單單的持刀抬手，簡簡單單兩個字。

一條青色罡氣如游龍，直接破開從天間傾斜落地的密集劍陣，撞向那名高高在上的劍仙。

臉色劇變的仙人手指掐訣，胸口前方懸浮出一塊晶瑩剔透的笏。

笏一物在大奉王朝朝堂最為風靡，如今離陽王朝在一統春秋後就逐漸棄之不用。按大奉律例，天子用玉，藩王諸侯用象牙笏，士大夫用竹笏。由於大奉朝崇尚黃老，故而特賜道門獲封真人稱號的道士准持玉笏。

只是終大奉一朝，也不過為屈指可數的道士敕封真人，據史可查的大奉真人總計八人。不同於離陽，當時大奉歷代皇帝都推崇武當而貶抑龍虎，所以七位真人都出自武當山，僅有一位龍虎山道士趙正真獲封洞虛真人，而這位在大奉末年大名鼎鼎的龍虎山神仙又有種種御劍凌空的傳說。

想來這次重返人間的御劍仙人，就是那位傳言在大奉末年一腳踩劍、一腳踏笏飛升的洞虛真人趙正真了。

玉笏浮現後，來也匆匆，去更匆匆。

青色罡氣與潔白玉笏轟然撞擊在一起，引發出宛如天地為之震撼的異象。

別說李家甲士和街上騎軍都忍不住滿臉痛苦地摀住耳朵，就連許多仙人衣袂都開始向後飄蕩。

硬碰硬地一撞之下。

玉碎！

青色罡氣裹挾風雷撞碎玉笏，透過仙人身軀，刺入高空。

風雷之聲，餘音不絕，在天空中久久迴蕩。

仙人趙正真的下場和之前的金甲仙人如出一轍。

長生真人不長生。

那些劍雨沒了主人加持，頓時杳無蹤影，一時間天地清明。

兩位仙人，簡直就是毫無還手之力。

徐鳳年彈指間，仙人灰飛煙滅。

剩下的仙人面面相覷，並無懼色，只有怒意。

不下三十位仙人，連袂飄出。

徐鳳年輕聲笑道：「人多了不起啊？面對圍毆，我熟門熟路得很。三次遊歷江湖，不是白走的。」

徐鳳年做出了一個讓仙人都匪夷所思的舉動，放刀回鞘，然後雙臂張開，驟然抬起。

起！

祥符二年，太安城下了一場劍雨。

祥符二年還未入冬，太安城就又下了一場劍雨。

那一次，從天而降，有雷聲大、雨點小的嫌疑，十數萬飛劍落雨不傷人。早先落地看似消散後，已經悄然彙聚欽天監附近。

這一次，由地向天。

原來是要殺，就殺仙人。

三十多位前掠仙人，一個瞬間，就如同跨入雷池，全部消失於大雨之中。

而年輕藩王還有自言自語的那份閒情逸致：「技術活兒，沒法賞啊。」

◆

鍊氣士晉心安和大真人吳靈素並沒有離開那棟小樓。吳靈素雖然靠著偏門手腕撈到一個活神仙身分，但是自己有幾斤幾兩真本事，從來都清楚，並沒有因為在太安城廝混得順風順水就忘乎所以。

這倒不是吳靈素定力真的有多好，實在是家裡有那頭母老虎盯著，每次不等他志得意滿就會被冷水澆頭，想不清醒都難。要知道皇宮裡大門上每次迎新辭舊的貼朱符籙，都出自那個娘們兒的手筆，他吳靈素不過是裝模作樣地掏出袖子貼上而已。

此時吳靈素一想到她前不久提出的那個要求，身體就忍不住打擺子，汗流浹背。難道真要做兩姓家奴？準確說來，也不算兩姓家奴，其實姓氏相同。但是天子人家的同姓之爭，兄弟鬩牆，其血腥程度，可要比廟堂上的黨爭傾軋還要恐怖啊。若是能夠保證吳家香火富貴綿延，確保獨子吳士禎能夠世襲罔替羽衣卿相的頭銜也就罷了，可是按照她的說法去做，到手的富貴不小，風險也更大。

吳靈素戰戰兢兢。如果是今天之前，他還覺得離陽趙室能在他腦袋上貼上一張保命符，天高皇帝遠，何況一個遠在西北的藩王，但是當那個年輕人殺到太安城甚至直入欽天監後，吳大真人就得好好掂量掂量了。

晉心安沒有深究吳真人的失態，只當作是假神仙遇上了真神仙，擔心吳家在離陽朝廷的地位不保而已。何況晉心安自顧不暇，懶得分神去重視一個兩代皇帝的牽線傀儡。

晉心安抬頭望著牆壁上那些掛像，圖仍安好，但是許多圖中人物已經憑空消失，這對一心想要躋身陸地神仙、繼而趕在天門關閉之前證道飛升的鍊氣士宗師而言，是一種莫大的打擊。

自古以來，修道之人都認準一個死理——飛升之人得長生！但是如果連仙人都有可能身死道消，那麼自己幫著謝觀應為虎作倀，即便飛升，當真逃得過天理循環？

朝中有人好做官，欲做仙人，何嘗不是如此？龍虎山天師府為何自大奉後，幾乎代代有人飛升，而同為祖庭的武當山卻香火凋零？如果當初呂祖沒有過天門而不入，有了呂洞玄的那份「祖蔭」，是不是就截然不同？以黃滿山、王重樓的高深修為，飛升豈不是唾手可得，何至於整整四百年福地無仙人？

相比吳靈素的惶恐和晉心安的失神，兩位常年在此負責敬香添香的年邁道士，則是面容枯槁。其中一人背靠廊柱，眼神渙散；其中一人虔誠跪在蒲團上，默默口誦真言。

謝觀應懶洋洋地坐在通天臺邊緣，雙腳掛在空中，似乎一點都不擔心城門失火，殃及池魚。

事實上無論是藏拙還是逃命，他謝觀應自認天下第二，還真沒人敢自稱天下第一。他在西蜀境內，躲過了鄧太阿殺意凜然的千里飛劍，但在更早的洪嘉年末，更躲過兩場堪稱驚心動魄的追殺。

當年北謝南李，他謝觀應和李義山，兩人都是年輕氣盛的天之驕子，一拍即合，共評天下，尤其精通讖緯的謝觀應更是道破天機，結果惹下滔天大禍。

寒士李義山是個光棍人物，只有才華而無背景，照理說早就該死了，只不過無意間傍上了徐驍那麼棵樹，竟然給躲過了那場大風大雨。反而是出身豪閥的謝飛魚，眾叛親離被當成棄子不說，還被東海武帝城當成了必殺之人，甚至連隨後登基的老婦人也懷恨在心，不惜讓拓跋菩薩潛入離陽刺殺他，為此他只好隱姓埋名，大隱隱於朝，連親生骨肉都不知道他的生死。於是世上再無希冀著魚躍龍門的謝家飛魚，只有應當躲在幕後觀自在的太安城謝先生。

在冷眼旁觀天下大事二十餘年的謝觀應眼中，李義山、納蘭右慈是一類人，荀平、張巨鹿和元本溪又是一類人，三寸舌禍亂春秋的黃龍士，更是另外一類人。

但是說到底，謝觀應覺得他們都是一類人：為他人、為一地、為一國為天下謀，唯獨不擅長為自己謀。獨善其身尚且做不到，何談兼濟天下？這中間元本溪是想為自己謀，卻謀不得；黃三甲是能做到，卻不屑為之。謝觀應所謀，是真正的不鳴則已，一鳴驚人，他要這中原大地再度陸沉，然後由自己親手謀得千年長安。

若說謝觀應是謀求一個首輔或是帝師身分，或者是幾十年太平盛世，又或者是飛升仙人，那也太小看他謝觀應了，既然黃龍士說世上從無百年帝王千年王朝，那他謝觀應就要跟這個自稱知曉千秋後事的「外來戶」掰手腕。

謝觀應突然有些寂寞，老面孔的熟人，這些年都走得差不多了，除了納蘭右慈，好像都死得一乾二淨了。而新人雖多，但其實除了那個官運亨通的陳望，其他人就算前程可期，也還需要種種打磨和各方審視，相較而言，北涼的徐北枳和陳亮錫算是脫穎而出得比較快的。官補子不遜色陳望，已經官至禮部左侍郎的晉蘭亭？

謝觀應從來都沒有把這種跳梁小丑放在眼裡，烈火烹油，從來不是長久之計，曇花一現而已。在新老交替之間，謝觀應不看好趙右齡和殷茂春，倒是盧白頡、元虢、韓林，這三位或貶或升至地方的文臣，有希望從齊陽龍和桓溫手中接手擔子，短暫地位極人臣，不過依然是為陳望、嚴池集、李吉甫等人鋪路搭橋而已。

永徽年間，離陽王朝真正的中流砥柱只有兩根——文有碧眼兒張巨鹿，武有人屠徐驍。正是這兩人的存在，震懾朝野上下的所有龍蛇魚蝦。有張巨鹿在，有事功之心的文人老老實實治國，崇尚清談的文人繼續大談風月；有徐驍在，陳芝豹出不了西蜀，曹長卿復不了國，燕剌王趙炳不敢大張旗鼓北上，顧劍棠只能做他的兩遼總督，北莽大軍更不敢揮師南下。

但是正因為他們兩人，一個在廟堂中樞，決定著所有官員的升遷，一個在西北邊陲，手握三十萬鐵騎，先帝趙惇就不敢把龍椅交給兒子趙篆，因為椅子上的刺太多了。

這中間最大的死結，在於徐驍不死，北莽就不肯也不敢孤注一擲地南侵中原，而北涼能以守替戰，讓離陽蒸蒸日上國力漸盛，牽制並且拖死北莽。但是如果主動北征大漠，一來北涼勝算不大，二來趙惇也不敢。

徐驍不會反，但是一旦北伐順利，世子徐鳳年在北征中樹立起威嚴，徐驍會不會有個念頭，也給自己兒子換一個比藩王座椅更大的位置？即便徐驍不會，徐鳳年自己會不會因為京城白衣案而順勢造反？就算徐家只打下了半個北莽，可有了南朝廣袤疆域作為戰略縱深和豐富補給，離陽怎麼抵擋身經百戰的北涼鐵騎？到時候風雨飄搖之際，本就沒有太多威望可言的新君趙篆，難道還真能靠太安城文官的嘴皮子去阻擋北涼馬蹄？

借助西楚叛亂削藩和抑制地方武將勢力，同時藉機在廣陵道戰場上天下演武，是先帝與張巨鹿、桓溫以及元本溪不得已而為之的策略，其實就是在爭取時間，趁著徐鳳年尚未羽翼豐滿，就算西楚不反，離陽也會逼著曹長卿揭竿而起。

朝廷先後讓顧劍棠親自坐鎮兩遼和陳芝豹就藩西蜀，對北涼處處做出咄咄逼人的姿態，一個沒有援手的北涼，何嘗不是讓養精蓄銳二十年的北莽覺得有機可乘，有希望一舉打下終於沒有了徐驍統率邊軍的北涼？北莽攻打北涼，意義就等同於當初徐驍贏得西壘壁戰役，雖然代價巨大，但是畢竟結果顯著——一戰而定國姓！

現在看來，兩朝大勢走向不曾變動，但是出現了不少偏差。

廣陵道戰事哪怕在吳重軒脫離南疆投入離陽懷抱後，仍是沒有迅速改觀。而北涼更是獲得了一場蕩氣迴腸的慘勝，慘烈，也壯烈。

更出人意料的是，北涼邊軍比離陽推演預料得要少死十萬人，尤其是那十三四萬騎軍，更是沒有大傷筋骨，如今依舊維持在極為可觀的十萬人左右。原本北涼不但慘勝，第二場涼莽大戰，會直接將戰火蔓延到北涼道境內，甚至有可能是陵州。

現在看來，北涼死戰於關外，並非癡人說夢。所以這次徐鳳年擅自離開藩地，離陽步步後退，不是太安城突然喜歡跟人講情義講道理了，而是生怕恃功而驕的北涼一怒之下，會做出什麼無法彌補的舉動。

只可惜老一輩的那幾個布局之人，除了一個心如死灰的坦坦翁，如今都已經相繼死了，現在關鍵就看被趙惇寄予厚望的齊大祭酒如何應對了。

趙惇在死之前，明裡暗裡做了很多謀劃，在官場上埋下的諸多伏筆，都賦予趙篆登基後大抵施展手腕、恩威並濟的機會，目前看來，年輕天子做得還不錯。便是心中憋著一口怨氣的桓溫，在祥符新朝依舊兢兢業業，與齊陽龍沒有太多明顯嫌隙地做起了江山縫補匠。

不同於徐鳳年能夠憑藉戰場上的出生入死，來贏得北涼將士的軍心，年輕皇帝趙篆就像天底下最尊貴的一隻籠中鳥，靠的只是龍袍這一張皮而已。所以他的帝王威儀，需要年復一年的水磨功夫才能鑄就。當然，如果說趙篆能有徐鳳年的武道修為，比如說當初曹長卿和西楚公主登門送禮的時候，在顧劍棠、柳蒿師之前就把曹官子幹趴下，那就另當別論了。

習武一途，從來就沒有不拚命就能成為大宗師的好事，即便是實力突飛猛進的軒轅青鋒那也做過跟王仙芝攔江死戰一場的瘋子行徑，天賦優秀如元本溪的私生子江斧丁，哪怕受過包括顧劍棠、柳蒿師、祁嘉節在內一大幫高手的授業指點，到頭來一樣淪為東海打潮人。

謝觀應輕聲道：「數根國之棟梁，能夠聯手支撐起一座風雨飄搖中的金鑾殿。但一根中流砥柱，卻能夠讓一個王朝在遇到百年不遇的狂風暴雨，依舊屹立不倒。

趙篆，你身邊的陳望畢竟還是太年輕了。想成為張巨鹿一般的人物，是需要時間的。你能等，別人不願意等。」

謝觀應閉上眼睛，氣定神閒。

他根本不上心那些走出掛像的仙人好似飛蛾撲火一般赴死，反正損失的都是徐趙兩家的氣數，親手造就這個局面的謝觀應高興都來不及。

南北兩撥錬氣士如果都死絕了，更有利於謝觀應的長遠謀劃，所以晉心安能夠俯首聽命是最好，不肯的話，謝觀應也不是只有逃命的能耐。不過澹臺平靜誤打誤撞「拖家帶口」跑去了北涼，倒是不好下手了，現在她好像又孤身一人去了廣陵道，算是個隱患。

至於西域爛陀山不再冷眼避世，劉松濤死後也放下架子，選擇入世依附北涼，白衣僧人李當心也去了北涼，甚至連呼延大觀一家三口……怎麼都是拖家帶口的？最近的還要加上一個毫無徵兆便離開京城的衍聖公，要知道這位聖人前不久還幫著離陽趙室去勸說過曹長卿。

原先還有些笑意的謝觀應突然皺了皺眉頭，睜眼坐起身，眺望西北。

謝觀應有些懊惱，之所以開始視線模糊，是因為自己也成為局中人了嗎？

然後謝觀應猛然間收回視線，低頭望去，結果看到那個彷彿天真無邪的少年監正，這個綽號「小書櫃」的孩子，正在對自己咧嘴微微笑著。

◆

同樣是高處，大殿屋頂上的年輕天子、陳望，還有陸詡，都沒有怎麼說話，只有司禮監秉筆太監時不時站在屋簷下，用不輕不重、剛好清晰入耳的嗓音，詳細稟報欽天監那邊的狀況。

當趙篆聽到兩輛馬車四位女子出現在那邊的時候，年輕皇帝有些自嘲和無奈。

之後小舅子嚴池集的入宮覲見，是他本人的授意，要嚴池集趕去給徐鳳年傳話，也是不可或缺的一個重要環節，但是當嚴池集匆忙返回後死死跪在簷下，年輕皇帝顯然有些怒氣。

連掌印太監宋堂祿都有些忐忑。

宋堂祿清楚，嚴池集除了皇親國戚的身分，更是極為特殊的一桿秤。

至於先帝心中的秤，其中就有大學士嚴杰溪，這位北涼文壇和官場的雙重大佬背叛北涼躋身廟堂，自然讓先帝龍顏大悅，對嚴家上下也就倍加恩寵，嚴杰溪由此獲封六位殿閣大學士之一，女兒嚴東吳如今更是貴為皇后。

其實晉蘭亭也是，所以平步青雲得讓京城瞠目結舌。姚白峰也是，但這位理學大家數次在朝會上傾向北涼和徐驍，所以始終是一個徒有清望卻無實權的國子監祭酒。作為張廬舊人的元虢更慘，好不容易復出，當上了禮部尚書，因為在漕運和版籍兩事上略微站錯了位置，很快就捲鋪蓋滾出太安城了。

當文人，有沒有風骨很重要。

當文臣，有沒有風骨，遠沒有讀書人自己想像的那麼重要。

一字之差，天壤之別。

皇帝陛下和那位年紀輕輕的黃門郎，口碑都很好的君臣二人，一高一低，一坐一跪，就這麼僵持不下。

陳望笑著站起身，年輕天子好像有些賭氣地說了句別管他，可是陳望依舊沿著梯子來到地上，扶了扶嚴池集。

沒有扶起來，陳望也沒有勉強，站在這個翰林院後起之秀的年輕人腳邊，望著緊閉的宮門輕聲道：「起來吧，你越是跪著，越於事無補。揣摩聖心一事，不可深陷其中，但不可全無。你又不是那種沽名釣譽以直邀寵的官員，當然你嚴池集也不需要，事實上你也做不出來。既然如此，與其讓陛下遷怒北涼王，你還不如站起來，死皮賴臉跟著我上屋頂去，就當看看風景也好，最不濟別讓壞事變得更壞，是不是？」

嚴池集低頭跪著，一言不發。

一向溫良恭謹的陳望驟然壓低聲音，厲色道：「怎麼，就不怕連累你爹和你姐？還是說你嚴家比琳琅滿目的江南盧氏還要香火旺盛，少了你一個嚴池集，隨隨便便就能再拎出幾個人來？你嚴池集要真有本事，就拉著皇后和嚴大學士一起來跪著，到時候我陳望陪著你們一起跪，大家一起湊個熱鬧，如何！」

嚴池集肩膀顫動，不再默然流淚，而是泣不成聲。

陳望嘆了口氣，輕聲道：「我陳望不比你嚴公子，只是個寒窗苦讀的窮書生，家鄉同窗有一些，科舉同年有一些，如今官場同僚也有一些，但是真正稱得上朋友的人，很少，甚至幾乎可以說一個都沒有。所以你跪著跟陛下求情，我很不讚同，但也勉強理解。意氣用事，義氣為人，你我如今皆是有錢、有勢、有名，其實何其簡單。」

陳望眼角餘光有意無意瞥了一眼一旁束手靜立的蟒袍宦官，後者紋絲不動。

陳望猶豫了一下，還是蹲下身，蹲在嚴池集身邊，淡然道：「老涼王手握天下第一雄兵，十數萬鐵騎，從西北邊關到太安城，其實沒有咱們想的那麼遠，可是大將軍每次進京，都是寥寥幾位貼身扈從而已。

兩件事，你覺得哪件更難？對普通人來說，當然是前者，但是對大將軍來說，是後者。當武將手握重兵，當文臣手執朝柄，難的就不是尋常人眼中的意氣風發了，而是不去肆意妄為，而是在忠、孝、仁、義、情這五個字中，一個字、一個字做權衡。」

陳望笑了笑：「新涼王徐鳳年，你的好兄弟，這些年當然也在權衡五個字。為人臣，講忠；為人子，講孝；為將帥，講仁；為人兄弟，講義；為人丈夫，講情。在我看來，他這次入京，是意料之外卻是情理之中的事情，撇開了忠字，撿起了孝字而已。

其實我是有些失望的，失望他為了一己之私而棄軍國大事不顧，但是我也清楚，這只是我的非人之請，是一廂情願地把徐鳳年擺在了聖人的位置上。事實上恰恰相反，我很早就知道徐鳳年從來不是什麼聖人，歸根結底，他骨子裡就是個江湖人，也更適合江湖。在廟堂之高，他就是個心結難解、私怨難消的年輕藩王，但是在江湖之遠，他能夠成為風采不輸李淳罡的大俠。

他選擇離開江湖，挑起重擔站在北涼邊關外，沒有半點逍遙自在，只有死人死人再死人，我想他徐鳳年其實就已經很不高興了。嗯，簡而言之，就是不高興。很簡單的一個道理，但是很多人看不懂。

我陳望，是從一個市井底層的貧寒讀書人一步一步走到今天這個位置的，但有些事，我也很不高興，你們總不能說我也是站著說話不腰疼了吧？不能！誰要這麼說，並且被我聽到耳朵裡，我總有一天會讓他們更不高興的。看吧，我也不是聖人。這跟我現在是不是左散騎常侍、將來官帽子會不會還要更大，其實沒關係。

我們都不是聖人，所以，陛下也不是。天地有公理，人也有人之常情，順著這個道理為人處世，肯定沒錯。徐鳳年因為是徐驍的兒子，來到京城前往欽天監，沒有錯。陛下因為是先帝的兒子，騎虎難下，不願再退了，也沒有錯。

既然如此，你嚴池集跪也跪了，你的道理我和陛下其實心裡都明白，為何要不管不顧地得寸進尺？連京城的黃口小兒都知道一個道理，在朝堂上跪著是多簡單的事啊，能夠站著才難。要不然我瞅瞅，地上是有金子還是銀子？」

嚴池集總算擦著眼淚起身了。

當嚴池集要作揖致謝時，陳望就已經搖頭道：「免了、免了，今天陛詡已經當著陛下的面做過同樣的事情了，你再來一次，讓陛下的顏面往哪裡擱？結黨營私的大帽子一扣下來，我就別想著繼續升官晉爵了。」

嚴池集坦然道：「君子群而不黨。」

陳望愣了一下，然後開始轉身攀登梯子，嘀咕道：「白瞎了這場套近乎。也好，省得我再浪費銀子請你喝酒。」

拍錯馬屁的嚴池集頓時臉色無比尷尬。

一直對兩人言談像是置若罔聞的宋堂祿嘴角悄悄翹起。

大殿屋頂，原本緊挨著年輕天子身邊坐下的陳望挪了挪位置，嚴池集只好硬著頭皮坐在皇帝和陳望之間。

趙篆冷聲道：「不學那些青史留名的骨鯁文臣跟皇帝死諫了？」

嚴池集低頭看不清表情，輕聲道：「陳大人說得對，當官就得想著升官晉爵，這是人之常情。」

馬上就被還以顏色的陳望哭笑不得，心想讀書人都不是好東西。

另外那邊的瞎子陸詡笑意玩味。

趙篆有些自嘲，嘆氣道：「說得對，你和徐鳳年是從小玩到大的好兄弟，所以今天你跪著替他求情。如果你嚴池集僅僅是離陽的臣子，我這個當皇帝的，也許表面上會龍顏大怒，甚至會把你丟進清水衙門坐幾年冷板凳，但內心深處其實沒有如何生氣，至於要是我說一點都沒有，肯定是騙人。

只不過你不僅僅是徐鳳年的朋友，我也不僅僅是離陽的皇帝，你我不只是君臣，更是一家人啊！以後我也許還會選妃，也註定不止一個，到時候國丈、國舅只會越來越多，但是我跟你說句不騙人的話，你嚴池集先是四皇子的小舅子，接下來才是當今天子的國舅爺。」

嚴池集愕然。

趙篆摟過嚴池集的肩膀，哈哈大笑，伸手指向遠方：「看！風起雲湧！希望有朝一日我們四人，還能夠一起坐在這裡，看那雲淡風輕！」

陳望神情肅穆，正襟危坐。

瞎子陸詡「舉目」遠眺，雙手隨意撐在屋脊上。

◆

太安城作為首善之城，人多，規矩自然也就多，便是官員住處也分出了三六九等。大致分為權、貴、清、貧、富，比如燕國公、淮陽侯所在的那片府邸群，大多出身顯赫，公侯伯紮堆，像陳望這樣的新面孔，如果不是先前靠著跟郡王攀上翁婿關係，否則任你陳望做到門下省左散騎常侍，也沒辦法在那邊弄棟宅子。

京城清流多出於翰林院和國子監以及御史臺，他們既是離陽官員，更是享譽士林的文人雅士，比鄰而居，也省了呼朋喚友的路程腳力。在太安城當官，也有當窮官的，如最早的禮部就是典型的清水衙門，許多品秩不高又不是一把手的禮部老爺，甚至需要靠潤筆費才能過活，清貧度日之餘，美其名曰兩袖清風，其中酸楚不足為外人道。

而有錢人，像跟舊戶部尚書之子王遠燃、老將閻震春嫡孫閻通書稱兄道弟的宋天寶，雖然有個富甲兩遼的爹，但是在太安城買宅子，還是會很尷尬，公侯伯府邸那邊屬於削尖腦袋也湊不過去，清貧官員那邊則是去了沒意思，成天被人白眼的滋味想來不好受。

好在還有一個選擇，就是在有權官員和有錢富豪兩大片府邸的中間地帶，購置一棟大宅子，白天去京城官場大佬那邊裝兒子、當孫子，晚上就從有錢卻比他沒錢的人身上找補回場子。

有好事者鑽研過那撥在永徽末祥符初發跡的京城官員，大抵是「龍興」於太安城南城學子酸儒紮堆的清貧地帶，然後迅速躋身城東北的有權顯貴之列，最後去更東邊買一棟擺闊的豪宅，如果哪天能夠像陳望陳少保那般搬去京城西面落腳紮根，那麼這輩子就算圓滿了，不但自己沒了遺憾，也算對祖上和子孫都有了交代。

以彭家為首的北地大小士族，在祥符二年突然一股腦兒擁入太安城東北地帶，以至於這一帶本就寸土寸金的宅子變得越發搶手，這導致許多好不容易攢下些銀子、想著終於能夠不再租房度日的中層京官，開始忍不住在私底下破口大罵遼東蠻子除了有錢，根本就不是個東西！作為京城東北最主要的一股舊有勢力，尚書省六部官員，對此也沒有什麼好臉色，跟那些新搬來的士族鄰居關係頗為疏離。

這也很正常，近二十年來，尤其是在舊首輔碧眼兒親自主持會試後，離陽不再在科舉一事上刻意扶持北地士子。因此歷屆科場得意人，南方士子以壓倒性優勢霸占了最少七成以上的座位，形成了脈絡極為清晰的北將南相格局。

但是祥符之前的永徽後十年，天下無戰事，哪來的新將領冒出頭，廟堂上南方官員自然越來越多，以團結著稱朝野的青黨就是其中最顯著的例子。隨著四征四平四鎮這些大多出身北方的大將軍老的老、死的死，太安城東北就越來越沒北方士子挺直腰杆說話的地方了，如果不是如今總算還剩下個征北大將軍馬祿琅撐門面，來自南方的官場大佬們好歹沒有趕盡殺絕，否則那些北方官員都快要給變著法子排擠得欲仙欲死了。

彭家在置辦新宅後的第一件事，就是隆重地登門拜訪征北大將軍府邸，雖然聽說連病榻上的馬祿琅都沒見著面，可畢竟受到了馬家嫡長子安東將軍馬忠賢的親自接待。

有彭家為首開了個好頭，兩遼豪門的集體遷徙還算順利。而兵部尚書盧白頡的離京，青黨主心骨洪靈樞的入京，看似江南勢力在廟堂上一進一出，沒有虧損，其實大傷元氣是顯而易見的。如此一來，北地士子的大規模入京就很有嚼頭了。

官員宅邸的大門要高於街面，這也是沿襲了數百年的規矩。

官場上所謂的進身之階，其實就是說門口的臺階，臺階級數大有講究。按照離陽律法，首先要先入流品，其次才能以官身高低來決定砌建臺階數目，六品不過三級，四品方能砌到四級臺階，這意味著地方郡守和尋常實權將軍都是如此。接下來絕大多數六部侍郎，如無特賜，府邸也不過五級，六部尚書是六級，極少數可以達到七級臺階。比如之前的吏部尚書趙右齡，如今禮部尚書司馬樸華，也獲此殊榮，據說司馬家在興師動眾為宅子增砌臺階的那一天，老尚書當場就淚灑衣襟了。

有趣的是，在東北這片無比珍稀的七級臺階，在陳少保陳望所在的那塊區域，則屬於稀鬆平常了。你要是臺階不到六級，出門都沒臉皮跟人打招呼，至於七級也極為常見，陳望的老丈人就是七級，甚至如燕國公高適之這樣的八階也不算罕見。

只不過京城官員個個心知肚明，城西的臺階，那都是虛的，是靠著先輩祖蔭和趙家姓氏來裝點朝廷門面而已，但是東北那邊的臺階，才是實打實靠著最近兩輩人的官帽子換來的，「西七不如北五稀奇」這個說法，正是此理。而在京城東北，還有個說法，「馬八閣七尚書六」，說的是這邊尚書府邸多數不過六階，但是閣府卻高達七階，馬府更是有著與藩王國公同等規格的八級臺階！

最近這段時日，不但馬家長子馬忠賢經常從京畿東軍趕回內城府邸，就連那個經常夜不歸宿、滿身脂粉味的嫡長孫，也乖乖待在家中閉門謝客了。

大概是聽說過太多次馬家老太爺終於不行了的傳言，結果次次都還能行，對於馬忠賢父子兩人的異樣，也沒有幾人當回事。

兒子馬忠賢也好，孫子馬文厚也罷，都清楚，這一次老爺子興許是真的扛不過去了。因為臥榻多年的老爺子不但不再渾渾噩噩，還橫生出一股精氣神，都能坐起身喝幾口清粥了，眼神清亮了許多。

這叫迴光返照。

風燭殘年，風燭殘年，有些老人，臨了臨了，知道自己既然大限將至，就不再介意給風吹滅最後的那點燭火了。

馬家老爺子在從兒子馬忠賢嘴中聽到北涼打贏了北莽後，當時老爺子只是睜開視線渾濁的雙眼，顫顫巍巍問道：「死了……多少……」

馬忠賢如實稟報了其實還十分模糊的大致戰況，只不過哪怕比起兵部官員，都已經要更為接近真相了。

老爺子破天荒坐起身，是聽說年輕藩王擅自入京，但是老人大概實在太疲憊不堪了，沒過多久很快就躺回去，直到聽說八百北涼輕騎就嚇得京畿西軍魂飛魄散，老人才點名要那個公認不成氣候的嫡長孫回到府邸。

馬文厚在太安城是個怪人，說他是紈褲子弟，跟王遠燃、閻通書之流其實從小就玩不到一塊，可要說他胸懷大志，卻又跟殷長庚、韓醒言這些俊彥從來都不對眼，於是馬文厚跟老首輔張巨鹿的幼子張邊關，那個住在陋巷且喜歡滿城瞎逛的廢物，並稱「京城奇怪」。不過比起性情乖張的張邊關，馬文厚其實人緣不錯，當年弱冠遊學，一走就是離家兩年多，東海武帝城、南疆大山、西蜀、南詔、青州襄樊、薊州北邊，都去過了。

馬文厚是被老爹馬忠賢當夜親自帶人抓回馬府的，而垂垂老矣的征北大將軍馬祿琅，也正是在孫子馬文厚的攙扶下，第二次坐起身。這之後，不論是三餐飲食還是聽馬文厚讀書，老人都是坐著多、躺著少。

接下來，無論是聽說北莽大將軍楊元贊的戰死幽州葫蘆口，還是聽說顧劍棠麾下的兩遼鐵騎終於按捺不住，有蠢蠢欲動的跡象，宦海沉浮六十餘載的老人都顯得波瀾不驚。

不過當老人親自將虎符交出去的時候，沒來由感慨了一句「取死之道」，不知是說年輕藩王還是在說誰。

今日早朝，老人好像有點想去，但知道自己那把身子骨已經扛不住顛簸，就沒有讓兒孫為難。

在馬忠賢的暗中授意下，幾位深藏不露的馬家供奉都撒網一般撒出去，要做的只有一件事——遠遠盯著那個姓徐的年輕人。

很快，就有一個接著一個的消息傳回馬府：那個年輕藩王離開下馬嵬驛館，但不是參加朝會，而是輕車簡從去了離陽舊兵部衙門，臨門而不入。進了禮部衙門，尚書司馬樸華溜之大吉。最後到了欽天監，見了皇太后趙雉和九九館老闆娘。

老人每聽到一個消息就會分別點評。

老人的精神氣很足，變得極為健談，而且思維縝密，好像要把這十年積攢在肚子裡的言語一口氣說完才肯甘休。

「兵部老衙門啊，其實是塊風水寶地，荒廢了，可惜。

文厚啊，我馬家很早就是離陽藩鎮勢力了，只不過當年見風使舵得快，其實我最早被你太爺爺丟進兵部的時候才十八歲。很多人都覺得你太爺爺昏了頭，把家裡獨苗放在京城，難道真不要祖宗基業了？等我熬了二十多年，終於熬成了兵部右侍郎，所有人都閉嘴了。

有些人是死了，開不了口。有些人是失勢了，沒那臉皮跑到我跟前發牢騷。我這輩子啊，都在兵部和軍營打轉，但是碧眼兒、坦坦翁那輩人都知道，我一輩子都沒上過沙場，更沒有殺過人，是不是很滑稽？這麼一號人物，結果當上了征北大將軍？

我成為兵部大佬的時候，見到過很多年輕將領，有野心的，有本事的，殺人不眨眼的，都有。那時候有個姓徐的錦州蠻子，在官場上爬得尤為吃力，總是吃敗仗，好幾次兵馬都打光了，差點成了光杆。沒有人看好他，我也不看好，沒有根基，就靠拚命。

文厚，你要清楚，那時候的離陽不比現在世道太平，總有打不完的仗，如今殺了百來個北莽蠻子就能當都尉，在當時，你可能殺上千個東越或者是北漢甲士都撈不到都尉，要不然好不容易當上了，明天卻成了別人的軍功。

所以有一次當那個年輕人再次灰頭土臉跑到衙門，跟咱們這幫兵部老爺們要兵馬、要糧草，沒人樂意搭理他，總覺得會賺不回本錢。兵部拿得出手的虎符其實就那麼十幾塊，否則就得動用見不得光的私軍，給誰不是給，憑什麼給你一個朝不保夕的年輕人？

如果我沒有記錯，那天下著雨，那個當時空有一個校尉頭銜的錦州年輕人，就站在大雨庭院裡，腳底下放著裝銀子的箱子，腰杆挺直，一看就不像是個會求人的。就那點銀子，也配兵部抽調給你七、八百人馬？雖說都曉得這個人不貪錢，只要打贏仗，不管自己死多少人，第一件事情肯定是拿了財物送給兵部的大人，但是千不該、萬不該，這傢伙在上一場打敗仗的時候，害死了一個兵部郎中送進他軍中撈戰功的晚輩，所以啊，沒人樂意理睬他。

見過打仗不要命的，就沒他那麼不要命的，次次打仗都衝在最前頭，這樣的人，誰敢全力扶持？光會打仗，不會當官，說不定哪天就死了，這怎麼行。

不過那天我心情不錯，因為那個兵部郎中仗著老資歷，總喜歡跟我對著幹，我的想法很簡單，就是噁心噁心那個兵部郎中，所以我走到那個以前從沒有直接打過交道的年輕人面前，答應給他一支兵馬。」

聽到這裡，馬文厚好奇道：「是不是很快就打了場缽滿盆盈的大勝仗？」

老人微笑搖頭道：「贏倒是贏了，而且連贏了三場，不過兵馬又給那個年輕人打光了，當然，我的本錢肯定是賺回來了。那個時候，人命是最不值錢的東西，可一旦青壯披上了甲冑、提起刀槍，那還是可以按人頭算錢的。馬家現在的老底子，就是那個時候一點一點積攢出來的。很多本來割據一方的武將，也都是那個時候一點一點打光家底的。」

馬文厚無言以對。

他們這一輩的年輕人，大多原本就不太喜歡聽老輩人嘮叨春秋戰事，小時候就聽得耳朵起繭子了，馬文厚也不例外。

老人感慨道：「那個當時需要看你爺爺心情和臉色的錦州校尉，你一定早就猜出來了，是徐驍。後來的離陽人屠，最後的北涼王。」

馬文厚輕輕點頭。

這樁陳年往事，老人從來沒有跟人提起過。

「老話說，多行不義必自斃，對也不全對。不管怎麼說，徐驍能夠帶著一身傷病老死床榻，大概是老天爺對他那個義字當頭的回報吧。但是『多行不仁，禍及子孫』，爺爺我是很信的，徐家又是個好例子。

徐驍殺了那麼多人，你看他幾個兒女，有誰是有福氣的？大女兒很早就死了，二女兒癱瘓在輪椅上，幼子是個傻子。至於長子……這個年輕人，我想這些年過得也不算痛快。明面上的風光，其實就那麼回事。

人啊，是很奇怪的，窮人覺得有錢人日子肯定滋潤，升斗小民覺得大權在握的大人物肯定為所欲為，對一半、錯一半。打個很簡單的比方，尋常百姓給人無緣無故在大街上踹了一腳也許罵罵咧咧幾句，憤懣幾天，這個坎也就跨過去了，但如果是你馬文厚呢？假如你給殷茂春的兒子或是顧劍棠的兒子搧了一耳光，你是不是明天明年就忘記這根刺了？不會的，這樣的不痛快，比起窮人丟了十幾兩銀子的要死要活，其實差不多。」

馬文厚嘀咕道：「殷長庚和老顧那兒子敢搧我？我不打斷他們三條腿？」

馬忠賢怒目相向：「多大的人了，知不知道輕重！三十而立、三十而立，你小子，而立個屁！」

老人擺擺手，示意馬忠賢不要動怒：「忠賢，你別看你兒子滿嘴沒個把門的，其實蔫兒壞著呢，也別覺得教訓了殷顧兩人的子孫就有錯，有錯嗎？沒有，只要法子得當，其實是好事。這一點悟性，你馬忠賢比你兒子差了十萬八千里。」

馬忠賢「嗯」了一聲，雖然這位安東將軍在京城官場出了名地桀驁不馴，但是純孝至極，對馬祿琅那是言聽計從，從來不會覺得自己翅膀硬了或者是馬祿琅老糊塗了。

已經消瘦到皮包骨頭的老人開心地笑了，顫顫巍巍伸手，輕輕捏了捏兒子的肩膀：「你比我強，真正打過仗，立過戰功，性子也單純，反而是天大的好事，最適合守成，尤其是天子腳下，聰明人誤事，自作聰明更是作死。馬家的擔子，你算是挑起來了。」

老人轉頭凝視著十來年碌碌無為的馬文厚：「打江山是爺爺和你太爺爺這幾代人的責任，守住家業是你爹的擔子，那麼家族中興或是更上一層樓，就該輪到你了。」

馬文厚嘴巴緊閉，不說話。

看到兒子這副病懨懨的德行，馬忠賢立即湧起一股無名之火，剛要發飆，就給老人瞪了一眼，馬忠賢立即噤若寒蟬。

老人輕聲道：「文厚啊，爺爺我呢，兒子就你爹這麼一個，但是孫子有四個，孫女也有兩個，這些年，你的三個弟弟都忙著爭寵奪權，唯獨你細心護著你的兩個妹妹，這很好。那三個沒出息的，真本事沒有，爭風吃醋的能耐倒是很夠，比娘們兒還娘們兒。把家業交給他們，撐死也就是一代人的時間，金山銀山也能給敗光。」

老人加重語氣，重複道：「你很好！」

馬忠賢愣在當場。

老人撇了撇嘴，有些冷笑：「世上有兩種人不能打交道：一種是幾近聖賢的完人，比如碧眼兒，不管你怎麼做，都很難與之有私交和實惠，還有一種是沒有底線的人。不怕人的底線低，畢竟你清楚那是什麼人，小心些終歸能夠避禍求利，唯獨沒有底線之人，你都不知道他哪天會帶給你『驚喜』，這種人，像上任天官趙右齡，還有現在的禮部左侍郎晉蘭亭。與之深交，遲早有一天會被他們賣得精光，你委屈，他們還揚揚得意。如果馬家是小門小戶，需要攀附高枝，自然另當別論，能夠入他們的法眼就不錯了。但是馬家雖然算不得太安城首屈一指的豪閥，前十還是勉勉強強有的，那麼就可以不用搭理這些人了，兩種人都不要接近。」

說到這裡，老人分別對兒子和孫子語重心長說了一份忠告。

「忠賢，不要成天想著立下赫赫戰功，尤其不要想著去廣陵道湊熱鬧。記住，一國之君，很多時候要誰死，不見得就是他本人的意願，先帝當真就不希望能夠與張巨鹿、閻震春他們，一起善始善終地載入史冊？到時候，皇帝要你死，你作為臣子，找誰說理去？所以，千萬不要有大動於國，但務必要有小恩於君。切記切記！」

「文厚，送你一句話，是坦坦翁早年跟我說的：『水深則流緩，人貴則語遲。』你啊，也別再念叨那些豪言壯語了，『不恨我不見古人，唯恨古人不見我』，『生當封侯拜相，死當入廟陪祭』，聽著是挺解氣，其實比起坦坦翁的那句，道行差了十幾條大街啊。有些話，放在肚子裡就好，不能說出口的。男兒的志向抱負，不比女子懷胎才幾個月就能顯而易見了。」

馬文厚嘿嘿笑道：「現在也不愛扯這些了，以前不是想著，以後萬一哪天真的揚名立萬了，後人撰寫史書，就能直接拿出來用了嘛。」

老人笑罵道：「兔崽子！」

馬忠賢有些無辜，鬱悶道：「爹，怎麼連我也罵了。」

老人有些辛苦地擠出一個笑臉，再次伸手，摸了摸馬忠賢的腦袋：「你也是兔崽子。好了，三個都罵了。」

馬忠賢笑了，但是這個粗獷漢子眼眶中已經有些淚水。

馬文厚始終一手扶住爺爺的手臂，一手攬在老人的後背。

這個時候，一位年近古稀的馬家供奉高手出現在門口，語氣有些壓抑不住的顫抖，緩緩道：「徐鳳年已經在欽天監大門口殺了三十多位仙人了，一千兩百重騎軍，暫時還未投入戰場。」

征北大將軍馬祿琅的眼神有些恍惚。

然後老人突然厲聲道：「忠賢，你趕緊入宮面聖，就算跪斷膝蓋，也要阻攔陛下動用那支重騎軍！」

馬忠賢下意識猛然站起身，但是當他意識到老人的命不久矣，又有些遲疑。

老人怒斥道：「蠢貨，我這是要用整個馬家的臉面，給陛下當一架梯子好從高處走下來！接下來陛下要任用誰擔任重騎軍的統領，誰都可以，唯獨你馬忠賢不行！唯有如此，文厚才有希望以最快速度躋身中樞。」

馬忠賢使勁抹了抹眼睛，大踏步轉身離去。

馬祿琅劇烈喘息，馬文厚輕柔拍打老人的後背。

老人苦笑道：「讓我躺著吧，撐不住了，也沒必要再撐。」

馬文厚小心翼翼讓老人躺著。

老人握著這個嫡長孫的手，輕聲笑道：「人生七十古來稀，爺爺八十好幾的人了，你有什麼好傷心的。」

馬文厚擠出笑臉哽咽道：「這不是嫌棄我爹嘴笨，就算罵人也罵不到點子上，爺爺有大智慧，就算不罵人，我也能聽得進去。」

老人安靜地躺在那裡，已是進氣少於出氣的慘澹光景了。

老人平靜道：「文厚，七十而從心所欲，不逾矩。這個說法很有意思，爺爺在七十以後就真的信了，你要是不信的話，那就一定也要活到這個歲數啊。你的心還不夠靜，要多讀點書，夜深人靜的時候，還可以多去那八級臺階上坐坐。」

馬文厚抓著老人的手，使勁點點頭。

馬祿琅緩緩閉上眼睛：「生得比你徐驍早，死得比徐驍你晚，總算贏了你一場啊。」

當老人說完最後那句話後，終於溘然長逝：「現在我，該死了。」

◆

這場由下而上的劍雨，幾乎眨眼間，便殺了三十多位被離陽請下神壇的鎮國仙人。但是欽天監附近的劍陣依舊迅速升空，一劍即雨滴，密密麻麻的劍尖同時指向欽天監，欽天監無形中變成了一座困獸牢籠。

廟堂文官，被千夫所指，也許會無疾而終，沙場武將，面對萬箭齊發，多半就要成為刺蝟，總之下場都不會太好，那麼現在萬劍懸停，蓄勢待發，想必被無數劍尖所指的仙人，滋味也不太好受。

距離欽天監大概一里路外的一堵高牆上，大搖大擺坐著兩位看客，一位白衣如雪，一位鮮紅大袍。

白衣人坐在牆上，一條腿屈膝，一條腿掛在牆上，手腕用紅繩繫著一隻酒壺，仰頭灌了口酒，然後輕聲笑道：「桃花劍神，這一招，像不像當年敦煌城門口的那場大雨中，我的迎客之道？」

被點名的鄧太阿終於現身，站在白衣洛陽不遠處，點了點頭：「有點像，不過聲勢比妳那次要大些。」

昔日的北莽第一魔頭，或者說如今的逐鹿山教主，洛陽凝望著遠方那場堪稱前無古人、後無來者的戰場，玩味道：「做了八百年的孤魂野鬼，我見過的飛升人不少，謫仙人也不少，裡頭的門道也略微知道點，六十幾個龍虎山祖師爺齊齊下凡，受到天道限制，絕大多數無非是人間金剛境體魄和指玄境氣機，撐死了手裡多掌握幾種大打折扣的仙人玄通，也就瞧著模樣像是陸地神仙罷了，紙糊的老虎，嚇人可以，殺人不行。不過站位居中的那七、八個，就算衰減了修為，但最少都在天象境界，不容小覷，尤其是最中間三位大真人，可都算道教聖人了吧？」

鄧太阿一手橫在胸口，一手揉著下巴：「提劍的，是龍虎山初代祖師，頭戴蓮花的，應該是離陽王朝的首位護國真人，天師府的紫金蓮池，據說正是在他手上造就，而那位騎白鹿的，按輩分算是齊玄幀的師叔。

都是響噹噹的大人物，如果是飛升在即尚未跨入天門的他們，那才厲害，正兒八經的超凡入聖，現在嘛，也就是尋常的陸地神仙，輸在了體魄不夠結實，勝在了體悟天道……嗯，既然如今身在人間，尤其是面對那小子，這也算不得優勢。」

突然又有一襲青衫悠然而現，僅就氣度風範而言，貌不驚人的桃花劍神實在是比這位差了十萬八千里，後者哪怕已經是雙鬢雪霜，但是鄧太阿跟他站在一起，一個就像鄉野村夫，一個則是清談名士，人比人氣死人，也難怪鄧太阿的徒弟要他這個先天賣相不行的師父，每次騎驢都要吟詩作對。

青衣儒士關注著欽天監那邊的動靜，感慨道：「鄧太阿、洛陽，面對六十多位一品境界連袂殺來，其中還有三位聖人坐鎮，設身處地，你們會做何感想？」

鄧太阿思考片刻，一本正經道：「殺到手軟，說不定需要換好幾把劍，也殺不完。」

洛陽笑了笑：「不好殺，也不好逃。」

不知為何依舊沒有離開京城返回廣陵的大官子曹長卿，神情有些無奈。

洛陽看似隨口問道：「鄧太阿，在李淳罡借劍之後，你到底還有沒有真正持劍的那一天？」

鄧太阿淡然道：「就算有，那也不是今天，我跟那小子的情誼早就用完了，這次別想我插手。」

曹長卿沉聲道：「開始了！」

◆

以巨大半圓形籠罩住欽天監的劍陣，萬劍齊發。

騎鹿仙人輕輕一提韁繩，座下白鹿向前輕輕踏出一步。

白鹿蹄子一踏之下，如投巨石入小湖，一陣恢弘漣漪瞬間擴散出去。

如聞天籟。

飛劍的衝勢頓時為之凝滯，但是飛劍速度太快，來勢洶洶，僅是略作滯緩便繼續前衝。

白鹿第二蹄又是重重落地，那股磅礡氣機再度迅猛蔓延開來。

飛劍又是被阻滯些許。

以大地為鐘，仙人白鹿每一次向前踩出，就是一次仙音浩蕩的劇烈撞鐘。

當白鹿離開欽天監大門三十步時，遮天蔽日如同蝗群的飛劍已經開始由急速飛行變成了緩緩而掠。

街道兩側的一千多重騎軍都舉刀迎敵，密密麻麻的飛劍壓頂，令人窒息，雖然速度減慢了許多，但是依然以勢可緩卻不可擋的蠻橫姿態繼續下墜。

世人俗語舉頭三尺有神明，如今卻是三尺之上有飛劍。

有數名鐵騎不信邪，更不願束手待斃，從馬背上高高躍起，向那些飛劍劈去。

戰刀如同抽刀斷水，看似輕而易舉劈開水面，飛劍卻是毫無損傷，但是那幾柄被鐵騎戰刀劃過的飛劍，如同受到牽引，率先脫離劍陣，一閃而逝。

六名鐵騎下一刻就如同遭遇一根床弩透體而過，被從空中釘死在地面上，屍體上並無實質的飛劍，但是各自身軀上都出現一個拳頭大小的鮮血窟窿。

自尋死路。

一名見機不妙的騎軍統領怒喝道：「下馬！沒有軍令，一律不准出刀！」

重騎軍紛紛翻身落馬，與那些飛劍盡量拉開距離。

騎白鹿的仙人隨手一揮大袖，只見所有馬家重騎和李家甲士的頭頂，都綻放出一朵紫金蓮花花苞，迅速生長，無風而動，搖曳生姿。

如同戰場上兩軍對壘，旗鼓相當，任何一方都不敢輕舉妄動，飛劍終於澈底靜止，在空中懸停不動。

仙人同時舉起一手，五指張開凌空一抓，輕聲喝道：『五嶽聽我敕令！』

徐鳳年腳下升起一座巍峨山嶽，托著他高高升起，四周更有四座氣勢迥異的仙山，冉冉升起，各有雄秀險奇。

徐鳳年摘下那柄在鞘涼刀，以刀拄地，雙手疊放在刀柄上，輕輕往下一按。

不但止住了腳下山嶽的升騰勢頭，四方山嶽也開始搖搖欲墜。

北涼鋒刃，不為風雷而動，不為雨雪而退。

離陽廣袤版圖之上，五座屹立在中原大地上的巍峨山嶽，只要建造在山上的道觀，無論大小，所有插在香爐之中的香火，無論屋內屋外，同時熄滅，而且先前點燃的煙霧開始旋轉晃動。

與此同時，欽天監門口有四位仙人掠出，分立「四嶽」山巔，各自祭出一枚木製、銅製、玉製和金製印寶印，印鈕分別為青龍、白虎、朱雀、玄武。

徐鳳年臉色有些古怪地瞥了一眼傲立西嶽之巔的仙人，只是輕描淡寫看了一眼，仙人、法印和山嶽就一起化為齏粉。

始終袖手旁觀的蓮花冠老道人抬頭看了一眼西方天空，好似百感交集，嘆息一聲。

徐鳳年乘勝追擊，重重按下刀柄。

那一幕，恍如離陽讀書種子嘴中碎碎念叨了二十年的「中原陸沉」——在西嶽仙人象徵道行的虹光炸裂後，其餘三座山嶽的仙人緊隨其後轟然崩碎。

徐鳳年緩緩落回地面，當涼刀刀鞘的頂點觸及地面時，五嶽山頂，無論陰晴，不約而同響起一聲炸雷聲。

這才是真正的神仙打架，凡人遭殃。

欽天監空中原本已經靜止的飛劍驟然加速。

騎鹿仙人冷哼一聲，扯動韁繩，仙氣縈繞的那頭白鹿高高抬起前腿，猛然踩在地面上。

無數飛劍再度止住前衝，但是這一次，劍身瘋狂顫動，嗡嗡作響。

無形中庇護眾人的紫金蓮花以肉眼可見的速度凋零。

所有甲士都下意識縮了縮脖子，汗流滿面，望著那些近在咫尺的飛劍，咽了咽唾沫。

白鹿仙人突然消失。一抹虹光闖入重騎軍騎卒體內，然後這一騎極為突兀地就出陣展開衝鋒，快如疾雷，轉瞬間就奔襲徐鳳年身邊。

徐鳳年只是提起刀鞘指點了一下，金甲騎士就轟然碎裂，流光溢彩的殘影在徐鳳年身側幾步外煙消雲散，徐鳳年紋絲不動，衣袖微微拂動。

那抹虹光突然化作兩點金光，以金甲騎士為圓心，向左右劃出兩條弧線撞入兩騎。兩騎開始奔殺。

徐鳳年收回刀鞘，不等兩騎衝到十步之內，金甲騎士的頭顱就像被一根羽箭穿透，當場死絕。

兩點金光各自一分為二，四名重騎軍又開始慷慨赴死地衝擊。

徐鳳年當時抗衡祁嘉節那一劍的意氣飛劍全部都已經現世，現在破敵的飛劍，則是當年鄧太阿在東海之濱所贈的那盒袖珍飛劍。飛劍在與韓生宣死戰後銷毀數柄，這兩年中徐鳳年又悄悄補齊了那十二柄劍胎圓滿如意的飛劍，心神所向，劍之所至。

玄甲、青梅、竹馬，朝露、春水、桃花，蛾眉、朱雀、黃桐，蚍蜉、金縷、太阿。

將軍臺上，將點雄兵。

金甲四騎以卵擊石，金色絢爛的八騎又至；八騎戰死，便是十六騎洶湧而來。

徐鳳年十二劍起雷池。

金甲鐵騎，不破雷池誓不停。

遠處，鄧太阿有些不加掩飾的笑意，嘖嘖道：「這次是學我了。」

洛陽沒好氣道：「花架子。」

鄧太阿挑了下眉頭：「根本就是好看又實用，你就不要違心說話了吧？」

曹長卿聽著兩位都位列武評十四人之列的大宗師在那裡鬥嘴，有些好笑，道：「這有什麼好爭的？」

大街兩端，不下兩百騎，密密麻麻的金甲騎士開始集體提槍衝鋒。

映入眼簾的那一大片金光燦燦，讓人恍如置身威嚴天庭。

哪怕遠在一里之外也是被照映得滿臉金色的曹長卿眯眼輕聲道：「以一人之力抗拒仙人天威，不比北涼鐵騎抗拒人間皇帝的聖旨差了。只可惜，除了咱們幾個，有幸看到這一場景的人不多。」

鄧太阿點頭附和道：「想當年那幾次在武帝城看別人挑戰王仙芝，或者說別人看我鄧太阿登樓，都有些黯然失色。」

寥寥十二飛劍，如同一堵銅牆鐵壁，千軍萬馬不可撼動。

兩百多騎身披金甲的天兵天將在那堵牆壁之外，悍不畏死地依次撞得粉碎，密集的雷聲不絕於耳，彙聚在一起，真正有一種人間人聽聞天上天雷的錯覺。

許多密切關注欽天監動向的武道高手，都不得不向後撤退。不是沒有人想堅持不退，但是這些高手都驚悚地發現自己開始七竅流血，隨手一抹，就是滿手的鮮血。

唯有吳家劍塚老祖宗吳見、東越劍池柴青山等少數幾位宗師能夠繼續堅持。

接著那一幕，激盪人心。

四百多騎金甲仙兵，從左右兩側向欽天監門外的那名年輕藩王發起衝鋒。

光線奪目，簡直如同日出東海。

◆

一輪紅日，起於欽天監。

日出東方。

便是太安城的百姓，也被這驚心動魄的一幕所吸引，紛紛仰頭望去。

徽山紫衣軒轅青鋒不知何時來到了九九館，跟一眼就認出她的年輕店夥計要了一份招牌的羊肉火鍋，她面無表情地提起筷子。

有個人，不但比吳見、柴青山這些老人更接近欽天監，甚至比洛陽、鄧太阿、曹長卿還要更近。

少女站在一堵高牆的牆根後，伸手扶了扶有些遮住眼簾的歪斜貂帽。

沒有人知道她何時來到此地，不光是欽天監門口仙人不曾發現，甚至就連專注於迎敵的徐鳳年都沒有察覺。

而她其實距離那些淪為棋子的重騎軍，只隔著一堵牆而已。

作為刺客，她殺的人其實並不多，甚至準確說來，屈指可數。

比如最早武評的天下第十一王明寅。

還有京城看門人柳蒿師，當年分明已經逃過了大秦皇帝附身的徐鳳年追殺，到頭來卻給她宰了，頭顱被當球踢著玩。

除了殺徐鳳年，她的失手其實只有一次，就是阻擋王仙芝進入北涼。

這一次，她不允許自己失手。

◆

大街之上，四百多騎開始相向而衝。

如果這一次依然被徐鳳年的十二飛劍阻擋，想必下一次就是僅剩千餘騎傾巢出動了。

但是徐鳳年的飛劍意氣顯然已經消耗殆盡，八柄飛劍都已經接近碎裂邊緣，不得不重返袖中。

事實上徐鳳年一氣綿長至此，如果是對陣人間精騎，已經不亞於破甲一千六了。

化身虹光的白鹿仙人卻沒有給徐鳳年換氣的機會，四百多騎已經奔雷而至。

徐鳳年眉心棗印熠熠生輝，嘴角滲出一縷血絲。

他雙手抬起，起手作劍勢。

生平僅有三尺劍，有蛟龍處殺蛟龍。

兩袖青龍。

遙想當年，那個羊皮裘老頭揚言要傳授他這招與劍開天門齊名的劍招，年輕世子殿下還納悶獨臂老人如何兩袖青龍？

一甲子之前，偌大江湖僅一人。

一甲子之後，大雪坪「劍來」二字。

年輕劍客揭幕，是御劍大笑過廣陵。

老人謝幕一戰，是廣陵江畔一劍破甲兩千六。

入江湖時驚豔，出江湖時瀟灑。

這就是李淳罡。

千年以來，獨此一人劍道可與呂祖並肩的李淳罡。

曹長卿和鄧太阿幾乎同時瞪大眼睛，便是這兩位武評四大宗師中的陸地神仙，也有些疑惑和震驚。

他們依稀可見一位羊皮裘老人站在了徐鳳年身邊，這一次出現，不同於先前下馬嵬驛館街道上的「形似」。

這一次，是神似！

傴僂老人站在年輕藩王身後，微笑道：『臭小子，這次就當訣別了吧，以後別沒事就煩老夫，該走就走，老夫自己都沒啥好留戀的了，你為何放不下？』

徐鳳年輕輕點頭，兩袖之中，磅礡至極的青色罡氣瘋狂流瀉。

『你小子是要學老夫在江畔一戰啊，如此逞強，不後悔？』

「不比她強，以後沒那臉皮去接她。」

『倒也是，老夫當年就比綠袍兒厲害，要不然她也看不上眼。對了，別仗著武功高就欺負她。老夫是過來人，知道會後悔的。記住，仗著女子喜歡自己的人，就不曉得珍惜，最要不得。』

「不用你嘮叨。」

『臭小子！』

「以前都是看你耍帥，要不然最後這次，換你好好瞧瞧？」

『行啊。』

兩袖青龍，一左一右，如洪水決堤，各自如一條大江東奔西走。

李淳罡的身影逐漸消散，眼中充滿緬懷和激盪，最終輕聲道：『百年江湖，有我李淳罡，有王仙芝接班，如今又有你徐鳳年……無酒也無妨了……』

兩條青色蛟龍一衝而過，四百多騎金甲騎士大多數人仰馬翻，有五、六十騎竭盡全力逆流而上，但是滿身金光依舊迅速渙散。

大街盡頭的牆壁，轟然倒塌。

但是這幅兵敗如山倒的頹勢畫面中，有四騎最為矚目。

他們「生前」在軍中的官職品秩大多不高，單槍匹馬的戰力更是遠不如那些騎軍將領，可無一例外，他們都是晉心安前往大營中親自挑選出來的騎卒。在這之前，他們在馬祿琅的重騎軍中並不起眼，當時被選中臨時加入欽天監之戰，其實這四人都感到莫名其妙，也未深思，只當是自己不小心入了軍中大人物的法眼。

這四名騎軍自然不清楚他們在征北大將軍馬祿琅眼中，也許只是重騎軍中的普通一員，但是在鍊氣士宗師晉心安看來，卻是各自身負某種氣運的存在。四名騎士祖輩分別來自老離陽、東越北漢以及西楚遺民，所以他們才是對付徐鳳年和北涼的真正撒手鐧，將會是這場大戰中用心最為陰險的陷阱。

四名脫穎而出的騎士雖然衝勢受挫，但依舊在逐漸接近徐鳳年。為首一名騎軍手持金色長槍，胯下戰馬在距離徐鳳年身側五步外，實在無法再向前推進一步，悲哀嘶鳴中，戰馬高高仰起雙蹄，騎軍手中長槍的槍尖一寸一寸遞出，刺向徐鳳年的頭顱。

戰馬終於支撐不住，雙蹄砸在地面，而那杆長槍也順勢向下劃去。

但是長槍如冰雪靠近火爐，眼睜睜在徐鳳年肩頭幾寸外消融。

這位祖父曾是東越鎮東大將的離陽騎軍都尉隨之灰飛煙滅。

無形中屹立於東越國都的那根氣運柱子，如遭雷擊，轟然震動。

接下來是舊北漢境如今的薊州附近，又出現一陣震撼，許多舊北漢春秋遺民都感到一種玄妙的心神不寧。

迎來中原第一位女皇帝的西楚帝都，許多讀書人，不論是正在書房捧書的士林大儒還是在私塾背書的黃口小兒，都停頓了一下，莫名其妙後也就繼續看書、讀書。

當最後那名父親戰死於西壘壁戰場的重騎軍士卒也金光碎裂，整座太安城上空驟然響起一聲悲憤龍吼。

徐鳳年身軀先後出現四次細微顫動，尤其是最後一次，竟是從眉心滲出鮮血。

有三位仙人抓住機會悍然出手，試圖聯手重創那位強撐一口氣的年輕藩王。

徐鳳年重重吐出一口濁氣，濁氣之中布滿血絲。

吐出這口舊氣和瘀血後，位於他頭頂上空的數百柄飛劍看似頹然落下，三名仙人有驚無險地繞過了這場落雨，身法輕靈。

在欽天監大門和年輕藩王之間，三位龍虎山仙人一閃而逝，一閃而現，迅速向徐鳳年逼近，這些無力支撐的紊亂飛劍只不過是略微拖延了他們一瞬而已。

但就是珍貴至極的這一瞬，大拇指按在左側腰間北涼刀的徐鳳年輕輕一推，涼刀幾乎全部出鞘，僅留刀尖在鞘內。

徐鳳年雙腳紮根不動，身體後仰，而未曾完全出鞘的涼刀刀柄，剛好撞在一名拂塵橫掃的仙人胸口。

仙人之軀如同崑崙玉碎。

雙腳不動但是身體後傾的徐鳳年，在刀鞘頂端蜻蜓點水觸及地面後，整個人重新站直，又是一推刀柄，第二名仙人又被涼刀如出一轍地撞碎仙身。

當最後一名仙人放棄近身搏殺的念頭時，徐鳳年五指突然握緊，出鞘涼刀輕輕一顫，沒有繼續順勢刀滑入鞘，而是逆勢而出寸餘，正在後退的仙人背後頓時起驚雷。

三名仙人轉瞬間便白虹消散，大街上五百餘鐵騎更是全軍覆滅。

就在此時，一道嬌小身影掠向白鹿，手刀恰巧刺中了那位在白鹿背上剛剛凝聚成形的仙人胸膛。

她一擊得手，毫不猶豫，迅速後撤，但那團金光炸裂，仍重重撞擊在了她的身軀上。

她的撤退路線上，接連數次穿牆而過，當她好不容易在遠處停下身影後，咳出一口鮮血，然後扶了扶貂帽，抬起手臂擦了擦嘴角，輕輕一躍，坐在牆頭，從口袋裡掏出一塊來時在路上買的蔥油餅，低頭咬了一大口。

曹長卿和鄧太阿相視一笑，殺了個仙人吃塊餅，真是挺相得益彰的……

◆

欽天監大門口，在白鹿仙人被莫名其妙給一個小姑娘偷襲成功後，蓮花冠老真人和手持符劍的初代祖師爺終於同時出手了。

徐鳳年腳尖下剛才出現一小片裂縫，是為了不後撤半步而讓鞋底摩擦地面造成的。

三名仙人雖然無功且不得返，就像徐鳳年的落劍拖延了他們的前衝，他們也順利拖延了徐鳳年的換氣。

手中提劍的龍虎山初代祖師飄然而至。

徐鳳年新氣未起，仍是強行與之對衝。

左手刀終於出鞘。

老舊涼刀與符劍郁壘鏗鏘撞擊在一起。

面如冠玉的「年輕」初代祖師倒滑出去十數丈，幾乎就要撞入欽天監大門，但是笑臉燦爛。

徐鳳年前掠十步，倒退不過九步，但是蓮花冠年邁仙人的身體竟是直接穿過了提劍仙人，兩位仙人互換位置，後者一掌拍在徐鳳年額頭，口吐兩字。

『開山！』

徐鳳年腦袋向後微微搖晃，腳後跟離開地面，腳尖使勁踩地。

一步。

僅僅後退一步。

但仍是沒有退出先前與六十多位仙人遙遙對峙的那個位置。

一掌擊中徐鳳年額頭的蓮花冠老真人向後飄去，同時提劍仙人又在這條筆直的路線上一穿而至，笑咪咪道：『江山滿風雷。』

徐鳳年一腳前踏，雙手持刀，毫不拖泥帶水地一刀劈下。

刀豎劍橫。

刀劍之間，風起雲湧雷滾動。

年輕容貌的祖師爺那襲道袍兩袖瘋狂翻捲，徐鳳年的鬢角髮絲亦是肆意飄拂。

蓮花冠仙人的身影幾乎與持劍祖師重疊，右手一掌透過刀劍，狠狠推在徐鳳年心口。

似乎為了增加這一掌的無上威勢，年邁仙人左手按在了右掌後背，輕喝道：「登天！」

一重重雄渾勁道，如同仙人層層登樓，綿綿不絕地透過徐鳳年心口，以至於徐鳳年對應心口的後背，那一處的縞素麻衣突然鼓蕩而起。

眉心紫金但是臉色雪白的徐鳳年嘴唇微動，卻未出聲響。

劍九。

下一刻，兩名仙人在欽天監門口左右並肩站定，雖然臉上沒有流露出心有餘悸的神色，但是比起先前的氣定神閒，已經多出幾分凝重。

徐鳳年不退反進。

提劍仙人一揮衣袖，抬臂橫劍，一夫當關，作勢要攔住年輕藩王的去路。

徐鳳年心口和後背都已是鮮血流淌，眉心更是開裂，觸目驚心，但是他依然前衝。

曹長卿有些無語。

鄧太阿嘆息道：「這真是要拚命啊。」

原來那一人一仙，互換了一招。很簡單至極的一招。

郁壘劍刺入徐鳳年的胸口，涼刀刺入仙人的胸口。

徐鳳年推刀向前，直接將郁壘劍和龍虎山初代祖師一起撞入了欽天監大門！

不僅如此，連那李家甲士的步軍大陣也給一併衝開！

北涼王徐鳳年，就此進入欽天監大門。

◆

若是有人能夠御風凌空俯瞰欽天監，就可以看到彷彿一條細微銀線，輕輕鬆鬆切開了一大塊厚重黑布。

徐鳳年和那位「大駕光臨」於人間的龍虎山初祖，一同破開李家鐵甲的步軍大陣。

身先士卒的京畿射聲校尉李守郭，不湊巧位於步陣正前方，這名武將胸口像是承受了攻城錘一記重擊，狠狠摔在七、八丈外，身邊都是同病相憐的麾下士卒，就算披掛了重甲，絕大多數甲士仍是直接昏死過去，偶有如絲如縷的痛苦呻吟。

昏昏沉沉的李守郭使勁晃了晃腦袋，用咬破嘴唇來清醒自己，竭力睜大眼睛，艱難扭頭看向那兩位鑿穿陣形的罪魁禍首。

一個背影，不穿蟒袍著縞素，已經收刀，輕輕揮了一下，直接抖落刀尖上的紊亂紫電，後背被猩紅鮮血浸透，如雪中血，格外醒目。

接下來李守郭悚然發現，那名提劍仙人的胸口出現了一個拳頭大小的窟窿，就那麼突兀空白著，更讓人匪夷所思的是仙人依舊滿臉無所謂的神色，身軀給硬生生捅出一個大洞，就跟女子給繡花針在手指刺出一滴血差不多。

蓮花冠老道站在提劍仙人身邊，後者盯著屏氣凝神的年輕藩王，微笑道：『沒事，這傢伙依舊沒有動用北涼氣數，既然他如此托大，再挨上七、八刀都不打緊。這麼個換命法子，我不虧。』

不同於其他仙人的種種祥瑞氣象，頭頂蓮花冠的老道士身穿式樣古舊的普通道袍，並無天師府如同廟堂公卿的紫黃顏色。其實這也正常，作為老離陽的首位護國真人，那時候的龍虎山還未崛起，雖然自封了道教祖庭，但是天下道統依舊只認大奉一朝真人輩出的武當，天師府趙家道士那時自然還未開披紫著黃的先河。

老道士雖說對徐鳳年兩次出手都稱得上雷霆萬鈞，但是從頭到尾，僅就氣韻而言，全然異於大多數趙家後輩仙人的氣勢凌人，此時老道人望著始終沒有換氣的年輕藩王，嘆息道：『何苦來哉？徐鳳年，你知道自己一路行來，捨棄了多少東西嗎？真武法身、秦帝之氣，這也就罷了，畢竟百世千年的事情太過縹緲，可如今連這一世的性命也不管不顧了？』

徐鳳年沒有理會老道人的問話，抬頭望向欽天監那座僭越離陽禮制的通天臺。

雙方心知肚明，在徐鳳年換氣之時，就是提劍仙人和蓮花老道的全力出手之際。是道高一尺還是魔高一丈，各顯神通。老道人有這份跟年輕藩王閒聊的閒情逸致，談不上任何善意，無非是拖延下去，兩人勝算更大。

他們的仙人無垢之軀，可以玉碎，卻不存在受傷的說法，但是徐鳳年不一樣，世人所謂的陸地神仙，歸根結底，還是人。哪怕是那個曾經被無名道人「封山」的天人高樹露，就體魄而言，依舊難以跟真正的仙人相提並論。

真正讓兩位龍虎山祖師爺百思不得其解的一件事，是以徐鳳年的見識，明明知道仙人的無垢，任你是神兵利器也傷不了分毫，但是只要「有垢」，那便是致命的，會直接削減數世甚至十數世辛苦積攢下來的道行善果，所以徐鳳年的真正兵器，不是那柄普普通通的北涼刀，而是北涼氣數！

徐鳳年收回視線，突然笑了：「老真人先前『開山』、『登天』兩式，在下感激不盡。來而不往非……」

那個「禮」還沒有說出口，徐鳳年就已經在原地消失，然後毫無徵兆地出現在蓮花冠老道人身前，涼刀橫抹向後者的頭顱。

老道士灑然一笑，雙手負後，腳步輕踩，向後小挪數步，腳底步步生蓮，身影飄逸，衣袂則紋絲不動。

天人不逾矩。

年輕藩王似乎根本沒有察覺到自己的徒勞無功，涼刀繼續抹去。

但是就在老道人剛要站定的位置，又一位徐鳳年出現在他身前，如影隨形，繼續保持相同的姿勢，涼刀橫抹大好頭顱。

老道人又橫移數步，閒庭信步，堪堪躲過涼刀的鋒銳。

雖是與佛經上所載「金剛不敗」有異曲同工之妙的無垢之體，但是老人不相信這個姓徐的年輕人當真不會耍些心機，真就傻乎乎從始至終用涼刀砍人，然後自己把自己活活耗死。

這個年紀輕輕就登頂人間的西北藩王，本就是個招式繁多層出不窮的難纏對手，尤其是連王仙芝都打殺了，難保不會有壓箱底的本事。老人樂得靜觀其變，不妨以不變應萬變，現在本就該是他身負傷勢的徐鳳年氣急敗壞才對，老人只需要耐心等到年輕人忍不住要狗急跳牆的那個關鍵瞬間即可。

蓮花冠老道人踏罡步鬥，縮天地於方寸間，每一次移形換位都看似簡單兩、三步而已，但是都能讓那柄涼刀落空。

由於生死相向的兩人出手太快，轉瞬間欽天監廣場上就出現了不下百位徐鳳年，而那位龍虎山趙姓仙家依然神態閒適，在越發狹窄的廣場上穿梭自如，如同一尾在江湖中悠然自得的游魚。

手持符劍郁壘的龍虎山初代祖師爺沒有著急出手解圍，一則根本不需要他畫蛇添足，二來每過一瞬，就意味著死期將至的徐鳳年脖子上那根繩索越來越緊，而勒繩之人，恰好是徐鳳年本人。

他右手持劍，以立劍式豎在身前，左手彎曲拇指，輕輕刺破食指，然後開始在那柄相傳斬殺過無數魑魅魍魎的桃木劍之上畫符。

食指流出的血液不是鮮紅色，而是色澤潔白，且光華璀璨，如同指尖懸有明月。

太安城有數股原本被各自建築鎮壓的氣脈，迅速擁向欽天監。

符成之時，便勝券在握了。

容顏永保青春的清逸仙人嘴角悄悄勾起，我堂而皇之畫符，你能忍？

第十二章　洪洗象助陣斬仙　齊陽龍勸客離京

在武道修為並不出眾的離陽甲士看來，就是一眨眼的工夫，廣場上就出現了幾十個北涼王，再眨眼，就人數破百了。先前沒有被撞暈過去的一千餘李家甲士就一個個呆若木雞，只能乾瞪眼。

內心深處，這些離陽精銳心情無比複雜，對驕橫跋扈的年輕藩王忌憚畏懼更多，仇恨反而要少一些。看似荒誕，但這個道理其實很簡單。

早年江湖，天下美嬌娘有幾個不愛慕李淳罡的，天下武人有幾個不崇敬王仙芝的？與他們為伍，共在世間，說到底只要不是牽扯不共戴天的死仇私怨，大多都是心生嚮往的。

離陽崇武，是靠鐵蹄和刀子打下的江山，祁嘉節一介白衣之身，為何在太安城能夠當上許多龍子龍孫的授業恩師？棠溪劍仙盧白頡為何破格入京擔任兵部尚書，市井巷弄皆是喝彩聲？而隨著一個驚人消息在最近傳出，都說年輕北涼王曾獨身一人與北莽軍神拓跋菩薩轉戰西域三千里，殺得天昏地暗。

不管太安城的文人文官怎麼想，吃兵餉的漢子，就算嘴上也會說著這種事情，多半是那姓徐的年輕藩王胡亂吹噓，為自己這趟入京鼓吹造勢而已，可是不管真相如何，軍中武人，心底多半都會有些遺憾，覺得你徐鳳年咋的就沒乾脆俐落在西域把那個拓跋菩薩給宰了？若是真給你摘下頭顱，咱們這幫吃皇糧的，大不了以後再罵你的時候嘴上稍稍積德嘛。

相反，李家甲士對那個視人命如草芥的仙人，卻從最先的敬若神明，迅速生出了一股敵意。徐鳳年一鼓作氣當街殺掉數百鐵騎，手段狠辣是不假，可是那支來歷不明的重騎軍突然人人變成金甲仙人，這等仙家手筆，實在太讓人寒心了。原本面對強敵，我輩武人，就當沙場走一遭，戰死即戰死，但是這麼不明不白死了，何其憋屈？何來壯烈？恐怕誰都會死不瞑目吧。

高牆之上，洛陽雙指提著酒壺，輕輕晃動，笑道：「曹長卿是不能插手，你鄧太阿好歹跟他有點沾親帶故，就在這裡看熱鬧？」

附近無人，鄧太阿本身也不是那種喜歡扮高人的傢伙，此時就蹲在曹長卿腳邊，沒好氣道：「就那點屁大關係，當年在東海早就用完了。」

曹長卿打趣道：「就不要為難咱們桃花劍神了。這場架，我當然是不能插手，但事實上誰都不好插手，就像昨天在下馬嵬驛館，到最後瞧著是我和鄧太阿兩個打一個，但想必妳洛陽也知道，到了我們這個位置，人數多寡，意義不大。當然了，臉皮子也很重要。」

鄧太阿好像記起一件事：「論關係，那個神出鬼沒的呂祖該幫忙才對吧？」

洛陽猶豫了一下，一語道破天機：「當年那個人之於高樹露，就像王仙芝之於李淳罡，以及現在的他之於王仙芝。那麼，誰是下一個？」

饒是鄧太阿也目瞪口呆，轉頭瞥了一眼曹長卿，後者輕輕點頭。

鄧太阿突然有些怒氣，破天荒爆了粗口：「狗日的，這小子怎麼這麼慘？原本是要給那呂祖轉世來降伏的？」

洛陽譏諷道：「要不然你以為？」

然後，洛陽瞥了一眼天空：「天道循環，天理昭昭嘛。」

曹長卿緩緩道：「既然呂祖連天門都能退出來，未必就會依照此理行事。」

鄧太阿冷笑道：「好一個未必！」

洛陽笑咪咪道：「不樂意？」

鄧太阿深呼吸一口氣：「算了，哪怕我肯幫忙，那小子也不樂意。」

洛陽喝了口酒，臉色雲淡風輕了：「那是。」

鄧太阿突然站起身，抖了抖手腕，沉聲道：「欽天監的恩怨，徐鳳年他自己解決，死在這裡就是他的命，反正今天活下來，以後下場也未必就能好到哪裡去。但是謝觀應這隻腿腳利索的老兔子，我鄧太阿這次要好好追一次。」

◆

過了青州襄樊城，廣陵江就算到中下游了。

一位年輕道士帶著徒弟小道童，一起坐在江畔盤腿靜思。

小道童靜思靜思著就開始直接打盹兒了。

年輕道士也不出聲斥責，每次搖搖欲墜的小道童要後仰倒去，他就伸手扶一下。

這位衣袍樸素的年輕道士，正是武當當代掌教李玉斧。

帶著徒弟余福沿著廣陵江，為了護送那條龍魚走江入海。

突然，李玉斧身體一震，耳畔傳來輕輕兩個字：「玉斧。」

李玉斧緩緩轉頭，看到一個同樣年輕的道人就坐在自己身邊，笑臉和煦。

那個道人和徒弟余福，坐在李玉斧一左一右。

李玉斧熱淚盈眶，就要起身作揖行禮。

那人趕緊擺手道：「別，咱們山上，不興這個。」

但是李玉斧仍是執意起身，畢恭畢敬，哽咽道：「貧道李玉斧，見過掌教小師叔。」

被李玉斧稱呼為「小師叔」的年輕道士滿臉無奈：「你啊，真像俞師兄，怕了你了。以前在山上，掌管戒律的大師兄都沒俞師兄這麼講究，那會兒世子殿下每次打完人後送出手的書籍……嗯，你懂的，就是那種圖畫比字還要多的那種，大師兄每次翻箱倒櫃繳獲後，那都是捨不得丟的，唯獨俞師兄發現後，是要揪著我耳朵罵人的。

所以玉斧你以後要是撞見山上小道士私藏這類書籍的話，罵幾句就行了，可別打……真要打也行，但記得告訴他，以後哪天修道有成了，就會把書還給他。大師兄當初就是這麼跟我說的，你看，後來我不就有些出息了嗎？」

李玉斧抬起手臂擦了擦眼睛，會心一笑。

武當山的年輕師叔祖，李玉斧的小師叔，那就只能是當年那個倒騎青牛，逢人便笑的洪洗象了。

年輕師叔祖望著江水滔滔橫貫中原的廣陵大江，出神片刻，這才說道：「先前走得拖泥帶水，是沒辦法的事情。這次來，除了很想親口跟你打招呼之外，還要跟你借一次劍。」

李玉斧竟是半點一頭霧水的神情都沒有，只是鄭重其事點了點頭。

洪洗象抬頭望著天空：「當年不去，以後也不去了。所以那件事，就只好辛苦你了。」

李玉斧眼神清澈而堅毅：「小師叔且放心。」

兩人一同站起身，洪洗象拍了拍李玉斧的肩膀，微笑道：「比我有擔當多了，如果你早些上山就好了，我一定把書借你。」

李玉斧笑著，沒有半點心目中那個小師叔高大形象轟然倒塌的念頭。

這樣的小師叔，恰恰才是他的小師叔。

李玉斧將身後所背的桃木劍摘下，交給了小師叔。

洪洗象接過桃木劍，低頭看了一眼那個小道童，突然對李玉斧說道：「玉斧，修道不要為『長生』兩字誤，修行不能一心做仙枉做人，這個道理，幫我告訴我自己。」

李玉斧回答道：「會的！」

洪洗象輕輕一拋，將那柄再尋常不過的武當桃木劍拋向廣陵江中，輕輕笑道：「修道年來五百秋，不曾飛劍取人頭。走！」

當洪洗象拋出桃木劍的那一刻，天雷滾滾，聲勢頓時壓過了江濤。

似有天人高坐雲端，向人間大聲怒喝道：『呂洞玄，你大膽！』

洪洗象仰頭大笑道：「貧道膽大包天已有五百年了！」

依然在鞘的桃木劍先是在江面懸停片刻，然後一閃而逝。

天上天人頓時噤聲！

李玉斧望著江面，沒有轉頭。

小師叔走了。

三尺氣概，千古風流。

先前數百騎金甲騎士衝鋒，氣勢皇皇，如那旭日東昇於太安城。

後有龍虎山初代祖師在郁壘古劍上仙人畫符，又如玉盤初升。

那些有幸靠近欽天監的江湖高手，皆是嘆為觀止。只不過大多數潛龍在淵的離陽武道宗師對於這場莫名其妙的變故，大多秉持著見好就收的謹慎態度，不敢太過靠近欽天監，一些個感知到危機的宗師更是開始主動撤退，唯恐被殃及池魚，要知道大概甲子前在龍虎山，數千人觀摩大真人齊玄幀白日飛升的那場飛來橫禍，老一輩江湖名宿依舊歷歷在目，不知多少高手在齊神仙兵解之時被重創氣機，壞了心境，在武道修行上一輩子咫尺不得跨步。

不過相比天師府斬魔臺，國子監終究是一等一的京城重地，絕大多數武林中人都被戒備森嚴的內城禁軍給擋在外頭，這些離陽精銳甚至在兵部緊急授意下，得以在皇城內城之間的地帶策馬馳騁，以防太多外人靠近欽天監，而且所剩不多的刑部銅魚袋高手更是傾巢出動，對有頭有臉的江湖大佬動之以情、曉之以理，實在不行就顧不得多年積累的香火情了，乾脆撕破臉皮，扣下一頂恃武亂禁的大帽子，若是再不退出此地，那就只好刑部大牢走一遭！

即便如此，仍是有二、三十條小宗師境界左右的漏網之魚，成功摸近了欽天監，他們甚至都能清晰望見不遠處高牆上鄧太阿、曹長卿和洛陽那幾位傳奇人物的身影。

到了這個地段，披甲佩刀的禁軍和掛檔刑部腰懸銅魚袋的高手就撒手不管了，上頭有令，對於這撥不按規矩行事的江湖草莽，只需記下姓名宗門，不用與之衝突，事後兵部、刑部自然會動用兵力將其驅逐出城，十年內都甭想進入太安城了。不花錢就能看熱鬧，誰都喜歡，但不是誰都有底氣在天子腳下、龍椅旁邊湊熱鬧的。

這小三十號各方江湖大佬魁首，除去主動離去的十來人，被欽天監驚人氣機牽動氣機而暈厥昏死的八、九隻可憐蟲，還有十來人苦苦堅持，都站在屋脊翹簷或是牆頭之上，相隔不遠，大多體內氣機奔騰如江水，臉色並不好看，至於說那些拍手叫好大聲喝彩的無聊行徑，更是不可能出現在此時此地，一來他們的身分地位擺在那裡，一驚一乍不像話，二來欽天監的氣勢太過凌厲，能夠站穩腳跟就屬不易，如何做指點江山狀？

東越劍池柴青山帶著兩個徒弟在把那八、九個倒楣蛋扔到遠處後，來到一處酒樓屋頂。負劍之多如同賣劍人的白衣少女站在師父身邊，這位師出名門的小美人胚子，白衣飄飄，已經有了幾分仙子風采。

僅有一柄長劍的少年宋庭鷺，在黑著臉把一個暈死過去的魁梧漢子丟給一隊禁軍騎卒之後，氣喘吁吁回到師父、師妹身邊，抱怨道：「有幾斤氣力就打幾斤鐵嘛，真不知道這些傢伙是怎麼想的，如果不是咱們收拾殘局，他們可就真死在這裡了。幾十年辛苦修為，就這麼不明不白丟了命，值得嗎？」

柴青山沒有驅逐那些在離陽江湖上都算有頭有臉的幫主、宗主或是散仙，輕聲笑道：「這種冒險舉動看似荒誕可笑，其實是符合江湖規矩的。出了太安城到了州郡，與人說起這場曠世之戰，說一句自己當時離那北涼王不過咫尺之遙，試想會為他們帶來多大的榮光？

混江湖，尤其是到了一個高度後，虛頭巴腦的東西，有些時候比你拳頭硬生生打出來的名聲還要管用。比如前天跟擔任兵部尚書的棠溪劍仙盧白頡，在一張酒桌上聊過天，昨天和大先生祁嘉節一起論過劍，今天親眼見過了北涼王的大打出手，有哪幾招當真玄妙，又有哪幾招與自家看門本事其實有些神似……這些啊，可都是響噹噹的金字招牌，讓聽者心神搖曳的莫大談資。」

少年伸手指了指距離尚遠的欽天監，白眼道：「這還咫尺之遙？隔著差不多小兩里路呢！曹大官子、桃花劍神和白衣魔頭他們三位大宗師，都不敢說自己跟欽天監只是咫尺之遙好吧？這些人要點臉行不行！」

宋庭鷺嗓音不小，不遠處那些年紀最輕也到了不惑之年的江湖前輩肯定清晰入耳，但是沒有誰老臉一紅，一位位雙手抱胸或雙手負後站在高處，淵渟岳峙的宗師風範，依舊很足。

柴青山伸出手掌按在少年的腦袋上，苦笑道：「你啊，不當家不知油鹽貴。等將來師父不在了，你來當東越劍池的家，就曉得今天這幾句無心之言，以後你可能花幾十萬兩銀子都買不回來人情。」

宋庭鷺小心翼翼瞥了一眼師妹。後者做了個鬼臉，大大咧咧道：「我才不樂意當宗主，你當你當，我要行俠仗義走江湖，學那徐鳳年，只要是他走過的州郡、登過的名山、進過的茶樓酒肆，我都要走一遍！」

宋庭鷺嘴唇微動，最終還是撂不下一個字的狠話。是不是每個春心萌動、義無反顧的師妹背後，都站著一個青梅竹馬且暗自神傷的師兄？

柴青山突然伸手分別握住單餌衣和宋庭鷺，沉聲道：「一旁觀戰，除了贏取聲望，更能藉機砥礪武道，關鍵就看能否沉下心去體悟天道了。當年武帝城那麼熱鬧，並非沒有道理。之前軒轅青鋒在大雪坪與人設下父子局、爺孫局，為何觀戰之人絡繹不絕？其實很簡單，其中皆有機緣。接下來若是曹鄧洛三人有誰出手，一定要瞪大眼睛，能看出幾分精髓是幾分，對你們以後的武道修行，大有裨益。

這中間又以鄧太阿的出手最為重要，畢竟這位桃花劍神……極有可能會在今天真正遞出一劍，而不是出手。師父會的，肯定都會傾囊相授，而你們肯定也都能學到，只是早晚的事而已，但是親眼目睹鄧太阿的出劍，你們二人這輩子也許就僅此一次了。」

少女好似全然不將自己的劍道前途放在心上，沒心沒肺地笑咪咪問道：「師父，他一定會贏吧？」

柴青山下意識望了一眼萬里無雲的晴朗天空，呢喃道：「天曉得。」

宋庭鷺開始在心中扳手指，韓生宣、王仙芝、隋斜谷、祁嘉節、曹長卿、鄧太阿，就他知道這些比試，好像徐鳳年不是勝了，就是打平手，竟然還真沒輸過一場？

少年忍不住有些打抱不平了，要知道他仰慕的那位挎木劍的劍客，當年在太安城，可是好像沒贏過一場啊。

◆

龍虎山初代祖師爺破指畫符，堪稱一帆風順，哪怕這位仙人刻意放緩速度來增加靈符的厚度，年輕藩王依然沒有要出手阻攔的跡象。

越是鄰近這場欽天監仙人之戰的收官階段，越是勝算不斷傾向於龍虎山，蓮花冠老道人反而越是神情凝重，甚至有幾分壓抑不住的提心吊膽。

這種心境起伏，別說數世善果成就仙人之位後的老道人，就是飛升之前，以護國真人身分坐鎮舊離陽王朝三十年，老人也不曾出現這種陌生情景。

道家修清靜，世俗人以為所謂的心靜如水，就是一潭死水，其實不然，心湖起漣漪，心境依舊動中有靜，才是真正的清靜，這與佛家心動幡動的那個機鋒有些相似，又有不同。

仙軀無垢道心穩，仙人之軀染塵垢，未必會讓道心搖動，但是後者出現縫隙，則必然會影響真正的無垢。

所以蓮花冠老道知道自己要順應本心而為了，仙人順心即順天意。

老道人不再刻板如同道家聖人老莊所言的那條自得其樂的橋下游魚，作為已經鯉魚跳龍門的天上仙人，他要跳出水面看一看，主動與天道契合。

然後老仙人果真就腳尖一點，身子稍稍躍起了。

隨著蓮花冠老道人的拔高，一位年輕藩王便隨之升起，手中涼刀，依舊是那枯燥乏味的橫刀式。

當身子幾乎與通天臺那條橫梁齊平的時候，老道人大袖一搖，伸出潔白如玉的手掌，掌心朝上，然後猛然往下一壓，朗聲笑道：『法印照處，大放光明！百邪退散！』

不光是老道人身前的那位年輕藩王消散無形，廣場上攢簇得密密麻麻的數百位年輕藩王亦是瞬間煙消雲散，如夜遊鬼魂突兀撞見大日當空。

老道人環顧四周，不見一位徐鳳年，然後他輕喝一聲，雙手向上托起。

道高一尺，魔高一丈。

徐鳳年不知何時來到了仙人頭頂，左手持刀，一刀當頭劈下。

就在此時，老道人嗤笑一聲：『小小障眼法，如何蒙蔽天心！』

老道人雙手托塔狀紋絲不動，但是同時以彼之道、還彼之身，老道人也幻化出前後左右四位仙人，四尊法相，分別掐訣結印塑就一尊蓮花金身，一掌平平遞出，掌心有蓮花綻放，雙指併攏作劍傾斜指天，劍氣縱橫，一手五指張開繼而握緊，一根光柱直沖雲霄，如握一杆貫穿天地的長槍。

但是五位「徐鳳年」瞬間閃現，瞬間消失。

好似三頭六臂的居中老道人皺了皺眉頭，茫然四顧，雙眼如炬，紫金熠熠。

『終於來了。』於郁壘劍上畫符的初代祖師爺嗤笑一聲，抵在劍尖的手指輕輕一叩，身體微微前傾，往劍尖上輕輕吐出一口氣，『印！』

簡簡單單一個字，竟然好似洪鐘大呂響徹欽天監上空。

口含天憲，一語可決人生死。

符劍郁壘不動，但是一抹三尺金光從劍身上掠出。

金光飛旋，縈繞持劍仙人，金光去處，一張張符籙憑空浮現，如同虔誠稚童貼在門戶上的春聯。

印地地裂，印雨雨停，印草木則成灰，印飛鳥則墜地，印龍虎則降服。

地面上的持劍仙人，天空中的蓮花冠道人，兩人之間，掛滿符籙。

由後者起至前者的那段距離，時不時有斷斷續續的一頁頁符籙依次炸裂，金光濺射，偶有點點滴滴落至地面，堅硬如鐵的廣場頓時飛石激射。

轉身俯瞰的蓮花冠道人驟然眯起眼睛，大笑道：『孽障，還不現身！』

與此同時，持劍仙人看似隨心所欲地往空中一挑劍尖，轉頭向通天臺那邊喝道：『更待何時！』

一直在隔岸觀火的謝觀應，原本在關注皇宮大殿那邊的動靜，好似沒有等到自己想要的結果，但也在意料之中，臉上有些清淡的冷意，在聽到兩位仙人的呼聲後，不再猶豫，猛然間肩膀一抖，雙袖往上一抬：「天下清風，兩袖裹之！大好河山，一肩挑之！八璽起陣！」

欽天監天空，突然出現八方大小不一的鎮國玉璽。

龍虎山初代祖師爺雙手握住郁壘劍柄，往後一扯。

蓮花冠老道雙手做提起重物狀，重重往左肩方位向上一抬。

兩位仙人的手中，出現一條粗如槍桿的金色長繩。

仙人坐雲間，垂釣人間氣數，那根長至千萬丈的魚線，若是千萬根擰成一根繩，便是此時兩位仙人手中金繩的光景了。

這根繩子，筆直穿過徐鳳年的一側肩頭，將這位年輕藩王死死釘在空中不得動彈分毫！鮮血浸染長繩。

徐鳳年閉上眼睛，深深呼吸一口氣。

終於換氣了。

好像他是要借這一口氣，吐盡胸中所有憤懣，並且吸來天下氣運。

但照理來說，這是最不該換氣的時刻。

謝觀應嘴角翹起，抬起手臂，一根手指向前輕輕一揮：「非禮勿視。」

我儒家為天下訂立規矩已經將近八百年了。

你徐鳳年能夠不向天道低頭，但你既然依舊活在世間，如何能不為天地彎腰俯首？

隨著這位讀書人的手指指向，兩塊玉璽炸向徐鳳年雙眼。

謝觀應又動了動手指，繼續無比雲淡風輕道：「非禮勿聽。」

兩塊玉璽飛向徐鳳年雙耳。

當謝觀應說出「非禮勿言」四字後，如同通靈的第五塊玉璽聞訊而動。

謝觀應腳下那塊橫出通天閣的梁道大概是不堪重負，開始出現裂縫，崩裂聲刺破耳膜。

生死一線。

徐鳳年扯了扯嘴角。

時來天地皆同力。

天地有理再有禮，你謝觀應自認為手執禮教規矩，可未必就是這天地的理啊，最不濟那位臨行前托人捎給我一物的衍聖公，他就不覺得你謝觀應占理了！

只見徐鳳年腰間捧出一枚吊墜，所繫之物，四四方方。

就在五塊玉璽僅有毫釐之差的時候，徐鳳年心念一動。

非理勿動。

不但那五方玉璽驀然停滯，發出劇烈顫鳴，其餘尚未被謝觀應牽引的三方玉璽也是顫抖不止。

當年那個世子殿下第二次遊歷歸來，老人指著盤子裡的一塊從藩王身上割下的肉，對兒子說以後再與人講道理，就要靠年輕人自己了。

此次硬闖太安城欽天監，不管殺人破陣的手段如何凌厲狠辣，年輕藩王擺在面上的神色始終稱得上溫和冷靜，起碼沒有什麼猙獰憤怒。

被金色長繩掛在空中的徐鳳年開始提刀而走，「走向」那座通天臺，走向那個處處算計他徐鳳年和北涼的謝觀應。

長繩被拖曳出一個半圓弧度，龍虎山初代祖師爺的郁壘劍尖和蓮花冠仙人的雙手，都出現雷電交加的驚悚畫面，兩位仙人幾乎同時跺腳，竭力試圖止住長繩的迅猛去勢。

謝觀應滿臉錯愕，眼神飛掠兩個地方，一個在皇宮大殿的屋脊之上，一個在太安城正南城外，以及同一個視線卻更南方的京畿地帶，驚怒交集：「趙篆小兒、澹臺平靜、衍聖公，你們膽敢聯手壞我千秋大業！」

肩頭依舊被長繩釘入的徐鳳年一刀揮出。

站在通天臺那條橫梁上的謝觀應五指一抓，抓過五塊玉璽列陣一線，護在他與徐鳳年那一刀之中。而他自己則一閃而逝，任由先前五方玉璽直直墜向地面，腳下的橫梁更是轟然斷為兩截。

一刀之下，整座巍峨通天閣被一斬為二！

不知幾百幾千丈的高空，那一刀的餘韻彷彿砰然撞在一物之上。

兩位仙人面面相覷，視線交錯後，幾乎同時鬆開手。

徐鳳年一刀過後，轉身獰笑道：「想走？」

袖上爬有一縷紅絲的蓮花冠道人喟嘆一聲，一手扯過全部長繩，連同那縷繼續就要蔓延而至的紅絲一同拽回，任由那兩縷紅絲繞袖肆意飛舞，老道人向捨棄了郁壘符劍的年輕道人輕輕點頭，後者神色複雜。

這兩縷猩紅如小蛇的紅絲竟是混雜了韓生宣的死氣和祁嘉節的劍氣，兩人來自離陽朝廷，皆為趙室死而後已。

用離陽趙室氣數來攻伐龍虎山趙家氣數，自相矛盾，妙不可言。

想必這就是先前年輕藩王用來破壞仙人無垢的撒手鐧了。

下一刻，心知難逃一劫的蓮花冠道人站在面對龍虎山初祖幾步外，輕輕作揖，行辭別禮。

一人道消輪迴總好過兩人皆亡於人間。

老道人身後出現一面鏡子。

正是南海觀音宗鎮山重器，那一口不知鎮壓了多少世間大氣運之人的月井天鏡！

老道人被硬生生拽向鏡中，輕聲道：『天道不崩，香火不熄。恭送祖師返回天門。』

瞧著才像是老道人晚輩子孫的「年輕」道士，沒有理會蓮花冠仙人的慷慨赴死，只是抬起雙手，捫心自問道：『一，在何處啊？』

欽天監廣場上所剩不多的龍虎山仙人，一個個露出兔死狐悲的戚容。

仙人們悲痛欲絕的同時，又夾雜有難以言喻的敬畏。

此次堪稱前無古人、後無來者的連袂下凡，怎就淪落到如此淒慘境地？

倒是那兩個相比歷代祖師爺資歷都要淺薄的龍虎山後輩仙人趙希夷、趙丹霞父子，臉色有些釋然，相視一笑，雖有澀意，但無懼意。

初代祖師爺的頭頂傳來嗓音，蘊含著濃重的譏諷意思：「在你姥姥家！」

年輕仙人頓時抬頭，終於有了無法掩飾的怒意，氣極而笑道：『當真以為貧道不敢捨生忘死，與你徐鳳年玉石俱焚？』

徐鳳年站在高空中，懶得跟這個仙人廢話，正要出刀之際，突然肩頭一歪，好像給人拍了一下，耳邊有一連串話語輕輕響起。

『小子，不錯。謝觀應那隻老王八的破碗已經給你擊碎，接下來你就別管了。別謝我鄧太阿，我這一劍，是昨天在下馬嵬悟出來的。

這一劍，叫意氣。

嗯，你要是覺得名字取得不行，回頭你幫我取個有氣勢的便是。就像劍九黃最後那一劍的名字，就不錯。

有機會的話，將來北涼關外沙場，你我再見。』

徐鳳年愣了一下。

因為鄧太阿的最後一句話是：『我鄧太阿走了，又有人來了。那一劍……』

遠處，曹長卿和洛陽身邊的高牆上，已經沒了桃花劍神的蹤跡。

白衣女子淡然道：「徐嬰，妳留下，我走了。能不見，便不再見了。」

不等朱袍女子挽留，洛陽獨自轉身揚長而去。

更遠處，柴青山身邊的兩個徒弟，當鄧太阿出劍時，少年瞪大眼睛，少女卻是閉上眼睛。

少男少女此時大概還不清楚，他們這次睜眼、閉眼，劍道就是天壤之別了。

柴青山附近高處的江湖大佬，全部被徐鳳年那一刀和鄧太阿那一劍震撼得摔在地上，狼狽不堪。

當他們好不容易坐起身，就又人仰馬翻。

一劍由南向北，又來了。

龍虎山初代祖師爺臉色陰晴不定，最後還是忍下那口惡氣，不再望向徐鳳年，向九天之上喊道：『開天門！』

徐鳳年雙手握刀，望向天空。你敢開天門，那我就連天門一併斬了！

然後那一劍便來了。

輕而易舉透過龍虎山初代祖師爺的頭顱不說，欽天監廣場上除了趙希夷、趙丹霞父子，其餘仙人照樣被一劍取頭顱。

徐鳳年殺仙人已經夠快夠狠了，這一位，似乎有過之而無不及。

那位身穿普通武當道袍的年輕人在飛劍之後姍姍而來，不等父子兩位真人回過神，就被抓小雞一般丟擲向天空，還被臨別贈言：「好好做你們的神仙，天下事自有人間人自了之。齊玄幀與龍虎山的道緣，亦是就此了。」

然後這個神出鬼沒的年輕道人笑嘻嘻站在徐鳳年身前，攔住那一刀的去路。

徐鳳年勃然大怒，怒喝道：「姓洪的！」

年輕道人縮了縮脖子，擠出笑臉道：「世子殿下，你肩上擔子夠多，就別攬這一副擔子了，有小道、有武當、有掌教李玉斧，夠了。」

徐鳳年怒目相向。

年輕道人咽了咽唾沫，輕聲道：「總不能讓你姐擔心，是吧？」

徐鳳年嘀咕了一句「你又皮癢了不是」，下意識就習慣性一腳踹出去，年輕道士往旁邊跳了幾步，也是習慣了自己的畏畏縮縮。

如果是很多年前，世子殿下會覺得自己那一腳很有高人風範，而旁觀年輕師叔祖與紈褲世子「大戰」的山上小道士，更會由衷覺得他們師叔祖真是厲害啊，每年每次躲那幾腳都是如此仙風道骨。

如今，世子殿下成了北涼王，成了武評四大宗師之一，那個膽小但和藹的年輕師叔祖，也成了騎鶴下江南的神仙道人，成了齊玄幀、成了呂祖。

但是等他們重逢之時，他還是他，他們都還是他們。

徐鳳年悄悄紅著眼睛，嗓音沙啞道：「你該早點下山的，早一天也好，我姐也能多開心一天。」

年輕道士抿起嘴，皺著臉，流著眼淚，說不出話來。

徐鳳年突然一把手摟過年輕道士的肩膀，低聲問道：「有李玉斧幫忙，你還能跟我姐見面吧？」

年輕道士使勁點了點頭。

徐鳳年冷哼道：「以後不管哪個你在哪一世，再跟我姐見了面，都要好好對她！要不然我一樣能揍你，呂祖了不起？老子還是那誰誰和誰誰，比你有背景多了。」

一個還算有出息的弟弟，生怕出嫁離家的姐姐受欺負，應該都是這般故作惡人跟姐夫說話的吧？

年輕道士哪壺不開提哪壺，納悶道：「你不是跟他們斬斷因緣了嗎？」

佩好涼刀在腰間的徐鳳年一拳砸在這傢伙腋下，後者倒抽一口冷氣，也不知道是真痛還是像早年那般賣乖，憨憨笑著，臉上猶帶著淚水。

徐鳳年猶豫了一下：「要走了？真不做一物降一物的那個人了？」

年輕道士搖頭笑道：「我最怕挑擔子了，這種事做不來的。再說了，以前在山上從來就打不過你，就算打得過，以前被欺負慣了，心底還是怕的嘛。」

兩人並肩而立，一起看著腳下這座熙熙攘攘熱熱鬧鬧的太安城。

徐鳳年用興許只有自己才能聽到的嗓音說道：「每次想念大姐，我都喜歡想著她有你陪著坐在鶴背上，那個時候，她一定很開心，在笑。這麼想，我也就不傷心了。」

年輕道士沒有說話，身影飄渺不定，彷彿下一刻就會隨風而逝。

徐鳳年嗓音更低了：「有你這麼個……我其實很自豪……姐夫。」

身邊傳來一陣壓抑得很辛苦的笑聲：「哎！小舅子！」

惱羞成怒的徐鳳年一腳踹過去。

年輕道士洪洗象，已經不在。

徐鳳年呆滯當場，久久回神後，輕輕飄落在欽天監廣場上，走向那座社稷壇。

拾級而上的時候，彎腰抓起了一抔泥土。

徐鳳年站在頂部，蹲下身，伸出手，傾斜手掌，任由泥土滑落。

身穿縞素入門，此時此刻滿身鮮血站在此地的年輕人閉上眼睛，自言自語道：「爹、娘、大姐……我很好，你們放心。」

◆

祥符二年深秋的這一天，註定要演變出無數神怪志異的說法，欽天監那邊日月升起，梵音嫋嫋，數次長虹掛空，仙人懸空，而京畿南軍大營，也是情景駭人。

兩位陸地神仙一般的萬人敵，身影快如蛟龍入海，雙方廝殺過程中，把整座大營撕裂得支離破碎，所過之處，勢如破竹，尤其是新任兵部尚書吳重軒大將軍的嫡系兵馬遭罪最重，死傷過千。

常人所謂的水土不服，也不過是身體不適，像吳尚書這些麾下精銳這麼丟胳膊少腿甚至連小命都沒了的，少見。關鍵是幾乎無人辨認出那兩道人影的真實身分，這才最讓京畿南軍倍感窩囊。

而罪魁禍首徐鳳年走下社稷壇的時候，李家甲士在李守郭和李長良父子的率領下，誓死守住了大門口，擺出要走出去就從一千多人的屍體上跨過的決然姿態。但其實門外大街上折損過半的重騎軍，已經在安東將軍馬忠賢近乎瘋狂快馬加鞭地傳遞一道密旨後，悄然退出街道，但是為了不驚擾內外城京城百姓，不去引發更大的恐慌，這支尚未投入兩遼沙場便元氣大傷的騎軍，並沒有立即出城前往駐地。

馬忠賢當時匆忙離開徵北大將軍府邸內的父親病榻，甚至來不及穿上武臣官袍，更別提披掛鐵甲了，這位出身顯赫的安東將軍轉頭望著這支被悲壯氣氛籠罩的殘部，心在滴血。

尤其是無比熟諳京城官場的馬忠賢知道，等到家中噩耗傳出府邸，傳到廟堂和市井，很快太安城朝野上下就會說他的父親早不死、晚不死，恰恰在北涼王大鬧禮部和欽天監的時候咽下最後那口氣，是被嚇破膽了，是給那個姓徐的年輕人活活嚇死的！

在一大片鐵甲錚錚中顯得不倫不類的馬忠賢雙拳緊握，兩眼通紅，恨不得撥轉馬頭一聲令下，把那個姓徐的剁成肉泥！

一位布衣老人穿過李家甲士那座「弱不禁風」的步軍方陣，李守郭想要出言提醒，老人笑著擺了擺手，徑直走向在社稷壇邊緣停步的北涼王。

老人沒有站到年輕人的面前，兩人並肩，但是一人面北、一人朝南。

徐鳳年淡然道：「本來以為是門下省坦坦翁來這裡當說客，沒想到是中書令大人來這裡唱白臉。」

中書省主官齊陽龍仰頭望著那座高壇，笑呵呵道：「欽天監就這麼毀了，可惜啊。」

徐鳳年說道：「北涼在關外死了十多萬人，人人面北而死，就不可惜？」

齊陽龍點點頭，沉聲道：「在我看來，都可惜。欽天監毀了，我作為喜歡讀史的讀書人，覺得可惜。北涼將士戰死十數萬，我作為離陽子民，覺得可惜，還有可敬。只不過我如今到京城跟朝廷討要了件袍子披上，就不得不來這裡跟王爺嘮叨嘮叨。」

徐鳳年持刀左手因為肩頭被那根長繩洞穿，手臂頹然下垂，鮮血不斷流淌出袖管，沿著手指滴落在地面上。那張臉龐因為體內興風作浪的狂躁氣機，一瞬間蒼白無血色，一瞬間變成紫金色熠熠生輝，至於眉心處的開裂，鮮血順著鼻梁滑下，更是為這位年輕藩王的英俊臉龐平添了幾分濃重戾氣。

這個一人便讓整座京城為之兩次震動的年輕人面無表情道：「三千人，每死一人就扣掉我北涼一千石漕運糧草，是趙篆親口說的。那我現在不妨也直接跟中書令大人說，三百萬石漕運，敢少我一石，就有三萬北涼鐵騎南下入廣陵！反正藩王靖難是天經地義的事，朝廷不管北涼百姓的死活，我徐鳳年好說話得很，不介意讓你們離陽明白什麼叫『忠心耿耿』！」

齊陽龍聽到這番鋒芒畢露的話語後，沒有故作怒容，笑臉不減道：「北涼王，說實話，我齊陽龍呢，不管祖籍在哪裡，一向把在廣陵道內的上陰學宮當成了家，楊慎杏和閻震春已經在我家土地上折騰過一遍了，宋笠那王八蛋和寇江淮又折騰了一遍，接下來還要輪到吳重軒和盧升象這幾個所謂的名將去搗鼓搗鼓，要說他們能速戰速決也就罷了，甭管是誰輸誰贏，只要分出勝負，對廣陵道的百姓都是好事，怕就怕這麼僵持不下，拚光了青壯拚老卒還好說，萬一拚光了軍伍將士，可不就是拿老百姓的命去填坑？是不是這個理，北涼王？」

徐鳳年默不作聲。

齊陽龍不像是個中樞重臣，倒像是個有著滿腹牢騷不吐不快的糟老頭子，好不容易逮著一個能夠傾吐心聲的年輕後生，就澈底關不上話匣子了：「曹長卿有心結，過不去那道坎，衍聖公都勸不過來，我當然不樂意去浪費口水。至於那些幫著朝廷帶兵打仗的，我這個中書令更說不動，況且天下武人在沙場上建功立業，馬革裹屍也好，封侯拜將也罷，各憑本事、各安天命而已，都是他們的道理所在，我齊陽龍不能因為說自己憐惜天下蒼生，就去他們跟前絮絮叨叨，說些要他們放下屠刀的空話大話，退一萬步說，說服了盧升象、吳重軒，肯定還會有馬升象、宋重軒冒出來，畢竟我啊，終究是攔不住這天下大勢的。」

齊陽龍突然轉頭，近距離凝視著這個滿臉鮮血的年輕人：「但是我覺得跟你說，管用。沒法子，你是徐驍的兒子嘛，徐驍那傢伙從來就很講道理，要不然為了讓渭熊那小丫頭進入學宮，能給我家用金子銀子砸出一條長達十多里的湖堤？

我入京之前，那可是每天早晚風雨無阻都要走上一遭的！不知道徐驍有沒有跟你說過，他當年帶兵馬踏江湖的時候，從龍虎山經過上陰學宮，有過一趟微服私訪，把我這個老傢伙堵在屋子裡，摘下那柄涼刀……

嗯，如果沒有看錯，大概就是你現在懸掛的這柄，往我桌面上重重一拍，問我『徐鳳年』這個名字取得好不好，我當然豎起大拇指說好，是真的挺好嘛。然後你爹立即就和顏悅色了，說我齊陽龍果然是有大學問的讀書人，還扭頭跟你娘問出了『滿腹韜略』這四個字送給我，我很開心，當然了，不是這個沒啥水準的馬屁，而是到最後你爹也沒拿刀子砍我。」

徐鳳年抬起右手抹了把臉。

齊陽龍繼續望向那座寓意深遠的社稷壇：「你肯定都想不到的，那條湖堤，北涼送來多少銀子。一條長堤再長，文林茂盛的上陰學宮的人力、物力都擺在那裡，需要幾個銀子？但是你爹遮遮掩掩送來了多少，知道嗎？是整整三百萬兩銀子！所以上陰學宮不光是多了條楊柳依依的湖堤，也在之後的五年內，偷偷摸摸多出了一棟冠絕江南的藏書樓，多出了不下兩百套的奉版書籍。除了那撥都能堆積成山的銀子，其實還有一封輕飄飄的密信交到我手上。

那些字真是我見過最醜的了，但是這麼十多年來，我無所事事的時候經常拿出來翻翻看看。信上說，他的長子，肯定是塊讀書的好料，以後要來上陰學宮求學的，說不定以後還要給他老徐家弄個狀元，那就真是光耀門楣了。如果說藩王之子不得為官一任，那考取了狀元當個擺設也不錯……

初讀密信，我很想回信問他，你一個殺了無數讀書種子的武人，吃飽了撐的要讓自己兒子當個文人？你徐家在你這一代位極人臣，大柱國和世襲罔替都握在手裡，真缺那一個狀元頭銜？更想問他，三百萬兩白銀算什麼？八國百姓死了那麼多，讀書人又死了多少？這點銀子就能補償山河破碎中原陸沉嗎？你堂堂人屠，不希望自己兒子當藩王，算怎麼回事！

後來再讀那封信，久而久之，信紙越來越皺，我的心反而越來越平。

這期間，聽到在老皇帝駕崩後，你小子竟敢在清涼山歌舞昇平，滿城可見滿山煙火，可聞滿山奏樂，後來你就給丟出了王府大門，這才有了三年遊歷。那時候我就知道，北涼不會安分了。

我曾經希望，你擠掉陳芝豹的同時，成功世襲罔替北涼王，但是你又心甘情願當個太平藩王，願意讓離陽的某位大將軍進入北涼，那麼北涼就是離陽的北涼，北涼的百姓就是離陽的百姓，半國賦稅入兩遼，半國漕運入北涼，天下大定矣！」

徐鳳年聽到這裡，扯了扯嘴角。

老人自嘲一笑：「這當然是迂腐書生的一廂情願。」

老人終於轉過身，跟徐鳳年一起遙遙面對那密集列陣的李家甲士，笑問道：「這些離陽精銳，比起你們北涼邊軍鐵騎，如何？」

徐鳳年反問道：「真想知道答案？」

老人靜等下文。

徐鳳年給出答案：「十人對十人，勝負五五，百人對百人，我北涼穩勝，千人對千人，你們慘敗，萬人對萬人，那就不用打了吧？」

老人笑咪咪道：「當真？」

徐鳳年呵呵笑道：「我也就是讀書比徐驍多，脾氣好。」

老人點頭道：「是啊、是啊，所以今天先是去了禮部教訓了兩位侍郎大人，然後單槍匹馬來到這裡，連太后的面子都不給，就在這欽天監內外大開殺戒，天上仙人都給宰了大一幫子的人，王爺脾氣真好。」

徐鳳年沒好氣道：「剛套了交情又開始倚老賣老，真以為我沒剩點氣力回到下馬嵬？」

老人哈哈大笑：「行了，搬出徐驍來跟王爺你套近乎也差不多了，再多說下去，我這張老臉自己都要掛不住。你徐鳳年能打，北涼鐵騎更能打，我也就不藏藏掖掖，故弄玄虛了，把老底子透露給你。

無論是死一人、少一千石的威脅，還是三百萬石漕運的豪邁，不過都是年輕天子的意氣用事，我這個中書令不敢當真，也奢望王爺別當真。但是我敢保證，今年秋末到明年夏末，離陽尤其是太安城，哪怕勒緊褲腰帶也會給北涼送去一百萬石漕運，可能的話，還能再多五十萬石，在這之後，只有四個字，盡力而為！」

徐鳳年皺著眉頭。

老人感慨道：「見好就收吧，雙方都有臺階下。身處廟堂，從芝麻綠豆大小的官員，到黃紫公卿，再到穿蟒袍甚至是龍袍的，就從來沒有快意之人。」

不等徐鳳年開口說話，老人就唏噓道：「不知道是不是錯覺，雖然如今朝堂上年輕面孔越來越多，我身處其中，卻總有一種暮氣撲面的感覺，也許……也許在白衣僧人李當心的曆書被拒絕之後，張巨鹿也有我這種傷感吧。」

老人轉頭目不轉睛看著這個身負重傷的年輕人：「碧眼兒那本可能永遠都不會流傳開來的詩集上，他說人生有兩大快事、一恨事。江湖裡，絕處有俠氣，是一快事！沙場上，死地仍提刀，是一大快事！每每在書籍上讀至史官喜歡一筆帶過的『白骨累累』、『生靈塗炭』，是一大恨事！」

老人笑了笑：「可惜這個碧眼兒死得早，不知道在那幅他不知道看了多少眼的離陽王朝堪輿地圖上，有個地方，把十數萬死人的名字，一個一個都刻在了石碑上。一代一代讀書人翻閱的青史，再不是只有成王敗寇的姓名了。

早先有個傢伙，說他見過你，就在我面前顯擺，其實我要不是這次君命難違，也不會跑來受氣，看你徐鳳年有啥好看的？我一個糟老頭子，又不是那些思慕少俠的妙齡小娘子。我年輕那會兒，指不定比你還英俊呢。」

徐鳳年說道：「那就這樣說定了。」

老人得寸進尺，問道：「那麼王爺何時離京啊？」

徐鳳年向前走去：「後天。」

老人看著這個背影，笑咪咪問道：「今天不行，明天行不行啊？太安城沒啥看頭的。」

徐鳳年停下腳步，轉頭皮笑肉不笑道：「明天？行啊，中書令大人想看石碑？那本王就親自帶著你一起去好了。」

老人笑臉僵硬：「後天就後天！到時候一大早，我就親自去下馬嵬驛館敲門去啊！」

徐鳳年不理睬這個無賴老頭，走向欽天監大門。

身後老人抬起雙手，往兩邊揮了揮，李家甲士迅速左右散開，讓出一條寬敞的道路。

突然，老人幾個箭步快速跟上徐鳳年，拉住徐鳳年的右手，死死不肯鬆開。

徐鳳年轉頭望著這個神情突然肅穆起來的老人。

老人壓低嗓音道：「徐鳳年，一定要讓這個天下，少死人！」

徐鳳年想要轉身走人。

老人不知哪來的氣力，死皮賴臉地攥緊徐鳳年的手，漲紅了臉。

徐鳳年本來可以稍稍揮袖就能掙脫，但是不知為何，他輕輕嘆息，點了點頭，無奈道：

「需要說嗎？」

老人這才訕訕然鬆開手。

走出去幾步後，徐鳳年聽到那個老人小聲說道：「不這樣做，顯不出我齊陽龍拯救蒼生的態度嘛。」

徐鳳年嘴角抽搐，抬起右臂，伸出大拇指，然後朝下指了指。

看著那個年輕人的背影，老人又說道：「嗯，有我年輕時候的幾分風采。」

大概是覺得離得遠了，年輕藩王聽不到自己的嘀咕，所以當那位北涼王突然扭頭時，老人以迅雷不及掩耳之勢背轉過身，雙手負後，快步走上社稷壇，像是急著要去哪兒流覽風景。

一老一少，背對而行。

老人收斂了臉上的神色，在心中默念道：『碧眼兒，如果你在世，是咬緊牙關也不開禁一石漕運，還是力排眾議全部打開漕運？不管如何，我都不如你。』

老人站在社稷壇頂端，看到那些扎眼的鬆散土壤，緩緩蹲下身。

徐驍、張巨鹿，你們兩個生前鬥了半輩子，死後到了地底下，其實就會一起喝酒了吧？

◆

欽天監大門口，有個呵呵姑娘，一手握著蔥油餅啃咬，一手揉了揉貂帽。

徐鳳年走過去彎腰，幫她扶了扶貂帽。

一襲大紅衣如蝴蝶飄舞而至，來到徐鳳年身前，空靈旋轉。

徐鳳年等她停下後，點頭柔聲笑道：「還是好看。」

徐鳳年一手牽起一人：「先回驛館，後天一起回家。」

徐偃兵不知何時已經回到了欽天監門口的馬車旁邊，已經放好了那杆剎那槍。

徐鳳年用手背擦了擦嘴角剛剛滲出的血跡，笑道：「這麼快就回了？這槍，真快啊。」

一時間摸不著頭腦的徐偃兵「嗯」了一聲，等到年輕藩王坐入車廂，馬車駛出一大段距離，終於回過味來的徐偃兵笑罵道：「罵人都不帶個髒字！」

笑過之後，徐偃兵望向遠方，有些出神。

戴貂帽的少女和戴帷帽的朱袍女子，不知為何，都沒有坐入車廂。

車廂內，那個渾身浴血的年輕人摘下了涼刀，雙手捧起那件藩王蟒袍，把頭埋在其中。

肩膀顫抖。

不見表情。

不聞哭聲。

——雪中悍刀行第三部（三）血染欽天監　完

萬里一劍勢誅仙，不斬仙人誓不回。笑看他人驢技窮，我自悠然坐雲間。
二十年前白衣案，殺母之仇不共天。欽天監外仙人落，你請仙人我誅仙。
且看我一身縞素攜涼刀，血染欽天監。

高寶書版集團
gobooks.com.tw

DN 258
雪中悍刀行第三部（三）血染欽天監

作　　者　烽火戲諸侯
責任編輯　高如玫
封面設計　陳芳芳工作室
內頁排版　賴姵均
企　　劃　方慧娟

發 行 人　朱凱蕾
出　　版　英屬維京群島商高寶國際有限公司台灣分公司
　　　　　Global Group Holdings, Ltd.
地　　址　台北市內湖區洲子街88號3樓
網　　址　gobooks.com.tw
電　　話　(02) 27992788
電　　郵　readers@gobooks.com.tw（讀者服務部）
　　　　　pr@gobooks.com.tw（公關諮詢部）
傳　　真　出版部　(02) 27990909　行銷部 (02) 27993088
郵政劃撥　19394552
戶　　名　英屬維京群島商高寶國際有限公司台灣分公司
發　　行　英屬維京群島商高寶國際有限公司台灣分公司
初版日期　2021年 5 月

原書名：雪中悍刀行（16）血染欽天監
本作品中文繁體版通過文化部核准，核准字號文化部部版臺陸字第109073號。

國家圖書館出版品預行編目(CIP)資料

雪中悍刀行第三部（三）血染欽天監 / 烽火戲諸侯著. -- 初版. -- 臺北市：高寶國際出版：高寶國際發行, 2021.05
　面；　公分. --（戲非戲；DN258）

ISBN 978-986-506-069-5（平裝）

857.7　　110003994